DuMonts Kriminal-Bibliothek

Steve Hamilton wurde in der Nähe von Detroit geboren und lebt heute im Norden des Bundesstaates New York. In DuMonts Kriminal-Bibliothek erschien von ihm »Ein kalter Tag im Paradies« (Band 1103).

Herausgegeben von Volker Neuhaus

Steve Hamilton

Unter dem Wolfsmond

Aus dem Englischen von Volker Neuhaus

DuMont

Für Nena

Die Deutsche Bibliothek – CIP-Einheitsaufnahme

Steve Hamilton:
Unter dem Wolfsmond / Steve Hamilton. Volker Neuhaus
(Übers.). – Köln : DuMont, 2001
(DuMonts Kriminal-Bibliothek ; 1106)
ISBN 3-7701-5619-6

Aus dem Englischen von Volker Neuhaus
Die der Übersetzung zugrundeliegende Originalausgabe erschien
2000 unter dem Titel *Winter of the Wolf Moon* bei
Thomas Dunne Books, St. Martin's Press, New York.

Umschlagmotiv von Pellegrino Ritter
Umschlag- und Reihengestaltung: Groothuis & Consorten
Satz: Greiner & Reichel, Köln
Druck und Verarbeitung: Clausen & Bosse, Leck
Printed in Germany
ISBN 3-7701-5619-6

Danksagungen

Dafür, daß sie so liebenswürdig ihre Zeit geopfert und ihr großes Wissen vom Leben der Ojibwa mit mir geteilt hat, stehe ich bei Donna Pine von der Garden River First Nation in tiefer Dankesschuld.

Dank auch an Frank Hayes und Bill Keller, Liz Staples und Taylor Brugman, die echten Agenten »Champagne« und »Urbanic«, Bob Kozak und jeden bei IBM, Bob Randisi und die Private Eye Writers of America, Ruth Cavin, Marika Rohn und alle bei der St. Martin's Press, Jane Chelius, Larry Queipo, den ehemaligen Polizeichef der Stadt Kingston, New York, und Dr. Glenn Hamilton von der Abteilung für Notfallmedizin an der Wright State University.

Und schließlich an meine Frau Julia, die alles möglich macht, und an Nickie, der bald zum großen Bruder wird …

Kapitel 1

Zwei Minuten. So lange brauchte ich, um festzustellen, daß ich einen Riesenfehler gemacht hatte.

Das blaue Team war gut. Sie waren groß. Sie waren schnell. Sie konnten Hockey spielen. Von dem Moment an, in dem der Puck das Eis berührte, beherrschten sie das Spiel. Sie ließen den Puck zwischen sich vor und zurück, hin und her springen wie bei einem Flipperspiel, über die blaue Linie, in die Ecke, zurück auf den Punkt. Sobald sie in der Torzone waren, wurden sie ruhig, nahmen das Tempo aus dem Spiel und warteten auf die beste Gelegenheit. Sie waren wie fünf Wölfe, die ihre Beute umkreisen. Wenn dann der Schuß kam, war der Puck nur ein schwarzer huschender Schatten. Der Mittelstürmer glitt am weit offenen Tor vorbei, völlig unbehindert, nahm den Puck mit einer fließenden Bewegung und versenkte ihn dann mit einem plötzlichen Schwung seines Handgelenks. Er lag hinten im Netz, bevor der Torwart überhaupt bemerkt hatte, daß er kam. Mitten zwischen seinen Beinen durch. Oder, wie sie im Fernsehen sagen, satt ins Schwarze.

Für den Torwart des roten Teams würde es ein langer Abend werden. Was mich nicht weiter gestört hätte, wenn der Torwart nicht ein gewisser achtundvierzig Jahre alter Idiot gewesen wäre, der sich zu diesem Unsinn hatte überreden lassen.

»Es ist eine Liga für über Dreißigjährige«, hatte Vinnie mir erklärt. »Jeden Donnerstagabend. Keine Körperattacken, keine Slapshots. Es heißt ›Softpuck‹, weißt du, so wie Softball. Softpuck-Hockey. Kapiert?«

»Kapiert«, sagte ich.

»Es macht einfach Spaß, Alex. Es wird dir gefallen.« Vinnie war mein indianischer Freund. Vinnie Leblanc, ein Ojibwa und Mitglied des Bay-Mills-Stammes, mit ein bißchen Frankokanadier, einem kleinen bißchen Italiener und einem kleinen bißchen Gott weiß was im Blut, wie bei den meisten Indianern hier in der Gegend. Viel Indianisches war an ihm nicht zu erkennen, nur eine Andeutung im Gesicht, so um die Augen und die Bakkenknochen. Sonst hatte er nichts Indianisches, vor allem nicht diese langsame und sorgfältige Art zu sprechen. Und anders als einige Indianer, denen ich vor allem in Kanada begegnet war, sah er einem direkt in die Augen, wenn er mit einem sprach.

Vinnie war ein Ojibwa, und er war stolz darauf. Aber er lebte nicht mehr im Reservat. Er trank nicht. Keinen einzigen Tropfen, niemals. Im entsprechenden Anzug sah er aus wie ein Geschäftsmann aus dem Süden des Staates, und im Wald konnte er einem Hirsch folgen, als ob er die Gedanken des Tieres kenne.

Er hatte mich im Glasgow Inn aufgespürt, wo ich friedlich am Kamin saß. Ich hätte ahnen müssen, daß er etwas im Schilde führte, als er mir ein Bier spendierte.

»Lieber nicht, Vinnie. Ich habe seit dreißig Jahren nicht mehr auf Schlittschuhen gestanden.«

»Du brauchst doch gar nicht zu laufen«, erklärte er. »Du stehst im Tor. Komm schon, Alex, wir brauchen dich wirklich.«

»Was ist denn mit eurem regulären Torwart passiert?«

»Na ja, er muß für ein paar Wochen aussetzen. Er hat irgendwie einen am Hals abgekriegt.«

»Hast du nicht gesagt, ihr spielt Softpuck?«

»Das war der reine Zufall. Es hat ihn direkt unter dem Gesichtsschutz erwischt.«

»Vinnie, vergiß es. Ich bin nicht euer Torwart.«

»Du warst doch Catcher beim Baseball?« sagte er. »In der zweiten Liga?«

»Ich habe zwei Jahre bei den Junioren gespielt«, stellte ich richtig. »Aber was soll das jetzt?«

»Das ist eigentlich dasselbe. Du trägst Beinschützer. Du trägst einen Gesichtsschutz. Nur fängst du eben nicht den Baseball, sondern den Puck.«

»Das ist nicht dasselbe.«

»Alex, die Red Sky Raiders brauchen dich. Du kannst uns nicht im Stich lassen!«

Ich hätte fast mein Bier ausgespuckt. »Die Roten Himmelsstürmer? Nimmst du mich auf den Arm?«

»Toller Name, oder?«

»Klingt wie ’ne Kamikaze-Truppe.«

Roter Himmel war Vinnies Name bei den Ojibwas. Während der Jagdsaison arbeitete er viel als Führer und half den Leuten aus dem Süden, sich im Wald zurechtzufinden. Dann verwendete er gerne seinen Indianernamen, um echter zu wirken. Wen würdest du denn als Führer anstellen, hatte er mich einmal gefragt, einen Typen, der Roter Himmel heißt, oder einen mit Namen Vinnie?

»Alex, Alex.« Er schüttelte den Kopf und starrte ins Feuer.

Jetzt kommt es, dachte ich.

»Das ist doch bloß eine kleine Liga, in der wir zum Spaß spielen. Was, auf das man sich für Donnerstagabend freuen kann. Du weißt schon, statt dazusitzen und den Schnee anzustarren und langsam, aber sicher verrückt zu werden.«

»Ich habe immer geglaubt, ihr Indianer lebt im Einklang mit den Jahreszeiten.«

Er sah mich an. »Ich habe acht Jungs in meinem Team. Sie werden sehr enttäuscht sein. Wir müssen das Spiel absagen. Und das nur, weil ein ehemaliger Berufssportler Angst davor hat, sich ein paar Knieschützer anzuziehen und sich in ein Tor zu stellen. Willst du denn den ganzen Winter auf deinem Hintern sitzen? Verspürst du nie den Drang, etwas zu tun, Alex? Mal wieder so richtig den Körper einzusetzen?«

»Du brichst mir das Herz, Vinnie. Echt.«

»Du kriegst Bradleys Sachen. Das Zeug ist brandneu. Maske, Körperschutz, Handschuhe, Schlittschuhe. Welche Größe hast du?«

»Elf.«

»Perfekt.«

Danach hatte ich im Grunde keine Chance mehr. Vinnie hatte mir ganz selbstverständlich geholfen, als ich ihn brauchte, und sich um meine Hütten gekümmert, während ich in der Weltgeschichte herumgelaufen war und mich als Möchtegern-Privatdetektiv lächerlich gemacht hatte. Ich schuldete ihm daher eine Gefälligkeit. Und er hatte recht, ich war es leid, den ganzen Winter einfach nur rumzusitzen. Wie schlimm konnte es denn schon sein? Beinschützer und Maske anziehen und ein bißchen im Tor spielen? Vielleicht machte es ja sogar Spaß.

Und ob es Spaß machte. Ich schob den Puck aus dem Tor zum Schiedsrichter, der damit zum nächsten Anstoß in die Mitte lief. Ich hatte kaum einen hastigen Schluck aus meiner Wasserflasche genommen, als sie schon wieder vor meinem Tor waren, sich wechselseitig den Puck zuschoben und auf den nächsten Torschuß lauerten. Der blaue Mittelstürmer lief vor meinem Tor auf und ab, als ob ihm das Eis da gehöre. Ich mußte um ihn herum schielen, um dem Weg des Pucks zu folgen.

»Schafft mir den Kerl hier weg«, sagte ich zu jedem, der mich hören konnte. »Laßt ihn hier nicht so einfach rumstehen.«

Von der blauen Linie kam ein Weitschuß. Ich wehrte den Puck mit dem Schläger ab, aber bevor ich noch nach ihm hechten konnte, hatte ihn der blaue Mittelstürmer schon ins Netz geschlagen. Das Spiel dauerte gerade drei Minuten, und ich hatte schon zwei Tore kassiert. Der Mittelstürmer begann herumzutanzen, schwenkte seinen Stock durch die Luft, und seine Mannschaftskameraden stürzten sich auf ihn, als hätten sie soeben den Stanley Cup gewonnen.

Vinnie fuhr vorm Tor vorbei. »Halt durch, Alex«, tröstete er mich. »Wir versuchen dich stärker zu entlasten.«

Ich packte ihn an seinem roten Trikot. »Vinnie, um Himmels willen, kannst du dem Kerl nicht eine verpassen? Der hat sich hier ja richtig wohnlich eingerichtet.«

»Keine Körperattacken, hab ich dir doch gesagt. Das ist doch nur Spaß, was wir hier machen.«

»Mir macht das aber überhaupt keinen Spaß«, erklärte ich. »Du brauchst ihm ja nicht den Kopf abzureißen. Gib ihm nur … 'nen kleinen Schubser.«

Der blaue Mittelstürmer beschrieb jetzt weite Kreise und wiegte den Kopf. Er sang wohl leise vor sich hin, so etwas wie »Oh yeah, baby, oh yeah, oh yeah, oh baby, oh yeah.«

Ich kannte Typen wie ihn. Völlig egal, welchen Sport du betreibst, immer triffst du auf Kerle wie den hier. Beim Baseball war das meistens der First baseman oder ein Outfielder. Sie hatten schon so eine Art, zum Plate zu stolzieren. Ich hatte sie bisweilen gefragt, ob es ihnen gut gehe, wenn sie so ihre Stellung einnahmen, denn genau das tut man beim Baseball, aber sie zogen es immer vor, mich zu ignorieren. Der erste Wurf ist ein Strike, und sie sehen dann mit vorwurfsvollem Blick den Schiedsrichter an. Wie kannst du es wagen, bei mir Strike zu geben? Ich pflegte dann den Ball zum Pitcher zurückzuwerfen und ihm dabei zu bedeuten, den nächsten Ball hart und hoch zu werfen. Solchen Typen muß man ab und zu ein wenig Gottesfurcht einflößen, sie daran erinnern, daß sie auch nur Menschen sind wie wir alle. Und wenn es schon kein Blitzschlag sein kann, dann doch immerhin ein Fastball mit hundertfünfzig Stundenkilometern direkt unters Kinn.

Es war beruhigend, daß auch Hockeyspieler es mit solchen Typen zu tun hatten. Vinnie lächelte mich an, zog einen Handschuh aus und schob seinen Helmriemen zurecht. »Na gut, vielleicht einen kleinen Schubser.«

Ich wußte, daß sie in dieser Liga dreimal zehn Minuten spielten, eine Konzession an das Alter der Spieler und an die Tatsache, daß die meisten Mannschaften nur über neun oder zehn Spieler verfügten. Also lagen nur noch siebenundzwanzig Minuten vor mir. Ich knallte meinen Stock aufs Eis. Auf denn, ihr Roten Himmelsstürmer.

Endlich wachten Vinnies Mannen auf und begannen, so etwas wie Hockey zu spielen. Während der Puck in der gegnerischen

Hälfte war, stand ich ganz allein vor meinem Tor und sah mich ein wenig in der Big Bear Arena um. Sie war brandneu, vom Sault-Stamm mit Mitteln aus dem Casino-Betrieb errichtet. Auf der anderen Seite gab es ein zweites Spielfeld, in der Mitte lagen die Umkleideräume, und auf der ersten Etage befand sich ein Restaurant. Die Zuschauertribüne war fast leer, nur ein paar Frauen sahen uns zu. Keine davon wirkte so, als sei sie auf unserer Seite. Ich zog mir die Maske vom Gesicht und wischte mir den Schweiß ab. Was ich vor einer Million Jahren als Catcher beim Baseball getragen hatte – Brustschutz und Knieschoner – war nichts verglichen mit den Polstern eines Eishockey-Torwarts. Ich hatte das Gefühl, mir sei an jedes Bein eine Matratze geschnallt worden.

Das Spiel wurde etwas ›rustikaler‹, wie die Kommentatoren zu sagen pflegen. Ellbogen wurden in den Ecken eingesetzt, Stöcke knallten auf andere Stöcke und bisweilen auch auf das eine oder andere Bein. Es gab nur einen Schiedsrichter, ein kleines älteres Männlein, das mit einer Trillerpfeife in der Hand herumlief, aber nicht den Mut fand, sie auch zu benutzen. Vermutlich hatte er bis zu seiner Pensionierung im Öffentlichen Dienst gearbeitet, war in seinem ganzen Leben niemals in irgendeiner Weise auffällig geworden und hatte nicht die Absicht, jetzt damit anzufangen.

Endlich hielt ich auch mal einige Schüsse. Mir ging auf, daß es überhaupt nicht so war wie das Fangen beim Baseball. Bei einem Wurf auf die Erde wirst du zur menschlichen Mauer. Den Handschuh hältst du zwischen deine Beine. Dabei versuchst du aber gar nicht, den Ball zu fangen. Du läßt ihn abprallen, reißt den Gesichtsschutz ab und hebst ihn dann auf. Ein Hockey-Torwart kann viel aggressiver sein, sich aus dem Tor bewegen, kann Winkel verkürzen.

»Na siehste, Alex«, rief Vinnie. Er rang nach Luft. Mit dem Stock klopfte er gegen meine Schienbeinschoner. »Langsam haste den Bogen raus.«

Gegen Ende des ersten Drittels lag plötzlich der Puck einsam vor dem Netz. Ich hechtete danach. Der blaue Mittelstürmer kam auf mich zugerast, um mit einer Vollbremsung vor mir anzuhalten. Er stemmte die Schlittschuhe dabei ins Eis, so daß mir eine Ladung gehacktes Eis voll ins Gesicht klatschte. Der alte Duschtrick. Ich hatte ihn tausendmal im Fernsehen gesehen, jetzt erlebte ich ihn direkt.

Beim Aufstehen stach ich ihn mit meinem Stock in die Kniekehle. Er wandte sich um und blockierte mich. Zwei Hände am Stock und boing, direkt gegen meine Schulter.

Ich sah ihm in die Augen. Ein kaltes Blau. Die Pupillen geweitet, so groß wie Pennies. Mein Gott, dachte ich, der Kerl ist total durchgeknallt oder total stoned. Oder beides.

Der Schiedsrichter schoß zwischen uns. »Nun mal halblang, Jungs«, sagte er. »So wird hier nicht gespielt.«

»Hey, Schiri«, sagte ich. »Das Metalldings, das Sie da in der Hand haben, wenn Sie da reinblasen, bewegt sich so 'ne kleine Erbse, und ein lauter Ton kommt raus. Versuchen Sie's mal. Dann können Sie auch diesen Tölpel hier für zwei Minuten auf die Strafbank schicken.«

»Laßt uns doch einfach Eishockey spielen, Jungs«, sagte er und glitt mit dem Puck davon.

Der Mittelstürmer starrte mich weiter an. Diese verrückten Augen. Ich nahm die Maske ab. »Hast du ein Problem?«

Er grinste, als er mein Gesicht sah. »Tut mir leid. Ich wußte nicht, daß du so 'n alter Knacker bist. Ich werde ab jetzt netter zu dir sein.«

Nach dem ersten Drittel setzten wir uns alle auf die Bank und wischten uns den Schweiß vom Gesicht. Niemand sagte ein Wort. Wir konnten das andere Team auf seiner Bank lachen und rufen hören. Eine Spur zu laut, dachte ich. Eine Spur zu fröhlich. Dann fingen sie mit einem ganz speziellen Lärm an. Es hörte sich wie dieser blöde Gesang an, den die da in Atlanta bei den Spielen der Braves anstimmen. Der indianische Kriegsgesang.

Vinnie stand auf und sah sie über die Trennwand weg an. Danach sah er uns an. Acht Gesichter, alles Bay Mills Ojibwa. Und ein altes Bleichgesicht. Keiner sagte ein Wort. Das war auch nicht nötig.

Jetzt geht es los, dachte ich. Diesen Blick habe ich schon einmal gesehen. Ich habe nie einen Ojibwa getroffen, der nicht von zutiefst leiser und vornehmer Natur war und dessen Zündschnur nicht mindestens fünf Kilometer lang war. Aber wenn du sie lange genug hast brennen lassen, dann paß bloß auf. In den Kasinos kann man das alle paar Monate sehen. Ein betrunkener Weißer macht eine Szene, brüllt plötzlich den Aufseher an, wie der lausige Indianer, der die Bank hält, ihn nur bescheißt. Es fällt ihm nicht mal auf, daß der Aufseher selbst ein Mitglied des Stammes ist. Wenn er das intensiv genug betreibt, fliegt er glatt durch ein Fenster.

Im zweiten Drittel wurde ich schon etwas lockerer, wenn ich sah, wie meine Red Sky Raiders es dem blauen Team besorgten. In einem Punkt hatte Vinnie sicherlich recht – es war wirklich ein gutes Gefühl, den eigenen Körper wieder mal richtig einzusetzen. Zumindest für was anderes als Holzhacken oder Schneeschaufeln. Wenn das hier ein Fehler war, dann mit Sicherheit kein großer. Es würde nicht zu den großen Fehlern in meinem Leben gehören. So wie heiraten, wenn man dreiundzwanzig Jahre alt ist, gerade mit dem Baseball aufgehört hat und nicht weiß, was man mit seinem Leben anfangen soll. Kein besonders guter Grund zum Heiraten.

Oder sich überreden lassen, Privatdetektiv zu werden. Und all das, was danach passiert ist.

Oder Sylvia. Sich Hals über Kopf in Sylvia verlieben. Ja, ich sage es. Der Puck ist gerade am anderen Ende. Ich fahre vor meinem Tor auf und ab und frage mich, wieso ich jetzt gerade an all das denke. Aber ja, ich sage es. Ich habe sie geliebt. »Ich habe mich hier verkrochen«, hatte sie zu mir gesagt. »Ich habe mich vor der Welt verkrochen. Und ich glaube, das machst du auch, ob du es zugibst oder nicht.« Und dann war sie gegangen. Einfach so. »Ich hoffe, daß ich in deinem Leben eine Spur hinterlassen werde.« Ihre letzten Worte mir gegenüber. Welch melodramatischer Jungmädchen-Quatsch. Ich hoffe, daß ich in deinem Leben eine Spur hinterlassen werde.

Und ob, Sylvia. Du hast eine Spur hinterlassen. So wie ein Tornado auf einem Campingplatz eine Spur hinterläßt.

Der Puck kommt wieder in meine Richtung. Hinter ihm der blaue Mittelstürmer. Das Geräusch seiner Schlittschuhe auf dem leeren Eis. *Snick snick snick snick.*

Merkwürdig, was einem alles in solchen Momenten einfällt. Aber das war beim Baseball auch so. Ich stellte mich gerade auf einen Pop fly ein, und plötzlich denke ich an irgend etwas aus meinem Leben mit einer solchen plötzlichen Klarheit, als dächte ich das erste Mal daran.

Wie an den größten Fehler meines Lebens. Das Apartment eines Irren in Detroit. Aluminiumfolie an den Wänden. Mein Partner und ich starren, gelähmt vor Angst, auf die Maschinenpistole in seiner Hand.

Snick snick snick snick.

Sylvia. Ich bin in ihrem Bett, und sie sieht auf mich herunter. Soeben noch haben wir uns geliebt, in dem Bett, das sie Nacht für Nacht mit ihrem Gatten teilt. Er ist mein Freund, aber das ist mir egal. Ich bin ihr hörig.

Der Stürmer ist schnell. Er ist der beste Spieler auf dem Eis, vielleicht der beste Spieler, den diese kleine Donnerstagabend-Hockey-Liga jemals sehen wird. Er blickt zu mir hin. Ein rascher Blick über die Schulter. Die anderen Spieler sind weit hinter ihm. Die Zeit verlangsamt sich. Es ist etwas, was jeder Sportler kennt, ein wortloses Einverständnis zwischen uns. Es gibt nur ihn und mich.

Ich habe meine Pistole nicht rechtzeitig gezogen. Ich habe zu lange gewartet. Ich werde getroffen, und mein Partner wird getroffen, beide liegen wir auf dem Boden. Alles ist voller Blut.

Plötzlich ist alles wieder da. Nicht so quälend wie einst. Ich träume nicht mehr davon. Ich brauche keine Pillen mehr, um die Nächte zu überstehen. Aber es ist immer wieder da. Ich liege auf dem Boden und mein Partner neben mir.

Ich laufe vors Tor, um ihm den Winkel zu verkürzen. Er schießt. Nein! Es ist eine Täuschung. Er zieht den Puck zurück. Ich spüre, wie ich zurückfalle. Er wird mich einfach umfahren und den Puck ins leere Tor gleiten lassen. Es sei denn, es gelingt mir, den Puck wegzuschlagen. Meine einzige Chance. Ich ziele im Fallen mit meinem Stock danach.

Ich treffe den Puck, und mein Stock fährt ihm zwischen die Beine. Er stolpert und rutscht mit dem Gesicht vornweg gegen die Bande. Schon steht er wieder, seine Handschuhe fliegen aufs Eis. Ich lege Handschuhe und Maske ab. Er schlägt mit der Faust nach mir und verfehlt mich. Ich packe ihn am Trikot, und wir tanzen den Hockey-Prügeltanz. Auf Schlittschuhen findet man einfach keinen festen Punkt, um zu einem richtigen Schwinger auszuholen. Man kann nur klammern und versuchen, dem andern das Hemd über den Kopf zu ziehen. Es sieht lustig aus, wenn man nicht gerade einer der Tänzer ist.

Die Augen des Mannes waren geweitet vor Mordlust und Gott weiß welchen Chemikalien, mit denen er himmelhigh war. »Immer mit der Ruhe«, sagte ich. »Es tut mir leid.«

»Den Teufel tut's dir leid«, sagte er.

Speichel und Schweiß trafen mich ins Gesicht. Um uns herum waren die andern Spieler in denselben Tanz verfallen, jeder schnappte sich einen Partner, je nachdem, wie kampfeslüstern sie waren. Der alte Schiedsrichter lief um uns herum und pfiff. Vermutlich war ihm inzwischen eingefallen, wie das Ding funktionierte.

»Ich wollte dich nicht über die Klinge springen lassen«, erklärte ich. »Beruhige dich doch.«

»Scheißindianer«, rief er.

»Ich bin kein Indianer«, erklärte ich.

»Von wegen, scheiß drauf!« brüllte er. »Ich weiß, daß du so 'n verfluchter Scheißureinwohner bist.«

Ich fing an zu lachen. Ich konnte nicht anders.

»Was gibt es denn Lustiges?« fragte er. »Hab ich was Komisches gesagt?«

»Wirst du immer high, wenn du Hockey spielst?«

»Was für'n Scheiß redest du da?«

»Du bist higher als ein Spaceshuttle«, sagte ich. »Wenn ich noch'n Bulle wär, müßt ich dich einbuchten – Schlittschuhlaufen unter Drogen.«

Er gab mir noch einen kräftigen Schubs und fuhr weg. Der Tanz war vorbei. »Scheißindianer«, sagte er.

Wir hielten bis zum Ende durch. Vinnie erzielte ein Tor in diesem Drittel. Ein anderer aus seinem Team traf im letzten Drittel und erzielte so mit 2:2 ein Unentschieden. Mit ein paar Rettungsaktionen sicherte ich den Gleichstand.

In der letzten Spielminute kam mein neuer Freund, der blaue Mittelstürmer, wieder zum freien Schuß auf mich. Er schloß seinen Sturmlauf mit einer Rakete ab. Von wegen keine scharfen Schüsse! Ich kam noch mit dem Handschuh dran und lenkte ihn gerade so weit nach oben, daß der Puck die Querlatte traf. Der donnernde Knall hallte im ganzen Stadion wider.

Das Spiel war aus. Keine Nachspielzeit. Das nächste Spiel wartete schon auf den Anpfiff, sobald man uns nur vom Eis kriegte und der Zamboni einmal kurz das Eis gesäubert hatte.

Er glotzte mich an, mit keuchendem Atem.

Ich blicke jetzt zurück auf diesen Moment, in dem wir zwei uns auf dem Eis anstarren. Ich überlege, was ich wohl getan hätte, wenn ich damals schon gewußt hätte, was in den nächsten Tagen passieren sollte. Vielleicht hätte ich ihm meinen Hockeystock ins Gesicht geschlagen. Oder den Schläger abgebrochen und ihm das Ende voll in den Hals gerammt. Aber natürlich konnte ich von alldem damals nichts ahnen. In diesem Moment war er bloß irgend so ein Arsch von wütendem Hockeyspieler, und ich war der alte Mann, der ihm sein drittes Tor vereitelt hatte.

»Kein Hattrick heute«, sagte ich zu ihm. »Sieht ganz so aus, als ob die Cowboys und die Indianer diesmal unentschieden gekämpft haben.«

Kapitel 2

Die Nacht war kalt. Es mußten um die zwanzig Grad minus sein. Mein nasses Haar fror mir am Kopf fest, sobald ich nach draußen trat. Auf der anderen Seite der Straße strahlte das Kewadin Casino in seinem Glanz. Es war ein Riesengebäude, geschmückt mit gewaltigen Dreiecken, die den Betrachter an indianische Tipis erinnern sollten. Es war fast Mitternacht an einem bitterkalten Donnerstagabend, aber ich konnte erkennen, daß der Parkplatz fast voll war.

Das Horns Inn lag nicht weit entfernt, gerade drüben auf der östlichen Seite von Sault Ste. Marie, mit Blick auf den St. Marys River. Sobald man das Lokal betritt, sieht man Hirschköpfe und Bärenköpfe und ausgestopfte Koyoten, Vögel, alles mögliche Getier. An sich verbringe ich wenig Zeit dort, aber heute abend lud Vinnie ein, also zum Teufel mit den Vorurteilen. Das war das mindeste, was ich tun konnte, auch wenn es dort nur *amerikanisches* Bier gab.

»Auf unsern neuen Torwart«, prostete er mir mit einem Glas Pepsi zu. Wir hatten an der Rückwand des Lokals zwei Tische zusammengeschoben. Seine acht Mannschaftskameraden waren alle da und verputzten still ihr zweites Bier.

»Moment mal«, sagte ich. »Du hast gesagt, das hier ist eine einmalige Angelegenheit, oder?«

»Schon, aber du warst klasse, Alex. Du mußt einfach weiterspielen. Ist dir klar, daß diese Jungs bis heute abend immer gewonnen haben? Und wir haben ein Unentschieden rausgeholt.«

Falls seine Kameraden seinen Enthusiasmus teilten, zeigten sie das jedenfalls nicht. Ich sah mir jeden von ihnen an, einen nach dem anderen. Bei zweien erkannte man den Indianer auf den ersten Blick. Der Rest war wie Vinnie – jede Menge gemischtes Blut. Vielleicht sah man es an den Wangenknochen. Oder an den dunklen bedächtigen Augen.

Alle tranken. Die meisten, wenn nicht alle, würden sich an diesem Abend betrinken. Mehr als einer würde in einem Zustand jenseits aller Trunkenheit sein. Ich wußte, daß das Vinnie bedrückte. »Manchmal fühle ich mich schuldig«, hatte er einmal zu mir gesagt, »daß ich nicht im Reservat lebe. Viele von meinem Stamm denken, ich hätte sie verlassen. Als ich dort aufgewachsen bin, konnte ich die Straße runtergehen und in jedes Haus reingehen, wenn ich wollte. Einfach reingehen. Den Kühlschrank aufmachen und mir ein Butterbrot schmieren. Hinsetzen und das Fernsehen anmachen. Wir waren wie eine große Familie.«

Er hat mir nie erzählt, warum er das Reservat verlassen hat. Vielleicht wollte er ein eigenes Haus besitzen, statt auf dem Land des Stammes zu wohnen. Oder dieses ›Alle-eine-große-Familie‹, wovon er gesprochen hatte, war ihm vielleicht einfach zu viel geworden.

Er wohnt in Paradise, von mir aus gesehen ein Stück die Straße runter. Er ist mein nächster Nachbar und wohl auch mein engster Freund, direkt nach Jackie. Er hält die Bank bei Siebzehnundvier im Bay Mills Casino, wenn er nicht seine Roter-Himmel-Jagdmasche abzieht.

»Weißt du, was der Unterschied zwischen einem weißen und einem indianischen Bankhalter beim Siebzehnundvier ist?« hatte er mich einmal gefragt. »Das klingt jetzt wie ein Klischee, ist aber wahr: Der weiße Bankhalter spielt niemals selbst. Die Jungs in Las Vegas? Sie sehen tausend Leute, die die ganze Nacht Siebzehnundvier spielen, und vielleicht fünfzig davon gehen als die Riesengewinner nach Haus, stimmt's? Meinst du etwa, daß die Bankhalter ihre Gehaltsschecks kassieren und dann selbst mit dem Geld spielen? Ich hab zwei Vettern, die jede Woche jeden Cent verlieren, garantiert. Sie kassieren ihren Scheck, kaufen Bier und was zum Essen und gehen dann stracks ins Kasino und verspielen den Rest. Und das jede verdammte Woche, Alex. Und was ich auch tue oder sage, ändern kann ich nichts.«

Vinnie saß am Tisch und starrte auf den Elchkopf an der Wand. Niemand sprach ein Wort. Es war weiter nichts als eine stille frostklirrende Winternacht im Horns Inn.

Bis das blaue Team einmarschierte.

Sie stürmten das Lokal mit jeder Menge Lärm und einem Schwall Polarluft, der die Gläser auf unserm Tisch erklirren ließ. »Verdammt noch mal«, sagte einer von ihnen, »seht euch diesen Schuppen an!«

Sie schoben ein paar Tische am gegenüberliegenden Ende des Raumes zusammen. Es waren neun Männer und neun Frauen. Die meisten trugen lederne Bomberjacken. Sogar mit ihren Pelzkragen waren sie niemals warm genug.

Mein neuer Freund, der Mittelstürmer, ging zum Tresen und befahl dem Mann, die Pitcher anrollen zu lassen. Er hatte einen typischen Hockeyhaarschnitt, kurz an den Seiten und hinten lang.

»Wer zum Teufel ist der Bursche?« fragte ich schließlich.

»Wer, der Mittelstürmer?«

»Ja, Mr. Wichtigtuer.«

»Das ist Lonnie Bruckman. Ganz schöner Brocken, wie?«

»Spielt der immer high?«

Vinnie lachte. »Ist dir das aufgefallen?«

»Das war wohl nicht zu vermeiden.«

»Schlittschuhlaufen kann er jedenfalls, oder? Ich schätze, er hat irgendwo in der zweiten Mannschaft gespielt. Die meisten Jungs in seiner Mannschaft sind eingeschmuggelte Profis. Alte Mannschaftskameraden aus Kanada. Jede Woche spielt ein Neuer für ihn.«

Bruckman brachte zwei Pitcher an die Tische. Als er noch weitere holen wollte, bemerkte er uns. Unser Glücksabend.

»Hey, da sind ja die Indianer«, rief er. Als er zu uns kam, konnte ich ihn mir genauer ansehen, ohne die Hockeyverkleidung. Was auch immer er sich reinziehen mochte – in der Zwischenzeit hatte er eine weitere Dosis davon genommen, vermutlich im Auto auf dem Weg hierhin. Koks oder Speed oder beides. »Schönes Spiel, Jungs«, sagte er. »Kann ich euch zwei Pitcher bringen?«

Niemand sagte ein Wort.

Er schaute auf Vinnies Glas. »Was haste ’n da, LeBlanc? Rum und Coke? Laß mich dir einen ausgeben.«

»Das ist Pepsi«, erklärte Vinnie.

»Du verarschst mich wohl«, sagte Bruckman. »Ein Indianer, der nicht trinkt?« Er lachte, als sei das das Komischste, was er seit Wochen gehört hatte.

»Wir sind alle versorgt hier«, sagte Vinnie. »Trotzdem vielen Dank.«

»Hey, Alter«, wandte er sich an mich, »das war ’ne tolle Rettungsaktion. Du hast mir meinen Hattrick versaut, weißt du das?«

»Doch, das weiß ich«, sagte ich. »Tut mir leid.«

»Beim nächsten Mal erwisch ich dich.«

»Es gibt kein nächstes Mal«, sagte ich. »Ich war nur als Vertretung da.«

»Du mußt wieder spielen«, sagte er. »Du bist gut. Glaub mir, ich weiß das. Ich hab für die Juniorenmannschaft in Ottawa gespielt. Ich habe im selben Sturm gespielt wie Eric Lindros, bevor er berühmt wurde. Ich wär selbst weitergekommen, wenn ich nicht Amerikaner gewesen wäre.«

Das also ist es, dachte ich. Eine Entschuldigung gibt es immer. Für all die Jungs, mit denen ich gespielt hatte, und die meisten davon hatten es nie in die großen Ligen geschafft, was ganz natürlich war. Das schafft vielleicht einer von hundert, die in den Nachwuchsligen spielen. Und von den anderen neunundneunzig hat jeder seine Geschichte. Der Trainer hat mir nie eine Chance gegeben. Hab mich am Knie verletzt. Hab es auf zu wenige AB’s gebracht. Niemals heißt es schlicht: »Ich war nicht gut genug.«

Das mit dem Amerikaner war mir allerdings neu, weil man

das nun wirklich nur von Eishockeyspielern zu hören kriegt. Ich hätte es dabei bewenden lassen sollen. Dem Kerl nur zunikken und lächeln und ihn ansonsten da stehen und sich lächerlich machen lassen. Über ihn lachen konnte ich später noch. Aber ich konnte den Mund nicht halten.

»Das ist eine Schande«, sagte ich. »Die sollten wirklich auch Amerikaner in der NHL spielen lassen. Das ist einfach nicht fair. Wie siehst du das, Vinnie?«

»Das muß 'ne Verschwörung sein«, meinte Vinnie.

»Wieviel Amerikaner gibt es da überhaupt?« sagte ich. »Ich wette, daß man die an einer Hand aufzählen kann. Seh'n wir doch mal … John LeClair, Brian Leetch, Chris Chelios …«

»Doug Weight«, fuhr Vinnie fort. »Mike Modano, Tony Amonte.«

»Keith Tkachuk«, ergänzte ich. »Pat LaFontaine, Adam Deadmarsh.«

»Jeremy Roenick, Gary Suter.«

»Shawn McEachern, Joel Otto.«

»Bryan Berard, ist das ein Amerikaner?«

»Ich glaube schon.«

»Derian Hatcher, Kevin Hatcher. Sind das eigentlich Brüder?«

»Ich weiß nicht«, sagte ich. »Jedenfalls sind sie beide Amerikaner.«

»Mike Richter im Tor«, sagte Vinnie.

»Und John Vanbiesbrouck.«

»Alles klar«, meinte Bruckman. »Ihr zwei seid ja richtige Komiker. Ich wußte gar nicht, daß Indianer so komisch sein können.«

»Wir haben Brett Hull vergessen«, sagte Vinnie.

Bruckman packte Vinnie an der Schulter. »Es reicht.« Sein Lächeln war verschwunden.

»Nimm deine Pfoten weg«, sagte Vinnie.

»Ihr macht euch über mich lustig, und ich mag das verdammt

noch mal überhaupt nicht. Dem letzten, der sich über mich lustig gemacht hat, fehlen jetzt die Schneidezähne.«

Im ganzen Lokal wurde es ruhig. Seine Mannschaftskameraden sahen zu uns herüber und auch die Männer an der Theke. Da stand vielleicht ein Dutzend. Sie hatten im Fernsehen das Spiel der Red Wings gesehen. Der Mann hinter dem Tresen hatte ein Schnapsglas in der einen Hand und ein Trockentuch in der anderen. Er wirkte nicht sehr glücklich.

»Bruckman«, sagte ich und sah ihm in die Augen. »Hau ab.«

Er hielt meinem Blick lange stand. Er schätzte mich ab, berechnete seine Chancen. Ich konnte nur hoffen, daß die Chemie, die in seinem Kopf herumraste, ihn nicht auf dumme Ideen brachte, denn todsicher hatte ich nicht die geringste Lust, mich mit ihm ohne Schlittschuhe und Schutzkleidung zu prügeln.

»Du hast bloß Glück gehabt«, sagte er schließlich. »Von Rechts wegen war das mit dem Hattrick in Ordnung. Du hast den Puck ja nicht mal gesehen.«

»Ganz wie Sie meinen, Bruckman. Aber hauen Sie ab.«

»Seht euch doch an«, sagte er. »Ihr Indianer seid doch einfach erbärmlich. Ich weiß nicht, wieso man euch die Kasinos betreiben läßt.«

Der Wirt stand plötzlich mit einem Baseballschläger neben uns. »Hört ihr Jungs jetzt auf der Stelle mit dem Scheiß auf, oder soll ich die Polizei rufen?«

»Bemühen Sie sich nicht«, sagte Bruckman. »Wir gehen. Hier sind uns zu viele besoffene Indianer.«

Er warf mir einen letzten Blick zu, bevor er zu seinem Tisch zurückging. Ich verspürte kein Bedürfnis, ihm zu sagen, ich sei in Wirklichkeit ein Weißer wie er.

Als sie alle ihre Lederjacken wieder anhatten, ein paar Stühle umgeworfen und diverse Obszönitäten gemurmelt hatten und ohne ihr Bier zu bezahlen gegangen waren, herrschte wieder Ruhe im Lokal. Vinnie saß nur da und sah auf die Tür. Seine Freunde saßen da und starrten auf den Tisch oder den Fußboden. Ich wollte irgend etwas sagen, um das lastende Schweigen zu brechen, aber mir fiel nichts ein.

»Weißt du, was mich am meisten trifft?« fragte Vinnie schließlich.

»Was denn?«

»Hast du dir die Frauen angesehen, die mit ihnen rumzogen? Eine von ihnen, die kenn ich.«

»Aha.«

»Ich bin mit ihr zusammen aufgewachsen«, erklärte er. »Im Reservat.«

Es war kurz nach eins, als ich ging. Vinnie bedankte sich bei mir, daß ich für seine Mannschaft gespielt hatte. Die meisten aus der Mannschaft bedankten sich ebenfalls. Ein paar von ihnen waren schon in ihren Biergläsern versunken.

Ich ging zum Tresen und entschuldigte mich bei dem Mann für den Anteil, den ich an dieser Beinahe-Schlägerei in seiner Kneipe gehabt hatte.

»Machen Sie sich da mal keine Gedanken«, sagte er. »Alles, was ich nicht morgen in der Zeitung lesen muß, ist nicht passiert.«

Ich warf zwei Geldscheine auf die Theke. Zwei Männer schliefen auf ihren Barhockern, den Kopf in den Armen vergraben. Der einzige Unterschied zwischen beiden bestand darin, daß der links schnarchte und der rechts nicht. Ich glaube nicht, daß einer von ihnen ein Indianer war. Nur zwei Weiße, die jeden Abend, darauf hätte ich gewettet, in die Kneipe kamen und sich bis zur Bewußtlosigkeit betranken. Irgendwer hat mir mal erzählt, daß drei Prozent der Bevölkerung Michigans auf der Oberen Halbinsel leben, daß die aber 28 Prozent des Alkohols trinken, der im Staat konsumiert wird. Das sind nicht nur die Indianer, die das ganze Zeug verkimmeln. Trotzdem habe ich noch nie gehört, wie jemand gesagt hätte, was für eine Schande das ist, alle diese besoffenen Weißen, lauter degenerierte Trunkenbolde.

»Hey«, sagte der Wirt, »sind Sie nicht dieser Privatdetektiv? Der, der für Uttley gearbeitet hat?«

»War ich«, sagte ich.

»Wo ist der eigentlich hin? Ich sehe ihn hier nie mehr.«

»Das weiß ich nicht«, sagte ich. Und das war die Wahrheit.

»Er hatte einen offenen Deckel bei mir«, sagte der Mann. »Den hat er noch nicht bezahlt.«

»Wieviel ist es?« fragte ich. Ich holte meine Brieftasche wieder raus.

Er hob die Hände. »Das ist eine Sache zwischen ihm und mir. Das laß ich Sie doch nicht bezahlen. Aber sollten Sie ihn mal sehen, sagen Sie ihm, daß er bei mir noch Schulden hat.«

»Wenn ich ihn sehe, sag ich's ihm.« Bei dem Gedanken mußte ich ein wenig lächeln. Aber nur ein wenig.

Als ich vor die Tür trat, schlug mir der kalte Wind vom See her entgegen. Ich schloß die Augen und hielt mir die Handschuhe vors Gesicht. Als der Wind etwas nachließ, atmete ich tief durch. Die Luft hatte einen Geruch und eine feuchte Schwere, die mehr Schnee verhießen.

Ich blickte über den St. Marys River. Er war nun schon seit über einem Monat fest zugefroren. Die Schleusen waren für den Winter geschlossen. Der nächste Frachter würde sie allerfrühestens im März passieren. Vom anderen Ufer lockten mich die Lichter Kanadas. Ich könnte geradewegs über den Fluß hinüberwandern, wenn ich wollte. Kein Zoll, keine Maut. Ich wäre nicht der erste, der das täte. Es gab Geschichten von Männern, die ihre Frauen und Familien zurückgelassen hatten und über das Eis in ein neues Leben in einem anderen Land gewandert waren.

Ich startete den Wagen und stellte die Heizung auf volle Pulle. Es dauerte gut zehn Minuten, um der Kälte den Biß zu nehmen. Die durchsichtige Plastikfolie, die das Seitenfenster am Beifahrersitz ersetzte, war da wenig hilfreich. Ich machte mir in Gedanken eine Notiz, morgen noch einmal bei der Autoglasfirma anzurufen und nachzuhören, ob das neue Fenster endlich da war. Sie hatten von zwei bis drei Wochen gesprochen, als sie es für mich bestellten. Das war vor fast drei Monaten.

Im schwachen Licht der Straßenlaternen und der Kneipenfenster fuhr ich quer durch die Stadt. Vorne an meinem Kleinlaster hatte ich den Schneepflug montiert, und auf der Ladefläche lag ein etwa acht Zentner schwerer Betonblock, um die Reibung zu erhöhen. In dieser Nacht waren die Straßen frei von Schnee, aber ich wußte, daß das nicht lange dauern würde. Das tat es nie. Nicht bis zum Frühjahr.

Als ich auf der Autobahn war, dauerte es eine ganze Weile, bis ich neunzig Stundenkilometer erreichte. Ich konnte spüren, wie die Maschine mit der zusätzlichen Last kämpfte. Auf der I-75 bis zur M-28 nach Westen durch den Hiawatha National Forest zur 123. Ich war die Strecke so oft gefahren, daß ich nicht mehr zu denken brauchte. Ich hatte die Straße für mich allein, mit Schnee beladene Kiefern säumten sie auf beiden Seiten. Der Wind pfiff durch die Plastikplane. Wenn das Fenster endlich repariert ist, dachte ich, macht mich bestimmt die plötzliche Stille verrückt.

In Paradise gibt es eine Hauptstraße und eine Nebenstraße, dic zum Tahquamenon State Park führt. Auf der Kreuzung hängt ein blinkendes Rotlicht. Wenn das eines Tages durch eine richtige Ampel ersetzt wird, wissen wir, daß für uns die große Zeit angebrochen ist. Im Moment gibt es nur eine Tankstelle, drei Kneipen einschließlich dem Glasgow Inn, vier Geschenkeläden und ein Dutzend kleiner Motels für die Touristen im Sommer, die Jäger im Herbst und die Schneemobilfahrer im Winter. Und etliche Hütten verstreut in den umliegenden Wäldern.

Im Glasgow Inn waren die Lichter noch an, aber ich fuhr vorbei. Schließlich muß ich nicht jeden Abend dort Station machen. Nach achtzig oder neunzig Abenden hintereinander hat ein Mann mal Anspruch auf einen freien Abend.

Gut anderthalb Kilometer hinter der Kreuzung führt ein alter

Holzweg nach Westen in den Wald. Die erste Hütte links gehört Vinnie. Ich wußte, daß er noch nicht zu Hause sein konnte – er betätigte sich noch wie immer als Fahrer für seine Mannschaftskameraden, die er in der Bay Mills Reservation ablud, wobei er vermutlich mit hundert Stammesverwandten sprechen mußte, die noch immer nicht verstanden hatten, warum er weggezogen sei. Mit viel Glück würde er bei Tagesanbruch zu Hause sein.

Die nächsten sechs Hütten gehörten mir. Mein Vater hatte sie in den sechziger und siebziger Jahren gebaut, in jedem Sommer eine, bis er zu krank wurde, um eine weitere zu bauen. Als ich bei der Polizei ausgeschieden war, kam ich hierhin und plante, eine Weile zu bleiben und sie dann zu verkaufen. Das war vor vierzehneinhalb Jahren gewesen.

Vielleicht hatte Sylvia ja recht. Vielleicht versteckte ich mich vor der Welt.

Ich hatte keine Lust, darüber nachzudenken. Ich war müde. Schon verkrampften sich in der Kälte meine Muskeln. Ich wollte nur noch ein warmes Bett für die Nacht. Jenseits dieses kreatürlichen Bedürfnisses hatte ich lediglich zwei schlichte Wünsche. Mein erster war, daß ich nicht mit schrecklichen Schmerzen aufwachen würde. Ein bißchen Muskelkater war in Ordnung. Aber ansonsten aufstehen können und herumgehen ohne Schmerzensschreie. Und der zweite Wunsch war, daß ich mit diesem Clown Bruckman niemals wieder etwas zu tun bekäme. Typen wie der bringen meine schlechtesten Eigenschaften zum Vorschein. Bitte, laß mich ihn nie wieder treffen.

Nur diese beiden kleinen Bitten. Das ist doch nicht zuviel verlangt im Leben eines Mannes.

Oder doch?

Kapitel 3

Ich erwachte am nächsten Morgen. Ich versuchte den Kopf zu heben. Keine gute Idee. Ich stöhnte, hielt den Atem an, versuchte, mich umzudrehen und dann in eine sitzende Position zu gelangen. Wieder keine gute Idee.

Guter Gott im Himmel, dachte ich. Das war's dann.

Ich versuchte aufzustehen. Ich scheiterte. Es gibt bestimmte Muskeln, die extrem beansprucht werden, wenn man eine gebeugte Habacht-Stellung bezieht oder seinen Körper hin und her bewegt. Ich weiß das, weil ich diese Muskeln täglich beansprucht hatte, als ich noch Baseball spielte. Die Hüftflexoren. Der Quadriceps. Jetzt ließen mich diese Muskeln wissen, wie mies es ihnen ging. Vierundzwanzig Jahre völlige Ruhe und dann gestern abend.

Ich griff nach einem Stuhl und zog mich hoch. Ah, die Rükkenmuskeln, gespannt wie Klaviersaiten. Die Kniesehnen. Die Lendenmuskel. Was bin ich doch für ein Idiot. Sollte ich jemals wieder zu Kräften kommen, werde ich Vinnie erwürgen.

Eine Dusche. Heißes Wasser auf meinen Körper. Ich steuerte Richtung Bad. Langsam und bedächtig, keine plötzlichen Bewegungen. Jetzt einen Schritt. Gott, tut das weh. Noch einen Schritt. Gott, tut das weh. Langsam schob ich mich quer durch die Hütte, der Holzfußboden kalt und gnadenlos unter meinen Füßen. Durch das Fenster konnte ich sehen, wie der Schnee leise rieselte.

Irgendwie schaffte ich es bis zur Dusche, stellte sie an und wartete darauf, daß das Wasser heiß wurde. Ich betrachtete mich im Spiegel. Mit achtundvierzig sollte man sich so nicht fühlen. Das ist lächerlich.

Ich schrie vor Schmerz, als ich unter die Dusche trat. An der Duschtasse war eine kleine Schwelle, die ich überschreiten mußte, und das hieß mein Bein etwas zu lupfen. Dreißig Minuten lang ließ ich das Wasser über mich laufen. Als ich damit fertig war, fühlte ich mich schon etwas besser. Die Schwelle an der Duschtasse überwand ich wie nichts.

Ich zog mich an. Sobald ich die Hosen anbekommen hatte, wurde das Leben einfacher. Ich rasierte mich, machte mir was zum Frühstück, saß am Tisch und sah aus dem Fenster, während ich den Kaffee austrank. Es mochten wohl zwölf Zentimeter Neuschnee gefallen sein. Hier in der Gegend nennt man das vereinzelte Verwehungen.

Ich ging nach draußen, setzte den Kleinlaster in Gang und fuhr mit dem Schneepflug über meine Straße. Zunächst fuhr ich nach Westen, tiefer in den Wald hinein. Ich wohnte in der ersten Hütte, die, bei der ich meinem Vater im Sommer 1968 geholfen hatte. Die zweite Hütte war etwas größer. Er hatte sie im nächsten Jahr allein gebaut. Sie stand im Moment leer. Der Mieter aus dem Süden Michigans hatte im letzten Moment telefonisch abgesagt.

Die dritte Hütte war wieder etwas größer, und so ging es weiter bis zur sechsten und letzten Hütte am Ende der Straße, und jede stand für einen weiteren Sommer im Leben meines Vaters. Zu dieser Jahreszeit waren alle Mieter Schneemobilfahrer. Man konnte sie tagsüber hören, wie sie die Pisten auf dem Staatsland rauf und runter röhrten. Ich mag nun mal keine Schneemobile. Der Krach, der ölige Rauch aus dem Auspuff. Und dann die Leute, die sie fahren, eingepackt in diese Schneemobilanzüge, sehen aus wie der Michelin-Mann, und meistens noch randvoll abgefüllt mit Bier und Schnaps. Je nachdem wie der Wind steht, kann man sie sogar mitten in der Nacht da draußen hören, wie sie auf den blöden Dingern hocken. Und dann passieren die Unfälle. Jede Woche kann man lesen, wie einer gegen einen Baum rast oder ins Eis einbricht. Am besten kann ich mich an den erinnern, wo ein Mann die Piste verlassen hat und zu einer Farm gefahren ist, direkt unterm Zaun einer alten Pferdekoppel her. Und jetzt stelle man sich den armen Kerl vor, der hinter ihm her fährt und den Helm aufhebt, in dem der Kopf noch drinsteckt.

»Schneemobile haßt du richtig, wie?« hatte mich Jackie mal gefragt.

»Ja, Jackie, das gebe ich zu. Ich hasse Schneemobile.«

»Weißt du denn auch, daß hier jedes Motel im Winter zwei Jahre im voraus ausgebucht ist? Das sind nicht mehr wie früher die Sommergäste, die hier Leben in die Bude bringen, Alex. Und auch nicht mehr die Jäger. Das sind die Schneemobilfahrer. An wen vermietest du denn bitte deine Hütten in dieser Jahreszeit?«

»Vogelkundler«, sagte ich. »Skilangläufer. Leute mit Schneeschuhen.«

»Das wüßte ich aber!« widersprach er. »Wo wärst du ohne Schneemobile? Was würdest du von Dezember bis März machen?«

»Nach Florida gehen.«

»Ja, das seh ich so vor mir. Alex McKnight am Strand. Schlürft 'nen Margarita.«

»Ja und?«

»Dafür bist du schon zu lange hier«, meinte er. »Du hast es im Blut.« Ich weiß noch, wie Jackie sich über den Tresen lehnte und mich am Kragen packte. »Du bist jetzt selbst ein Yooper, Alex. Du gehörst zu uns.«

Der Schnee war so trocken und leicht wie Talkumpuder. Ich pflügte ihn von der Straße, ohne ihn zu spüren oder zu hören. Ich wendete schließlich und fuhr in östlicher Richtung zur Hauptstraße. Ich fuhr an meiner Hütte vorbei und pflügte die Straße vor Vinnies Hütte frei. Sein Wagen stand nicht da. Vielleicht hatte er die Nacht im Reservat verbracht. Normalerweise pflüge ich im Vorbeifahren auch seine Einfahrt frei, aber heute hatte ich irgendwie keine Lust dazu. Soll er doch eingeschneit bleiben. Meinetwegen kann er ruhig mal schaufeln.

Ich rumpelte vorbei und hielt dann doch an. Ich setzte zurück und säuberte seine Einfahrt.

Ich fuhr in die Stadt, holte meine Post. Ich stand dicht an

meinem Wagen, als ich ihn volltankte, und spürte den kalten Morgenwind von der Whitefish Bay her. Soweit man sehen konnte, war sie zugefroren, aber irgendwo da draußen, vielleicht drei Kilometer seeeinwärts, war noch offenes Wasser. Das ist das Wasser, das die Schneegötter nährt. Ich erinnerte mich noch gut an eine Nacht vor zwei Jahren, in der es in zwölf Stunden fast anderthalb Meter geschneit hatte. In so einer Nacht spielen alle die Reise nach Jerusalem – da, wo man gerade ist, wenn's anfängt zu schneien, ob Kneipe, Restaurant oder zu Hause, da bleibt man auch die nächsten zwei Tage.

Ein großer Lastwagen fuhr in die Tankstelle, hinter sich einen Anhänger. Darauf standen zwei Schneemobile, die nach mindestens siebentausend Dollar das Stück aussahen. Der Fahrer stieg aus. Er trug einen neuen Schneemobilanzug, schon wieder tausend Dollar wie nichts. Er sah mich an, wie ich da stand in meinen Jeans und meinen Jagdstiefeln und meiner Daunenjacke, die zwölf harte Winter gesehen hatte, neben einem ramponierten Kleinlaster, der noch älter als meine Jacke war und bei dem eine Plastikfolie das Fenster am Beifahrersitz ersetzte.

»Tach«, sagte er.

»Tach«, sagte ich.

»Nettes Städtchen.«

»Freut mich, daß es Ihnen gefällt.«

»Wir fahren jetzt schon sieben Stunden«, sagte der Mann. »Verdammt umständlich, hierher zu kommen.«

»Noch lange nicht umständlich genug«, meinte ich.

Er lächelte und nickte. Er hatte wohl gar nicht hingehört.

»Schönen Tach noch«, sagte er.

Mit solchen guten Wünschen und einem Tank voller Benzin war ich für den Tag bestens gerüstet. Ich hielt am Glasgow Inn, um zu Mittag zu essen und den Besitzer zu ärgern. Jackie hat das Lokal ausstaffiert wie einen schottischen Pub, mit Kamin, entsprechenden Tischen und großen bequemen Sesseln. Jackie ist in Glasgow geboren. Am Akzent hörte man das nicht mehr, aber er sah aus wie einer dieser alten wettergegerbten Golf-Caddies. Zu dieser Tageszeit war das Lokal fast völlig leer; nur ein paar Einheimische saßen hinter ihren Zeitungen. Jackie saß am Kamin und hatte die Beine hochgelegt.

»Wo warst du gestern abend?« fragte er.

»Wie, muß ich mich schon abmelden, wenn ich mal nicht komme?«

»Verzeih meine Frage«, sagte er. »Ich habe mich nur gewundert, wo du warst.«

»Wenn du es schon wissen mußt, ich habe Eishockey gespielt.«

»Klar hast du das. Direkt nachdem die Außerirdischen dich entführt und zu 'ner Rundfahrt im Raumschiff eingeladen hatten.«

»Vinnie hat eine eigene Mannschaft«, erklärte ich. »In der Liga für über Dreißigjährige.« Ich bückte mich sehr langsam und extrem vorsichtig. Schließlich schaffte ich es, mich in einem Sessel zu plazieren. »Ich hab 'n bißchen Muskelkater.«

»Alex, dreißig und drüber heißt unter fünfzig.«

»Ich bin achtundvierzig, du Klugscheißer. Lupf dich mal und bring mir ein Bier. Und mach mir ein Sandwich, wo du schon mal dabei bist.«

»Ein Benehmen«, kommentierte er. Er ging hinter die Theke und öffnete den Kühlschrank. Ich legte meine Füße auf seinen kleinen Hocker und schloß die Augen. Die Hitze tat gut. Ich hätte auf der Stelle einschlafen können.

»Hier«, sagte er. Er stellte einen Teller auf den Tisch neben mich, dazu eine Flasche.

»Was ist das, Jackie?«

»Ein Sandwich, du Genie. Gekochter Schinken mit Provolone.« Er ging zurück zur Bar, was auch gut und richtig war, denn ich hatte nicht die Absicht, ihm seinen Hocker zurückzugeben.

»Ich meine die Flasche«, sagte ich laut quer durch den Raum. Ein Mann in einer Ecke sah von seiner Zeitung auf, lächelte, schüttelte den Kopf und vertiefte sich wieder in seine Lektüre.

»Das ist Bier, Alex.«

»Was für Bier?«

»Molson. Du kannst doch lesen.«

»Was für Molson?«

Er stieß einen langen Seufzer aus. »Amerikanisches Molson.«

»Wo ist mein kanadisches Bier, Jackie?« Wir haben dieses kleine Arrangement. Immer, wenn er über die Grenze fährt, bringt er mir einen Kasten kanadisches Molson mit. An sich sollte er in den Vereinigten Staaten kein kanadisches Bier ausschenken, aber er hat immer ein paar im Kühlschrank, speziell für mich.

»Das Kanadische ist mir ausgegangen«, erklärte er. »Morgen hole ich neues.«

»Ich erwarte von dir, daß du den Vorrat ständig im Auge behältst«, sagte ich. »Und wenn er zur Neige geht, solltest du mir das sagen.«

»Als ob ich nichts Besseres zu tun hätte, als auf deinen höchstpersönlichen Biervorrat zu achten.«

»Nein, du hast in der Tat nichts Besseres zu tun. Man muß im Leben Prioritäten setzen, und das sollte für dich stets Nummer eins sein.«

»Kannst du endlich dein gottverdammtes amerikanisches Bier trinken? Ich schwöre, ich mach noch mal 'nen Blindversuch mit dir, ob du überhaupt den Unterschied schmeckst. Ich wette fünfhundert Dollar, daß du das nicht schaffst.«

Die Tür ging auf, bevor ich die Wette annehmen konnte. Ein Schwall Kälte fiel förmlich in den Raum, und ein Mann trat ein, der genauso erfreulich war wie die kalte Luft. Leon Prudell.

»Ah ja«, sagte Jackie vom Tresen aus, »das hätte ich dir sagen sollen. Leon Prudell hat dich gestern abend hier gesucht. Ich hab ihm gesagt, er soll heute in der Mittagszeit noch mal wiederkommen.«

»Vielen Dank«, sagte ich.

Prudell kam zum Kamin und setzte sich in den Sessel, der neben meinem stand. »Wie geht's denn so, Alex?«

»Prudell«, sagte ich.

»Nennen Sie mich doch Leon, ja?« sagte er. Er hatte sich kaum verändert. Er war noch immer ganz Flanell, ungepflegte rote Haare und Yooper Twang, der leichte Akzent der Eingeborenen von der Oberen Halbinsel.

»Leon. Was kann ich für Sie tun?« Beim letzten Mal, als er hier aufgetaucht war, hatte er sehr viel Whiskey getrunken und dann versucht, mich auf dem Parkplatz auseinanderzunehmen. Wenn ich es mir recht überlegte, war das genau an dem Abend gewesen, an dem mein Leben aus den Fugen geraten war. Ich hoffte nur, daß sein jetziger Auftritt kein böses Omen war.

»Ich wollte nur mit Ihnen reden«, sagte er. »Ich wollte Ihnen ein Geschäft vorschlagen.«

Ich wußte nicht, was ich sagen sollte, also versuchte ich es gar nicht erst.

»Hier ist mein Vorschlag«, sagte er. »Ich habe drüber nachgedacht, wieder als Privatdetektiv zu arbeiten, ja. Mir fehlt das wirklich, Alex. Das heißt, meine Lizenz und alles habe ich natürlich noch. Hier, hab ich mir machen lassen.« Er gab mir eine Visitenkarte. Darauf stand »Leon Prudell, Ermittlungen, Sicherheitsdienst, Kautionen.«

»Ist Ihnen wohl wirklich ernst«, meinte ich.

»Das mit den Kautionen zusätzlich halte ich für 'ne gute Idee. Wußten Sie, daß es im ganzen County keinen Kautionsdienst gibt? Bis auf mich jetzt, meine ich. Wer gegen Kaution freikommen will, mußte bislang auf jemanden aus Mackinac warten.«

»Jetzt weiß ich es«, sagte ich. »Aber was hat das alles mit mir zu tun?«

»Alex ...«, sagte er. Er musterte kurz den Raum und neigte dann seinen Kopf zu mir rüber. »Alex, ich sag es Ihnen, wie es ist. Ich habe mir alle Mühe gegeben, als Detektiv wieder ins Geschäft zu kommen, weil es das ist, was mir wirklich Spaß macht. Und ich denke, daß ich darin auch gut bin. Ich hab Ihnen doch mal geholfen, wissen Sie noch? Damit wir bei dem Kerl ins Haus kamen? Da haben Sie doch gesehen, daß ich in solchen Dingen richtig gut bin, oder? Hab ich nicht recht?«

Ich sah ihn an. »Ja«, sagte ich schließlich. »Das war brillant.«

»Okay«, sagte er. »Aber mein Problem ist, daß die meisten Leute, wenn sie mich sehen, mir das nicht ansehen. Sie wissen doch, was ich meine? Sie sehen mich, und sie denken gleich an den fetten Idioten, der in der Klasse immer hinten sitzt.«

»Prudell ...«

»Alex, ich sag doch gar nicht, daß ich sie an den fetten Idioten *erinnere*, ich *war* der fette Idiot, klar? Jeder, mit dem ich zur Schule gegangen bin, lebt noch hier in Sault Ste. Marie. Sie sehen mich immer noch so. Wissen Sie, wie schwer es ist, damit umzugehen?«

»Und was hab ich damit zu tun?«

»Ich möchte, daß Sie mein Partner werden.«

»Oh Gott«, sagte ich. »Wollen Sie mich verarschen?«

»McKnight-Prudell Ermittlungen«, sagte er. »Obwohl, ich weiß nicht, vielleicht klingt Prudell-McKnight besser.«

»Prudell, also wissen Sie ...«

»Okay, McKnight-Prudell. Ihr Name kommt an die Spitze.«

»Nun hören Sie aber auf«, sagte ich, »bitte.«

»Wir wären perfekt. Sie sind Ex-Polizist. Sie *sehen aus* wie ein Expolizist. Sie sprechen nicht so, als seien Sie hier aus der Gegend. Und Sie haben das.« Er blickte auf meine Brust. »Sie wissen schon, das da mit der Kugel, das spricht für Sie.«

Ich sah ihn nur an.

»Sie haben doch wirklich eine Kugel da drin? Direkt neben dem Herzen? Haben Sie eigentlich 'ne Vorstellung, wie toll das klingt? Die Leute hören das und denken: ›Boah, der Kerl ist ja wie einer aus 'nem Film.‹«

»Ja, genau das hab ich gehofft«, sagte ich in meiner besten Filmstimme. »Klaro, deshalb hab ich mich ja überhaupt nur niederschießen lassen.«

»Nein, im Ernst, Alex ...«

»Nun hören Sie endlich auf«, sagte ich. »Ich will kein Privatdetektiv mehr sein. Das ist das Allerletzte, was ich auf dieser Welt sein möchte.«

»Habe verstanden«, sagte er. »Sie wollen bloß nicht mein Partner sein.«

»Mit Ihnen hat das nichts zu tun. Ich will einfach keiner mehr sein. Daß ich Privatdetektiv geworden bin, war das Übelste, was ich in meinem ganzen Leben getan habe, verstehen Sie? Da ist nur Mist bei rausgekommen.« Ich wollte ihm keinesfalls die ganze Geschichte erzählen. Ich mochte nicht einmal mehr daran denken.

»Wollen Sie nicht darüber nachdenken?« fragte er. »Wollen Sie nicht wenigstens das tun?«

»Da gibt es nichts zum Nachdenken«, sagte ich. »Ich bin kein Privatdetektiv mehr. Und ich werde auch nie wieder einer sein.«

»Schön«, sagte er. Er erhob sich aus dem Sessel und zog seinen Mantel an.

Ich versuchte ebenfalls aufzustehen. Meine Beine waren da anderer Meinung. Wenn Prudell jemals wieder auf eine Gelegenheit lauern sollte, mich durchzuprügeln, wäre heute ein toller Tag dafür. »Hören Sie«, sagte ich. »Wenn jemand mir einen Auftrag oder so geben will, schick ich ihn direkt zu Ihnen, okay?«

»Klar«, sagte er. »Tun Sie das. Allerherzlichsten Dank.«

Ich gab es auf und setzte mich wieder. Prudell verließ das Lokal und warf die Tür hinter sich zu.

»Um was ging es da gerade?« fragte Jackie.

»Nichts«, sagte ich. »Ich habe nur wieder mal sein Leben ruiniert.« Ich nahm einen Schluck von meinem amerikanischen

Bier und wäre fast daran erstickt. »Verdammt noch mal, Jackie. Ich denke nicht dran, hier zu sitzen und das da zu trinken.«

»Kanada liegt fünfzig Kilometer in dieser Richtung«, sagte er und zeigte nach Norden. »Du kennst den Weg.«

»Ich würde das glatt machen«, sagte ich. »Sobald ich wieder gehen kann.«

Ich saß dann doch noch zwei Stunden da. Langsam füllte sich das Lokal mit Schneemobilfahrern. Ich hörte eine Menge Gerede mit an, welche Pisten glatt seien und wie schnell doch die Yamaha verglichen mit der Polaris und erst recht mit der Arctic Cat sei. Es war faszinierend. Als ich endlich genug von den gottverdammten Schneemobilen hatte und keine Lust mehr hatte, mit einem gottverdammten erbärmlichen amerikanischen Bier neben einem herrlichen Feuer zu sitzen, teilte ich meinem Körper mit, nunmehr sei Bewegung angesagt, ob er das wolle oder nicht. »Ich brauche etwas frische Luft«, sagte ich beim Hinausgehen zu Jackie. »Ich gehe nach Kanada.«

»Du brauchst gar nicht erst zurückzukommen«, rief er mir nach.

»Das würde dir so passen«, sagte ich noch, und dann war ich draußen in der kalten Luft, wo die Schneeflocken tanzten wie Millionen Schmetterlinge. Lange stand ich da und lauschte der Stille. Es fiel schwer, sich die Novemberstürme auch nur vorzustellen, das ständige Tosen der Wellen gegen die Felsen am Ufer. Und jetzt – nichts. Kein Geräusch. Nur Schnee.

Und dann wurde plötzlich vom Wald her die Stille zerrissen vom Geheul einer Hundert-PS-Maschine. Mein Gott, wie ich Schneemobile hasse!

Ich kletterte in meinen Laster. Es war zu viel. Es schmerzte zu sehr. Das bloße Einsteigen in meinen blöden Laster. Ich schrie mich selbst an, schlug mit beiden Fäusten gegen das Lenkrad. Du warst mal Berufssportler, verdammt noch mal. Was ist bloß aus dir geworden?

Mein Gott, Alex, hast du eine Laune. Wo liegt denn dein Problem? Ein kleines bißchen Muskelkater? Ein kleiner Milchsäureüberschuß in der Blutbahn? Oder ist es der Gedanke an drei weitere Monate voll Eis und Schnee? Vielleicht ist es Prudell, der Ausdruck in seinem Gesicht, als du ihm gesagt hast, du wollest nicht sein Partner sein. Als habest du ihm seinen Traum weggenommen. Wieder einmal.

Aber vielleicht ist es auch Sylvia. Du treibst dich noch in den Wahnsinn, wenn du immer an sie denkst. Sie ist weg. Akzeptier das endlich.

Es dämmerte bereits, als ich die Internationale Brücke erreichte. Unter der Brücke sah ich die gefrorenen Schleusen und dann die glühenden Öfen und Schlote der Algoma Stahlgußwerke. Ich zahlte die ein Dollar fünfzig Maut und reihte mich dann in die Warteschlange am kanadischen Zollhäuschen ein.

Der Verkehr war spärlich, weshalb nur ein Schalter in Betrieb war. Aber der Mann fertigte die Autos dennoch zügig ab. Als ich an der Reihe war, fragte er mich, wohin ich wolle und warum. Er kam mir bekannt vor. Du mußt nur oft genug rüberfahren, dann kennen sie dich. Ich sagte, nur ein Kurztrip nach Soo Canada zum Bierholen. Er lächelte mich an und winkte mich durch.

Man fährt von der Brücke runter und ist mitten in der Innenstadt von Soo Canada. Für kanadische Verhältnisse ist es eine große Stadt, mindestens viermal so groß wie Soo Michigan. Ich fuhr die Bay Street runter, an der Fischbrutanstalt und dem Verwaltungszentrum vorbei auf einen großen, hell erleuchteten Parkplatz. Früher sprach man vom Brauereiverkauf. Heute heißt es schlicht Bierladen. In jeder kanadischen Stadt gibt es einen oder zwei davon, von Vancouver bis Prince Edward Island. Es ist ein herrlicher Ort. Man geht rein und sieht eine Reihe von Flaschen an der Wand. Man sagt die da bitte und bitte zwei davon. Und schon kommen zwei Kisten auf dem Förderband angerollt. Und keineswegs langsam. Du mußt dich schon konzentrieren. Ich habe viel über Kanadier reden hören, Gutes wie Schlechtes. Aber wenn es ums Bier geht, wissen sie, worauf es ankommt.

Mit zwei Kisten auf der Ladefläche fuhr ich zur Brücke zurück. Ich merkte, wie sich meine Stimmung besserte, als ich unter den Straßenlampen auf der Queen Street langfuhr. Ich zahlte noch mal den Dollar fünfzig Maut und wartete jetzt am US-Zollhäuschen. Als ich an der Reihe war, fuhr ich bis zum Schalter vor und begrüßte den Mann mit Hallo. Wieder ein vertrautes Gesicht. Er stellte mir die üblichen Fragen. Ich sagte, ich hätte zwei Kisten hinten drauf.

»Sie wissen, daß Sie nur eine Kiste pro Fahrt einführen dürfen«, sagte er.

»Können Sie mir das zum Vorwurf machen?« antwortete ich. »Wir sprechen von kanadischem Bier.«

Er dachte einen Moment lang nach. »Los, machen Sie, daß Sie wegkommen«, sagte er schließlich. »Und passen Sie auf das Bier auf. Haben Sie es gesichert? Sie wollen doch nicht, daß die Flaschen kaputtgehen, oder?«

»Bier ist bei mir immer sicher«, sagte ich. »Da können Sie sich drauf verlassen.«

Ich fuhr durch Soo Michigan zurück. Dieselben Straßen, und jede Tour hier bei uns mindestens eine halbe Stunde. Kein Wunder, daß mein Laster über 350.000 drauf hatte. Der Schnee fiel jetzt dichter.

Kaum hatte ich das Schild passiert (»Paradise. Schön, daß Sie es geschafft haben«), da schoß ein Schneemobil auf die Straße. Ich trat auf die Bremsen und hörte hinter mir die Flaschen rappeln. Der Fahrer saß unbeweglich da, wie ein Stück Rehwild, das von meinen Scheinwerfern gebannt war. Durch das Visier des Helms konnte ich sein Gesicht nicht erkennen.

Wenn auch nur eine Flasche kaputt ist, sagte ich mir, dann ist die Hölle los. Ich hielt mich am Lenkrad fest und zwang mich, bis fünf zu zählen, dann öffnete ich die Tür. Das Schneemobil verschwand in einer weißen Wolke.

Ich sah nach dem Bier und stieg wieder in den Wagen. Ich merkte, wie meine schlechte Laune zurückkehrte. Fahr ins

Glasgow, Alex. Stell eine Kiste hinter den Tresen. Laß eine auf dem Wagen. Stell sie besser ins Führerhaus, damit sie nicht gefriert. Setz dich ans Feuer, zieh die Stiefel aus. Jackie macht dir was zu essen. Du sitzt da, du trinkst ein kaltes Kanadisches. Du wirst ein neuer Mensch sein.

Ich nahm die Kiste und schob mich rückwärts durch die Tür. Das Lokal war voller Schneemobilfahrer. Ein Mann ging auf dem Weg zur Toilette an mir vorbei, den Anzug bis zur Hüfte offen, in schweren, polternden Stiefeln, und das glänzende Zeug an seinen Beinen machte bei jedem Schritt *sip sip*. Jackie hatte sich über den Tresen gebeugt und sprach mit einer Frau. Die Lichterkette an der Wand hinter der Theke blinkte in regelmäßigen Abständen, obwohl Weihnachten längst vorbei war. Ich setzte die Kiste ab, richtete mich auf und streckte meinen Rücken, wobei ich mich im Raum umsah. Viele fremde Gesichter, aber das war in dieser Jahreszeit normal. Die ganzen Kerle aus dem Süden des Staates, die den Raum mit ihren Geschichten, ihren blöden Witzen und mit Zigarettenrauch füllten.

Der übliche Anblick. Und doch …

Und doch was? Irgend etwas stimmte nicht. Ein bestimmtes Geräusch, oder das Fehlen eines bestimmten Geräusches. Ein Gefühl, als ob mich jemand beobachtete, obwohl mich niemand ansah. Nur ein Gefühl, daß irgendwas …

Was? Was war das Problem? Ich konnte es nicht sagen. Ich dachte dann auch nicht weiter darüber nach. Ich schob es auf meine komische Laune an einem komischen Tag. Ich hörte nicht auf die Stimme im Hinterkopf, die leise Stimme, auf die ich mich als Polizist tagtäglich verlassen hatte. Ich hätte durch den Raum gehen können und jeden Mann betrachten, einen nach dem anderen, langsam und ganz beiläufig, ohne viel Aufhebens. Jedem in die Augen sehen, lächeln, nicken, weitergehen zum nächsten. Vielleicht hätte ich dann mein Vorgefühl auf den Mann, der allein in der Ecke saß, eingrenzen können. Oder auf den Mann am Fenster, der ständig nach draußen sah. Vielleicht hätte ich dann spüren können, daß in dieser Nacht noch etwas Schlimmes passieren würde, und vielleicht hätte ich sogar einen Weg gefunden, es zu verhindern.

Aber das tat ich nicht. Ich wischte das Gefühl weg, genauso wie früher die Pitcher meine Signale wegzuwischen pflegten. Eine kurze Bewegung mit dem Kopf, und es war abgetan.

Jackie stand plötzlich neben mir. »Alex, komm mal eben rüber«, sagte er. »Ich möchte dich mit jemandem bekanntmachen.«

Ich sah die Frau an, mit der er gesprochen hatte. Das Gesicht kam mir vage bekannt vor, aber ich konnte mich nicht erinnern, wo ich es schon einmal gesehen hatte. Sie war in den Dreißigern, Mitte bis spät. Braune Haare, eine blonde Strähne auf einer Seite. Blaue Augen, ein dunkles Blau, fast violett. Vielleicht hätte ich sie attraktiv gefunden, wären nicht seit Sylvia fast alle meine Schaltkreise ausgefallen. Sie saß am Ende der Theke, und der Hocker neben ihr war leer, so als gäbe es eine unsichtbare Blase um sie herum, die die Männer fernhielt. Sie hatte die Hände vor sich auf der Theke gefaltet und sah zur Weihnachtskette hoch.

»Wer ist das?« fragte ich.

»Sie heißt Dorothy«, sagte er. »Sie wartet auf dich.«

Sie blickte in ihren Schoß, öffnete ihre Jacke und zog eine Schachtel Zigaretten heraus. Es war eine Lederjacke. Bei weitem nicht warm genug.

Plötzlich war es da. Mir fiel ein, wo ich sie gesehen hatte.

Kapitel 4

»Es war nicht schwer, Sie zu finden«, sagte sie. Wir hatten uns an den kleinen Tisch neben dem Kamin gesetzt. Sie saß mir gegenüber und sah sich in dem Raum mit all den Männern in ihren Schneemobilanzügen um. Jackie war vorbeigekommen, hatte mir ein Bier hingestellt und sie gefragt, ob er ihr etwas bringen könne. Sie bat um ein Glas Wasser. »Ich hab in der Kneipe angefangen, wissen Sie, in der von gestern abend. Der mit all den Tieren.«

»Das Horns Inn«, sagte ich. »Sie waren mit der anderen Hockeymannschaft da.«

»Wird Ihnen da nicht unheimlich zumute? Wenn alle die Augen Sie anstarren?«

»So habe ich das noch nie gesehen. Wenn ich das nächste Mal da bin, werde ich drauf achten.«

Sie lächelte. Ihre Augen waren gerötet. Sie wirkte müde. »Der Wirt dort kannte Sie«, erklärte sie. »Er hat mir gesagt, Sie seien Privatdetektiv. Der Rechtsanwalt, für den Sie gearbeitet haben, hat dort viel verkehrt und oft von Ihnen erzählt. Stimmt es, daß Sie eine Kugel im Herzen haben?«

»Neben dem Herzen.«

»Okay, das leuchtet schon eher ein«, sagte sie. »Wenn Sie sie *im* Herzen hätten, wären Sie doch tot, oder? Wie ist das überhaupt passiert?«

»Das ist eine lange Geschichte«, sagte ich.

Sie nickte und biß sich auf die Lippe. Ich konnte sehen, daß an einem ihrer Schneidezähne eine Ecke fehlte. »Er hat mir gesagt, daß Sie hier wohnen. In Paradise. Ich wußte, daß es eine kleine Stadt ist, und da dachte ich mir, daß es nicht schwer sein würde, Sie zu finden. Ich bin hierher getrampt, stellen Sie sich das mal vor. Das habe ich seit zwanzig Jahren nicht mehr gemacht. Als ich in der Stadt war, hat mir der Typ an der Tankstelle geraten, es mal hier zu versuchen. Ich hab mich dann mit Jakkie da drüben unterhalten.« Sie blickte ihn über die Schulter an. »Er ist ein sehr netter Mann.«

»Sie sind Indianerin, nicht wahr?« fragte ich. Hätte ich nicht darauf geachtet, wäre es mir nie aufgefallen. In ihrem Gesicht war nur eine ganz leise Andeutung davon zu sehen, eine gewisse Ruhe in ihren Augen. »Vinnie hat Sie erkannt. Er hat gesagt, Sie sind im Reservat aufgewachsen.«

»Vinnie wie weiter?«

»Vinnie LeBlanc.«

»Ich kenne ihn nicht«, sagte sie. »Ich kann mich nicht an viele Leute aus der Zeit erinnern. Ich bin seit, ja mein Gott, es müssen zehn Jahre sein, von da weg. Bis vor zwei Monaten war ich nicht mal mehr auf der Oberen Halbinsel.«

»Er kann sich an Sie erinnern«, sagte ich. »Aus der Kinderzeit noch, nehme ich an.«

»Kann sein«, sagte sie. »Na, jedenfalls werden Sie sich fragen, wieso ich nach Ihnen suche.«

»Ich bin davon ausgegangen, daß Sie mir das erzählen würden.«

»Es ist so, Alex … Darf ich Sie Alex nennen?«

»Na klar.«

»Was ich mich frage, ist, ob Sie im Moment zufällig frei sind. Ich meine, kann ich Sie engagieren?«

»Mich engagieren?« fragte ich. »Moment mal. Ich bin nicht mehr wirklich Privatdetektiv. Ich weiß nicht mal, ob ich jemals einer war.«

»Das verstehe ich nicht.«

»Das ist eine lange Geschichte«, sagte ich. »Noch eine lange Geschichte.«

»Oh«, sagte sie nur. So müde sie bisher schon gewirkt hatte, schien das jetzt noch weiter die Luft aus ihr herauszulassen. Sie lehnte sich in ihren Sessel zurück und schloß die Augen.

»Zufällig habe ich gerade heute nachmittag mit einem wirklichen Privatdetektiv gesprochen. Ich habe ihm versprochen, alle Kunden an ihn weiterzugeben. Soll ich ihn anrufen?«

»Nein«, sagte sie. »Ich möchte mit niemand anders sprechen. Hören Sie, es tut mir leid, ich habe da einen Fehler gemacht. Vergessen Sie's.« Sie wollte aufstehen.

»Dorothy, bleiben Sie sitzen«, sagte ich. »Erzählen Sie mir, was los ist. Warum Sie den ganzen Weg hierhergekommen sind. Bloß, weil Sie gehört haben, daß ich Privatdetektiv bin?«

Sie griff nach ihrem Glas Wasser und ließ die Eiswürfel klirren. Sie nahm einen tiefen Zug und stellte dann das Glas zurück auf den Tisch. »Nun gut, das wird ganz schön verrückt klingen, okay?«

»Schießen Sie los.«

»Ich war bei dem Spiel gestern abend«, sagte sie. »Ich habe gesehen, was Sie Lonnie angetan haben.«

»Bruckman? Sie waren mit ihm da?« Ich konnte mir das nur schwer vorstellen, nach allem, was er über Indianer gesagt hatte.

»Ja«, sagte sie. »Ich muß zu allen seinen Spielen gehen.«

»Es war nur eine Seniorenliga. Eine Handvoll alter Knaben, die Hockey spielen, weil sie den Tagen ihrer Glorie nachtrauern. Und alles, was ich gemacht habe, war, zwei seiner Schüsse abzublocken.«

»Sie wissen nicht, wie schwer er das nimmt«, sagte sie. »Sie haben ihn kalt erwischt. Und dann später in der Kneipe, wie Sie ihn da vorgeführt haben. Ich habe zugehört, Alex. Wir alle haben zugehört. Sie haben ihn ganz schön alt aussehen lassen.«

»Dorothy, das ist nun wirklich …«

»Sie kennen ihn nicht, Alex. Haben Sie eigentlich eine Vorstellung davon, wie wütend Sie ihn gemacht haben? Er konnte überhaupt nicht mehr aufhören, davon zu reden. Die ganze Nacht. Er hat nicht geschlafen.«

»Natürlich hat er nicht geschlafen«, sagte ich. »Dafür war er viel zu high.«

»Das ist Ihnen aufgefallen?«

»Das war wohl kaum zu vermeiden«, meinte ich. »Macht er das öfter?«

»Ja«, sagte sie. Sie starrte in den Kamin. Die Tür ging auf, und weitere Schneemobilfahrer kamen herein und stampften den Schnee von den schweren Stiefeln.

»Was ist los? Haben Sie irgendwelche Schwierigkeiten? Hat er ...«

»Hat er was? Hat er mich geschlagen? Denken Sie, daß ich deshalb hier bin? Weil ich Sie brauche, um mich zu beschützen?« Sie sah mich jetzt wieder an. Ich konnte den Widerschein des Kaminfeuers in ihren Augen sehen.

»Ich frage nur. Denn wenn er das getan hat ...«

»Dann sollte ich in ein Frauenhaus gehen und Sie in Ruhe lassen?«

»Soll ich Ihnen nun helfen oder nicht?«

»Es tut mir leid«, sagte sie. »Ich bin nur ... ich weiß es nicht. Tut mir leid.«

»Was soll ich denn nun machen? Können Sie hier irgendwo hingehen?«

»Eigentlich nicht. Vielleicht im Süden des Staates. Da habe ich Freunde.«

»Was ist mit dem Reservat?«

»Nein«, sagte sie, »da bin ich nicht willkommen. Meine Eltern und ich ...« Lange Zeit sagte sie gar nichts und schüttelte nur den Kopf. »Nein, dahin nicht.«

»Sagen wir mal, ich war wirklich Privatdetektiv. Ich meine, sagen wir, ich wollte wirklich mal einer sein. Was könnte ich dann Ihrer Meinung nach für Sie tun?«

»Ich würde Sie engagieren ...« sagte sie und hielt dann inne. »Ich kann Ihnen doch vertrauen, nicht wahr? Das kann ich doch wirklich.«

»Ja«, sagte ich nur.

»Ich glaube Ihnen das. Ich weiß nicht, wieso ich das glaube, aber ich tu's.«

»Wofür würden Sie mich engagieren wollen, Dorothy?«

»Ich würde Sie engagieren, damit Sie mir helfen, hier wegzukommen. Das ist alles. Helfen Sie mir, hier wegzukommen. Bevor er mich findet.«

»Sie meinen, er ist hinter Ihnen her?«

»Ja«, sagte sie, »das ist er. Er ist hinter mir her. Und wenn er mich findet, bringt er mich um.«

»Mein Gott, ist das kalt«, sagte sie. Der Schnee fiel jetzt so dicht, daß sich die Flocken schon in der Luft verbanden; es sah aus, als fielen kleine Papierfiguren vom Himmel.

Sie hatte sich ihren weißen Matchbeutel über die Schulter geschlungen, nachdem sie sich geweigert hatte, ihn von mir tragen zu lassen. »Sie brauchen einen wärmeren Mantel«, sagte ich. »Hier, nehmen Sie meinen.«

»Auf keinen Fall. Das ist schon in Ordnung.«

»Mein Lastwagen steht da drüben.« Der Parkplatz war voller Schneemobile und Wohnwagen. »Ich mache sofort die Heizung an.«

Sie blieb stehen und blickte hoch in die Dunkelheit. »Heute ist Vollmond.«

»Welcher Mond? Ich habe seit zwei Monaten nicht mal mehr den Himmel gesehen.«

»Ich kann ihn fühlen«, sagte sie. »Fühlen Sie ihn nicht?«

Ich öffnete die Beifahrertür für sie. »Das mit dem fehlenden Fenster tut mir leid«, erklärte ich. Ich stieg auf meiner Seite ein, drehte den Zündschlüssel und schaltete die Heizung ein.

»Sie fühlen den Mond nicht, oder?« fragte sie.

»Nein«, sagte ich. »Leider.«

»Es ist der Wolfsmond, müssen Sie wissen. Der erste Vollmond des Jahres.«

»In einer Minute wird es wärmer«, versprach ich. »Ich sollte eine Decke dabeihaben.«

»Sie halten mich für verrückt, oder?«

»Nein«, sagte ich. Ich hörte auf, an der Heizung herumzufummeln, und sah ihr direkt ins Gesicht, so daß sie sehen konnte, daß ich die Wahrheit sagte. »Ich kenne wirklich Verrückte, glauben Sie mir.«

»Sagen Sie jetzt nichts. Das ist eine weitere lange Geschichte.«

»Ja.«

»Und das Fenster hier?« fragte sie und klopfte gegen die Plane.

»Eine weitere lange Geschichte«, sagte ich.

Sie veränderte die Position des Sackes auf ihrem Schoß. »Macht es Ihnen auch bestimmt nichts aus?«

»Ich hatte eine Absage«, sagte ich. »Die Hütte steht wirklich leer.«

»Ich weiß das echt zu schätzen. Ich muß nur ein paar Stunden schlafen. Dann kann ich auch wieder klar denken.«

Ich fuhr den Wagen vom Parkplatz und dann auf der Hauptstraße nach Norden. Nicht sehr weit die Straße hoch gibt es eine Stelle, an der die Bäume aufhören und man über die ganze Bucht sehen kann. Noch vor wenigen Wochen hätte man dort die Frachter hinter den Schleusen vor Anker liegen sehen, wie sie auf ihrer letzten Fahrt vor dem Frost auf günstiges Wetter für die Fahrt nach Duluth warteten. Aber heute abend war es so dunkel, daß man kaum das Eis sehen konnte.

»Sind Sie sicher, daß Sie diesen Wolfsmond nicht spüren können?« fragte sie. Sie hatte sich im Sitz zurückgelehnt. Ihre Stimme war ein leises Murmeln, das dem Rauschen des Windes die Kraft zu nehmen schien; der Effekt war hypnotisch.

»Ich wüßte nicht, wie man den Mond überhaupt fühlen kann.«

»Sie haben es nur vergessen. Ihre Vorfahren haben es gewußt.«

»Ist das so?«

»Sie meinen, das ist was Indianisches, nicht wahr? Daß der Mond Namen hat?«

»Ist es das nicht?«

»Nein«, erläuterte sie. »Das ist keltische Mythologie. Als Teenager habe ich mich mit dem ganzen Kram intensiv beschäftigt. Heidnische Rituale, Hexerei, Tarotkarten. Alles, nur nichts Indianisches. Ich wollte keine Indianerin sein.«

Die Schneeflocken wehten gegen die Scheinwerfer. Es wirkte so, als führen wir sehr schnell.

»Das ist Ihr Mond, Alex. Mr. McKnight aus dem schottischen Hochland. Der Wolfsmond gehört Ihnen, nicht mir.«

»Ich bin noch nie in Schottland gewesen«, sagte ich. »Jackie ist dort geboren. Dann ist es wohl sein Mond.«

»Sie haben dasselbe Blut«, meinte sie. »Warum sonst wohl gehen Sie jeden Abend dorthin?«

»Weil ich keinen Fernseher habe.«

Sie lachte. Oder sie kam so nahe an ein Lachen heran, wie es ihr an diesem Abend möglich war. »Jeder Mond hat eine bestimmte Botschaft, müssen Sie wissen. Wissen Sie, was der Wolfsmond bedeutet?«

»Nein. Was bedeutet er denn?«

»Wolfsmond heißt, daß es an der Zeit ist, die Leute um einen herum zu beschützen, weil Wölfe vor der Tür lauern.«

»Verstehe.«

»Das soll nicht etwa heißen, daß Sie mich beschützen sollen«, sagte sie. »Das will ich damit nicht sagen. Ich kann auf mich selbst aufpassen.«

»Okay«, sagte ich.

»Das sagt der Mond. Nicht ich.«

»Okay.«

Der Schnee bildete jetzt eine feste Schicht. Eine ganze Weile starrte sie auf die Straße und sagte dann: »Obwohl ich nichts dagegen hätte, wenn Sie jetzt die ganze Nacht einfach weiterfahren wollten. Einfach sehen, wie weit man kommt.«

»Dorothy ...«

»Fahren Sie weiter«, sagte sie. In ihrer Stimme war plötzlich ein rauher Ton. »Einfach weiter. Schaffen Sie mich um Himmels willen hier weg.«

»Diese Straße führt geradewegs auf den Point«, erklärte ich. »Nach zwanzig Kilometern geht es nicht mehr weiter. Sozusagen eine Sackgasse.«

»Die Geschichte meines Lebens«, sagte sie. Die Schärfe war aus ihrer Stimme verschwunden, genauso plötzlich, wie sie gekommen war. »Wissen Sie eigentlich, daß es auf der Isle Royale jetzt Wölfe gibt?«

»Ich habe davon gehört.«

»Ich meine nur, weil wir gerade von Wölfen reden. Wissen Sie, wie sie dahingekommen sind?«

Isle Royale war eine Insel mitten im Lake Superior. Die ganze Insel stand jetzt als Nationalpark unter Naturschutz. »Sie sind übers Eis gekommen«, meinte ich. »Wie sollten sie sonst da draußen hingekommen sein? Mit der Fähre?«

»Mann, sind Sie lustig. Ich meine natürlich, ob Sie wissen, *warum* sie dahingegangen sind. Warum sie den ganzen Weg übers Eis gemacht haben, nur um zu der Insel zu kommen.«

»Es sind Jäger«, sagte ich. »Da gibt es nur einen Grund, dahin zu gehen.«

»Ja, die Elche. Zuerst sind die Elche übers Eis gegangen. Und dann sind die Wölfe hinterher, um nach ihnen zu sehen.«

»Klar.«

»Jetzt stellen Sie sich mal vor, Sie sind so ein Elch. Da denken Sie, jetzt haben Sie endlich einen sicheren Platz gefunden, wo es keine Wölfe gibt. Und dann, eines Tages ...«

Ich fuhr weiter.

»Die Wölfe werden Sie finden, Alex. Denken Sie daran.«

»Ich werde dran denken«, sagte ich.

»Mein Gott, ich kann es gar nicht fassen, daß ich wieder hier bin.« Sie fiel in einen falschen Yooper-Akzent: »Hier gehör ich hin, wie?«

Ich sagte gar nichts.

»Ich hasse die Gegend, Alex. Ich kann Ihnen gar nicht sagen, wie sehr.«

»Da wären wir«, sagte ich. Ich fuhr nach links zwischen die Bäume. Der Schnee hatte meine Stichstraße nahezu verschwinden lassen. Morgen früh mußte ich auf jeden Fall wieder den Schnee räumen.

»Sie leben hier das ganze Jahr?«

»Klar, warum nicht?« Wir fuhren an Vinnies Haus vorbei. »Da wohnt Vinnie LeBlanc«, erklärte ich. »Der Typ, der Sie erkannt hat.« In der Einfahrt stand kein Wagen. Es sah so aus, als habe da auch den ganzen Tag über keiner gestanden. »Seit gestern abend habe ich ihn allerdings nicht mehr hier gesehen. Ich meine seit dem Hockeyspiel. Ich frag mich, wo er steckt. Er sollte Sie mal treffen.«

»Warum sollte er das?« fragte sie. »Damit wir den geheimen indianischen Handschlag austauschen können?«

»Er würde Sie sicher gern sehen«, sagte ich. »Das ist alles. Aber ich habe keine Ahnung, wo er sein könnte.«

»Vielleicht ist er irgendwo sturzbetrunken.«

»Vinnie trinkt nicht«, sagte ich. Es klang schärfer, als ich erwartet hatte. »Ich meine, so was können Sie einfach nicht sagen, wenn Sie den Mann nicht kennen. Auch dann nicht, wenn Sie selbst Indianerin sind.«

»Sie haben recht«, sagte sie. »Es tut mir leid.«

»Das da ist meine Hütte«, sagte ich, als wir daran vorbeifuhren. »Die unbewohnte liegt noch ein Stück die Straße hoch.«

Ich parkte vor der Hütte. Als ich die Scheinwerfer ausgeschaltet hatte, umfing uns die Nacht. Wir saßen in vollständiger Finsternis.

»Ich mach die Scheinwerfer wieder an, bis wir im Haus sind.«

»Nein, lassen Sie sie aus. Ich hatte total vergessen, wie dunkel es hier werden kann. Das ist eine von den ganz wenigen Sachen, die mir an der Gegend hier gefallen.«

»Schade, daß man den Vollmond heute nicht sehen kann.«

»Das ist eine meiner frühesten Erinnerungen. Ich sehe aus dem Fenster, wie der Schnee im Mondlicht schimmert.« Lange Zeit sagte sie gar nichts mehr. Die Stille war so total wie die Finsternis. »Tut mir leid«, sagte sie schließlich. »Sie wollen das alles gar nicht hören. Ich erzähle das merkwürdigste Zeug, wenn ich müde bin.«

»Mir macht das nichts«, sagte ich. »Aber gleich wird es hier zu kalt.«

Wir stapften durch den Schnee zur Eingangstür. Sie verschob den Riemen ihres schweren Beutels.

»Sie hätten mich das Dings tragen lassen sollen«, sagte ich. Am liebsten hätte ich ihr das schwere Stück mit Gewalt abgenommen.

»Nein danke, Sir Galahad.«

Ich schloß die Tür auf und bat sie hinein, während ich das Licht anschaltete. Es war die zweite Hütte, die mein Vater gebaut hatte. Er hatte gefunden, daß die erste innen etwas zu rauh und düster wirkte, weshalb er bei dieser weiße ungebeizte Kiefer für die Innenwände gewählt hatte. Sie ließ den Raum größer wirken, als er war.

»Wow«, sagte sie. »Das ist nett hier.« An den gegenüberliegenden Wänden standen je zwei Etagenbetten. Sie legte ihren Gepäcksack auf eins der unteren Betten und stieg ein Stück die Leiter zum oberen Bett hinauf. »Wieviel können Sie hier unterbringen – acht Leute?«

»Bei sechsen ist es komfortabler. Acht geht nur, wenn sie sich alle sehr mögen.« Ich machte den Ofen an. Papier und Holz hatte ich schon vorbereitet, da ich ja für den Abend mit Mietern aus dem Süden gerechnet hatte. »Ich kümmere mich drum, daß der Ofen ordentlich brennt. Strom gibt's für die Beleuchtung und das warme Wasser, aber die einzige Heizmöglichkeit ist der Ofen. Ein Telefon gibt es nicht. Sie können morgen früh gerne meines benutzen, wenn Sie möchten.«

»Kein Problem.« Sie steckte ihren Kopf ins Bad. »Und Sie haben hier wirklich warmes Wasser?«

»Gleich«, sagte ich. »Es dauert ein paar Minuten, bis es funktioniert. Ich muß es erst noch anstellen.«

Ich ging wieder nach draußen, um die Hütte herum zur Rückseite. Da war eine kleine Tür, die zu einem Verschlag führte. Ich mußte darin bloß unter die Hütte kriechen und mich überraschen lassen, welche Tiere ich diesmal wohl aufstöbern würde. Ich hatte unter den Hütten schon jede Menge Mäuse angetroffen, dazu einige Fledermäuse, einen Waschbär und ein Opossum. Da rumzukriechen war nicht gerade meine Lieblingsbeschäftigung, aber wenn ich bei den unbewohnten Hütten nicht das Wasser abstelle, frieren mir die Leitungen zu.

Als ich das Wasser angestellt hatte, schob ich mich wieder aus dem Verschlag heraus, klopfte mich ab und ging wieder nach drinnen. Ich versuchte so wenig Schnee wie möglich in die Hütte zu tragen, weil Pfützen, die auf dem hellen Kiefernboden trocknen, scheußliche Flecken hinterlassen. Das war der einzige Fehler, der meinem Vater beim Bau dieser Hütten unterlaufen war.

Sie lehnte am Spülbecken; den Reißverschluß ihrer Jacke hatte sie geöffnet. Man sah ihr an, daß sie sich hier noch nicht zu Hause fühlte. Ich fand das selbstverständlich. Wie groß auch immer ihr Vertrauen zu mir sein mochte, mußte es schon ein seltsames Gefühl sein, sich plötzlich hier wiederzufinden.

»Sie haben sich ja ganz schmutzig gemacht«, sagte sie. Sie hielt etwas in ihrer Hand. Das Ding war rund und schwarz. Es sah aus wie …

»Ist das ein Hockeypuck?« fragte ich.

»Ja, hier.« Sie warf ihn mir zu.

Ich fing ihn auf und sah ihn mir an. Auf einer Seite war ein weißer Kreis und darin ein rotes Rad mit einem Flügel dran – das Logo der Detroit Red Wings. Unter dem Logo war ein Autogramm. Gordie Howe.

»Ist das echt?« fragte ich.

»Ja«, sagte sie. »Haben Sie ihn mal spielen sehen?«

»Und ob, im alten Olympiastadion.«

»Lonnie sagt, er sei besser gewesen als Gretzky.«

»Da hat er recht.«

»Sie dürfen ihn behalten.«

»Das kann ich nicht annehmen«, sagte ich. »Es ist vermutlich einen Haufen Geld wert.«

»Ich weiß. Aber es ist im Moment das einzige, was ich Ihnen dafür geben kann, daß Sie mir helfen.«

»Wo haben Sie ihn her?«

»Er gehört Lonnie«, sagte sie. »Er hat ihm gehört. Das war das letzte, was ich gemacht habe, bevor ich gegangen bin. Das heißt, ich war schon aus der Tür, da bin ich noch mal zurückgegangen und habe den dämlichen Hockeypuck mitgenommen. Mein Gott, ich durfte ihn ja nicht mal aus seiner Plastikdose nehmen. Stellen Sie sich mal vor, wie wütend der jetzt ist.«

»Das versteh ich nicht«, sagte ich. »Warum haben Sie ihn mitgenommen?«

»Um ihm weh zu tun«, sagte sie. Sie verschränkte die Arme vor der Brust. »Was anderes ist mir nicht eingefallen. Ziemlich lahm, wie?«

»Hier«, sagte ich und legte den Puck auf den Tisch. »Sie sollten ihn behalten.«

Sie starrte auf den Tisch, mit einem langen müden Seufzer.

»Ist er so schlimm?« fragte ich. Ich glaubte, den Kerl bei unserem Zusammentreffen richtig eingeschätzt zu haben: Der Typ, der nichts anderes will als seinen Sport und mit der Tatsache nicht fertig wird, daß er einfach nicht gut genug dafür ist. Beim Baseball hatte ich das andauernd erlebt, Typen, die abserviert worden waren und das ihr Leben lang dem Rest der Welt heimzahlen wollten. Einer davon steht am Ende jeder Theke in jeder Stadt in den ganzen USA. Aber so wie ihre Stimme geklungen hatte, als sie sagte, sie wolle ihm weh tun, schien es da noch etwas anderes zu geben. Etwas viel Schlimmeres. »Ich weiß, daß mich das nichts angeht.«

»Sie wissen doch noch, was ich vorhin von den Wölfen gesagt habe?«

»Nun ja, irgendwie habe ich mir schon gedacht, daß Sie da nicht echte Wölfe und echte Elche gemeint haben.«

»Sagen wir einfach mal, Lonnie ist der erste Wolf. Nicht der schlimmste Wolf, aber der erste.«

»Das verstehe ich nicht.«

»Sie erschießen einen Wolf, aber da sind noch andere hinter ihm. Größere Wölfe. Mit größeren Zähnen.«

Ich ließ es dabei bewenden. Ich nahm an, sie spräche vom Rest seines Hockeyteams. Ich hätte sie fragen sollen. Aber das habe ich nicht getan.

Der Ofen wärmte inzwischen ein wenig. Sie fühlte sich jetzt soweit zu Hause, daß sie die Jacke ablegte und sich an den Tisch setzte. Sie erzählte, wie sie als Ojibwa aufgewachsen sei, daß sie die Obere Halbinsel so bald wie möglich verlassen habe und im Süden des Staates aufs College gegangen sei, es geschmissen habe und es dann in vielen Jobs versucht habe. Wie schlecht es ihr auch oft gegangen sei, habe sie dennoch nie daran gedacht, hierhin zurückzukehren. Und dann habe sie Lonnie getroffen. Viel mehr erzählte sie mir von ihm nicht. Sie erzählte nicht, was er ihr angetan hatte oder wieso er sie hierhin zurückgebracht hatte.

Sie fragte mich nach mir selbst, fragte, wieso ich so viele lange Geschichten hätte. Zu meiner eigenen Überraschung erzählte ich ein paar davon. Nicht alle. Ich nehme an, es tat mir gut, mit jemandem zu sprechen. Es war das erstemal, seit Sylvia gegangen war.

»Sie sind der einsame Mann mit den langen Geschichten«, sagte sie, bevor ich ging. »Wenn ich Sie zum Ojibwa machen könnte, wäre das Ihr Name.«

»Was ist Ihr Ojibwa-Name?« fragte ich.

»Ich habe keinen mehr«, sagte sie. »Den habe ich schon vor Ewigkeiten abgelegt.«

»Heute nacht wird es kalt«, sagte ich. »Sie lassen das Wasser besser laufen, nur ein bißchen. Nur daß es tröpfelt. Dann frieren die Leitungen nicht ein.«

»Werde ich machen«, sagte sie. Sie kam mit zur Tür, als ich ging. »Das Schloß ist doch solide, oder?«

»Ja«, bestätigte ich. »Aber Sie brauchen sich hier keine Sorgen zu machen. Hier sind Sie in der tiefsten Einsamkeit.«

»Vielen Dank, Alex. Gute Nacht.«

Als sie die Tür schloß, verspürte ich unseretwegen eine vage ferne Traurigkeit. Ich stand allein im Dunkeln, wartete darauf, daß meine Augen sich wieder an die Finsternis gewöhnten, und spürte, wie der kalte Wind durch die Kiefern fuhr. Beide hatten wir viel durchgemacht. Ganz verschiedene Probleme, aber letztlich kam es auf dasselbe hinaus. Menschen sind für Menschen nicht gut. Und doch versuchen wir es immer wieder. Das Alleinsein ertragen wir nicht.

Es war spät. Ich brauchte den Schlaf, um morgen früh wach zu sein und alles zu tun, wodurch ich ihr helfen konnte. Ich war überrascht, wie stark mein Bedürfnis war, dieser Frau zu helfen. Vielleicht sah ich darin die Chance, mir zu beweisen, daß ich nach all den Fehlern, die ich im vergangenen Jahr gemacht hatte, doch noch zu etwas Richtigem taugte. Etwas von Wichtigkeit und Bedeutung, nicht nur Holz hacken und den Schnee von der Straße räumen. Ich fuhr zu meiner Hütte zurück und ging schlafen. Mitten in der Nacht glaubte ich ihre Stimme zu hören, aber als ich den Kopf hob, war es nur das Röhren eines Schneemobils. Die ganze Nacht verbringen diese Idioten damit, ihre Dinger durch den Wald zu jagen. Ich verfluchte den, der sie erfunden hatte, und schlief weiter.

Am nächsten Morgen waren zwanzig Zentimeter Neuschnee gefallen. Das Feuer in meinem Ofen war nahezu erloschen, und so warf ich ein paar Scheite nach, stellte mich zähneklappernd ans Fenster und sah auf den Schnee. Dann zog ich mich hastig an, trank etwas Kaffee, ging nach draußen und startete den Wagen. Es sah nicht einmal mehr so aus, als gebe es hier eine Straße, nur eine lange Schneise im Wald. Ich pflügte den ganzen Weg bis zur Straße frei, vorbei an Vinnies Hütte. Es gab immer noch kein Lebenszeichen von ihm. Wenn er in der Nacht nach Hause gekommen wäre, wenn *irgendeiner* über unsere Straße gefahren wäre, hätte ich Reifenspuren gesehen. Es gab keine.

Jetzt machte ich mir doch langsam Sorgen um ihn. Es waren jetzt sechsunddreißig Stunden, seit ich mich nach dem Hockeyspiel in der Kneipe von ihm verabschiedet hatte. Ich konnte im Reservat nach ihm sehen, überlegte ich mir, oder ins Kasino fahren und nachsehen, ob er zur Arbeit erschienen war. Sobald ich Dorothy geholfen habe. Das wird ein anstrengender Tag.

Ich pflügte meine Straße noch in der anderen Richtung frei. Ich hupte, als ich an Dorothys Hütte vorbeifuhr. Morgenstund hat Gold im Mund. Vor den anderen vier Hütten standen Wohnwagen und Kleinlaster, alle mit Anhängern für die Schneemobile.

Die Leute, die die Hütten gemietet hatten, benutzten ihre Autos vermutlich nicht mehr, sobald sie hier angekommen waren, stellten sie nur ab und fuhren dann die ganze Woche Schneemobil. Aber ich wollte die Straße doch immer frei halten, falls sie einmal wegmußten. Auf dem Rückweg hupte ich wieder. Das zweite Wecksignal nach der Schlummertaste. Zeit zum Aufstehen, während ich das Frühstück mache.

Ich hielt an meiner Hütte und holte Eier und Käse für Omeletts, Fruchtsaft und Kaffee. Ich fuhr um die Kurve zu ihrer Hütte zurück. Komisch, daß man so denkt – sie verbringt eine Nacht dort, und schon ist es *ihre* Hütte. Ich klopfte an die Tür. Keine Antwort.

»Dorothy«, rief ich. »Sind Sie wach?«

Ich griff an den Türknopf. Er war nicht verriegelt. Ich öffnete die Tür und trat ein.

Der Tisch war umgestürzt. Ein Tischbein war abgebrochen. Die Stühle lagen wirr im Raum verstreut.

Sonst nichts.

Sie war verschwunden.

Kapitel 5

Ich fuhr zu meiner eigenen Hütte zurück und rief das Büro des Sheriffs an. Nachdem ich aufgelegt hatte, stand ich da und starrte auf das Telefonbuch. Es war noch auf der ersten Seite aufgeschlagen. Direkt unter Polizei und Feuerwehr und Krankenwagen stand die Nummer des Personenschutzdienstes. In Detroit war ich öfter Zeuge geworden, wie diese Dienste arbeiten. Sie kommen, holen einen und bringen ihn irgendwo sicher unter. Hätte ich letzte Nacht diese Nummer gewählt, sagte ich mir, wäre sie jetzt in Sicherheit.

Ich ging wieder nach draußen, wo der Wind mir Schneeflokken ins Gesicht blies. Die Sonne war durchgekommen, eines dieser kurzen Zwischenspiele, wenn die Wolken aufreißen und das Licht so gleißend vom Schnee reflektiert wird, daß einem die Augen vom bloßen Anblick schmerzen.

Ich stand zwanzig Minuten da und ging alles wieder und wieder in meinem Kopf durch. Sie war so verängstigt gewesen. Ich hätte direkt etwas tun müssen, auf der Stelle, statt auf den nächsten Tag zu warten. War ich faul gewesen oder bloß dumm? Ich wollte zu ihrer Hütte zurückgehen, anfangen, nach etwas zu suchen, irgend etwas, was mir verraten könnte, was passiert war. Ich wollte *irgend etwas* tun. Ich fühlte mich so nutzlos, wie ich da rumstand. Aber ich zwang mich zu warten. Bring nichts durcheinander, dachte ich. Es konnte ja Spuren geben oder Fußabdrücke oder Gott weiß welche Indizien, die sie dort finden konnten. Steh einfach rum wie der nutzlose Idiot, der du bist, und bring die Dinge nicht noch mehr durcheinander, als du es jetzt schon getan hast.

Unwillkürlich mußte ich an einen Mord denken, den ich in Detroit aus erster Hand mitbekommen hatte. Es war in meinem ersten Jahr bei der Polizei. Mit meinem Partner war ich einem Notruf wegen eines Familienstreits nachgegangen. Er hatte mit dem Mann in der Küche gesprochen, während ich bei der Frau im Wohnzimmer saß. Sie hatte kein Wort gesagt. Sie hatte sich nur auf der Couch hin und her gewiegt und dabei ein Kissen fest an sich gedrückt. Ich konnte die Nacht nicht schlafen. Immer sah ich ihr Gesicht. Drei Tage später mußte ich zusehen, wie sie ihre Leiche in einem Sack wegfuhren.

Sie hatte versucht, ihn zu verlassen. Wie oft hatte man uns das gesagt? Die gefährlichste Zeit beginnt, sobald die Frau den Entschluß zur Trennung gefaßt hat. Das ist der Siedepunkt. Wenn eine Frau ermordet worden ist, beginnen die Untersuchungsbeamten immer mit derselben Frage: Wo ist der Ehemann oder der Freund?

»Bruckman ist uns gefolgt«, sagte ich laut. Meine Stimme verklang fast in der winterlichen Stille. »Das muß so gewesen sein. Wie hätte er sonst wissen können, daß sie hier war?« War er in der Kneipe? Er konnte meinem Wagen die ganze Strecke auf der Hauptstraße nachgefahren sein. Aber wie konnte er dann wissen, in welcher Hütte sie war? Er konnte mir doch nicht auf meiner Stichstraße gefolgt sein, oder doch? Konnte ich so verdammt unaufmerksam sein?

Ich hatte nicht die Polizei verständigt. Ich war nicht bei ihr geblieben. Ich hatte sie in einer Hütte ohne Telefon alleingelassen.

Der Wagen der County-Polizei fuhr vor und rettete mich. Noch ein paar Minuten allein mit meinen Gedanken, und ich hätte mich umgebracht.

Sie stiegen auf beiden Seiten zugleich aus dem Wagen aus, ein junger Mann und eine junge Frau, und die Uniformhüte der Chippewa-County-Polizei saßen vorschriftsgemäß. Zusammengerechnet waren beide immer noch jünger als ich.

»Wo ist der Sheriff?« fragte ich.

»Der hat zu tun«, sagte die junge Frau. Ihr dunkles Haar hatte sie unter ihren Hut gesteckt.

»Rufen Sie ihn an«, sagte ich. »Ich will, daß er hier erscheint.«

»Sir, ich sagte Ihnen bereits, er hat zu tun.«

»Das kann er sich sonstwo hinstecken. Er hat gefälligst hier zu sein.«

»Beruhigen Sie sich bitte, Sir«, sagte der junge Mann. Er hatte den kurzen Standardnormalhaarschnitt der Polizei. Er kam mit ausgebreiteten Händen auf mich zu, etwa so, wie man auf einen Hund zugeht, der Tollwut haben könnte. »Sind Sie Mr. McKnight?«

»Ich habe der Einsatzzentrale ausdrücklich gesagt, daß ich Bill persönlich hier haben wollte und niemand anders.« Bill Brandow war der Sheriff des County, und wenn er auch nicht direkt mein bester Kumpel war, dann war er doch zumindest ein guter Bekannter. Eines Abends hatte ich ihn mal auf ein paar Kanadische eingeladen, und wir hatten Polizeigeschichten ausgetauscht. Der Mann strahlte solide Kompetenz und absolute Vertrauenswürdigkeit aus. Sein Gesicht wollte ich in diesem Augenblick sehen, und nicht diese beiden Kids, die so aussahen, als hätten sie sich für einen Kostümball ihrer Schule als Hilfssheriffs verkleidet.

»Ich sagte es Ihnen bereits, Mr. McKnight. Der Sheriff kann im Moment nicht hier sein. Sie werden sich erst einmal beruhigen müssen.«

»Eine Frau ist entführt worden«, sagte ich. »Sucht irgend jemand im Moment nach ihr? Hat Bill vor, noch was anderes zu machen als zwei Teenager herzuschicken, die mir erzählen, ich solle mich erst einmal beruhigen?«

»Ist Ihnen schon mal der Gedanke gekommen, daß der Sheriff vielleicht in diesem Moment nach ihr sucht?« sagte er. »Und nach diesem Kerl – wie war gleich der Name?«

»Bruckman«, sagte ich. »Lonnie Bruckman.«

»Wo soll der Sheriff denn nun sein, Mr. McKnight? Draußen nach den beiden suchen oder hier im Schnee rumstehen, um Sie zu trösten?«

Ich ballte meine Hände in den Handschuhen zu Fäusten,

blickte in den Winterhimmel, holte tief Luft und atmete langsam wieder aus. »Okay. Sie haben recht. Dann wollen …«

»Erzählen Sie uns, was passiert ist. Wo ist die Hütte, in der sie gewesen ist?«

»Hier runter. Gleich hinter der Kurve.«

Wir stiegen alle in den Wagen des County, die beiden Deputies vorne und ich hinten. Es waren weniger als fünfhundert Meter bis zur ersten Miethütte, aber wir fuhren langsam die Straße entlang, die Reifen knirschten in den fünfzehn Zentimetern Neuschnee, die seit meinem letzten Schneeräumen schon wieder gefallen waren. Ich gab ihnen eine Kurzversion des bisher Geschehenen. Dorothy hat mich in der Kneipe getroffen. Sie hat mich um Hilfe gebeten. Die Art, wie sie über Lonnie gesprochen hat. Die Angst in ihrer Stimme, als sie sagte, er würde sie töten, wenn er sie fände.

Wir stiegen aus dem Wagen und standen einen Moment da, während die Deputies die Straße in beiden Richtungen musterten. »Sie war diese Nacht allein in der Hütte?« fragte die Frau.

»Ja«, sagte ich. »In meiner Hütte ist wirklich nicht viel Platz. Und außerdem …« Ich beendigte den Satz nicht.

Die beiden tauschten einen schnellen Blick, als sie durch den Schnee zur Hütte stapften.

»Keine Fußspuren hier«, konstatierte er.

»Ich habe auch keine gesehen«, sagte ich. »Letzte Nacht ist zuviel Schnee gefallen.«

»Auch keine Reifenspuren?«

»Nein«, sagte ich. »Nichts dergleichen.«

»Aber selbst mit dem Schnee«, sagte er. »Irgendwas müßte man doch sehen, oder? So viel hat es dann doch nicht geschneit.«

»Als ich die Straße geräumt habe, sah sie vollkommen unberührt aus. So als sei seit Tagen niemand mehr hier hergefahren.«

»Ist die unabgeschlossen?« fragte er, als er vor der Tür stand.

»Ja«, sagte ich. »Sie war auch heute morgen unverschlossen.«

»War sie letzte Nacht verschlossen?«

»Ja, sie hat abgeschlossen, als ich gegangen bin.«

Wieder sahen sich die beiden Deputies an. Ich spürte plötzlich den Drang, ihre Köpfe gegeneinander zu schlagen. »Können wir jetzt mal etwas ein für allemal klarstellen?« sagte ich. »Sie hat letzte Nacht allein in dieser Hütte geschlafen. Und ich in meiner.«

»Niemand hat etwas anderes behauptet«, sagte er.

»Wären wir in derselben Hütte gewesen, wäre das alles nicht passiert.«

»Wir verstehen Sie durchaus«, sagte er. »Bitte, lassen Sie uns die Sache doch gemeinsam klären.« Der Deputy stieß die Tür auf und sah nach drinnen.

»Vorsicht«, sagte ich. »Vernichten Sie keine Spuren.«

»Das mache ich schon nicht.«

»Das ist mir ernst. Was, wenn da drinnen wichtige Indizien sind?«

»Wenn wir so was sehen, sichern wir das in einem Tütchen.«

»Nein, ich spreche von Haaren, von Faserspuren, von ...«

Jetzt sahen mich beide an. Er hat den Quatsch im Fernsehen gesehen, dachten sie bestimmt. Jetzt erwartet er, daß wir hier ein Labor einrichten und Mikrofasern mit der Pinzette sichern.

»Ich war selber mal Polizist«, erklärte ich. Damals, als die Dinosaurier die Erde beherrschten. »Schon gut. Machen Sie nur.«

»Wir sind schon vorsichtig«, versprach er.

Ich betrat hinter den beiden die Hütte. Im Raum herrschte eine so eindringliche Stille, daß ich merkte, wie mir übel wurde. Wenigstens bleibt uns der Anblick einer Leiche erspart, sagte ich mir. Wenn er sie wirklich um jeden Preis hätte töten wollen, hätte er es bestimmt hier getan. Etwas Tröstlicheres fiel mir nicht ein.

Die Beamten gingen um den umgestürzten Tisch herum und betrachteten die im Raum verstreuten Stühle. Der junge Mann blieb am Bett stehen, dessen Decke zurückgeschlagen war.

»Sieht so aus, als sei sie zu Bett gegangen«, sagte er. »Später ist sie dann wieder aufgestanden. Sieht nicht so aus, als hätte sie etwas zurückgelassen. Hatte sie einen Rucksack oder einen Koffer oder was? Sie haben doch gesagt, daß sie vor dem Typen auf der Flucht war.«

»Sie trug einen Beutel. Einen weißen Matchbeutel.«

»Sie muß ihn mitgenommen haben«, sagte er. »Oder er, kann auch sein. Dieser Bruckman. Sie sagen, Sie haben vorgestern abend mit ihm Hockey gespielt?«

»Ja«, nickte ich, und es kam mir vor, als sei das schon viel länger her.

»Ist das ein kräftiger Typ? Wie leicht könnte er sie hier rausgeschafft haben?«

»Das weiß ich nicht«, sagte ich. »Er ist ein ganzes Stück größer als sie, aber ich kann mir nicht vorstellen, daß sie ohne Kampf mitgegangen ist.«

»Und wieso war dann die Tür offen?« fragte er. »Sie muß sie doch geöffnet haben, oder? Schließlich gibt es keine Anzeichen für ein gewaltsames Eindringen.«

»Das ergibt aber keinen Sinn«, widersprach ich. »Sie hätte die Tür nie aufgemacht, wenn sie wußte, daß er es war.«

»Vielleicht ist er an die Tür gekommen und hat gesagt, er will nur mit ihr reden. Und wenn er drinnen ist, nimmt er hier alles auseinander.«

»Unmöglich.«

»Sie sagten doch, daß Sie mal Polizist gewesen sind. Sie haben doch so Situationen erlebt, oder?«

»Ich weiß, worauf Sie hinauswollen.« Er hatte recht, ich hatte solche Situationen erlebt, öfter, als ich zählen konnte. Der Mann bettelt um Vergebung, und die Frauen geben schließlich nach. »Nur hier sehe ich das nicht.«

»Und wieso hat sie dann die Tür aufgemacht?«

»Das weiß ich nicht. So, wie sie gestern abend über ihn gesprochen hat, weiß ich das nicht.«

Ich sah hinunter auf das Tischbein, das abgebrochen worden war. Ich stoppte mich gerade noch rechtzeitig, bevor ich mich bückte, um es aufzuheben. Da fiel mir etwas anderes auf.

»Schauen Sie sich den Fußboden an.«

Die Polizisten hielten inne und sahen mich an.

»Hier gibt es zuviel geschmolzenen Schnee«, erklärte ich. Überall im Raum konnte man die Kränze von Wasserlachen erkennen.

»Sie mußte schließlich durch den Schnee gehen, um hier reinzukommen, oder?« sagte der Mann.

»Ja, natürlich. Und ich auch. Ich mußte sogar noch mal auf die Rückseite, um das Wasser aufzudrehen. Aber ich erinnere mich genau, daß ich an den Boden gedacht habe, als ich zurückkam. Ich versuche immer, so wenig Schnee wie möglich reinzutragen. Auf der weißen Kiefer sieht man alles. Ich bin sicher, daß hier nicht so viel Schnee auf dem Boden war, als ich gegangen bin. Nicht im ganzen Raum wie jetzt.«

»Also *war* er hier drinnen«, sagte der Mann. »Sie hatte eindeutig Besuch.«

»Ich kann es nicht glauben«, sagte ich. »Ich kann es einfach nicht glauben, daß sie ihn reingelassen hat.«

»Woher sollte Bruckman übrigens wissen, wie er sie findet? Weiß er, wo Sie wohnen?«

»Das glaube ich nicht«, sagte ich. »Und selbst wenn, woher hat er dann gewußt, in welcher Hütte sie ist?«

»Könnte er Ihnen gefolgt sein?«

Ich versuchte mich zu erinnern, mich in den Lastwagen gestern abend zu versetzen. Hatte ich hinter mir Scheinwerfer gesehen? »Tut mir leid«, sagte ich. »Das kann ich nicht sicher sagen. Ich habe nicht gesehen, daß mir einer gefolgt wäre, aber ich kann auch nicht beschwören, daß da niemand war.«

»Könnte es jemand anderes gewesen sein? Vielleicht hat sie jemanden angerufen.«

»Hier gibt es kein Telefon. Und von der Kneipe aus konnte

sie auch niemanden anrufen, bevor ich dort hinkam. Sie hatte mich vorher ja nicht gesprochen. Andererseits …«

»Was denn?«

»In der Kneipe«, sagte ich. »Ich hatte so ein komisches Gefühl. Als wenn uns jemand beobachtet hat.«

»Bruckman?«

»Nein, der wär mir aufgefallen. Aber vielleicht war jemand anders da. Einer von seinen Hockeyrowdys.«

»Na ja, melden wir mal das, was wir haben«, meinte er. »Viel ist es ja nicht.«

Das Wolkenfenster, das die Sonne kurz durchgelassen hatte, war schon wieder geschlossen. Der Himmel hatte sich bewölkt, und man hatte das Gefühl, es sei plötzlich um zwanzig Grad kälter geworden. Hinter den Hütten hörten wir das Heulen eines Schneemobils. Beim Näherkommen wurde es lauter und lauter.

»Ein Schneemobil«, sagte ich. »Damit könnte er hergekommen sein.«

»Wie kommen Sie darauf?«

»Direkt hinter den Hütten führt eine Piste entlang«, erklärte ich. »Auf dem Staatsland. Deshalb habe ich heute morgen keine Reifenspuren gesehen.«

»Das macht Sinn«, sagte er. »Schauen wir uns diese Piste mal an.«

Ich führte sie hinter die Hütte, bis tief zwischen die Kiefern. Es war harte Arbeit. An Stellen, wo der Schnee hingeweht worden war, reichte er uns bis zur Hüfte.

»Hier«, sagte ich und rang nach Atem. Die Piste verlief parallel zu meiner Straße. Sofern er eine ungefähre Ahnung hatte, wo ich wohnte, hätte er es so machen können. Vielleicht hatte er nicht einmal gewußt, in welcher Hütte sie untergebracht war. Vielleicht hatte er meine ausgelassen, mit ihrer begonnen und auf Anhieb Glück gehabt.

Die Deputies sahen sich die Piste in beiden Richtungen an.

»Ganz schön viele Spuren«, sagte die Frau. »Wie sollen wir da seine rausfinden?«

In diesem Moment erschien ein Schneemobil zwischen den Bäumen. Der Fahrer bremste ab, als er uns sah. Beide Polizisten hoben die Hand, um ihn zu stoppen.

»Wo liegt das Problem, Jungs?« fragte er, nachdem er den Sichtschutz hochgeklappt hatte. »Ich war doch nicht zu schnell, oder?« Ich erkannte den Mann. Er bewohnte zusammen mit einigen anderen Typen aus Saginaw die letzte Hütte.

»Waren Sie letzte Nacht auf der Piste?« fragte ihn der männliche Deputy.

»Ja«, sagte der Mann. Ich konnte eine leichte Besorgnis in seiner Stimme hören. »Aber ich war ganz vorsichtig, das schwöre ich. Ich weiß, daß hier Hütten sind.«

»Das ist nicht das Problem. Wir möchten nur wissen, ob Sie noch andere Schneemobile hier gesehen haben. So gegen ...« Er sah mich an.

»Irgendwann zwischen ein Uhr und Tagesanbruch.«

»Wir sind kurz nach eins zurückgekommen«, sagte er. »Ich kann mich nicht an andere Maschinen hier auf der Piste erinnern. Außer denen von den anderen, mit denen ich hier bin, natürlich.«

»Vielleicht sollten wir mit dem Rest Ihrer Gruppe auch noch sprechen«, sagte der Deputy. »Sind sie jetzt in der Hütte?«

»Die meisten vermutlich ja«, sagte der Mann. »Wir reisen heute ab. Einige könnten noch auf der Piste sein.«

Wir gingen zum Wagen zurück und stapften wieder durch den tiefen Schnee. Die nächste Stunde verbrachten wir damit, zu jeder Hütte zu gehen und die Mieter zu fragen, ob sie etwas Verdächtiges gesehen hätten.

Nichts. Keine Hinweise, auch nicht die winzigste Information. Ich fühlte mich müde und hungrig, wie ich da hinten im Wagen saß. Jetzt, wo wir alles getan hatten, was man tun konnte, spürte ich, wie die Verzweiflung in mir hochstieg. Es war hoffnungslos. Dorothy hatte mich gebeten, ihr bei der Flucht vor ihm zu helfen. Und ich ließ Bruckman oder seine Kumpel oder wen auch immer einfach kommen und sie wegholen. Sie konnten jetzt überall sein. Ich wußte, daß der Sheriff nach ihr suchte, aber was konnte der schon tun? Rausfinden, wo Bruckman wohnt, und dort nachsehen. Wenn er verschwunden ist, was dann? Eine Fahndung rausgehen lassen. Noch ein paar Tage dran arbeiten, dann zu den Akten legen.

Schweigend fuhren die Deputies die Stichstraße von der letzten Hütte zurück zu meiner. Ich wußte genau, was in ihren Köpfen vorging. Sie sprachen jetzt nicht darüber, würden es aber tun, sobald sie mich los waren. Vielleicht wurde sie gar nicht entführt. Vielleicht hat ihr Freund sie überredet, ihn reinzulassen, hatte ihr dann eine Szene gemacht, ein wenig mit den Möbeln geworfen, war dann niedergekniet und hatte sie um Verzeihung gebeten. Er liebe sie so sehr, daß sie ihn manchmal verrückt mache, aber ab jetzt werde alles anders und all der Stuß, den so ein Typ dann von sich gibt. Und sie geht dann mit ihm weg. So was passiert alle Tage.

Aber ich wußte es besser. Ich wußte, daß er sie gegen ihren Willen entführt hatte. Und ich wußte, daß es meine Schuld war. Ich wußte, daß ich die ganze Nacht wachliegen und daran denken würde.

»Wir lassen es Sie wissen, wenn sich etwas ergibt, Mr. McKnight«, sagte der junge Mann. Er war im Begriff, vor meiner Hütte anzuhalten.

»Lassen Sie uns noch ins Glasgow Inn fahren«, sagte ich. »Vielleicht ist dem Wirt letzte Nacht was aufgefallen. Oder sonstwem.«

Er nickte. »Das ist auf jeden Fall den Versuch wert.«

Wir fuhren um die Kurve auf die Hauptstraße zu. Als wir an Vinnies Haus vorbeifuhren, fiel mir auf, daß sein Wagen noch immer nicht da stand. »Verdammt noch mal«, sagte ich. »Ich habe Vinnie total vergessen.«

»Gibt es ein Problem?« fragte er.

»Nein, mir ist nur aufgefallen, daß mein Freund Vinnie seit zwei Nächten nicht zu Hause war. Er gehört zum Bay-Mills-Stamm und ist vielleicht über Nacht dort geblieben.«

Die Polizistin sah aus dem Fenster am Beifahrersitz. »Vinnie«, sagte sie. »Vinnie wie weiter?«

»Vinnie LeBlanc.«

»Vinnie LeBlanc«, sagte sie. »Irgendwas war da.«

»Hier in der Gegend gibt es viele LeBlancs«, sagte ich.

»Ja, ich weiß, aber ich glaube, ich habe den Namen heute Morgen irgendwo gelesen.« Sie dachte eine Zeitlang nach und griff dann zum Funkgerät. »Ich glaube, ich weiß, wo ich das gelesen habe«, sagte sie. Sie funkte das Revier an und ließ sich den diensthabenden Beamten geben. Als sie ihn hatte, fragte sie, ob zufällig ein Vinnie LeBlanc im Revier sei.

Ich hörte die Antwort mit. Aber ich konnte sie nicht glauben. Vinnie saß im Gefängnis des County wegen 415, 148 und 240.

»Ach, ist das nicht der Bursche …«, sagte der Fahrer.

»Doch, das ist der Bursche«, sagte sie, während sie das Gerät weglegte. »Mir kam der Name irgendwie bekannt vor.«

»Was ist denn los?« fragte ich. »Die Zahlen, was bedeuten sie noch mal?«

Die Deputies sahen sich wieder an. Derselbe Blick, der mich vorhin schon wahnsinnig gemacht hatte. Aber jetzt war es mir egal.

»Mir ist klar, daß ich das noch wissen sollte«, sagte ich. »Aber das ist schon so lange her. Sagen Sie's mir doch einfach.«

»Vier fünfzehn ist öffentliche Trunkenheit«, sagte sie, »und 148 …«

»Moment mal«, unterbrach ich, »das ist unmöglich. Vinnie trinkt keinen Tropfen.«

»Eins vier acht ist Widerstand gegen die Staatsgewalt«, fuhr sie fort, »und zwei vierzig ist tätlicher Angriff, in diesem Fall gegen einen Polizeibeamten. Ihr Freund, der Indianer, der nie trinkt, hat einen Polizisten vom Soo krankenhausreif geschlagen.«

Ich lehnte mich im Sitz zurück. Ich wußte nicht, was ich sagen sollte. Der ganze Tag war ein einziger Alptraum geworden.

»Sehen Sie es von der positiven Seite«, sagte sie. »Sie wissen jetzt wenigstens, wo er steckt.«

Kapitel 6

Ich bat die Deputies, zu wenden, und mich zu meiner Hütte zurückzubringen, sprang in meinen Laster und raste zum Soo. Die ganze M-28 fluchte ich vor mich hin. Über mir wurden die Wolken immer schwärzer, bereit, noch mehr Schnee auf die Welt zu kippen. Der Wind, der durch die Plastikfolie am Beifahrersitz pfiff, vereiste mir die rechte Wange.

Und dann, natürlich, fiel mir auf, daß mir ein einzelner Wagen folgte. Eine grüne Limousine, auf den Vordersitzen zwei Männer, folgte mir auf der ganzen M-28, durch Strongs und Raco hindurch, durch das ganze Chippewa County bis zum Soo.

Das ist ja großartig, sagte ich mir. *Jetzt* fällt mir auf, daß mir ein Wagen folgt. Natürlich hat das heute kaum was zu bedeuten. Zum einen ist das der einzige Highway im ganzen County, der von Osten nach Westen führt. Und wenn du an einem Ende losfährst, hältst du nirgendwo an, es sei denn du willst noch schnell was besorgen. Also klar, daß die ganze Strecke bis zum Soo ein Wagen hinter dir ist. Und außerdem, wo sie jetzt Erfolg gehabt haben und Dorothy gekidnappt ist, gibt es keinen gottverdammten Grund mehr für sie, dir zu folgen.

Aber abgesehen davon, Alex, herzlichen Glückwunsch zu deiner plötzlichen Beobachtungsgabe.

Diese wundervolle Stimmung hielt den ganzen Weg bis Sault Ste. Marie an, bis ich den Kanal für das Elektrizitätswerk überquerte und dorthin gelangte, was man für eine Innenstadt halten konnte. Das Verwaltungsgebäude für Stadt und County ist ein riesiger grauer Schuhkarton, vielleicht das häßlichste Gebäude, das ich je gesehen habe. Häßlicher als irgendein Bau in Detroit, und das ist doch vielleicht, was häßliche Bauten angeht, die Welthauptstadt. Es steht direkt hinter dem Gerichtsgebäude, und das hat gerade soviel Charme, daß der Stadt-County-Bau daneben wie ein architektonisches Kapitalverbrechen wirkt.

Das Büro des County-Sheriffs und die Polizei vom Soo sind beide in diesem Gebäude untergebracht. Als ich in den Parkplatz einbog, sah ich die Wagen vom County auf der einen und die Wagen der Stadt auf der anderen Seite aufgereiht. Neben dem Parkplatz lag der Hof des Baus, nicht größer als gut drei Meter im Quadrat. Der ganze Hof war eingegittert, wodurch er wie ein Hundezwinger aussah, und um das Gitter lief noch einmal ein Zaun mir rasierklingenscharfem Draht an der oberen Kante. An dem einzigen Tisch saß ein Mann; der Schnee reichte bis an seinen Sitz. Er versuchte sich eine Zigarette anzuzünden, schien aber gegen den Wind keine Chance zu haben.

Ich ging durch den Eingang fürs County und direkt durch ins Büro des Sheriffs. Wenn es eine Empfangsdame gab, die mich aufhalten wollte, habe ich sie nicht bemerkt.

Bill Brandow legte gerade den Hörer auf, als ich eintrat. Er sah mich an und dann auf den Berg Schnee zu meinen Füßen. »Nun sehen Sie mal, was Sie mit dem Fußboden anrichten«, sagte er. »Hat Ihnen Ihre Mutter nicht beigebracht, die Schuhe draußen auszuziehen?«

»Was geht hier vor sich, Bill?«

»Anzuklopfen hat sie Ihnen wohl auch nicht beigebracht?«

»Seit wann stellen Sie Kids von der High School ein?« fragte ich. »Und noch besser, warum schicken Sie gleich zwei davon? Kriegen Ihre Berufsanfänger keine erfahrenen Partner?«

»Jerry ist älter, als er aussieht«, sagte er. »Und Patricia legt Sie mit einer Hand auf Ihren Arsch.«

»Jerry und Patricia«, sagte ich. »Ich glaub, ich hör nicht recht.«

»Alex, haben Sie sonst noch was für mich?« Er stand auf und ging um seinen Schreibtisch. »Oder sind Sie nur hier, um meine Deputies runterzuputzen?«

Ich stand nur da. Er sah mich an, mit seinen ruhigen, geduldigen Augen. »Bill«, sagte ich schließlich. »Sie ist verschwunden. Und es ist allein meine Schuld.«

»Setzen Sie sich«, sagte er. Als ich das nicht tat, zog er einen Stuhl hinter mich. »Setzen!«

Das tat ich schließlich. Er schloß die Bürotür und setzte sich mir gegenüber auf die Schreibtischkante. Bei geschlossener Tür hörte man, wie der Wind an seinen Fenstern rüttelte.

»Ihr Name ist Dorothy Parrish. Sie gehört zum Bay-Mills-Stamm. Der Mann, mit dem Sie sie gesehen haben, heißt Lonnie Bruckman. Soweit richtig?«

»Ja.«

»Sie war letzte Nacht in Ihrer Gästehütte. Heute morgen war sie verschwunden. Die Tür war nicht verschlossen. Es gab keine Reifenspuren; allerdings kann sie auf einem Schneemobil weggefahren sein.«

»Kann auf einem Schneemobil *entführt* worden sein.«

»Entführt«, sagte er. »In Ordnung. Nehmen wir an, sie wurde gegen ihren Willen fortgeschafft.«

»Das brauchen Sie nicht anzunehmen. Es war so.«

»Okay, Alex, ich habe mir angehört, was Sie zu sagen haben. Jetzt hören Sie mal, was ich sage.« Er sah von seinem Schreibtisch auf mich herunter, eine Hand auf der Hüfte, die andere zeigte auf mich, als wolle er meine Aufmerksamkeit erzwingen. »Wir suchen nach ihnen. Nach ihnen beiden. Okay? Sie müssen mir vertrauen. Lassen Sie uns unsere Arbeit tun.«

»Wo wohnt er?« fragte ich.

»Nein«, sagte er. Er legte seine Hand auf meine Schulter. Ich konnte die Kraft in seinem Griff spüren. »Das kommt nicht in Frage. Sie machen da gar nichts.«

»Sagen Sie mir nur, wo er wohnt. Er steht nicht im Telefonbuch.«

»Jeder meiner Beamten ist da draußen. Die Staatspolizei überwacht die Straßen. Ich habe sogar die Polizei vom Soo um Hilfe gebeten.«

Ich atmete langsam aus. »Die Polizei vom Soo«, sagte ich. »Das ist meine zweite Frage. Ihr habt da oben einen Freund von mir.«

»Wer ist das?«

»Vinnie LeBlanc. Ihre Deputies sagten, er habe einen Beamten vom Soo angegriffen.«

»Ja, den haben wir hier.«

»Sie haben auch gesagt, er sei betrunken gewesen und habe randaliert«, sagte ich. »Das kann nicht sein. Vinnie trinkt niemals.«

»Nein, ich glaube es war ein einfacher vier fünfzehn, öffentliches Ärgernis. Ich habe ihn gesehen, als er letzte Nacht eingeliefert wurde. Auf mich hat er nicht betrunken gewirkt.«

»Und warum sagen Ihre Deputies dann, er sei es gewesen?«

»Weil sie sich geirrt haben«, sagte er. »Sie haben sich mit den Zahlen geirrt.«

»Das ist nur, weil er Indianer ist. Wenn ein Indianer in Schwierigkeiten kommt, heißt es gleich, er muß betrunken sein.«

»Um Himmels willen, Alex. Soll ich sie reinrufen, damit Sie ihnen Ihren Vortrag halten können? Ich brauche mir den jetzt wirklich nicht anzuhören.«

»Es tut mir leid«, sagte ich. »Es ist nur … ach, verdammt. Wo ist er denn? Kann ich ihn sprechen?«

»Er ist noch in einer der Arrestzellen«, sagte er. »Im Moment haben wir da oben Platzprobleme. Wissen Sie, wenn er das Reservat benachrichtigt, kommen die und holen ihn. Meinen Sie nicht auch, daß er lieber bei denen im Gefängnis sitzt?«

»Ich glaube eher nicht«, sagte ich. »Aber dafür muß man ihn kennen.«

»Also, er hat einen Soo-Polizisten, der allerdings nicht im Dienst war, ganz schön zugerichtet. Hat ihm die Nase gebrochen und eine Gehirnerschütterung verpaßt.«

»Wie ist das passiert?«

»Ich weiß es nicht genau. Die Soo-Typen haben ihn angeschleppt. Ich weiß nur, daß es was mit einem Hockeyknüppel zu tun hat.«

»Oh Gott«, sagte ich. »Können Sie mich zu ihm bringen, bitte?«

»Es ist ’ne Verhaftung vom Soo«, meinte er. »Sie müßten’s dort versuchen.«

»Es ist Ihr Gefängnis, Bill. Das letzte, was ich jetzt möchte, ist Chief Maven sprechen.«

Zum erstenmal, seit ich gekommen war, lächelte er. »Das kann ich Ihnen nicht verdenken«, sagte er. »In Ordnung, ich sehe mal, wie ich Sie da reingeschmuggelt kriege. Wenn Maven allerdings dahinterkommt, haben Sie ihn auf dem Hals.«

»Macht nichts«, sagte ich. »Schlechter kann der Tag nicht mehr werden.«

Im Erdgeschoß gab es vier Arrestzellen, einfache Käfige mit Bänken an den Seiten und einer Einzeltoilette an der Rückwand. Das Gefängnis des County lag auf der ersten Etage. Diese Zellen waren eher für Verdächtigte gedacht, die auf die Anklageerhebung warteten, aber heute waren vier oder fünf Männer in jeder Zelle.

»Mein Gott, was ist denn hier los?« fragte ich.

»Sagte ich doch. Wir haben hier oben das Haus voll. Viele davon hat der Soo angeschleppt, sind mit Drogen über die Brücke und so. Wir haben schon im Staatsgefängnis in Kincheloe angerufen. Die überlegen gerade, wie sie uns über die Runden helfen.«

»Wo ist Vinnie?«

»Letzte Zelle am Gang«, sagte er. Wir gingen einen schmalen Korridor entlang, der an den Zellen vorbeilief. Die Leuchtstoffröhren über uns summten und flackerten, anderes Licht gab es nicht, keinen Sichtkontakt mit der Außenwelt. »Ich wäre Ihnen dankbar, wenn Sie ihn dazu überredet bekämen, eine Kaution zu hinterlegen. Ich kann ihn hier wirklich nicht brauchen, Alex.«

»Wieso Kaution? Ist denn schon Anklage erhoben worden?«

»Zehntausend Dollar«, sagte er.

»Mein Gott, Bill.«

»Seinetwegen liegt ein Polizist im Krankenhaus, Alex. Tausend Dollar muß er aufbringen, das wissen Sie doch.«

»Hat er irgendwo angerufen?«

»Nein. Seit gestern abend sitzt er bloß stumm da.«

»Das darf doch nicht wahr sein«, sagte ich. Als wir zur letzten Arrestzelle kamen, sah ich ihn dasitzen und auf den Boden starren. Er sah nicht auf.

»Vinnie«, sagte ich.

Er blieb stumm. Es waren drei weitere Männer in der Zelle. Zwei Langhaarige saßen auf der Bank und bemühten sich krampfhaft, nicht ängstlich dreinzublicken. Ein sehr großer, sehr häßlicher Mann in Arbeitskleidung stand an der Rückwand.

»Vinnie«, sagte ich.

Nichts.

»Ich laß euch zwei mal allein«, sagte Bill. »Und denken Sie dran, wenn Maven Sie hier findet, hatte ich nichts damit zu tun.«

»Trotzdem vielen Dank«, sagte ich. Als er weg war, schnappte ich mir einen der Klappstühle, die im Korridor rumstanden, und setzte mich. Lange Zeit sah ich Vinnie an und wartete darauf, daß er etwas tat oder etwas sagte. Beides geschah nicht.

»In Ordnung, Vinnie«, sagte ich schließlich. »Willst du hier den ganzen Winter bleiben, oder soll ich dir raushelfen?«

»Ich bleibe hier den ganzen Winter«, sagte er. Als er aufsah, bemerkte ich ein prächtiges Veilchen unter seinem rechten Auge.

»Das machen die Indianer so«, erklärte der Mann an der Rückwand. »Die lassen sich einbuchten, damit sie den Winter im Knast verbringen können.«

»Vielen Dank für die Aufklärung«, sagte ich. »Und jetzt können Sie sich ins Knie ficken.«

»So würden Sie nicht reden, wenn da kein Gitter nich zwischen uns wär.«

»Da haben Sie recht, daß ich das nicht täte. Ich würde statt dessen Ihren Schädel in das Klo da stecken.«

Er grinste. Seiner Schönheit half das nicht auf. Die restliche Zeit, die ich dort verbrachte, starrte er mich an, die Arme vor der Brust verschränkt.

»Schön, jetzt erzähl mir mal, was passiert ist«, sagte ich zu Vinnie. »Warum um Himmels willen hast du mich nicht angerufen?«

»Was hätte ich denn sagen sollen?«

»Daß man dich verhaftet hat und daß ich dich holen kommen soll.«

»Das könnte ich niemals«, sagte er.

»Und was ist mit deinem Stamm? Die würden doch auf der Stelle die Kaution für dich hinterlegen, oder?«

»Kommt nicht in Frage«, sagte er. »Ich würde niemals beim Stamm anrufen, daß die mich hier rausholen.«

»Nein, Gott bewahre!« sagte ich. »Es ist ja auch so gemütlich hier.«

»Nie im Leben würde ich das tun!«

»Dann erzähl mir wenigstens die Geschichte.«

»Welche Geschichte?«

»Welche Geschichte. Das ist ja niedlich. Die Geschichte, wie man dich verhaftet hat. Fang damit an, wie ich dich neulich in der Bar zurückgelassen habe, und dann arbeitest du dich langsam vor bis zu dem Zeitpunkt, wo du einen Polizisten mit dem Hockeyknüppel geschlagen hast.«

Vinnie seufzte lange und resigniert und massierte die Schwellung unter seinem Auge. »Ich wollte den Polizisten nicht schlagen, Alex. Ich wußte ja nicht mal, daß es einer *war*. Er hatte keine Uniform an.«

»Was ist denn passiert?«

»Er war plötzlich im Weg, Alex. Ich wollte auf Bruckman los.«

»Moment mal«, sagte ich. Ich rückte meinen Stuhl näher an das Gitter. »Vinnie, das ist jetzt sehr wichtig. Erzähl mir alles, was passiert ist.«

»Als du neulich weg warst, habe ich zwei von den Jungs zurück ins Reservat gebracht. Ich fuhr durch die Stadt, und da ist doch diese Tankstelle am Loop, und da sah ich Bruckman und ein paar von seinen Freunden, wie sie ihre Schneemobile auftankten.«

»Also *hatten* sie Schneemobile«, sagte ich. »Aber in der Kneipe hatten sie nicht solche Anzüge an.«

»Die hatten sie auch noch immer nicht an. Nur Lederjacken. Ganz schön blöd, aber das wundert mich nicht.«

»Die junge Frau, die du in der Kneipe bei ihnen gesehen hast, war die noch dabei?«

»Ja«, sagte er. »Die war da.«

»Sie heißt Dorothy Parrish.«

»Das weiß ich«, sagte er. Er starrte auf den Boden.

»Wieso kennst du sie, Vinnie? Ich habe sie nach dir gefragt. Sie sagt, sie kennt dich überhaupt nicht.«

Er stieß kurz Luft aus. Man hätte es für ein Lachen halten können, hätte er nicht in einer Zelle gesessen. »Das wundert mich nicht«, sagte er.

»Das verstehe ich nicht.«

»Alex, Dorothy Parrish habe ich gekannt, seit ich ein kleiner Junge war. Sie war zwei Jahre älter als ich. In der High School war sie ...« Er schüttelte den Kopf. »Also erstens war sie wunderschön. Und eine wirklich gute Schülerin. Und so was von beliebt. Alle haben sie geliebt. Alle Jungen hingen ständig um sie rum. Die weißen Jungs, meine ich. Die Stars der Football-Mannschaft. Sie war das erste Mädchen aus dem Stamm, das zur Königin bei der Abschlußfeier gewählt wurde, stell dir das mal vor.«

»Ich nehme an, daß ihr zwei nicht viel miteinander zu tun hattet.«

»Kaum«, sagte er. »So gut wie nicht. Damals war das Reservat nichts als ein Haufen baufälliger Schuppen. So muß es doch noch gewesen sein, als du zum erstenmal herkamst. Du mußt das noch gesehen haben.«

»Doch, ich erinnere mich.«

»Jetzt ist da alles besser, kann man sagen, aber damals ... viele andere Kids vom Stamm ... nun, es war schon hart. Nur nicht für Dorothy. Sie war die Ausnahme. Wenigstens in der Schulzeit.«

»Hast du sie deshalb gehaßt?«

»Sie gehaßt?« wiederholte er. »Ich glaube, Dorothy Parrish war das erste Mädchen, das ich geliebt habe. Eben so, wie man mit sechzehn ein Mädchen liebt, das nicht einmal den Namen von einem kennt. Oder ihn nicht kennen *will*. Ich hätte sie daran erinnert, wo sie herkommt. Und wohin sie jeden Abend zurückkehren mußte. Sie konnte ihren Schulabschluß kaum erwarten, um von hier zu verschwinden.«

»Und was denkst du, warum sie jetzt zurückgekommen ist?«

»Dazu fehlt mir die Phantasie«, sagte er. »Sie hat das hier alles dermaßen gehaßt. Bis neulich abends habe ich sie nie wiedergesehen.«

»Vinnie«, sagte ich. »Sie ist ins Glasgow gekommen. Sie hat mich gesucht. Ich sollte ihr helfen, von Bruckman wegzukommen.«

Er sah mich an, ohne etwas zu sagen.

»Letzte Nacht ist sie bei mir gewesen«, sagte ich. »In einer der anderen Hütten, meine ich. Heute morgen war sie verschwunden. Ich glaube, Bruckman hat sie mitgenommen.«

Er schloß die Augen. »Oh nein«, sagte er. »Bitte nicht.«

»Was war denn nun mit Bruckman? Du hast gesagt, du hast ihn an der Tankstelle gesehen.«

»Ja«, sagte er. »Dorothy saß auf einem der Schneemobile.

Direkt unter einer Lampe. Ich konnte ihr Gesicht sehen. Sie sah so elend aus. Und so kalt, als ob sie friere. Bruckman kam zu ihr und fing an, sie anzubrüllen. Ich konnte nicht hören, was er sagte, aber sie … Gott, Alex, sie krümmte sich regelrecht. Und dann stieß er sie vom Rücksitz des Schneemobils. Sie stand auf und ging in den Laden neben der Tankstelle. Als sie wieder herauskam, waren alle zur Abfahrt fertig. Sie stand nur lange vor der Tür, und dann stieg sie wieder hinten auf Lonnies Schneemobil, und sie fuhren los. Und ich bin ihnen gefolgt, Alex. Warum, weiß ich nicht. Ich mußte einfach. Ich konnte es nicht lassen. Jimmy und Buck saßen hinten, aber sie waren total ausgefallen. Ich bin Bruckman und seiner Horde den Loop runter gefolgt. Sie fuhren direkt neben der Straße, deshalb war es einfach. An einer kleinen Piste, die nach Westen führt, sind sie dann rechts abgebogen, so habe ich sie für eine Weile verloren. Aber ich weiß, daß diese Piste an der Three Mile Road wieder rauskommt. So bin ich einfach weiter nach Westen gefahren und hab nach ihnen Ausschau gehalten. Und dann sah ich, daß ihre Schneemobile vor Cappy's parkten, weißt du, die kleine Kneipe an der Stadtgrenze. Ich konnte sie nicht sehen, und da dachte ich mir, die sind da drinnen, um sich aufzuwärmen. Ich hielt den Wagen an und wartete eine Zeitlang. Ich dachte mal dran reinzugehen, aber dann habe ich mir gedacht, sie erkennen mich. Ich meine, ich hatte gerade Hockey gegen sie gespielt, und dann hatten sie mich im Horns Inn gesehen. Also habe ich gewartet.«

Als er seine Erzählung unterbrach, war es still in der Zelle; nur die Lampen über uns brummten. Seine drei Zellengenossen lauschten intensiv, sogar Mr. Freundlich an der Rückwand. Bessere Unterhaltung würde es heute für ihn nicht mehr geben. Ich schob meinen Stuhl noch näher ans Gitter. »Entschuldigen Sie uns, meine Herren«, sagte ich.

Mr. Freundlich spuckte auf den Boden.

»Du hast also gewartet«, sagte ich mit gedämpfter Stimme.

»Und irgendwann sind sie rausgekommen.« Ich weiß, worauf das hinausläuft, dachte ich. Sie kommen raus, Bruckman schnauzt sie wieder an, Vinnie geht mit dem Hockeyknüppel auf ihn los und ein Polizist vom Soo, der gerade dienstfrei ist, will schlichten. Und jetzt sitzt er im Knast. Aber das war es nicht, was er mir erzählte.

»Er kam alleine raus«, sagte Vinnie. »Er stand da und rauchte auf dem Parkplatz eine Zigarette. Und dann ist Juno aufgetaucht.«

»Wer ist Juno?«

»Juno ist mein Vetter. Väterlicherseits. Er hat viele Probleme im Leben gehabt, Alex. Er hat oft in Schwierigkeiten gesteckt. Vor zwei Jahren war da mal 'ne kleine Gefängnisstrafe. Gott, ich bin sicher, hier in dieser Zelle hat er öfter als einmal gesessen. Jedenfalls kommt er, und Bruckman geht zu seinem Wagen. Juno dreht die Scheibe runter, und ich sehe, wie Bruckman ihm etwas gibt. War schon ziemlich klar, was die da machten. Juno fährt also weg und die Three Mile Road runter, Richtung Reservat. Bruckman steht noch immer da. Es ist scheißkalt, aber ihm scheint das nichts zu machen, auch wenn er bloß diese Lederjacke anhat. Ich war mir nicht sicher, was ich jetzt machen sollte, aber Jimmy und Buck schnarchten noch dahinten, und da hab ich gedacht, ich warte und gucke, was passiert.«

Er hielt inne, wieder war es still, und seine Zellengenossen betrachteten ihn immer noch. Ich sagte nichts. Ich wartete nur, bis er die richtigen Worte für das fände, was jetzt kommen mochte.

»Nun geht Bruckman für ein paar Minuten in die Kneipe und kommt dann wieder raus. Er raucht noch 'ne Zigarette, wie er da auf dem Parkplatz steht. Und Juno kommt wieder. Er konnte nicht mehr als dreißig, fünfunddreißig Minuten weggewesen sein. Gerade genug, um zum Reservat und zurück zu fahren. Diesmal, als Bruckman zu Juno ans Fenster geht, gibt Juno *ihm* was. Mußte wohl Geld sein, dachte ich. Bruckman hat ihm Drogen gegeben, und Juno bringt sie ins Reservat. Also nun …« Vinnie atmete tief und schluckte dann. »Da wurde ich wütend. Das da ist mein Vetter, und der bringt Drogen ins Reservat. Und Bruckman ist der Kerl, der ihm die Drogen besorgt, Alex. Das hat mich echt geschafft. Mein eigener Vetter, Alex.« Seine Stimme wurde rauh. »Verdammt noch mal, der Sohn vom Bruder meines Vaters ist … ich konnt's einfach nicht ertragen, Alex. Und dann kam Dorothy aus der Kneipe, und sie steht da im Licht der Tür. Eine Sekunde nur ist sie draußen, und man sieht schon, wie kalt es ihr ist. Und Bruckman brüllt sie wieder wegen was an. Also geht sie wieder rein. Aber der Ausdruck auf ihrem Gesicht. Das ist nun das einzige Mitglied unseres Stammes, das einzige Mädchen aus meinem ganzen beschissenen Stamm, das es je geschafft hat, von hier wegzukommen, und nun ist sie wieder da, und das mit diesem Arschloch, der unseren Leuten Drogen verkauft. Als hätten wir es nicht so schon schwer genug, Alex. Als hätten wir nicht auch ohne den Scheiß sowieso keine Chance.«

»Ist schon klar«, sagte ich.

»Da ist es passiert, Alex. Da bin ich auf ihn los.«

»Das kann ich verstehen.«

»Ich habe meinen Hockeyschläger geholt und bin hinter ihm her. In zwei Sekunden waren seine ganzen Kumpel draußen. Ich denke, die wollten sowieso gerade gehen. Ich habe 'n paar ganz schöne Treffer gelandet, aber dann ist mir jemand auf die Figur gesprungen.«

»Und die Polizisten wollten das dann schlichten? Haben sie sich zu erkennen gegeben?«

»Das weiß ich doch nicht«, sagte er. »Ich kann mich nicht erinnern. Ich glaube, daß da zwei Polizisten vom Soo waren, die frei hatten. Ich hab bloß den Schläger geschwungen, Alex. Mir war egal, wen ich getroffen habe.«

»Was war mit Bruckman und seinen Jungs? Die Polizisten haben dich verhaftet und ihn laufenlassen?«

»Warum sollten sie ihn festnehmen? Ich war doch derjenige, der sie angegriffen hat.«

»Hast du ihnen denn nicht gesagt, daß er Drogen verkauft hat?«

»Nachdem ich dem Polizisten mit dem Hockeyknüppel ins Gesicht geschlagen habe? Soll ich ihm da sagen, was er zu tun hat?«

»Sie haben sich also davongemacht?«

»Ja.«

»Und später in der Nacht ist Dorothy von ihm weggelaufen. Und er ist hinter ihr her.«

»Wenn ihr was passiert, Alex … So wahr mir Gott helfe, ich bring ihn um.«

»Spar dir das«, sagte ich. »Laß uns erst mal hier verschwinden.«

»Ich hab doch schon gesagt, daß ich die Kaution vom Stamm nicht will.«

»Ich kenne einen, der das macht. Wir werden sogar sein erster Kunde sein.«

»Alex, das brauchst du wirklich nicht zu machen.«

»Doch, ich brauche dich«, sagte ich. Ich stand auf und schob den Stuhl weg. »Ich brauche dich, um sie zu finden.«

Kapitel 7

In der Lobby hing ein Münzfernsprecher, und auf dem Sockel darunter lag ein Telefonbuch. Es war nicht angekettet. Mit der Stadtpolizei auf der einen und der des County auf der anderen Seite ging man wohl davon aus, daß es keiner stehlen würde. Ich sah die Nummer nach und wählte sie unter Kopfschütteln. Du machst da einen Fehler, dachte ich. In Mackinac gibt es einen Kautionsagenten. In anderthalb Stunden konnte er hier sein.

»Sie sind mit Leon Prudell verbunden«, tönte die Stimme. »Ich bin im Moment nicht da, um persönlich mit Ihnen zu sprechen. Wenn Sie meine Dienste benötigen, hinterlassen Sie bitte eine Nachricht. Ich werde dann schnellstmöglich zurückrufen. Wenn es sich um einen Notfall handelt, können Sie mich auch über meinen Beeper unter Nummer ...« Es folgte eine 800er Nummer mit neun Stellen. Hastig kritzelte ich sie auf einen Zettel.

Ich hängte ein, sagte mir, das sei die letzte Chance, um meinen Entschluß doch noch zu ändern, und wählte dann Leons Beeper. Ich gab die Nummer des Münztelefons ein und hängte dann wieder auf. In weniger als einer Minute klingelte es.

»Hier ist Leon Prudell«, sagte er. »Was kann ich für Sie tun?«

»Prudell, hier ist Alex McKnight. Ich brauche eine Kaution.«

»Alex! Mensch, der Beeper tut es ja. Sie sind der erste Anruf. Sie rufen mich an, weil Sie sich das mit der Partnerschaft anders überlegt haben, stimmt's?«

»Kommen Sie bitte sofort ins Gefängnis des County«, sagte ich. »Ich benötige eine Kaution in Höhe von zehntausend Dollar. Die kriegt man doch für tausend, oder?«

»Jawohl, zehn Prozent.«

»Wie kommen Sie an das Geld? Ich meine, woher stammt das?«

»Ich sagte schon, ich arbeite mit einem Sicherheitsdienst zusammen. Im Moment als Teilzeitjob. Das ist meine erste Kaution. Natürlich geht das ohne den ganzen Papierkram, schließlich sind Sie mein Partner.«

»Ich bin nicht Ihr Partner«, widersprach ich. »Wann können Sie hier sein?«

»Im Moment bin ich gerade in meinem Zweitjob tätig«, sagte er. »Aber für Sie laß ich alles stehen und liegen. Wozu hat man denn Partner?«

»Ich bin nicht Ihr Partner. Prudell, verdammt noch mal, kommen Sie hierher.«

»Schon auf dem Weg, Partner.« Er legte auf.

Ich knallte den Hörer auf die Gabel. Die Dame am Empfang sah mich kurz an und tippte dann weiter.

Ich setzte mich auf einen der harten Plastikstühle in der Eingangshalle und sah mir den Titel einer Zeitschrift an. *Natur erleben in Michigan,* etwa zwei Jahre alt. Ich griff nach einer anderen, *Jagen und Fischen,* bloß anderthalb Jahre. Nicht daß ich in der Stimmung gewesen wäre zu lesen. Ich stand auf und ging nach draußen. Ich zog meinen Mantel enger um mich, als ich auf den Parkplatz hinaustrat. Es war die Art grimmiger Kälte, die einem bis auf die Knochen geht und in einem den Wunsch erweckt, bis April zu schlafen. Der Schnee fiel jetzt richtig dicht. Bestimmt zwanzig Zentimeter seit dem Morgen.

Ich stand da, sah dem Schnee beim Fallen zu und wartete, daß Prudell mit der Kaution auftauchte.

»Entschuldigen Sie, Mr. MacKnight?«

Ich drehte mich um. Es war ein Polizist vom Soo, der die Tür aufhielt.

»Würden Sie bitte einen Moment hereinkommen? Chief Maven möchte Sie sprechen.«

»Sagen Sie ihm, wenn er mich sprechen will, kann er hier raus kommen.«

Der Polizist antwortete nicht. Er stand nur da und hielt die Tür offen. Jeder seiner Atemzüge wurde zur weißen Wolke. Der Ausdruck auf seinem Gesicht verriet mir, daß er bei weitem nicht gut genug bezahlt wurde, um sich so was anhören zu müssen.

»Ich komme«, sagte ich schließlich. »Ich möchte Chief Maven doch nicht enttäuschen.«

»Vielen Dank, Sir«, sagte er, als ich an ihm vorbei nach drinnen ging.

»Wie ist es denn so, wenn man unter ihm arbeitet?«

»Fragen Sie lieber nicht«, antwortete er. Er führte mich zu den Büros der Stadt tief im Inneren des Gebäudes.

Vor seinem Büro gab es einen kleinen Vorraum mit vier Plastikstühlen. Wenn sie kaputt und wacklig genug waren, wurden die Stühle aus der vorderen Eingangshalle offensichtlich hierhin geschafft. Und die Zeitschriften ebenfalls, wenn sie um mindestens drei Jahre gealtert waren. Es war die Art von Raum, in der man mit dem Rauchen anfangen möchte.

Der Beamte ließ mich hier allein. Ich setzte mich für ein paar Minuten auf einen der Stühle. Du warst schon einmal hier, sagte ich mir, und du weißt, wie das geht. Drinnen in seinem Büro sitzt Chief Maven jetzt, hat vermutlich die Beine auf den Schreibtisch gelegt und liest Zeitung. Und du wartest hier eine Stunde, während er seinen Machtrausch genießt. Und wenn du schön durchgebraten bist, ruft er dich rein und verspeist dich zu Mittag.

Aber heute nicht. Nicht nach dem, was ich die beiden letzten Tage durchgemacht habe.

Ich stand auf, ging zu seiner Tür und öffnete sie. Maven war am Telefon. Er blickte auf und sah mich an, als hätte ich ihm soeben einen Speer durch die Brust gerammt.

»Sie wollten mich sprechen, Chief?« sagte ich.

»Verdammt noch mal, McKnight, bei Ihnen piept's wohl?« Er hatte sich seit unserer letzten Begegnung nicht verändert. Er war ein zäher alter Bulle wie tausend andere. Schütteres Haar, Schnauzbart, ein wettergegerbtes Gesicht, das zu viele harte

Winter erlebt hatte. Er war ein potthäßliches Exemplar, aber das wurde wettgemacht durch seine gewinnende Persönlichkeit.

Ich setzte mich auf den Stuhl vor seinem Schreibtisch. »Ich bin in Eile«, sagte ich. »Ich gebe Ihnen fünf Minuten.«

»Ich kann's nicht glauben«, sagte er. »Entschuldigen Sie bitte«, sprach er in den Hörer. »Ich bin gerade in unverschämtester Weise unterbrochen wurden. Ich werde Sie zurückrufen ... Ja ... Ja, werde ich. Ja. Wie ich schon sagte, ja. Okay, bis bald.« Er knallte den Hörer auf und sah mich an. »Hat Ihnen jemand gesagt, Sie sollten hier reinkommen, ohne anzuklopfen?«

»Wissen Sie, ich glaube, ich weiß jetzt, warum Sie immer so schlecht gelaunt sind«, sagte ich.

Er sagte kein Wort. Er bewegte nicht einmal die Lider.

»Schauen Sie sich doch nur mal um«, sagte ich. Sein Büro bestand aus vier Betonwänden. Kein Fenster. Kein einziges Bild oder irgendwas Persönliches auf seinem Tisch. »Ich war gerade ein paar Minuten im Gefängnis. Und das muß ich Ihnen schon sagen, da ist es erheblich gemütlicher als hier.«

»Deshalb wollte ich Sie auch sprechen. Was haben Sie im Gefängnis gemacht?«

»Einen Freund besucht.«

»Dieser Freund ist nicht zufällig Vinnie LeBlanc?«

»Doch, das ist er.«

»Wer hat Ihnen die Besuchserlaubnis erteilt? Er ist in städtischem Gewahrsam.«

»Ja«, sagte ich. »Aber er sitzt im Gefängnis des County.«

»Das bedeutet einen Scheiß, McKnight. Wenn Sie noch mal jemanden in meinem Gewahrsam aufsuchen, ohne mich vorher zu fragen, schmeiße ich Sie in die Zelle daneben. Haben Sie mich verstanden?«

»Warum haben Sie ihn festgenommen?«

»Soll das ein Witz sein?«

»Warum?«

»Na ja, schaun wir mal. Vielleicht, weil er einen Polizeibeamten angegriffen hat? Weil er einen gottverdammten Hokkeyknüppel auf dessen gottverdammter Nase kaputtgeschlagen hat? Brauchen Sie etwa noch mehr?«

»Er ist auf einen Mann namens Lonnie Bruckman losgegangen«, sagte ich. »Einen Mann, der einem anderen Indianer Drogen verkauft hat. Haben Sie vielleicht auch Bruckman festgenommen? Haben Sie ihn vernommen? Haben Ihre Jungs ihn überhaupt *bemerkt*? Oder haben sie sich nur den Indianer ausgeguckt und sind auf ihn los?«

»Das geht Sie alles nichts an. Wir wissen Bescheid über Bruckman. Wir kümmern uns drum.«

»Wer ist ›wir‹?« fragte ich. »Das County sucht ihn. Er hat letzte Nacht eine Frau entführt.«

»Ich weiß«, sagte er. »Ich kenne die ganze Geschichte.«

Ich lehnte mich im Stuhl zurück und betrachtete ihn von oben bis unten. »Das ist in Paradise passiert. Es gibt keinen Grund für Sie, da tätig zu werden.«

»Wollen Sie, daß wir sie finden, oder nicht? Das County kann alle Hilfe gebrauchen, die es kriegen kann.«

Ich sagte nichts.

»Außerdem«, fuhr Maven fort, »wohnt Bruckman im Soo.«

Da hatte ich's, dachte ich. So viel mußte er preisgeben, um die Muskeln spielen zu lassen. »Natürlich«, sagte ich. »Und Dorothy wohnte auch da.«

»Natürlich.«

»Bill hat es mir erzählt. Die Wohnung da an der …« Ich hielt inne.

Maven schüttelte nur den Kopf. »Netter Versuch, McKnight. Aber, wie ich schon sagte, das geht Sie alles nichts an.«

»Sie war in meiner Hütte. Er hat sie aus meiner Hütte entführt.«

Jetzt war es an ihm, sich im Stuhl zurückzulehnen. »Ja, gut, daß Sie's erwähnen. Lassen Sie uns mal sehen, ob ich das richtig verstanden habe. Der letzte Bursche, den Sie beschützt haben, ist auf dem Grund vom Lake Superior geendet. Jetzt kommt diese Frau zu Ihnen und bittet Sie, sie zu beschützen, und Sie stecken sie mutterseelenallein in eine Hütte mitten im Wald, damit ihr Ex-Freund sie mitten in der Nacht entführen kann. Habe ich das richtig verstanden?«

Ich sah ihn nur an.

»Ich habe nur noch eins, was ich Ihnen sagen möchte, McKnight. Ich bete zu Gott, daß Sie diesen Leuten wenigstens einen saftigen Preisnachlaß eingeräumt haben.«

»Sind Sie fertig?« fragte ich.

»Ich bin fertig. Gehen Sie schön nach Hause und bleiben Sie uns aus den Füßen. Lassen Sie die richtigen Polizisten ihre Arbeit tun.« Damit griff er zum Telefon und wartete darauf, daß ich ging. Einfach so.

Ich stand auf und ging. Es gab nichts, was ich ihm hätte erwidern können. Nichts, außer über den Tisch zu langen und ihn zu erwürgen. Also ließ ich ihn einfach da sitzen, ging raus und machte die Tür hinter mir zu.

Mehrmals ging ich im Korridor auf und ab und war mir nicht einmal sicher, ob ich eher wütend war oder eher verwirrt. Der ganze Wortwechsel mit Maven hatte einen Dreh gehabt, der irgendwie nicht stimmte. Die Beleidigungen, die ausweichenden Antworten, das ganze Macho-Gehabe, mit alldem hatte ich gerechnet. Aber da war noch etwas anderes. Und das konnte ich nicht rausfinden.

Als ich in die Eingangshalle zurückkam, sah ich, wie Prudell gerade reinkam und sich den Schnee aus den roten Haaren schüttelte. Er trug einen Steppmantel, der mindestens zwei Nummern zu klein an ihm wirkte. Vermutlich hatte er ihm gepaßt, als er ihn auf der High School trug – vor fünfundzwanzig Jahren.

»Alex«, sagte er, als er mich sah. »Ich bin gerade auf dem Weg zur Geschäftsstelle. Ich habe die Kaution dabei.«

»Wie haben Sie es so schnell hierhin geschafft?« fragte ich.

»Ich war sowieso in der Stadt«, erklärte er. Dann, nach einer langen Pause: »Ich habe einen neuen Job. Wenigstens für den Winter.«

»So?«

»Ich verkaufe Schneemobile«, sagte er.

»Oh Gott.«

»Im Sommer verkaufe ich dann vielleicht Außenbordmotoren. Was soll ich groß sagen, es ist ein Job.«

»Ich weiß«, sagte ich. »Und das alles nur, weil ich Ihnen den alten Job als Privatdetektiv weggenommen habe. Das hatten wir alles schon.«

»Nein, nicht doch«, sagte er. »Das ist doch lange her. Jetzt sind wir doch Partner.«

Ich sah an die Decke. »Prudell ...«

»Vergeuden wir keine Zeit. Ich muß unsern Mann rausholen. Vincent LeBlanc, stimmt's? Anschuldigungen seitens der Stadt, nicht wahr?«

»Ja«, sagte ich. »Holen Sie seinen Arsch raus, während ich zur Toilette gehe.«

Er setzte seinen Weg fort, während ich die Toilette aufsuchte. Ich ging hinein und sah, daß Bill Brandow an einem Urinal stand. Ich stellte mich neben ihn.

»Heute ist ein harter Tag für Sie«, sagte er, ohne mich anzusehen.

»Bill, was geht hier vor sich?«

»Was meinen Sie?« Er sah mich immer noch nicht an.

»Irgend etwas stimmt hier nicht. Maven benimmt sich komisch. Sie benehmen sich komisch.«

»Mir war nicht bewußt, daß ich mich komisch benehme«, sagte er. »Es ist auch nicht der richtige Tag, um sich komisch zu benehmen.«

Ich wußte nichts mehr zu sagen. Ich verrichtete mein Geschäft, er verrichtete sein Geschäft, dann wusch er sich die Hände und ging.

Ich ging in die Eingangshalle zurück und sah aus den vorderen Fenstern in den Schnee. Er fiel jetzt in Flocken so groß wie Wattebällchen. Als ich mich schließlich umdrehte, führte Prudell Vinnie gerade durch die Tür, hinter der die Arrestzellen lagen. Ich bemerkte einen schönen violetten Bluterguß auf Vinnies rechter Wange, der mir vorher nicht aufgefallen war.

»Der Prozeß ist in sieben Tagen«, sagte Prudell. »Ich verlaß mich drauf, daß Sie dann vor Gericht erscheinen.«

Vinnie sah ihn an, ohne irgend etwas zu sagen.

»Lassen Sie es bitte nicht darauf ankommen, daß ich Sie suchen muß«, setzte Prudell hinzu.

»Er wird hier sein«, sage ich. »Machen Sie sich da man keine Sorgen.«

»Das genügt mir, Alex. Ich lasse ihn in Ihren Händen.«

»Hast du das gehört, Vinnie?« sagte ich. »Du bist jetzt in meinen Händen.«

Vinnie stand nur da, ein Häufchen Elend.

»Okay, Partner«, sagte Prudell. »Was jetzt?«

»Was meinen Sie mit ›Was jetzt‹?«

»Wir haben 'ne Menge Arbeit vor uns. Uns bleiben sieben Tage, um seine Unschuld zu beweisen.«

»Er ist nicht unschuldig«, sagte ich. »Er hat 'nen Hockeyknüppel auf der Nase eines Beamten kaputtgeschlagen.«

Prudell sah sich in der Halle um und beugte sich vertraulich vor. »Um Gottes willen, Alex. Sprechen Sie leise.«

»Das ist kein Geheimnis«, sagte ich. »Fragen Sie ihn doch.«

Prudell sah Vinnie an und wartete auf dessen Reaktion. Sie erfolgte nicht.

»Okay«, sagte er, »okay. Aber trotzdem. Es muß mildernde Umstände geben. Haben wir Zeugen?«

»Können wir vielleicht damit aufhören, über mich zu verhandeln, als gäbe es mich nicht?« sagte Vinnie endlich. »Und können wir nicht endlich hier raus?«

Wir gingen hinaus in die Schneeflocken. Der Schnee lag

schon über fünfundzwanzig Zentimeter hoch. Ich führte Vinnie zu meinem Wagen und wirbelte bei jedem Schritt Wolken weißen Puders auf. Leon folgte uns. »Was steht jetzt an, Alex?« fragte er. »Geben Sie mir was zu tun.«

Ich blieb neben dem Wagen stehen und dachte an all das, was Prudell meines Erachtens jetzt wohl tun könnte. Aber dann plagte mich mein schlechtes Gewissen: schließlich hatte der Mann mir gerade einen Gefallen getan. »Sie wollen in der Sache was tun?«

»Alles, Alex. Lassen Sie mich Ihnen helfen.«

»Es gibt da einen gewissen Lonnie Bruckman«, sagte ich und gab ihm eine knappe Fünf-Minuten-Version des bisher Geschehenen. Das Hockeyspiel. Das Wiedersehen in der Kneipe. Wie Dorothy mich um Hilfe gebeten hatte. Und wie Bruckman sie in der Nacht geholt hatte. »Ich glaube, er wohnt hier in Sault Ste. Marie«, sagte ich. »Zumindest hat er hier gewohnt. Ich bin sicher, daß er jetzt auf und davon ist. Aber wenn Sie rauskriegten, wo er gewohnt hat, wäre das eine große Hilfe.«

»So gut wie erledigt, Alex. Ich arbeite an unserem Fall.«

»Okay, ist schon in Ordnung.«

»Ich melde mich dann mit meinem Bericht.«

»Schon gut«, sagte ich.

»Ich finde die Wohnung«, sagte er. »Sie können sich drauf verlassen.«

»Okay«, sagte ich, »dann finden Sie sie.«

Er wandte sich endlich zum Gehen.

»Und übrigens noch vielen Dank«, sage ich. »Für die Kaution.«

»Wozu hat man denn Partner?« sagte er. Und dann schob er sich durch den Schnee zu seinem Wagen.

Vinnie und ich stiegen in den Lastwagen und warteten darauf, daß die Heizung alles ein wenig wärmer machte. Unser Atem ließ die Windschutzscheibe beschlagen.

»Warum hast du dem Kerl alles erzählt, was passiert ist?« fragte Vinnie. »Das ist doch ein Idiot.«

»Dieser Idiot hat dich gerade mit einer Kaution aus dem Knast geholt«, sagte ich. »Und was haben wir schon zu verlieren? Der findet tatsächlich noch raus, wo Bruckman gelebt hat, und wenn er dabei der ganzen Stadt auf den Wecker fallen muß.«

Vinnie schüttelte nur den Kopf. Ich fuhr vom Parkplatz herunter und nach Süden zur M-28. Das Mittagslicht war gedämpft von den schweren Wolken und dem Schnee und ließ alles traumhaft unwirklich wirken. An einem anderen Tag hätte alles friedlich gewirkt.

»Wann läßt du endlich dein Fenster reparieren«, sagte Vinnie. Er wickelte sich fester in seinen Mantel, als der Wind die durchsichtige Plastikfolie peitschte.

»Für jemanden, den man gerade per Kaution aus dem Knast geholt hat, hast du ganz schön viel rumzumäkeln.«

»Ich habe nicht um die Kaution gebeten«, sagte er. »Du hättest mich ruhig dalassen können.«

»Nun fang nicht schon wieder damit an«, sagte ich. »Fang lieber an zu erzählen. Was weißt du sonst noch über Dorothy Parish?«

»Ich habe dir alles erzählt.«

»Wie steht es mit Verwandten? Ich habe im Telefonbuch nachgesehen. Im Reservat muß es mindestens dreißig Parrishs geben.«

»Das ist ihre Familie«, sagte er. »Alle gehören dazu.«

»Das weiß ich«, sage ich. »Aber wie steht es mit *engen* Verwandten? Was ist mit ihren Eltern? Kennst du ihre Eltern?«

Vinnie zögerte. Er sah aus dem Folienfenster auf den Schnee, durch den wir uns kämpften. »Ja«, sagte er schließlich. »Ich kenne ihre Eltern.«

»Leben sie noch im Reservat?«

»Ja«, antwortete er.

»Gut, dann fangen wir da an.«

Er nickte langsam mit dem Kopf. »Okay, fangen wir damit an.«

Wir fuhren nach Westen, Richtung Reservat. Bei dem Schnee konnte ich nicht schneller als fünfzig fahren. Es waren nicht viele Autos auf der Straße, aber eines fiel mir auf, das uns die ganze M-28 über folgte. Wieder einmal fragte ich mich einen Moment, ob mir jemand folgte. Und wieder einmal verfluchte ich mich, daß ich blöd genug war, mich zu fragen.

Als wir nach Norden abbogen, um zum Reservat zu fahren, fuhr der Wagen weiter nach Westen. Siehst du, Alex, sagte ich zu mir, du machst dich noch verrückt, wenn du weiter so denkst. Warum um alles in der Welt sollte dir jemand folgen?

Kapitel 8

Die Bay Mills Reservation liegt direkt im Norden der Stadt Brimley, an den Ufern der Whitefish Bay, da, wo sie in den St. Marys River übergeht. Der Stamm ist nur einer der verschiedenen Stämme der Ojibwas oder der Chippewas, wie die Bleichgesichter sie nennen. Es gab eine Zeit, da sah man in dem Reservat nichts als heruntergekommene Hütten. Jetzt, wo mit dem Bay Mills Casino viel Geld verdient wird, sind diese Hütten verschwunden. Jetzt besteht das Reservat nur noch aus Häusern im Ranch-Stil, mit Höfen, gepflasterten Auffahrten und aufgemotzten Briefkästen. Wenn man das Schild am Weg dorthin übersehen würde, wüßte man gar nicht, daß man in einem Reservat ist. Man würde denken, man sei in einer weiteren von einem Makler erschlossenen Neubausiedlung.

»Wo ist das Haus?« fragte ich.

Vinnie war die meiste Zeit der Fahrt still gewesen und hatte, den Kopf an die Tür gelehnt, trotz der rasselnden Folie gedöst. Jetzt rührte er sich und sagte mir, ich solle bis zum nördlichen Ende des Reservats auf der Hauptstraße bleiben.

Wir fuhren am Bay Mills Casino vorbei, dem größeren und neueren der beiden Kasinos im Reservat, vorbei am Gesundheitszentrum und dann an dem ursprünglichen Kings Club Casino. Dahinter die Sporthalle und das Community College, weitere Früchte des Geschäfts mit dem Glücksspiel. Ein kleines Stück die Straße runter sahen wir ein paar Kinder auf dem Weg, der zum Friedhof auf Mission Hill hochführt, Schlitten fahren.

Vinnie zeigte auf ein Haus zu unserer Linken. Ich fuhr in die frisch vom Schnee befreite Einfahrt. Ein Schneegebläse stand in der offenen Garage; nur langsam schmelzender Schnee klebte noch an ihm. Vinnie ging zur Eingangstür und klopfte. Ich stand hinter ihm auf der Veranda, als Mr. Parrish die Tür öffnete. »Mr. Parrish, schön, Sie zu sehen«, sagte Vinnie. »Erinnern Sie sich noch an mich? Ich heiße Vinnie LeBlanc.«

»Vinnie«, sagte der Mann. »Ja natürlich. Ich kenne viele Ihrer Vettern. Ich treffe sie auf dem College.«

»Mr. Parrish, das hier ist Alex McKnight. Dürfte er Ihnen wohl ein paar Fragen stellen? Es geht um Dorothy.«

Jetzt erst sah mich Mr. Parrish bedächtig und sorgsam an. Er sagte nichts.

»Bitte, Mr. Parrish«, sagte ich. »Es wird nicht lange dauern. Es ist sehr wichtig.«

»Ist in Ordnung«, sagte er. Er öffnete die Tür nun ganz und bat uns hinein. Wir gingen ins Haus, nachdem wir uns den Schnee von den Schuhen geklopft hatten. Es war eine hübsche Wohnung, freundlich, sauber und schlicht. Über der Couch hing ein Bild mit einem Kranich. Nach der Mythologie der Ojibwa kam ein Kranich in diese Gegend, wo der See sich über die Stromschnellen des St. Marys River ergießt, legte seine Eier ab und brachte dann die Ojibwas an dieselbe Stelle, damit sie dort siedelten.

Als Mrs. Parrish den Raum betrat, konnte ich Dorothys Gesicht in ihrem erkennen. Dieselben Augen, derselbe Mund. Sie bot uns Kaffee an. Wir lehnten ab. Als sie sich nebeneinander auf die Couch setzten, sah mir Mr. Parrish einen Moment lang in die Augen. Mrs. Parrish starrte auf den Couchtisch. Keiner von ihnen mochte mehr als fünf Jahre älter sein als ich. Als ich Dorothy das erstemal gesehen und mir gesagt hatte, ich sei alt genug, um ihr Vater zu sein, hatte ich recht gehabt.

»Ich weiß, daß das jetzt eine schwere Zeit für Sie sein muß«, sagte ich. Ich saß in einem Ohrensessel, der seine Ohren sehr weit zurückgelegt hatte, Vinnie in dem anderen, zwischen uns stand der Fernseher. »Ich meine, ich nehme an, Sie wissen, was passiert ist.«

»Wir haben heute einen Anruf von der Stammespolizei bekommen«, sagte Mr. Parrish. Die Stammespolizei war kürzlich dem Sheriff von Chippewa County unterstellt worden, und da machte es Sinn, daß sie sich um den hiesigen Aspekt kümmerten. »Wir wissen, daß Dorothy vermißt wird.«

»Sie war letzte Nacht in meiner Hütte«, sagte ich. Mrs. Parrish sah mich kurz an und dann wieder auf den Couchtisch. »Bitte verstehen Sie mich nicht falsch«, setzte ich hinzu. »Sie war nicht in derselben Hütte wie ich. Ich besitze drüben in Paradise sechs davon. Dorothy ist zu mir gekommen und hat mich um Hilfe gebeten. Da habe ich sie die Nacht in einer der Gästehütten verbringen lassen. Heute morgen war sie fort.«

Mr. Parrish nickte.

»Natürlich fühle ich mich verantwortlich«, sagte ich. »Ich war selbst früher Polizeibeamter. Rückblickend hätte ich mehr für sie tun müssen, von Anfang an. Ich hätte im Büro des Sheriffs anrufen müssen, oder bei einem der Personenschutzdienste.«

Mr. Parrish hob die Hände von den Knien und senkte sie dann wieder.

»Ich möchte natürlich in jeder Weise behilflich sein«, sagte ich. »Gibt es einen Ort, von dem Sie annehmen, daß sie jetzt dort sein könnte? Einen Ort, an den Bruckman sie gebracht haben könnte?«

»Wir kennen diesen Bruckman nicht«, sagte er.

»Sie haben ihn nie kennengelernt?«

»Nein«, sagte er. »Wir haben Dorothy seit mehreren Jahren nicht gesehen.«

Ich wußte nicht, was ich jetzt sagen sollte. »Sie war also«, sagte ich schließlich, »die letzten Monate mit ihm hier in der Gegend, aber Sie haben sie nicht gesehen?«

»Nein«, sagte er.

»Aber Sie müssen doch gewußt haben, daß sie hier war?«

»Nein«, sagte er wieder. »Nicht, bis heute morgen die Polizei angerufen hat.«

Ich atmete langsam und tief aus und wandte den Blick von ihnen weg. Und dann sah ich auf einer Anrichte in der Küche das Foto eines kleinen Mädchens, vielleicht sieben oder acht Jahre alt. Geflochtene Zöpfchen, die Vorderzähne fehlten. Es mußte Dorothy sein. Ich sah mich im übrigen Raum um, konnte aber keine weiteren Bilder von ihr entdecken.

Eine empfindliche Stille lastete auf dem Haus. Man hörte nur das leise Geräusch, mit dem die Schneeflocken auf die Fensterscheibe trafen. Vinnie saß in seinem Sessel, genau so still wie die Parrishs.

Ich räusperte mich. »Fällt Ihnen irgendwas ein«, sagte ich, »irgend etwas, was mir helfen könnte, Ihre Tochter zu finden?«

»Ich fürchte nein«, sagte Mr. Parrish.

»Kann ich Ihnen meinen Namen und meine Telefonnummer dalassen, falls Sie von ihr hören?«

»Ja.«

Ich bat sie um Papier und Bleistift und schrieb die Informationen auf. Ich hatte das traurige Gefühl, daß dies eine völlig nutzlose Geste war.

»Es tut mir leid, Ihre Zeit beansprucht zu haben«, sagte ich. »Ich hoffe, das ...« Ich suchte nach den richtigen Worten. Ich konnte nicht einmal mehr zusammenhängend denken. »Ich hoffe, das klärt sich.«

»Vielen Dank«, sagte er. Ich schüttelte Mr. Parrish und seiner Frau die Hand. Sie hatte kein Wort gesagt, seit sie uns den Kaffee angeboten hatte.

Es war schon dunkel, und es schneite immer noch, als wir nach draußen traten. Der Tag hatte sich verabschiedet.

Ich startete den Wagen und setzte die Heizung in Gang. Wir waren so kurz drinnen gewesen, daß es nicht lange dauerte, bis es warm wurde. Mir war nicht nach Sprechen zumute, und so fuhren wir fast schweigend nach Paradise zurück.

»Was ist mit deinem Auto?« fragte ich schließlich. »Wo steht das?«

»Ich bin sicher, daß meine Vettern es zu meinem Haus gebracht haben.«

Ich nickte. Wieder herrschte Schweigen. Ein Stück Rotwild lief durch den Schnee und überquerte vor uns die Straße.

»Okay«, sagte ich. »Was zum Teufel ist denn nun passiert?«

»Wie meinst du das?«

»Die Parrishs. Warum waren sie so komisch?«

»Wieso waren sie komisch?«

»Nun tu nicht so«, sagte ich. »Ihre Tochter ist soeben entführt worden, und sie zucken nicht mal mit der Wimper.«

»Alex«, sagte er. »Das verstehst du nicht.«

»Was verstehe ich nicht? Erklär es mir. Fang damit an, wie sie jahrelang leben konnten, ohne von ihr zu hören. Ich dachte immer, Familie sei bei euch Jungs alles.«

»Es ist alles. Aber du mußt verstehen, wie meine Leute sind. Weißt du, als ich klein war, hat meine Mutter mich gelegentlich gefragt, ob ich nicht zum Zahnarzt gehen wolle. Sie hat es mir nicht *befohlen.* Sie hat mich *gefragt.* Meist habe ich nein gesagt, ich wolle nicht gehen. Erscheint dir das komisch?«

»Ja«, sagte ich. »Aber was hat das mit dem zu tun, worum es jetzt geht?«

»Ein Ojibwa hält nichts davon, sich in das Leben anderer einzumischen. Nicht einmal ins Leben der eigenen Kinder. Wir glauben, jeder von uns habe seinen Weg im Leben selbst zu wählen. Auch wenn es der falsche Weg ist.«

»Das erklärt gar nichts«, sagte ich. »Vinnie, sie ist *entführt* worden, um Himmels willen. Und das sollte sie nichts angehen?«

»Natürlich geht es sie etwas an«, sagte er. »Was sollten sie denn deiner Meinung nach machen? Zusammenbrechen und dir zuliebe losheulen? Sie werden ihre Gefühle niemals so zeigen, und bestimmt nicht vor einem Fremden. Und sie werden dich auch nicht um Hilfe bitten.«

»Nein, natürlich nicht. Bestimmt keinen Außenseiter.«

»Nein«, sagte er. »Keinen Außenseiter. Das ist nicht Ojibwa-Art.«

»So, ist es nicht?«

»Nein. Und mehr kann ich dazu nicht sagen.«

»Vinnie, weißt du was?«

»Was?«

»Das ist ein Haufen Scheiße. Alles, was du mir erzählt hast.«

»Tut mir leid, daß es dir nicht gefällt.«

»Das sind doch keine Aliens aus dem fernen Weltall«, sagte ich. »Sie sind menschliche Wesen. Ihre Tochter steckt in Schwierigkeiten. Sie hat sich mit einem ziemlich üblen Burschen eingelassen. Jetzt steckt sie in der Scheiße. Vielleicht ist sie sogar tot. Entschuldige, wenn ich dann erwarte, daß sie wenigstens ein kleines bißchen davon berührt sind.«

»Dann entschuldige, wenn sie das nicht in einer Weise zum Ausdruck gebracht haben, die dir akzeptabel erscheint. Wir sind eben anders. So einfach ist das.«

Ich hätte an dieser Stelle aufhören sollen. Ich war erschöpft. Ich wußte zu diesem Zeitpunkt nicht mehr, was ich sagte. Aber ich machte weiter. »Und was soll dieses ganze ›Wir‹-Zeugs? Ich dachte, du wärst gar kein Indianer mehr. Du bist aus dem Reservat ausgezogen. Du hängst nicht mehr mit ihnen rum, nur noch einmal die Woche zum Hockeyspielen.«

»Jetzt gehst du zu weit, Alex.«

»Oh, natürlich, wenn du Weiße bei der Jagd führst, dann bist du plötzlich wieder Roter Himmel, stimmt's? Dann bist du Indianer. Oder wenn du mir die Ojibwa-Art erklärst. Ich nehme an, du kannst das wie einen Lichtschalter an- und ausschalten, wie? Aber der Himmel verhüte, daß dein Stamm dir hilft, wenn du im Knast sitzt. Nicht mal wissen sollen sie, daß du da bist.«

»Geht es dir darum, Alex? Du bist wütend auf mich, weil du geglaubt hast, du müßtest kommen und mich per Kaution rausholen? Du willst deine tausend Dollar zurück? Ich gebe sie dir. Morgen früh liegen sie auf deiner Türschwelle.«

»Ach, scheiß drauf«, sagte ich. Ich packte das Lenkrad, als wollte ich es aus der Lenksäule reißen. »Ich hätte dich drin lassen sollen. Ich dachte, ich versuche bloß, dein Freund zu sein. Aber ich nehme an, ich *kann* gar nicht dein Freund sein, stimmt's? Ich bin ewig ein Außenseiter für dich.«

Er sagte nichts. Ich auch nicht. Nicht, bis wir nach Paradise kamen und ich auf den Parkplatz vom Glasgow Inn fuhr. »Ich werde jetzt etwas essen gehen«, erklärte ich. »Kommst du mit?« Das war das deutlichste Friedensangebot, das er im Moment von mir kriegen konnte.

»Nein, vielen Dank«, sagte er. »Ich gehe nach Hause.«

»Das ist ein weiter Weg«, meinte ich.

»Nicht für mich«, erwiderte er.

»Noch so 'n Indianerkram.«

»Fick dich doch ins Knie.«

»Schönen Abend noch«, sagte ich. Ich stieg aus dem Laster und sah ihm nach, wie er die Hauptstraße entlang in Richtung seiner Hütte ging. Gute drei Kilometer im tiefen Schnee. Ich schüttelte den Kopf und ging ins Lokal.

Ich saß ganz allein am Tresen, aß irgendwas und trank ein paar kalte Kanadische. Jackie las in meinem Gesicht, daß dies ein Abend war, an dem man mich besser in Ruhe ließ. Genau so ging es wohl den Jungs aus meiner regelmäßigen Pokerrunde, die am Kamin saßen.

Ich dachte über das nach, was in den letzten vierundzwanzig Stunden passiert war. Nichts von dem, was ich getan hatte, gefiel mir. Ich war blöd genug gewesen, sie allein in der Hütte zu lassen. Und dann war ich den ganzen Tag wie ein Hund meinem eigenen Schwanz nachgejagt und hatte mich gewundert, warum alle um mich herum so komisch waren.

Der Grund, warum sie so komisch waren, Alex, war, daß du einen Narren aus dir gemacht hast. Sie hatten recht und du unrecht, und sie haben sogar noch versucht, dir das zu sagen. Brandow hat es dir auf seine Weise gesagt, und Maven hat es dir um die Ohren geschlagen: Geh nach Hause und laß die richtigen Polizisten ihre Arbeit tun.

Etwas anderes konnte ich wirklich nicht tun. Das sah ich ein.

Jetzt endlich, hier an der Theke, beim dritten Kanadischen, und nachdem ich den Teller zurückgeschoben hatte. Einmal in meinem Leben mußte ich akzeptieren, daß etwas Schlimmes passiert war und daß es in der Welt nichts gab, was ich daran ändern konnte. Bruckman und Dorothy waren vielleicht inzwischen schon über alle Berge.

Und die Sache mit Vinnie – vielleicht hatte ja auch er recht. Wie kam ich dazu, die Reaktion der Parrishs zu verurteilen? Wie konnte ich wissen, was sie in Wirklichkeit fühlten? Oder was sie in all den Jahren mit ihrer Tochter durchgemacht hatten, bis es dazu gekommen war?

Ich mußte mit ihm sprechen. Und dann mußte ich ins Bett. Ich warf einen Zwanziger auf den Tresen und ging dann hinaus in den nicht enden wollenden Schneefall. Der war inzwischen etwas leichter geworden. Vielleicht waren wir morgen nicht gänzlich begraben.

Wieder setzte ich den Laster in Gang und fuhr über die Hauptstraße bis zu meiner Stichstraße. Den ganzen Weg ist Vinnie zu Fuß gegangen, sagte ich mir, und das in diesem Schnee.

Ich senkte den Schneepflug und schob mich die Stichstraße hoch. Es war Pulverschnee, aber genug davon, daß es harte Arbeit war. Ich hatte zu kämpfen, daß der Pflug gerade ging. Als ich Vinnies Hütte erreichte, sah ich ihn draußen mit einer Schneeschaufel in der Hand. Er hatte gerade mit dem Räumen begonnen und noch eine lange Nacht vor sich, wenn er seine ganze Zufahrt freischaufeln wollte.

Ich hielt an und kurbelte das Fenster herunter. »Geh mir aus dem Weg«, sagte ich.

Er sagte nichts. Er schaufelte weiter. Er hatte den Mantel ausgezogen und über den Briefkasten gelegt. Er mußte schon heftig schwitzen.

»Vinnie, geh mir aus dem Weg«, sagte ich. »Dann kann ich deine beschissene Einfahrt freischaufeln.«

Nichts. Er sah mich nicht einmal an.

»Vinnie, komm«, sagte ich. »Sag doch was!«

Er schaufelte weiter.

Lange sah ich ihn an. Man hörte nur das Geräusch der Schaufel, wenn sie über den Boden kratzte. Die Schaufel war nicht lang genug. Zwei Stunden Arbeit mit dem Gerät, und der Rücken mußte ihm höllisch wehtun.

»Schön«, sagte ich. »Du kannst mich mal.«

Ich rumpelte an ihm vorbei und weiter, den ganzen Weg bis zum Ende der Straße, und schob dabei den Schnee zur Seite. In den meisten meiner Hütten sah ich Licht; die Schneemobilfahrer hatten wohl ihren Tag beendet oder wärmten sich auf für eine letzte Fahrt. Als ich zu meiner Hütte kam, räumte ich noch den Schnee von der Einfahrt und stieg aus dem Wagen. Und blieb stehen.

Meine Haustür stand offen.

Ich stand da, wartete und lauschte auf irgendein Geräusch aus dem Innern. Ein Schneemobil heulte in der Ferne und verstummte wieder. Dann herrschte Stille.

Der Schnee knirschte, als ich zur Tür ging und sie vorsichtig ganz aufstieß. Ich besaß eine Pistole, doch die lag versteckt in einem Schuhkarton in den Tiefen meines Wandschranks. Das nutzte mir im Moment herzlich wenig.

Ich sah ein einzelnes Licht hinten in meiner Hütte. Es war die Nachttischlampe. Der Schirm war auf der Birne verrutscht und tauchte den ganzen Raum in einen düsteren Schimmer. Rauch stieg von der Stelle auf, wo der Schirm durch die Hitze der Birne zu glimmen begann.

Ich ging in die Hütte hinein und musterte den Raum. Ich betrachtete die Trümmer meines früheren Heims. Berühren durfte ich noch nichts. Ich ging nur von einem Ende des Raums zum anderen. Die einzigen Geräusche waren mein Atem und mein Herzschlag. In der Küche hatte man jede Schublade herausgerissen und umgedreht. Der Kühlschrank stand offen. Essen, Milch, Eier – alles lag auf dem Boden, zusammen mit dem

Inhalt der Schubladen. Die Sitzkissen der Couch hatte man heruntergerissen und aufgeschlitzt. Die Matratze war vom Bett gerissen worden. Auch sie war zerschlitzt. Der brennende Lampenschirm riß mich aus meiner Trance, gerade noch rechtzeitig, um ihn von der Birne zu nehmen und wieder geradezurücken. Ich ging ins Bad. Alles, was vorher im Medizinschränkchen gewesen war, schwamm jetzt in der Toilette. Den Duschvorhang hatte man aus seinen Ringen gezerrt und in zwei Teile gerissen.

Mein Wandschrank befindet sich auf der anderen Seite der Badezimmerwand, in der Nähe der Haustür. Ich ging hin und sah alle Kleidungsstücke durch, die man auf den Boden geworfen hatte. Tief drinnen fand ich den offenen Schuhkarton. Die Pistole war noch da, der Zylinder stand offen und war leer. Ich hob sie hoch und legte Patronen ein, eine nach der anderen. Irgendwie fühlte ich mich danach besser.

Ich untersuchte die Tür. Das Schloß war zersplittert. Irgend jemand hatte sie schlicht eingetreten. Ich hatte schon immer gewußt, daß es keine gute Tür war. Ich hatte mir aber auch immer gesagt, daß hier mitten im Wald, wo niemand einen beobachtete, jeder, der ernsthaft ins Haus wollte, auch reinkäme, egal welche Vorsichtsmaßnahmen ich träfe. Offensichtlich hatte ich recht gehabt.

»Bruckman«, sagte ich laut. Er hat das getan. Aber warum hatte er die Pistole nicht mitgenommen? Ich ging die ganze Hütte noch einmal durch und kontrollierte alles, so gut ich konnte. Nichts fehlte. Es sei denn …

Es sei denn das, was er gesucht hatte, war für ihn hier unauffindbar. Mit diesem Gedanken griff ich in meine Manteltasche. Das kompakte Gewicht war den ganzen Tag dagewesen, ohne daß es mir bewußt gewesen war. Jetzt fiel mir der Hockeypuck wieder ein, und ich hielt ihn ins matte Licht, um die Aufschrift noch einmal zu lesen. Gordie Howe, Nummer 9.

Konnte der Puck ihm so viel bedeuten? Ein Hockeypuck mit Autogramm?

Oder war er hier bloß eingebrochen, um meine Wohnung zu verwüsten? Um mir eins auszuwischen, weil ich Dorothy helfen wollte, vor ihm zu fliehen?

Lange Zeit stand ich da und sah auf den Puck. Ich fühlte, wie mein Zorn wuchs. Und neben dem Zorn war ich auf eine unheimliche Weise fasziniert davon, wie verrückt der Mann sein mußte, um das hier zu tun. Oder wie dumm. Oder beides. Er könnte jetzt längst über alle Berge sein. Statt dessen beschließt er hierzubleiben, um mir das anzutun.

Doch neben dem Zorn und der Faszination gab es noch etwas anderes. Ein kleiner glimmender Funken Erwartung, fast so etwas wie Freude. Denn jetzt wußte ich, daß er in der Nähe war. Und wenn er in der Nähe war, dann hatte ich eine mehr als faire Chance, ihn zu finden.

Kapitel 9

Als ich am nächsten Morgen erwachte, sah ich auf die Unterseite eines Etagenbettes. Einen Moment lang wußte ich nicht, wo ich war. Dann fiel mir alles wieder ein.

Meine Hütte. Ich konnte mir nicht vorstellen, daß ein einzelner Mann soviel Schaden anrichten konnte. Vermutlich hatte er sein ganzes Hockeyteam dabeigehabt.

Ich hatte noch am Abend im Büro des Sheriffs angerufen. Es war Samstag, also war Bill nicht dort. Der diensthabende Beamte wollte jemanden rausschicken, um den Schaden zu besichtigen, aber ich sagte ihm, es lohne nicht die Mühe. Es hatte doch keinen Sinn, einen armen Trottel in einer kalten Winternacht den ganzen Weg bis hierhin zu schicken, damit er sich umsieht und dann sagt: »Mensch, da war aber einer ganz schön sauer auf Sie.« Also hinterließ ich eine Nachricht für Bill und wünschte seinem Vertreter eine gute Nacht.

Dann hatte ich begonnen, so weit wie möglich aufzuräumen. Aus der Schweinerei auf dem Küchenboden klaubte ich das Besteck und die heil gebliebenen Teller. Alles andere kehrte ich auf einen Haufen zusammen. Hinsichtlich der zerschlitzten Sofapolster konnte ich nicht viel machen. Ich sammelte die Reste samt der Füllung ein und stopfte alles in Müllsäcke. Als ich genug getan hatte, um zumindest das Gefühl zu haben, mit der Schadensbehebung angefangen zu haben, versuchte ich zu schlafen. Aber der zerstörten Matratze war keinerlei Bequemlichkeit mehr abzugewinnen, wie sehr ich mich auch bemühte. So setzte ich mich wieder in den Wagen und fuhr um die Kurve zu meiner zweiten Hütte, derjenigen, in der ich Dorothy untergebracht hatte.

Es hatte endlich aufgehört zu schneien, aber der Wind blies noch immer. Es war ein tiefes, unerbittliches Klagen, wie das Heulen eines Wolfes. Bevor ich zu Bett gegangen war, hatte ich mich ans Becken gestellt und versucht, das Wasser aufzudrehen. Nichts. Da fiel mir ein, wie ich in der Nacht für Dorothy das Wasser angestellt hatte und sie gebeten hatte, es tröpfeln zu lassen, damit die Leitung nicht einfröre. Offensichtlich hatte sie das nicht getan. Vermutlich war sie zu sehr damit beschäftigt gewesen, gekidnappt zu werden. Jetzt war die Leitung völlig zugefroren. Ich hatte nicht die geringste Lust, mich sofort darum zu kümmern, sondern kroch ins Bett. Wie ich so dem Wind lauschte, dachte ich, daß es dasselbe Bett sei, in dem Dorothy geschlafen hatte, falls sie überhaupt Zeit dazu gefunden hatte, bevor ihr Märchenprinz kam, um sie abzuholen.

Hatte sie ihm wirklich die Tür geöffnet? Sie mußte wohl. Andernfalls hätte er sie aufgebrochen, genau so, wie er es mit meiner gemacht hatte. Sie hatte ihm die Tür geöffnet, und er hatte sie gepackt und weggeschleppt. Wenn ich sie jemals wiedersehe, wird das die erste Frage sein, die ich ihr stelle: Wieso haben Sie die Tür geöffnet?

Ich schleppte mich aus dem Bett. Es war so kalt, daß ich meinen Atem sehen konnte, da das Feuer im Ofen erloschen war. Ich zog mir Stiefel und Mantel an und ging hinaus in den Morgen, wo der Wind schon darauf wartete, mein Gesicht zu vereisen. Wieder ein strahlender Wintertag in Paradise.

Ich startete den Lastwagen und setzte die Heizung in Gang. Ich fühlte mich so steif, daß ich glaubte zu zersplittern, wenn man mich fallen ließe.

Es hatte die Nacht über nicht geschneit, aber überall auf der Straße gab es Schneeverwehungen. Ich pflügte sie bis zum Ende frei und dann wieder zurück bis zur Straße. Als ich an Vinnies Haus vorbeikam, sah ich, daß sein Wagen fort war. Vermutlich war er im Kasino bei seiner Frühschicht am Siebzehnundvier-Tisch. Der Wind hatte das meiste von seiner Schwerstarbeit schon wieder zunichte gemacht. Ich pflügte ihn frei, nur um ihn zu ärgern.

Als ich wieder an meiner eigenen Hütte war und den Wagen verließ, sah ich, daß meine Tür wieder offenstand. Drinnen hörte ich mein Telefon klingeln. Ich nahm die Pistole aus der Manteltasche und spähte vorsichtig um die Ecke. Ich erblickte das Chaos, das ich auch gestern gesehen hatte. Da das Schloß kaputt war, hatte wohl der Wind die Tür geöffnet, überlegte ich.

Schnee lag auf dem Boden, bis tief ins Zimmer hinein. Wie es aussah, konnte ich genausogut die Bären in meinem Haus ihren Winterschlaf halten lassen.

Das Telefon klingelte wieder. Ich nahm ab.

»Alex, sind Sie das?« Es war Leon Prudell. »Ist alles in Ordnung? Ich rufe schon den ganzen Morgen an.«

»Hier ist alles ganz prächtig«, sagte ich.

»Ich habe seine Wohnung gefunden. Wo Lonnie Bruckman gelebt hat. Ich bin im Moment da, bei seiner Vermieterin.«

»Das ist ja kaum zu glauben«, meinte ich. »Wie haben Sie das denn geschafft?«

»Das erklär ich Ihnen, wenn Sie hier sind. Sie müssen das hier einfach sehen.« Er beschrieb mir den Weg zu einem Viertel auf der Ostseite von Sault Ste. Marie. Es war nicht weit von der Eishalle und der Kneipe entfernt, wo ich Bruckman am Abend des Hockeyspiels gesehen hatte.

»Ich bin so schnell wie möglich da«, versprach ich.

»Ich warte auf Sie, Partner.«

Ich ließ das unkommentiert. Ich dachte, er habe sich die Partnerschaft verdient, zumindest für diesen Tag.

Bevor ich ging, rief ich wieder im Büro des Sheriffs an und verlangte, mit Bill persönlich zu sprechen, aber die Frau am Telefon sagte mir, er sei nicht im Hause. Ich hinterließ meine Telefonnummern, die von der Hütte und die vom Handy im Lastwagen, und bat um seinen Rückruf so bald wie möglich. Dann ging ich wieder zurück nach draußen in die Kälte. Keine heiße Dusche, kein Frühstück. Ich werde am Glasgow anhalten, überlegte ich. Rasch einen Kaffee und etwas auf die Faust.

Als ich dort reinschaute, saß Jackie am Kamin und rieb sich die Hände. »Es wird Schnee geben«, sagte er, als er mich sah.

»Du hast nachgerade parapsychologische Fähigkeiten«, sagte ich. »Schnee im Januar hier in der Gegend, wer denkt denn an so was? Ist der Kaffee frisch?«

»Nein, ich meine *richtig* Schnee. Ja, natürlich ist er frisch.«

Ich goß mir eine Tasse ein. »Wieviel ist *richtig*? Hast du Brötchen oder so was? Ich bin in Eile.« Ich suchte auf der Arbeitsfläche hinter der Theke.

»Richtig heißt einen halben Meter, nicht Zentimeter«, belehrte er mich. »Sieh in der Küche nach.«

Ich ging nach hinten in die Küche und nahm mir zwei Hefeteilchen. Der Raum roch, als hätte er gerade eins seiner berühmten Omeletts gemacht. Mir lief das Wasser im Munde zusammen, aber ich konnte nicht warten. Ich mußte zum Soo und mir das Haus ansehen. Ich war mir nicht sicher, was das bringen sollte, aber immerhin konnte ich *etwas* tun.

»Vielen Dank, Jackie«, rief ich beim Rausgehen. »Ich komm später noch mal wegen einem Omelett rein.«

»Oh nein, ich danke Euch, mein Herr«, sagte er noch, bevor die Tür hinter mir zufiel. »Euch zu dienen bin ich hier.«

An einem schönen Tag wäre ich auf der Küstenstraße bis zur Six Mile Road um die ganze Bucht herumgefahren, aber so wie der Wind blies, war es wohl besser, auf Hauptstraßen zu bleiben. Als ich Paradise verließ, fiel mir der Wagen hinter mir auf. Als ich die M-28 erreicht hatte und nach Osten fuhr, war der Wagen immer noch hinter mir. Im Rückspiegel sah ich, daß es eine Limousine der Mittelklasse war. Auf den Vordersitzen saßen zwei Männer.

Aus purer Bosheit hielt ich vor einem kleinen Laden in Strongs, ging hinein und kaufte mir eine Zeitung. Auf dem Parkplatz sah ich den Wagen nicht, aber als ich weiterfuhr, war er wieder hinter mir.

Nun, nun, dachte ich. Vielleicht bildete ich mir ja doch nicht alles ein. Man folgt mir wirklich. Aber wer mochte das sein? Bruckman vielleicht? Mit einem seiner Hockey-Tölpel? Wäre das nicht praktisch? Ich suchte überall nach ihm, und womöglich war er direkt hinter mir.

Einige Kilometer fuhr ich, so schnell ich konnte, um zu sehen, ob der Wagen dranblieb. Das tat er, wobei er einen gleichmäßigen Abstand von etwa fünfhundert Metern einhielt. Dann verlangsamte ich mein Tempo auf fünfzig. Wenn der Wagen mich nicht verfolgte, mußte er jetzt aufschließen. Das tat er nicht. Er blieb weiter schön hinten, dicht genug, um auf alles reagieren zu können, was ich tat, aber weit genug, daß ich ihn nicht im Rückspiegel sehen konnte. Zumindest glaubten sie das wohl.

In Raco hielt ich nochmals an, ging in einen weiteren kleinen Laden und sah aus dem Seitenfenster. Der Wagen hatte am Rand der Straße haltgemacht. Ich stand da, beobachtete ihn und wußte nicht, was ich machen sollte.

»Kann ich Ihnen helfen?« fragte der Mann hinter der Theke. Es war ein älterer Herr mit einem gütigen Gesicht.

»Nein, vielen Dank, Sir«, sagte ich. »Ich warte nur auf ein paar Freunde, die hier vorbeikommen wollen.«

»Heute soll's noch schneien«, sagte der Mann.

»Das habe ich auch gehört«, sagte ich, als ich die Tür öffnete und wieder hinausging. Ich bin sicher, daß der alte Herr seinen Kopf schüttelte, als ich ging.

Okay, Jungs, sagte ich zu mir selbst, als ich wieder in meinen Laster kletterte. Versuchen wir mal was anderes.

Als ich auf der M-28 weiterfuhr, war auch der Wagen wieder hinter mir. Ich hielt nun Ausschau nach der richtigen Art von Querstraße, eine mit einigermaßen Sichtschutz, so daß ich Abstand von ihnen gewinnen konnte, ohne daß die Aktion allzu auffällig wäre. Wir befanden uns ziemlich am Ende des Hiawatha National Forest, und ich wußte, daß dahinter weites, offenes Gelände lag. Innerhalb der nächsten drei Kilometer mußte ich eine geeignete Stelle finden.

Linker Hand lag eine Seitenstraße, die durch einen Kiefernwald nordwärts nach Brimley führte. Hier könnte es klappen, dachte ich. Ich bog mit so viel Schwung ab, daß meine Räder eine Ewigkeit lang, wie es schien, im Schnee durchdrehten. Endlich fand der Wagen Grund, und ich bewegte mich wieder. Ich fuhr, so schnell ich einigermaßen konnte, und sah mich nach einer geeigneten Stelle um, nach irgend twas, wo man den Lastwagen nicht sehen würde und ich auf sie warten konnte.

Ich sah zwei Einfahrten, aber sie waren lang und gut einzusehen. Ich bog um eine Kurve und hätte eine dritte fast verpaßt. Eine exzellente. Ich bremste in Intervallen, um auf der Straße zu bleiben. Dabei umklammerte ich das Steuerrad, als wollte ich den Wagen durch schiere Willenskraft zum Stehen bringen. Als es mir endlich gelang, schaltete ich den Rückwärtsgang ein und setzte zurück. Alles läuft perfekt, dachte ich, wenn ich in diese Einfahrt reinkomme, bevor sie mich gesehen haben. Ein bißchen schneller, verdammt noch mal – Vorsicht, Vorsicht …

Ich hielt den Wagen an. Ich stand ungefähr sechs Meter von der Straße entfernt hinter einer Gruppe junger Kiefern, die von einem dicken Schneemantel fast erstickt wurden. Die Sicht reichte gerade, um sie kommen zu sehen, und die Distanz ermöglichte es, den Wagen vor ihnen auf die Straße zu fahren und ihren Weg zu blockieren. Wer auch immer in dem Wagen saß – in ein paar Sekunden würde ich sie mir gründlich ansehen können.

Ich holte tief Luft. Dann tätschelte ich die Pistole in meiner Tasche. Man kann nie wissen, dachte ich. Wenn Bruckman in dem Wagen sitzt, könnte es durchaus dazu kommen.

Mein Herz schlug schneller. Entspann dich, Alex. Ruhig Blut. Atmen. Zwing dich zum Atmen.

Ich wartete. Jede Sekunde war es soweit.

Von dem Wagen war nichts zu sehen. Vielleicht mußten sie sehr langsam fahren. Keine einfache Straße, mit dem vielen Schnee. Geduld.

Ich wartete.

Nichts.

Wo sind sie? Sie müßten jetzt hiersein.

Schön warten, Alex. Noch ein bißchen. Laß ihnen Zeit.

Ich wartete.

Verdammt. Sie haben mein Spielchen durchschaut. Sie fallen nicht drauf rein.

Ich wartete noch eine Minute und knallte dann den ersten Gang rein. Dumm gelaufen, Alex. Jetzt wissen sie, daß du sie bemerkt hast.

Ich fuhr den Weg, den ich gekommen war, zurück zur Hauptstraße und verfluchte dabei mich, Bruckman, den Schnee und alles, was mir sonst noch einfiel.

Und dann sah ich sie.

Der Wagen stand, die Vorderräder neben der Straße. Ein Mann stand bis über die Hüften im Schnee und versuchte, das Auto zurückzuschieben.

Sie stecken fest, dachte ich. Das darf doch nicht wahr sein – sie stecken im Schnee. Ich habe sie. Jetzt sachte heranfahren und mal sehen, was sie so machen.

Das erste, was mir beim Näherkommen auffiel, war, daß keiner der beiden Bruckman war. Das zweite, was mir auffiel, war, daß beide Jagdmützen trugen. Den Mann, der den Wagen schob, erkannte ich nicht, und den Mann am Steuer, soweit ich ihn überhaupt sehen konnte, auch nicht. Aber ich hatte mir die anderen Hockeyspieler an jenem Abend nicht näher angesehen, und so konnte ich auch nicht sicher sein.

Ich fuhr neben sie und hielt an. Ich drehte das Fenster hinunter.

Der Mann schob weiter und fluchte dabei leise vor sich hin. Der Fahrer kurbelte am Lenkrad. Der Wagen bewegte sich nicht einen Millimeter. Keiner der beiden sah mich an.

Ich saß nur da und sah ihnen zu. Die Straße zeigte nichts als Schnee und Kiefern. Keine Häuser, in welche Richtung man auch blickte. Einige träge Schneeflocken begannen zu fallen. Wenn das der schwere Schneesturm war, von dem alle sprachen, hatte er noch einiges zu leisten.

Endlich schenkte mir der Mann, der nicht im Wagen saß, einen verstohlenen Blick und dann ein mattes Winken. Sein Gesicht war von all dem Schieben und Drücken gerötet. »Alles in Ordnung«, sagte er schließlich zu mir. »Alles okay. Trotzdem vielen Dank.« Die natürlichste Antwort der Welt, wenn man im Schnee steckt und neben einem hält ein Mann in einem Lastwagen.

Ich bewegte mich nicht. Ich sah ihnen weiter zu.

»Wie müssen ihn zum Schaukeln bringen, Herrgott noch mal«, sagte der Mann zum Fahrer. »Hin und her, hin und her. Los!« Aber die beiden Männer konnten sich nicht auf denselben Rhythmus einigen. Der Mann winkte mir noch mal. »Das geht in Ordnung. Fahren Sie nur weiter.«

»Sieht ganz so aus, als könntet ihr Jungs Hilfe gebrauchen«, sagte ich.

»Nein, nein, wirklich«, sagte er. »Vielen Dank.«

»So kommt ihr nie los«, sagte ich. »So sind Sie im Frühjahr noch hier.«

»Wir haben es«, sagte der Mann. »Ich merke, wie er sich bewegt. Passen Sie auf! Sie sind da im Weg!«

»Nee, Sie sitzen ganz schön fest«, sagte ich. »Ich muß Sie rausziehen.« Ich öffnete die Tür und stieg aus dem Wagen …

»Nein, wirklich nicht!« sagte der Mann. »Bitte! Das brauchen Sie nicht!« Der Fahrer schüttelte jetzt den Kopf und hämmerte auf das Lenkrad.

Ich ging zur Ladefläche des Kleinlasters und zog ein langes Stück schwerer Kette hervor.

Das meiste davon hielt ich in der linken Hand, in der rechten gerade soviel, um jemandem die Zähne einzuschlagen, sollte das nötig sein. Die Pistole steckte in meiner rechten Manteltasche. »In einer Sekunde haben wir euch draußen«, sagte ich. »Ein Glück für euch, daß ich gerade vorbeigekommen bin.«

»Ja«, sagte der Mann. »Ja, das ist es wirklich.«

»Hier, helfen Sie mir mal«, sagte ich. »Wolln mal sehen, ob wir das an Ihrem Hinterteil festkriegen.«

Der Mann zögerte einen Moment. Ich sah, wie er dem Fahrer rasch einen Blick zuwarf. »Klar«, sagte er schließlich. Er schob sich aus dem Schnee heraus und trat zum Heck des Wagens, wo ich ihn gründlich betrachten konnte. Mit der Rechten schwang ich die Kette ein wenig. Wenn er etwas vorhatte, war ich gewappnet.

Als er dicht genug heran war, sah ich ihm in die Augen. Auch wenn er aus der Entfernung vielleicht ein wenig weichlich gewirkt haben mochte, sagten seine Augen alles. Sogar mit dieser lächerlichen knallroten Jagdmütze mit den herunterhängenden Lappen an der Seite sah man, daß er stahlhart war.

»Schaun Sie mal, ob Sie das hier eingehängt kriegen«, sagte ich. »Ich kann mich heute nicht richtig bücken. Ich bin immer noch geschädigt vom Hockeyspielen.«

Ich gab ihm die Kette und trat ein Stück zurück. Ich steckte die rechte Hand in meine Manteltasche. Der Mann betrachtete die Kette, als habe er so etwas noch nie gesehen, kniete dann im Schnee nieder und besah sich das Heck seines Autos. »Hier hinten?« fragte er.

Nein, du Superhirn, in den Arsch sollst du sie dir stecken. »Ja, genau da. Sehn Sie mal, ob Sie die da eingehängt kriegen. Schon mal Hockey gespielt?«

»Ne, noch nie«, tönte es von unter dem Wagen. Während er mit der Kette herumrasselte, sah ich mir das Nummernschild des Staates Michigan an und sagte die Nummer im Kopf mehrfach auf. Ein Ford Taurus, sagte ich mir. Dunkelgrün. Ich sah mir den Fahrer an. Er saß bewegungslos da wie eine Wachsfigur und starrte geradeaus. Sein Gesicht hatte ich noch immer nicht deutlich sehen können. »Kommen Sie aus dem Wagen«, rief ich ihm zu. »Besser Sie sind nicht drin, wenn ich ihn rausziehe.« Genau das wollte er natürlich, im Wagen bleiben und lenken, während ich zog, aber es war einen Versuch wert. Der Fahrer öffnete die Tür und stieg aus.

»Hi, ich heiße Alex«, sagte ich. Ich hielt die Hände in den Taschen, die rechte hatte fest die Pistole gepackt. Ich wollte ihm nicht die Hand geben, so zog ich eine Schlotternummer für ihn ab und sagte: »Mann, ist das heute kalt.«

»Und ob«, sagte er. Selbst mit Brille und einem kleinen Schnäuzer sah er genauso hart aus wie sein Partner. Seine Jagdmütze war blau, und die Ohrenklappen trug er hochgebunden. Auch wo ich jetzt beide aus der Nähe gesehen hatte, erkannte ich sie nicht. Ich nahm nicht an, daß sie zu den Hockeyspielern gehörten; und im übrigen sahen sie auch nicht aus wie Typen, die mit Bruckman rumhingen. Aber wenn sie nicht zu ihm gehörten, wieso folgten sie mir dann, Teufel noch mal?

Ich sah die Straße rauf und runter. Ich könnte sie jetzt mit meiner Pistole bedrohen, überlegte ich mir. Dem Mann da unten befehlen, schön unten zu bleiben, und dem andern die Pistole an die Schläfe setzen und sie dann höflich bitten, ein wenig zu plaudern.

Ich entschied mich dagegen. Ich hatte das Kennzeichen. Ich konnte beide beschreiben. Ich konnte sie jederzeit wiedererkennen. Und ich hatte den Vorteil zu wissen, daß sie mir folgten. Und den weiteren Vorteil, daß sie *nicht* wußten, daß ich es wußte.

»Hab euch Jungs hier noch nie gesehen«, sagte ich. »Auf Besuch hier?«

Der Fahrer sah mich nur an und dann zu dem Mann am Boden. »Hast du das langsam da eingehakt?«

»Ich glaube ja«, war die Antwort.

»Ja, nur auf Besuch«, sagte der Fahrer. »Mal sehen, ob das jetzt klappt.«

Ich nahm das andere Ende der Kette und wand es um meine Anhängerkupplung. Ich kletterte in den Wagen zurück und gab vorsichtig Gas. Die Kette zog sich stramm, und dann machte sich der Wagen behutsam auf seinen Weg aus der Schneewehe.

Für den Bruchteil einer Sekunde überlegte ich mir, Gas zu geben und den Wagen etliche Kilometer hinter mir herzuziehen. Ob sie mich auch zu Fuß verfolgen würden? Bei einem Rennen hätte ich mein Geld auf den mit der hochgebundenen blauen Kappe gesetzt.

»Na, gar nicht so schlecht«, sagte ich, als ich aus dem Führerhaus kletterte.

Ihr Wagen war kaum zum Stehen gekommen, als Rotkappe schon wieder am Boden war und die Kette loshakte. Er gab sie mir und sagte: »Wir müssen weiter.«

»Nett von Ihnen«, sagte Blaukappe. Sie öffneten auf beiden Seiten die Türen, sprangen hinein und spritzten mich mit Schnee voll, als sie losfuhren.

Ich sah ihnen nach. Der Wagen geriet sofort erneut ins Rutschen und wäre fast wieder von der Straße abgekommen. Der Kerl hat keine Ahnung, wie man im Schnee fährt, dachte ich. Und wie sie da losgefahren waren, fast ohne ein Wort des Dankes. Hätte ich es nicht besser gewußt, hätte ich schwören mögen, daß die Jungs meine Hilfe gar nicht nett gefunden hatten.

Kapitel 10

Ich fuhr weiter zum Soo und fragte mich, wann ich wohl meine neuen Freunde wieder im Rückspiegel sähe. Der Schnee fiel jetzt dichter, in großen nassen Flocken, die an der Windschutzscheibe klebten und mich kaum erkennen ließen, wohin ich denn in drei Teufels Namen fuhr.

Ich rief noch einmal im Büro des Sheriffs an. Bill war nicht da, und seine Privatnummer wollten sie mir noch immer nicht geben. Ich hinterließ wieder eine Nachricht für ihn, mich so bald wie möglich anzurufen. Ich hatte keine Lust, einem Deputy übers Telefon zu erklären, daß mir zwei Männer quer durchs Chippewa County gefolgt waren. Ich wollte Bill am Schreibtisch gegenübersitzen, oder besser noch in einer Kneipe, er würde mir zuhören und sich alles aufschreiben.

Ich fuhr in den östlichen Teil der Stadt, in die Nähe des Eisstadions, wo der ganze Unsinn seinen Anfang genommen hatte. Die Wohnung lag in einem Viertel an der Spruce Street, in der Nähe des alten Fabrikgeländes der Union Carbide. Laut Karte ist das jetzt ein ›stark belastetes Gebiet‹. Im Sommer ist das ein großes Areal mit Unkraut und Büschen, das niemand betritt. Im Winter liegt hier halbmeterhoch der Schnee wie überall, und man denkt nicht weiter dran. Die Häuser sind klein und die Fenster mit Plastik verklebt, um sie vor dem Wind zu schützen, der hier vom St. Marys River herüberweht.

Ich sah Leon Prudells kleinen roten Wagen in der Einfahrt des Hauses stehen. Die Schneebänke links und rechts von der Einfahrt waren so hoch wie der Wagen selbst, und fast hätte ich ihn übersehen. Ich fand gerade genug Platz, um meinen Wagen abzustellen und mich zwischen Auto und Schneewand hindurchzuquetschen, um zur Eingangstür zu gelangen. Als ich klingelte, wurde die Tür von einer älteren Frau mit dicken Brillengläsern und dem ersten ehrlichen Lächeln geöffnet, das ich seit Tagen gesehen hatte. Wie sie mitten im Winter so lächeln konnte, war mir ein Rätsel, aber es machte sie mir auf Anhieb sympathisch. Sie trug einen dicken weißen Pullover und hatte in der einen Hand eine Kaffeetasse, während sie mir mit der anderen die Tür aufhielt. »Sie müssen Mr. McKnight sein«, begrüßte sie mich.

»Jawohl, Ma'am. Und Sie müssen Mrs. Hudson sein.«

»Kann ich Ihnen einen Kaffee anbieten? Mr. Prudell und ich haben hier eine kleine Party veranstaltet, während wir auf Sie gewartet haben.«

»Ich muß mich für meine Verspätung entschuldigen«, sagte ich. »Offen gestanden, ein heißer Kaffee würde mir jetzt richtig guttun.«

»Mr. Prudell und ich haben gerade Apfelkuchen gegessen. Kann ich Ihnen ein Stück abschneiden, wenn ich sowieso in der Küche bin?«

»Sie müssen den Kuchen probieren«, sagte Leon. Jetzt, wo sie es sagte, bemerkte ich die vielen Krümel auf Leons Hemd.

»Das klingt wunderbar«, sagte ich. »Wenn es Ihnen nicht zu viel Mühe macht.«

»Setzen Sie sich doch«, sagte sie. »Ich bin gleich wieder da.«

Als sie ging, sah ich mich kurz im Zimmer um. Es gab viele Schwarzweiß-Fotos von Kindern und Farbaufnahmen, die dann wohl die Enkel zeigten. Der Raum war klein, wirkte aber gemütlich und gepflegt. Auf Leons Sofa war ein Schonbezug aus Plastik. »Was hat Sie aufgehalten?« fragte er.

»Ich mußte zwei Jungs helfen, die im Schnee steckengeblieben waren«, sagte ich. Ich setzte mich aufs andere Ende der Couch. Der Plastikbezug machte ein Geräusch wie Popcorn beim Rösten.

»Dann werde ich Sie rasch briefen, Alex.«

»Mich briefen?«

»Ja, Sie hinsichtlich der heute von mir beschafften Informationen auf den neuesten Stand bringen.«

»Können Sie mir nicht auch einfach erzählen, was los ist?« schlug ich vor. »Wo hat Bruckman denn nun gewohnt? Hier drüber?«

»Nein, es gibt eine große Wohnung nach hinten raus über der Garage. Er hat sie vor etwa sechs Wochen gemietet.«

»Und wie haben Sie sie gefunden?«

Prudell lehnte sich nach vorn und warf einen verstohlenen Blick um die Ecke auf Mrs. Hudson in der Küche. »Ich mußte mit ein paar Franklins um mich werfen, Alex, aber es hat sich gelohnt.«

»Franklins? Was meinen Sie damit, Fünfzig-Dollar-Scheine?«

»Nee, Hunderter. Auf den Fünfzigern ist Grant.«

»Leon, wovon reden Sie? Wen haben Sie bezahlen müssen, um Bruckmans Adresse rauszukriegen?«

»Hockeyspieler, Alex. In der Big Bear Arena. Sie haben mir doch erzählt, daß Sie dort Donnerstagabend gegen ihn Hockey gespielt haben, stimmt's? Deshalb habe ich da angefangen. Erst habe ich's im Büro versucht. Ich habe ihnen erzählt, daß ich Bruckman finden wollte und daß er in einem der Teams in der Donnerstagabend-Liga spielte. Das hat überhaupt nichts gebracht, also hab ich gedacht, ich hör mich mal unter den Spielern um, ob ich nicht so 'nen Hinweis kriege.«

»Sie haben mit den Hockeyspielern rumgehangen?«

»Ja, bin einfach in den Umkleideräumen rumgegangen. Hab Hallo gesagt, wie ist es denn so, hab mich ganz so benommen, als ob ich im nächsten Match spiele oder so.«

»Leon, ohne Sie kränken zu wollen – Sie sehen nicht direkt wie ein Hockeyspieler aus.«

»Ich hab gesagt, ich bin Torwart. Ins Tor stellen sie doch immer den, der nicht Schlittschuhlaufen kann, stimmt's? Genau wie bei Baseball, wo sie den schlechtesten Spieler zum Catcher machen.«

Ich zählte innerlich bis drei. »Okay, gut«, sagte ich schließlich. »Und irgendwann haben Sie dann zufällig jemanden gefunden, der Bruckman kannte?«

»Irgendwann ja.« Wieder lugte er in die Küche. »Alex, Sie haben doch mal gesagt, daß dieser Bruckman eventuell in Drogengeschäfte involviert ist?«

»Äußerst involviert.«

»Nun ja, für die Spieler, mit denen ich gesprochen habe, war das bestimmt kein Geheimnis. Es hat nicht lange gedauert, da war mir klar, wie ich vorgehen mußte. Ich tat so, als ob ich ihn suchen würde, damit ich Drogen von ihm kaufen kann.«

Ich versuchte mir Leon Prudell in einem Umkleideraum vorzustellen, wo er vorgibt, ein Hockeytorwart zu sein, der Koks abstauben will. Das Bild wollte nicht recht gelingen. »Und wie lange haben Sie gebraucht?« fragte ich.

»Ich mußte mehrere Spiele abwarten. Vielleicht sieben oder acht. Ich traf auf viel … Zurückhaltung, mir seine Adresse zu verraten. Ich denke, sie hatten sich überlegt, wenn ich Drogen von ihm beziehe, weiß ich auch, wo er wohnt. Da kamen die Franklins ins Spiel. Sie können sehr überzeugend wirken.«

»Leon«, sagte ich, »wie viele Franklins haben Sie denn so ausgegeben?«

»Vier oder fünf«, antwortete er. »Zwei Jungs haben mir Quatsch erzählt. Ich bin hin, hab die Adressen überprüft und mußte wieder zurück. Aber einer hat schließlich damit rausgerückt. Ein schwer Abhängiger, der im Mitternachtsspiel mitmachte.«

»So, da wären wir«, sagte Mrs. Hudson, als sie aus der Küche zurückkam. Sie stellte ein Stück Apfelkuchen vor mich hin und dazu eine Tasse Kaffee. »Milch und Zucker sind da drüben bei Mr. Prudell.«

»Ich kann Ihnen gar nicht sagen, wie nett ich das finde, Ma'am. Es ist doch richtig, daß ein gewisser Lonnie Bruckman in Ihrer Wohnung hinten gewohnt hat?«

»Oh ja«, sagte sie und blickte auf ihre Hände, die sie im

Schoß gefaltet hatte. »Wie ich schon zu Mr. Prudell gesagt habe, fürchte ich, daß das keine gute Erfahrung war, vor allem nicht die letzten beiden Tage. Er wirkte ziemlich nett, als er die Wohnung mietete, aber dann kamen all diese Leute. Immer war da laute Musik, und dann diese Schneemobile, die er und seine Freunde immer fuhren. Ich habe diese Dinger schon immer gehaßt.«

Eine Frau nach meinem Herzen. »Mrs. Hudson, lassen Sie mich nur eben sagen, daß dies der beste Apfelkuchen ist, den ich je gegessen habe.« Es war eine perfekte Kreation aus Äpfeln, Zimt und einer krossen Kruste. Ich fühlte mich geradezu wieder als Mensch, wenn auch nur für einen Moment.

»Oh, vielen Dank. Man muß einfach wissen, wie man die rechte Sorte Äpfel den Winter über lagert.«

»Aber erzählen Sie doch weiter. Da kamen all diese Leute. Gab es eine bestimmte Frau, die bei ihm wohnte?«

»Ja«, sagte sie, »die gab es. Ich habe ihren Namen nie erfahren. Ich habe sie auch nicht oft gesehen, aber wenn ich sie gesehen habe … Ich weiß nicht. Sie hatte etwas Besonderes. Sie wirkte immer so traurig und einsam auf mich. Auch wenn all diese Leute da waren.«

»Die Polizei war Freitagnacht hier«, sagte Leon. »Und dann wieder am Samstagmorgen.«

»Freitagnacht?« fragte ich. »Um wieviel Uhr?«

»Ich habe die Polizei gegen zwei Uhr morgens angerufen«, sagte sie. »Ich hörte diesen Lärm da. Der hat die ganze Nachbarschaft geweckt. Sachen flogen gegen die Wände, Glas ist zerbrochen, als ob jemand die Wohnung zerstören wollte.«

»Zwei Uhr«, sagte ich. »Die Nacht, in der er … Okay, erzählen Sie bitte weiter. Haben Sie gesehen, wer es war? War es Bruckman?«

»Ich habe niemanden gesehen«, sagte sie. »Ich hatte Angst, auch nur aus dem Fenster zu schauen.«

»Was ist passiert, als die Polizei kam?«

»Wer auch immer in der Wohnung gewesen ist, war verschwunden, als die Polizei kam. Sie sind hochgegangen und haben sich alles angeguckt. Die Wohnung war komplett ruiniert. Wenn ich an all die Zeit denke, die Joe damit verbracht hat, sie herzurichten …«

»Ihr Ehemann?«

»Ja«, sagte sie. »Er ist leider von mir gegangen vor – mein Gott, sind das schon sieben Jahre?«

»Sie haben gesagt, daß die Polizei Samstagmorgen wieder hier war?«

»Ja, sie sind zurückgekommen. Sie haben weitere Fragen gestellt, nach der jungen Frau, die bei ihm gelebt hat.«

Das ergab einen Sinn. Freitagnacht hatte er die Wohnung zu Kleinholz geschlagen, vielleicht, als er gesehen hatte, daß sie verschwunden war. Am nächsten Tag kam die Polizei zurück, als sie erfahren hatte, daß Dorothy gekidnappt worden war.

»Kann ich die Wohnung mal sehen, Mrs. Hudson?«

»Ich wüßte nicht, warum nicht«, sagte sie. »Lassen Sie mich nur eben meinen Mantel anziehen. Schneit es schon?«

»Es schneit«, sagte ich.

»Alle meine Freunde halten mich für verrückt«, sagte sie, als sie sich einpackte. »Sie sind jetzt alle unten in Florida.«

»Ach, was gibt es da schon?« sagte Leon, während er sich den Mantel anzog. »Bloß Orangenbäume und Sonnenschein.«

»Und alte Leute, die aufs Sterben warten«, fügte sie hinzu. »Ich lebe lieber irgendwo, wo man in Bewegung bleiben muß.«

Sie führte uns zur Hintertür hinaus über einen Weg, auf dem der neugefallene Schnee uns bis an die Knöchel reichte. Die Garage war größer als das Haus und bot drei Autos reichlich Platz. An der Seite war eine Außentreppe, die zum Apartment hochführte. »Passen Sie auf der Treppe auf«, sagte sie. »Ich hatte noch keine Gelegenheit, den Schnee wegzufegen.« Ich wollte sie festhalten, ihr die Treppe hochhelfen, aber sie ging direkt die schneebedeckten Stufen hoch, bevor ich sie berühren konnte. Als wir oben angekommen waren, stieß sie die Türe auf. Die Fassung war aufgebrochen, genau wie bei mir.

»Ist das Freitagnacht passiert?« fragte ich sie.

»Ja«, sagte sie. »Es sieht ganz so aus, als hätte jemand die Tür regelrecht eingetreten.«

»Aber wenn es Bruckman gewesen wäre ...«

»Ich weiß es nicht«, sagte sie. »Vielleicht hatte er in der Nacht keinen Schlüssel. Vielleicht hatte ihn die junge Frau.«

»Gut möglich.« Ich sah nach drinnen. »Das kommt mir bekannt vor«, sagte ich. Die Wohnung war verwüstet worden. Der Inhalt aller Schränke und Küchenschubladen auf dem Boden verstreut, alle Polstermöbel aufgeschlitzt. Es gab einen Unterschied: Ich zählte drei zerbrochene Hockeyschläger.

»Die Polizei hat mich gebeten, noch nicht aufzuräumen«, sagte sie. »Und sie hat mich gebeten, niemanden hineinzulassen.«

»Ich verstehe«, sagte ich. »Ich wollte nur mal einen Blick drauf werfen.« Leon stand neben mir im Eingang und sah sich alles so genau an, als wolle er die Einzelheiten auswendig lernen.

»Es ist für mich unerträglich, daß ich dieses Durcheinander nicht beseitigen darf«, sagte sie. »Wenn Joe die Wohnung jemals so gesehen hätte ...«

»Sieht so aus, als wäre es hier mal gemütlich gewesen«, sagte ich.

»Wissen Sie, was komisch ist? Bei all dem Ärger, den die Leute mir gemacht haben, meinen Sie, hier wäre jemals Durcheinander gewesen? Ich bin zweimal hiergewesen, wenn ich wußte, daß sie weg waren, nur um zu sehen, ob alles in Ordnung war ...«

»Ja?«

»Ich schwöre bei Gott, Mr. McKnight, die Wohnung war tipptopp. Die Küche, das Bad, alles pieksauber. All der Lärm hier, all die Leute, die hier durchgetrampelt sind. Man kann von ihnen sagen, was man will, aber die haben hier alles *sauber* gehalten. Und jetzt das. Ist das nicht merkwürdig?«

»Das ist merkwürdig«, sagte ich. »Andererseits, wenn ihn etwas richtig in Fahrt gebracht hätte …«

Sie schüttelte den Kopf. »Ich verstehe die Leute nicht mehr«, sagte sie.

»Mrs. Hudson, ich kann Ihnen gar nicht sagen, wie dankbar ich Ihnen bin, daß Sie soviel Zeit geopfert haben, um uns zu helfen.«

»Ich hoffe, daß sie den Kerl kriegen.« Sie sah mir lange in die Augen. »Aber Sie suchen nur nach dem Mädchen, nicht?«

»Doch«, sagte ich, »so ist es.«

»Nun, ich hoffe, Sie finden sie«, sagte sie. »Wie ich schon sagte, sie wirkte nicht so, als ob sie zu den Leuten paßte …«

Wir dankten ihr beide noch mehrmals, für ihre Hilfsbereitschaft, für den Kaffee, für den Apfelkuchen. Als wir sie zu ihrem Haus zurückgebracht hatten, begleitete ich Leon noch zu seinem Wagen und zog meine Brieftasche heraus. »Wieviel, sagten Sie noch mal, haben Sie im Eisstadion ausgegeben?«

»Vergessen Sie's, Alex. Wir sind Partner. Das gehört alles zu unserem Fall.«

»Leon, es gibt keinen Fall.« Der Schnee fiel jetzt äußerst dicht. In den paar Minuten, in denen wir draußen waren, hatte er Leons rotes Haar schon ganz bedeckt. »Und wir sind auch keine richtigen Partner«, sagte ich. »Tut mir leid. Ich bin nun mal kein privater Ermittler. Das habe ich Ihnen doch gesagt.«

»Aber Sie treten mit Sicherheit wie einer auf«, erwiderte er.

»Nein, das tun *Sie*«, sagte ich. »Sie haben schließlich das Haus hier gefunden.«

»Aber das bringt Ihnen nicht viel, oder? Sie brauchen mehr.«

»Ich weiß es nicht«, sagte ich. »Ich weiß nicht mal, was ich als nächstes machen soll.«

»Als wir uns vorhin die Wohnung angesehen haben, was haben Sie da damit gemeint, das käme Ihnen bekannt vor?«

»Er hat meine Wohnung auch auseinandergenommen«, sagte ich. »Irgendwann gestern.«

»Gestern? Aber er hat Dorothy doch Freitagnacht abgeholt. Warum sollte er zurückkommen?«

»Um ein Zeichen zu setzen. Oder um nach seinem Glücks-puck zu suchen. Ich weiß es nicht.«

»Seinem Glückspuck?«

»Gordie Howe hat ihn signiert«, sagte ich. »Dorothy hat ihn mir gegeben.«

»Okay«, sagte er. »Sein Glückspuck. Wie toll. Was können Sie mir sonst noch sagen? Sagen Sie mir endlich alles, was Sie sonst noch wissen, Alex.«

»Sonst gibt es nichts«, sagte ich. »Außer ...« Ich atmete eine dichte Wolke in die kalte Luft, während ich überlegte, wieviel ich ihn wissen lassen wollte.

»Außer was, Alex?«

»Außer der Tatsache, daß mir zwei Männer gefolgt sind.«

»Aha! Das ist doch etwas.« Er versuchte, routiniert zu wirken, aber ich konnte die Erregung in seiner Stimme hören. »Konnten Sie sie aus der Nähe betrachten?«

»Ja«, sagte ich. »Beide kannte ich nicht. Ich glaube nicht, daß sie neulich abend in Bruckmans Hockeyteam gespielt haben.«

»Interessant«, sagte er. »Und was jetzt?«

»Ich gebe Ihnen das Geld, und Sie machen, daß Sie nach Hause kommen, bevor der Schnee schlimmer wird.«

»Ich nehme Ihr Geld nicht, Alex.«

»Das werden Sie doch, Alex.«

»Geben Sie mir noch was zu tun«, sagte er. »Ich möchte mit Ihnen an dieser Sache arbeiten. Was soll ich denn sonst machen? Zurückgehen und versuchen, Schneemobile zu vertikken? Den ganzen Tag mit Typen aus Detroit reden und so tun, als ob mir die Pisten, auf denen sie fahren, nicht am Arsch vorbeigehen?«

»Leon …«

»Das hier ist genau das, was ich machen möchte«, sagte er. »Lassen Sie mich Ihnen helfen, Alex.«

»Wenn mir was einfällt«, versprach ich, »rufe ich Sie an. Okay?«

Er dachte einen Moment darüber nach. »Na gut«, sagte er schließlich. »Wir bleiben in Verbindung. Sie haben doch meine Nummer, ja?«

»Ja«, sagte ich und ging zu meinem Wagen.

»Und auch die Nummer von meinem Beeper, oder?«

»Die habe ich auch«, sagte ich.

»Rufen Sie mich an, wenn Sie mich brauchen, Alex. Tag und Nacht.«

»Okay«, sagte ich. Ich kletterte in meinen Laster und schloß die Tür. Sollte er noch was gesagt haben, habe ich es nicht mehr gehört.

Ich ließ den Motor an und strich mir den Schnee aus den Haaren, während ich auf die Heizung wartete. Dann griff ich nach dem Handy und wählte noch einmal die Nummer des Sheriffs. Er war immer noch nicht da, und die Frau wollte mir seine Privatnummer immer noch nicht geben. Statt ihm jetzt eine Nachricht übermitteln zu lassen, beschloß ich, in sein Büro zu fahren und sie ihm aufzuschreiben, wo ich sowieso in der Stadt war.

Ich setzte aus der Auffahrt und fuhr nach Westen zum Verwaltungsgebäude für Stadt und County. Ich konnte nicht sehen, daß mir jemand folgte, aber die Straßenverhältnisse waren jetzt so schlecht, daß sie in dem Schnee vermutlich gar nicht mehr fahren konnten. Wer jetzt noch auf der Straße war wie ich, mußte ein Idiot sein – aber das war wohl für niemanden eine Neuigkeit.

Für die fünf Kilometer quer durch die Stadt brauchte ich zwanzig Minuten. Ich fuhr auf den Parkplatz direkt am Büro des Sheriffs. Der kleine Gefängnishof war jetzt völlig leer bis auf eine meterhohe Schneewehe. Sobald ich drinnen war, hielt mich ein Deputy an. »Sie sollten bei dem Schnee nicht draußen unterwegs sein, Sir«, sagte er. »Es herrscht Notstand.«

»Ich muß nur eine dringende Nachricht für den Sheriff hinterlassen«, sagte ich. Ich bat um ein Stück Papier und einen Stift und schrieb alles auf, was ich ihm erzählt hätte, wenn er hiergewesen wäre, um es sich anzuhören. Meine Wohnung wurde gestern verwüstet. Ich weiß, daß Bruckmans Wohnung auch verwüstet wurde. Ja, ich habe rausgefunden, wo er gewohnt hat. Zwei Mann verfolgen mich. Ich weiß nicht, wer sie sind. Das ist ihre Autonummer. Überprüfen Sie sie bitte und sagen mir dann Bescheid. Sie haben ein paar Runden gut. Vielen Dank. Gezeichnet Alex.

Ich steckte das Stück Papier in einen Umschlag und schob ihn unter seiner Tür durch. »Bitte sagen Sie ihm, daß da eine dringende Nachricht für ihn liegt«, sagte ich zu dem Deputy.

»Sie wollen doch jetzt nicht etwa in den Schnee hinaus?«

»Das ist doch gar nichts«, erklärte ich. »Ich kann meinen Laster draußen noch erkennen.«

Der Deputy schüttelte nur den Kopf, als ich hinausging. Als ich wieder im Wagen saß und gerade losfahren wollte, klopfte jemand an meine Scheibe. Ich wandte den Kopf und sah Chief Mavens Gesicht wenige Zentimeter von meinem entfernt. Mein ohnehin schlechtes Wochenende wurde augenblicklich noch schlechter.

»McKnight!« schrie er. »Was zum Teufel stimmt bloß mit Ihnen nicht?«

Ich kurbelte das Fenster hinunter. »Chief Maven«, sagte ich. »Welch angenehme Überraschung!«

»Wir haben Schneenotstand«, erklärte er. »Bleiben Sie mit Ihrem Arsch gefälligst von der Straße!«

»Ich weiß Ihre Sorge um mich durchaus zu schätzen«, sagte ich. »Aber ich habe nicht die Absicht, die Nacht hier zu verbringen. Wenn Sie mich jetzt bitte entschuldigen ...«

»Sobald Sie auf die Straße rausfahren, verstoßen Sie gegen das Gesetz.«

»Ich durchschaue Sie, Chief. Sie wollen nur, daß ich hierbleibe, damit ich in Ihrer Nähe bin. Stimmt's?«

Maven schüttelte den Kopf und sah dann zum Himmel. Als er mir wieder in die Augen sah, lächelte er. Es war ein gräßlicher Anblick. »Okay, McKnight. Machen Sie, was Sie wollen. Lassen Sie sich von mir nicht aufhalten.«

Ich zögerte. Das ist eine Falle, dachte ich. Sobald ich auf der Straße bin, kommt er, hält mich an und gibt mir ein Knöllchen.

»Na los«, sagte er. »Fahren Sie nach Hause und bauen Sie einen Schneemann oder sonstwas.«

»Okay, ich bin schon weg«, sagte ich. Er kann mir kein Knöllchen geben. Wäre das nicht arglistige Täuschung?

»Schönen Tag noch«, sagte er. »Und fahren Sie vorsichtig.«

»Das werde ich«, sagte ich. Ich legte den Gang ein, sah ihn noch einmal an und gab dann ordentlich Gas. Er trat zurück, aber nicht schnell genug, um dem von meinen Hinterreifen emporgeschleuderten Schnee auszuweichen. Als ich schon einen halben Block die Straße runter war, blickte ich zurück und sah, wie er sich abbürstete. Dann sah ich, wie er mir zuwinkte. Du hast Halluzinationen, sagte ich mir. Nun hat dich der viele Schnee doch noch verrückt gemacht.

Ich schaffte es zur 75. Die Schneepflüge kämpften tapfer in einer Schlacht, die nicht zu gewinnen war, aber für mich reichte es, um durchzukommen. M-28 war etwas schlechter, aber es ging, solange ich um die dreißig Stundenkilometer fuhr. Es war eine lange und harte Fahrt, aber ich war müde und hungrig und durstig und wollte endlich ins Glasgow kommen. Ich stellte mir ein Steaksandwich mit gebratenen Zwiebeln und einem kalten Kanadischen am Kamin vor und fuhr weiter. Als ich den Abzweig nach Paradise erreichte, war ich schon über neunzig Minuten unterwegs. Ich kämpfte mich in die Stadt vor und sah nur dann und wann ein Schneemobil. Alle anderen waren intelligent genug, in ihren Häusern zu bleiben.

Schließlich sah ich, wie das Glasgow Inn am rechten Straßenrand auftauchte. Schon wollte ich abbiegen, als mir ein unangenehmer Gedanke durch den Kopf schoß. Auf meiner Straße häufte sich der Schnee, und wenn ich sie nicht heute abend mehrfach räumte, könnte ich morgen früh überhaupt nichts mehr machen. Dann müßte ich auf Bagger warten, die mich ausgrüben, mich und alle anderen in meinen Hütten. Verdammt und zugenäht, sagte ich mir. Bevor du nicht wenigstens einmal geräumt hast, kannst du es dir nicht gemütlich machen. Das ist deine letzte Chance.

Also fuhr ich auf der Hauptstraße weiter und bog dann links in meine Stichstraße ein und setzte den Pflug an. Ich mußte schon hart drücken, aber mit dem schweren Gewicht auf der Ladefläche schaffte ich den ganzen Weg bis zur letzten Hütte. Ich wendete und fuhr zurück. Ich sollte auch Vinnie freipflügen, dachte ich. War sein Wagen da? Ich hatte nicht darauf geachtet. Und meine eigene Einfahrt sollte ich auch freiräumen.

Ich fuhr an meiner eigenen Hütte langsamer und begann, den Schnee von der Einfahrt zu schieben. Es war mitten am Tag, aber mit der Sonne hinter den Wolken und dieser Schneelast in der Luft herrschte ein eigentümlich gedämpftes Licht, matt, aber so durchdringend, als ob jede einzelne Schneeflocke vor innerer Energie glühte. Ich hielt einen Augenblick an, um den Schneefall zu betrachten, wie hypnotisiert von dem Anblick und vom Geräusch meines eigenen Atems.

Und dann sah ich, daß meine Tür wieder offenstand.

»Was ist denn jetzt schon wieder?« sagte ich laut. Ich ließ den Motor laufen, die Scheinwerfer strahlten in die Bäume. Der Wind muß sie wohl wieder aufgestoßen haben, dachte ich. Wieviel Schnee mag wohl diesmal drinnen sein?

Als ich in meine Hütte trat, traf mich etwas in den Bauch, so daß mir sofort die Luft wegblieb. Ich brach in die Knie. Ich konnte nicht mehr atmen. Der nächste Schlag traf mich seitwärts am Kopf und schickte mich auf den rauhen Holzboden. Ich versuchte in meine Manteltasche zu greifen und die Pistole herauszuholen, aber dazu kam ich nicht mehr. Irgendwer griff nach meinen Armen und zog mich auf die Füße. Ich kassierte einige Schläge in die Rippen, sank wieder in die Knie und wurde wieder hochgerissen. Ich konnte nichts sehen. Der Raum war dunkel. Als meine Augen sich an die Dunkelheit gewöhnt hatten, sah ich, daß fünf Männer im Raum waren. Ein Mann hielt meinen linken Arm, ein anderer meinen rechten. Zwei hinter mir. Und vor mir ... das Gesicht kannte ich.

Ich spürte seine Hand an meiner Kehle. »Nun rede schon«, sagte er.

Ich versuchte Luft zu schöpfen. Ich sah ihn an und sagte nichts.

Er zog eine Pistole. Er hielt sie an meine Stirn. Ich konnte die Kälte des Stahls an meiner Haut spüren. »Ich sagte reden. Was haben Sie mit ihr gemacht?«

Ich fand meine Stimme wieder. »Wovon, verdammt noch mal, reden Sie, Bruckman?«

Er drückte mir den Pistolenlauf in die Stirn. »Sie ist hierhergekommen«, sagte er. »Und nun ist sie weg. Was haben Sie mit ihr gemacht?«

Ich wußte nicht, was ich sagen sollte.

»Ich zähle jetzt bis drei«, sagte er, »und dann puste ich Ihnen das Schädeldach weg.« Er schob sein Gesicht dicht an meines heran, so dicht, daß ich den Wahnsinn in seinen Augen sehen konnte. »Wo ist Dorothy?«

Kapitel 11

Die Art, wie Bruckman die Pistole hielt, gefiel mir gar nicht. Nicht nur, daß er damit auf meinen Kopf zielte. So wie sie in seiner Hand zitterte, mußte ich befürchten, daß er mich erschießen würde, ohne es eigentlich zu wollen. Es war jetzt drei Tage her, daß ich ihn auf dem Eis gesehen hatte. Was auch immer an diesem Abend in seiner Blutbahn gekreist war, heute mußte es die doppelte Dosis sein. Er vibrierte förmlich.

»Tun Sie die Pistole weg«, sagte ich.

»Reden!« sagte er.

»Wenn Sie die Pistole weggetan haben.«

»Sie haben drei Sekunden«, sagte er. »Reden Sie. Wo ist sie?«

»Ich weiß nicht, wo sie ist«, sagte ich.

Er wechselte die Pistole in seine linke Hand und schlug mir dann mit der rechten mitten ins Gesicht. Es war ein Schlag, kein Boxhieb, aber er reichte aus, mich Blut schmecken zu lassen.

»Wo ist sie?« fragte er wieder.

»Sie haben sie doch geholt«, sagte ich. »Wieso fragen Sie mich dann.«

Wieder wechselte er die Hände und schlug mich. Es wäre viel effizienter gewesen, die Pistole einfach in der rechten Hand zu behalten und mich damit ins Gesicht zu schlagen, aber den Tip wollte ich ihm nicht geben.

»Ich schwöre bei Gott, Bruckman, ich dachte, Sie haben sie. Deshalb habe ich Sie gesucht.«

Er holte tief Luft. Dabei zitterte er vor Kälte oder von den Drogen, die er geschluckt haben mochte, oder von beidem. Er sah die beiden Männer links und rechts von mir an. Ich konnte spüren, wie ihre Hände meine Arme fester umklammerten. Was die beiden Männer hinter mir taten, wußte ich nicht. Vielleicht sammelten sie sich nur, um mich erneut zu treten, wenn die Zeit gekommen war.

»Sie war hier«, sagte er. »Und sie hat etwas mitgebracht. Wo ist es?«

»Ich weiß nicht, wovon Sie sprechen.«

Diesmal schlug er mich nicht. Er packte die Pistole mit beiden Händen, zielte zwischen meine Augen und sagte: »Wo?«

»Wenn Ihre Freunde mich loslassen, hole ich es«, sagte ich. Ich dachte dabei an die Pistole in meiner rechten Tasche.

»Sagen Sie es mir!«

»Lassen Sie es mich holen.«

»Sagen Sie es mir!«

»Es ist in dieser Tasche«, sagte ich. Ich blickte links an mir herunter. Bitte laß sie nicht in die andere greifen, dachte ich.

Der Mann zu meiner Linken griff mir in die Tasche und holte den Hockeypuck heraus.

»Was ist es?« fragte Bruckman.

Der Mann warf ihn ihm zu. Bruckman fing ihn auf und sah ihn sich an. »Was soll der Scheiß?«

»Das ist Ihr Hockeypuck«, sagte ich.

»Mein Hockeypuck.« Er starrte ihn weiterhin an, als habe er ihn noch nie gesehen.

»Den wollten Sie doch, oder?«

»Das ist doch ein Witz, wie?« sagte er. »Meinen Sie, ich bin den ganzen Weg hier rausgekommen wegen 'nem beschissenen Hockeypuck?«

»Er ist von Gordie Howe signiert«, sagte ich. »Ich habe gewußt, daß Sie ihn wiederhaben wollten. Deshalb habe ich ihn für Sie verwahrt. Und wo Sie ihn jetzt haben, kann ich uns doch allen ein Bier holen.«

Es herrschte Schweigen. Eine leichte Bewegung seiner Hände. Dann zerriß der Pistolenschuß die Stille. Als er in meinen Ohren explodierte, war ich wieder in dem Apartment in Detroit, auf dem Boden, neben meinem Partner.

Das Blut. Ich sterbe.

Der Pistolenschuß hallt noch in meinen Ohren.

Ich sterbe, und mein Partner stirbt, weil ich meine Pistole nicht gezogen habe.

Nein, ich blute nicht. Ich bin in meiner Hütte. Bruckman hat über meinen Kopf gefeuert, in die Balkenwand. Die Männer haben mich losgelassen. Meine Arme sind frei. Die Pistole. Meine rechte Tasche.

Meine Hand fuhr nach meiner Tasche. Ich fummelte eine Ewigkeit, wie es mir schien, daran herum, kriegte sie endlich auf und griff nach meiner Pistole. Ich spürte ihr kaltes Gewicht. Zieh und schieß! Erschieß die Arschlöcher eins nach dem anderen und fang mit Bruckman an.

Ich wollte die Pistole ziehen. Ich spürte eine Hand auf meinem Arm. Dann noch eine. Mein Arm wurde zurückgebogen, die Sehnen bis zum Reißen überdehnt. Die Pistole fällt auf den Boden: Dumpf poltert das Metall auf das Holz.

Dann Bruckmans Stimme in meinem Ohr. »Ich reiß dir den Arsch auf, McKnight. Ich schwör bei Gott, ich mach dich so was von kaputt; ich bring dich um!« Er boxte mich in die Rippen, exakt dahin, wo er mich schon einmal getroffen hatte. Wieder blieb mir die Luft weg. Diesmal glaubte ich, daß sie nie mehr zurückkäme.

»Man kann uns hören«, sagte einer der Männer hinter mir. »Hast du mal darüber nachgedacht?«

»Joe, wir sind hier mitten in der Scheißpampa«, sagte Bruckman, ohne einen Blick von mir zu wenden.

Atmen, verdammt noch mal. Wieso kann ich nicht atmen?

»Hier sind noch mehr Hütten«, sagte der Mann namens Joe. »Sie werden die Polizei rufen.«

Jetzt sagte der andere Mann hinter mir etwas. »Die Polizei ist nicht unser größtes Problem. Sieh dir mal die Wohnung an.«

»Wer war das?« fragte Bruckman. »Wer hat Ihre Wohnung auseinandergenommen?«

Atmen. Ich kann noch immer nicht atmen.

»Wer war das?«

Ich hob eine Hand, während ich nach Luft rang. Plötzlich war sie wieder da, als sei ich vom tiefsten Grund des Ozeans aufgetaucht. »Sie«, sagte ich. »Das haben Sie doch gemacht.«

Bruckman packte mich am Schopf und preßte mir die Pistole unters Kinn. »Du machst mich verdammt wütend, weißt du das? Ich geh jetzt mal alles schön langsam durch, damit sogar du das kapierst.«

Sein Gesicht war keine zwanzig Zentimeter von meinem entfernt. Sein Atem roch widerlich süß, schlimmer als der eines Ginsäufers.

»Sie ist Freitagabend hierhergekommen«, sagte er. »Sie hat dich in der Kneipe unten an der Straße getroffen. Stimmt das?«

Ich sagte nichts. Er bohrte mir die Pistolenmündung in den Hals. Ich schluckte und sagte: »Ja, sie ist dagewesen.«

»Und ist dann mit dir weggefahren, stimmt's? In deinem beschissenen Schrotthaufen, dem das Fenster fehlt.«

Ich nickte.

»Und hat sie's dir gleich auf dem Parkplatz besorgt?«

Ich starrte ihm nur in die Augen.

»Dann seid ihr hier in deine Hütte gefahren, stimmt's? 'nen alten Sack wie dich hat sie doch in fünf Minuten durch. Oder?«

»Lonnie«, sagte der Mann zu meiner Linken, »laß den Scheiß.«

»Schnauze, Stan«, sagte er zu dem Mann. Und dann zu mir: »Wie oft hast du sie gefickt, McKnight? Ich will das wissen.«

»Ich habe sie nicht angerührt«, sagte ich.

»Ich weiß, daß die meisten Torhüter schwul sind, McKnight. Aber du nicht.«

»Mir ist egal, was Sie glauben«, sagte ich.

»Schön«, sagte er, »du warst der perfekte Gentleman. Aber jetzt sag mir, wo der Beutel ist.«

»Welcher Beutel?«

»Sie hatte einen weißen Matchbeutel dabei. Aus Stoff oder so.«

»Leinen«, sagte der Mann zu meiner Linken. Der Mann zu meiner Rechten hatte noch gar nichts gesagt. Sein einziger Beitrag hatte darin bestanden, mir fast den Arm abzudrehen, damit ich die Pistole fallenließ. Lag sie noch auf dem Boden? Ich konnte sie nirgends sehen.

»Leinen«, sagte Bruckman. »Vielen Dank. Der Beutel war aus Scheißleinen.«

Ich versuchte mich zu erinnern. Stimmt, sie hatte einen Beutel dabei. Er war weiß, ja, und er sah aus, als sei er aus Leinen. Sie hatte nicht gewollt, daß ich ihn für sie trug.

»Ich sage die Wahrheit«, sagte ich. Warum sollte ich das nicht tun? Obwohl ich wußte, daß ihm das nicht gefallen würde. »Am nächsten Morgen war sie verschwunden. Und der Beutel auch. Ich dachte, Sie hätten sie geholt. Deshalb habe ich Sie gesucht.«

»Du lügst«, sagte er. »Das ergibt doch alles keinen Sinn.«

»Guck dir doch mal das Zimmer an«, sagte einer der Männer hinter mir. »Lonnie, mir ist gerade eingefallen, weißt du, wer das hier gewesen sein könnte?«

»Schnauze, Stan! Verdammt noch mal, kannst du nicht mal für 'ne Minute die Schnauze halten!«

»Guck's dir doch an, Lonnie! Wer sonst könnte das gewesen sein?«

»Wenn die das waren und wenn die den Beutel hier gefunden hätten«, sagte er und sah mich an, »dann wäre dieser Arsch längst tot.«

»Irgendwas stimmt hier nicht, Lonnie«, sagte der Mann. »Das ergibt doch alles keinen Sinn.«

Bruckman legte beide Hände auf meinen Mantelkragen; das kalte Metall der Pistole drückte immer noch gegen meine Wange. »Ich kann nicht glauben, daß das hier passiert«, sagte er. Er sah mir immer noch in die Augen, aber er sagte es so, als spräche er mit niemandem speziell. »Ich kann diese ganze Scheiße hier nicht wirklich glauben.«

»Was sollen wir machen?« fragte der Mann zu meiner Linken.

Lonnie schrie auf wie ein Tier und schlug mich wieder mit der Pistole in die Rippen. Die andern vier nahmen das als Stichwort und verprügelten mich ebenfalls nach Strich und Faden. Vielleicht hielt sich diesmal auch einer von ihnen zurück. Ich zählte sie nicht.

Als sie mich vom Boden hochrissen, schwoll mein linkes Auge rasch zu. Mein ganzer Körper schmerzte so, daß ich mir wünschte, ohnmächtig zu sein.

»Gib mir den Strick«, hörte ich einen sagen. Ich hatte vollständig die Fähigkeit verloren, zwischen den einzelnen Stimmen zu unterscheiden. Sie waren zu einem einzigen Ungeheuer verschmolzen, mit zehn Armen und zehn Beinen.

Ich spürte, wie mir die Hände zusammengeschnürt wurden, so fest, daß der rauhe Hanf mir in die Gelenke schnitt. Danach die Beine. Ich wurde hochgehoben wie ein großer Sack Salz und in die kalte Luft geschafft. Ich fühlte einen heftig stechenden Schmerz über meiner linken Augenbraue und spürte, wie mir das Blut ins Auge lief.

Man warf mich in den Schnee, der mich mit offenen Armen empfing, um sich dann sofort über mir zu schließen, so daß ich spürte, wie das kalte weiße Pulver mein Gesicht bedeckte. Ich sah nur noch Weißes.

Schritte. Sie entfernten sich von mir. Man läßt mich als tot liegen. Im Frühling findet man dann das, was von meiner Leiche noch übrig ist, nachdem die Kojoten ihren Spaß mit mir gehabt haben.

Alles war still. Nur das ferne Brausen des Windes und die frisch gefallenen Flocken, die sich auf meinem Kopf sammelten.

Und dann die Explosion, als alle fünf Schneemobile gleichzeitig ansprangen. Das metallische Heulen der aufgedrehten Motoren, das dumpfe Klacken der eingelegten Gänge. Sie verlassen mich, die Kälte wird mich gefühllos machen, und dann werde ich sterben.

Dann der plötzliche Ruck an meinen Beinen. Mein Körper bewegt sich. Ich … ich schlittere. Sie ziehen mich. Irgendwer zieht mich hinter seinem Schneemobil her.

Ich spürte, wie ich aus dem Schnee auftauchte, als ich, die Füße voran, in den Wald gezerrt wurde. Ich konnte hören, wie mühsam sich der Motor durch die Schneewehen kämpfte. Dann waren wir auf der Piste und er drehte auf. Das Seil spannte sich bei der plötzlichen Beschleunigung bis zum Zerreißen. Ich wurde ein einziger rasend schnell bewegter Körper. Ich spürte nichts als Geschwindigkeit und die glatte Schneedecke unter mir, nahezu ohne Reibung. Der Schnee fuhr mir ins Gesicht wie tausend kleine Nadeln.

So zogen sie mich länger, als ich abschätzen konnte. Plötzlich stoppten die Maschinen. Ich hörte Stimmen. Wörter ohne Sinn. Ich spürte mein Gesicht nicht. Ich spürte meine Hände nicht. Ich wollte mich aufsetzen, mich umsehen. Durch meine vereisten Wimpern sah ich nur Bäume und weiteren Schnee. Sie verschleppen mich, dachte ich. Sie verschleppen mich auf der Piste nach Westen, weg von der Stadt, tief in die Wildnis. Keiner wird sie sehen.

Aber warum haben sie hier angehalten? Ich versuchte den Kopf klar zu bekommen und ihnen zuzuhören. Zwei Männer schrien sich an. Arschloch. Selber Arschloch. Du bist doch total bekloppt. Los, hauen wir ab.

Wieder heulten die Motoren. Diesmal kamen sie direkt auf mich zu. Ich wollte mein Gesicht schützen, aber vergeblich. Ich konnte mich nicht einmal mehr krümmen. Die Maschinen fuhren links und rechts an mir vorbei.

Ich spürte, wie das Seil sich durch das Gewicht meines Körpers straffte, sich in meinen Hals grub, bis durch einen gewaltigen Ruck meine Beine zur Seite gerissen wurden und mein ganzer Körper herumschleuderte. Ich schlug mit meinem Gesicht auf den Schnee und konnte das warme Blut spüren, das aus meiner Nase rann.

Sie schleppen mich zurück, dachte ich. Zurück zu meiner Hütte. Ich muß bei Bewußtsein bleiben. Ich muß nachdenken. Jemand muß mich sehen. Jemand, der auch hier auf der Piste ist. Das ist meine einzige Chance.

Ich versuchte etwas zu sehen, versuchte, die Augen offenzuhalten, trotz der Schneegischt, die mir ständig ins Gesicht schlug. Nichts als Weiß.

Und dann der Baum.

Ich sah ihn erst in dem Sekundenbruchteil, bevor er mich traf. Ich versuchte, mich von ihm wegzurollen, aber er traf mich in den Rippen, genau dort, wohin mich Bruckman mehrfach geschlagen hatte. Mir blieb die Luft weg, als ein stechender Schmerz mir vom Arm durch den ganzen Körper ins Bein schoß.

Das ist es, dachte ich. Das war's dann.

Wir hielten an. Ich lag neben der Piste, wieder im tiefen Schnee. Ich versank darin und rang nach Luft.

Atme, verdammt noch mal. Atme.

Bruckmans Gesicht erschien über meinem. Er beugte sich über mich. »Erzählst du mir jetzt, wo es ist?« sagte er.

Atme. Hol Luft.

»Ich bring dich um«, sagte er. »Ich bring dich auf der Stelle um.«

Ein Atemzug nur. Bitte.

»Wo ist es?« schrie er. *»Sag mir, wo es ist!«*

»Er weiß es nicht«, sagte eine Stimme hinter mir. »Merkst du das nicht? Wie blöd bist du eigentlich?«

Bruckmans Gesicht war verschwunden. Ich sah in die Zweige, die Wolken, die Schneeflocken, die auf mein Gesicht fielen. Meilenweit entfernt hörte ich Stimmen, die zu einer verschmolzen.

»Natürlich hast du Scheiße im Kopf … Ich zeig dir, wer hier was im Kopf hat … Und was bitte sollen wir machen? Ihn den ganzen Weg mit uns schleppen … Genau das machen wir … Den ganzen Weg, bis über den Fluß, genau das … Du bist so was von bekloppt … Das Sauzeug hat dir den ganzen Schädel versaut, du kannst ja nicht mehr bis drei zählen … Verpiß dich doch, du Arsch … Danke für den Tip, Captain Arschloch, genau das werde ich machen.«

Eine einzelne Maschine entfernte sich. Dann noch eine. Ich wartete auf den Ruck. Ich versuchte meinen Körper anzuspannen, aber selbst das konnte ich nicht mehr. Ich war zu totem Gewicht geworden.

Bewegung. Erst langsam, wie vorhin. Wenn wir auf der Piste sind, gibt er wieder Gas. Länger kann er sich nicht beherrschen.

Kann mich nicht beherrschen.

Nein, ich muß dagegen ankämpfen. Nur noch einen Versuch.

Ich hob den Kopf. Ich öffnete die Augen.

Vom Baum her. Eine plötzliche Bewegung. Irgendwas trifft den Fahrer von der Seite. Er liegt am Boden. Das Schneemobil hält an. Ich sehe es mir an, als käme es aus einem Traum. Ein Schneemobil ohne Fahrer drauf.

Ein Mann. Er hat ein großes Messer. Das größte Messer, das ich je gesehen habe. Er durchschneidet das Seil. Er trägt keinen Helm wie die Fahrer. Ich kenne den Mann. Ich habe ihn schon einmal in meinen Träumen gesehen.

Ein weiterer Mann. Auch ihn kenne ich. Ich habe ihn im selben Traum gesehen. Er kämpft mit dem Fahrer. Der Fahrer trägt noch seinen Helm. Sie ringen im Schnee. Alles vollzieht sich in Zeitlupe.

Ein Pistolenschuß knallt durch den Traum.

»Schieß nicht auf mich, du Idiot.«

Ich kenne die Stimme.

Weitere Schüsse. Und dann fällt ein Mann auf mich, der Aufprall ist hart genug, um mich aufzuwecken, um die dumpfe Wärme in meinem Körper zu vertreiben. Und ich spüre mehr Schmerzen als jemals zuvor.

Ich hörte das Heulen der Schneemobile, wie es schwächer und schwächer wurde, bis es nur noch das Geräusch seines Atems in meinem Ohr gab. »Keine Sorge, Alex«, flüsterte die Stimme mir zu. Es war Vinnie. »Sie sind weg.«

Vinnie rollte sich von mir runter und setzte sich neben mich. Leon kniete an meiner anderen Seite.

»Hilfe ist unterwegs«, sagte Vinnie.

»Bald sind Sie wieder okay, Partner«, sagte Leon.

Ich versuchte zu sprechen. Endlich ein kurzer Atemzug. Dann noch einer. »Ich …« Mehr konnte ich nicht sagen.

»Beweg dich nicht«, sagte Vinnie. »Du brauchst nichts zu sagen.«

»Entspannen Sie sich«, sagte Leon. »Sie müssen jeden Augenblick hier sein.«

»Ich …« Ich schöpfte soviel Atem, wie ich nur konnte, schluckte und versuchte es noch einmal. »Ich … hasse …«

Sie sahen mich an. Der Schnee fiel weiter auf uns, neben uns, überall.

»Ich … hasse …«, sagte ich. Und dann, mit dem letzten Quentchen Kraft, beendete ich den Satz: »… Schneemobile.« Dann war ich weg.

Kapitel 12

Als ich die Augen öffnete, blickte ich auf weiße Deckenfliesen und in ein fluoreszierendes Licht, das tausendfach zu hell schien. Dann Gesichter von Fremden mit weißen Masken. Sie machten sich an meiner Seite zu schaffen. Ich spürte ein vages Zerren an meinen Rippen. Dann sah ich sie nicht mehr und spürte nichts als einen dumpfen Schmerz im ganzen Körper, der einem Gefühl des gelinden Schaukelns Platz machte, als läge ich an einem ruhigen Tag in einem Boot mitten im Lake Superior.

Einen Moment lang sah ich Leons Gesicht. Dann Vinnies.

Ich schlief. Als ich wieder erwachte, war der Raum leer. Ich sah hinüber zur Tür. In der Tür gab es ein Fenster, durch das jeder im Flur in den Raum hineinblicken und mich dort liegen sehen konnte. Ein Mann stand dort. Er beobachtete mich. Er trug eine blaue Jagdmütze. Die Seiten hingen ihm über die Ohren. Ich wollte etwas sagen, konnte es aber nicht.

Wieder schlief ich. Eine Stunde, einen Tag, ein Jahr. Als ich dieses Mal erwachte, fühlte ich mich zum ersten Mal, seit ich in diesen Raum gekommen war, richtig wach. Der Schmerz war jetzt stärker. Erheblich stärker.

Mein Kopf schmerzte, besonders über meinem linken Auge. Mein Mund schmerzte. Meine Beine schmerzten. Am meisten schmerzte meine rechte Seite. Außer dem Schmerz war da noch etwas anderes. Was war das? Ich hob die linke Hand und griff über meinen Körper hinweg. Dort war ein Plastikschlauch. Er kam direkt aus meinem Körper und führte zu einer Maschine, die direkt neben meinem Bett stand. Die Maschine summte vor sich hin, weiß der Teufel, wozu sie gut sein sollte. Ich betastete den Schlauch. Er war hohl. Es war …

Luft.

Die Maschine pumpte Luft in mich.

Ich kann nicht mehr atmen. Ich bin an diese Maschine angeschlossen, weil ich nicht mehr alleine atmen kann. Bin ich gelähmt? Nein, das kann nicht sein. Ich bewege meinen Arm. Aber was ist mit dem Rest von mir?

Ich bewegte meine Beine. Ich versuchte mich aufzurichten. Schmerz schoß durch meine Seite.

»Keine gute Idee«, sagte eine Stimme.

»Wer ist da?« fragte ich.

»Ich bin Dr. Glenn.« Er stand plötzlich neben mir und hob das Laken an, um sich meine rechte Seite anzusehen. Er war ein großer Mann, mit einem Bart und Augen, die direkt durch mich hindurchsahen. »Und Sie, Sir, sollten sich noch nicht bewegen.« Er dosierte jedes Wort, als sei es eine neue Form von Medizin.

»Was ist mit mir passiert?« fragte ich. »Wo bin ich?«

»Sie sind im War Memorial Hospital in Sault Ste. Marie. Sie sind hier seit gestern nachmittag.«

»Und warum bin ich an diese Maschine angeschlossen?«

»Kein Grund zur Sorge«, sagte er. »Sie hilft Ihnen nur, die Lunge zu füllen.«

»Meine Lunge …«

»Sie haben zwei gebrochene Rippen, Sir, und eine minimal punktierte Lunge. Das hat zu einem fünfzehnprozentigen Lungenkollaps geführt. Bei allem über zehn setzen wir diese Maschine ein. Zur Zeit ist ein Ballon in Ihrer oberen rechten Lungenkammer. Wir müssen die Lunge zwei Tage lang aufpumpen, damit die Rippen heilen können.«

»Großartig.«

»Außerdem haben Sie eine leichte Gehirnerschütterung«, fuhr er fort. »Und zusätzlich noch eine Wunde über Ihrem linken Auge, die mit fünfzehn Stichen genäht werden mußte.«

Ich spürte den Verband an meiner Braue.

»Und unabhängig von all diesen Verletzungen«, sagte er und hielt eine Röntgenaufnahme gegen das Deckenlicht, »wußten Sie, daß Sie eine Kugel in der Brust haben?«

»Sie haben die Kugel gefunden!« sagte ich. »Was meinen Sie, wo ich überall nach dem Ding gesucht habe.«

Er sah mich an und lächelte zum erstenmal. Die Ernsthafter-Arzt-Routine war verflogen. »Nein, im Ernst, was ist Ihnen denn passiert?«

»Meinen Sie jetzt die Kugel oder alles andere?«

»Fangen Sie mal mit der Kugel an.«

»Das war vor vierzehn Jahren« erklärte ich. »Ich habe drei in den Brustkasten gekriegt. Eine haben die Ärzte dringelassen.«

Er nickte und sah wieder auf die Röntgenaufnahme. »Inferior media stinum«, sagte er. »Es war ein zu großes Risiko, sie rauszuholen.«

»Das hat man mir damals auch gesagt.«

»Ich bin sicher, daß man Ihnen dann auch gesagt hat, daß jederzeit die Gefahr besteht, daß die Kugel näher zur Wirbelsäule wandert, oder? Weshalb Sie ja wohl jedes Jahr eine Röntgenaufnahme machen lassen, um zu überprüfen, ob sie sich bewegt hat?«

»Ähh … ich kann mich nicht erinnern, daß mir so was gesagt worden ist.«

»Und ob Sie das können«, sagte er und hielt wieder die Röntgenaufnahme hoch. »Ich hab so was noch nie in natura gesehen«, sagte er. »Schußverletzungen hier sind immer Jäger. Da gibt es so kleine Kugeln nicht. Was ist das für eine, eine zweiundzwanzig?«

»Ja«, sagte ich. »Aus einer Uzi.«

»Sie scheinen ein aufregendes Leben zu führen«, sagte er. »Nun zum vorliegenden …«

»Welches Vorliegende?«

»Die aktuellen Vorgänge, die Sie in meine Klinik gebracht haben, mit einer kollabierten Lunge und mehr äußeren Verletzungen, als ich zählen kann.«

»Ich war rodeln«, sagte ich. »Ich bin gegen einen Baum gefahren.«

Er lächelte wieder. »Es sind Abschürfungen, die von einem Seil herrührten, an Ihren Hand- und Fußgelenken«, sagte er. »Lassen Sie sich immer von jemandem fesseln, bevor Sie rodeln?«

Ich sah auf meine Gelenke. Das Seil hatte ein fast zehn Zentimeter breites Band roter, aufgeschürfter Haut zurückgelassen. »Doktor, ich muß mit dem Sheriff sprechen.«

»Er ist hiergewesen. Ich rufe ihn an, daß er zurückkommt, jetzt wo Sie wach sind. Es sind auch zwei Männer hiergewesen. Die zwei, die mit Ihnen im Krankenwagen gekommen sind.«

»Vinnie und Leon«, sagte ich. Und dann fiel mir das Gesicht ein, das ich in der Tür gesehen hatte – oder *glaubte*, gesehen zu haben. »Doktor, waren irgendwelche Männer mit Jagdmützen im Flur?«

»Jagdmützen? Sie meinen mit den Seitenteilen? Das weiß ich nicht. Das heißt, es wäre mir nicht aufgefallen. Viele Männer tragen die hier in der Gegend.«

»Wie lange muß ich hierbleiben?«

»Es dauert mindestens zwei Tage, bis wir die Maschine nicht mehr brauchen«, sagte er. »Danach noch mindestens einen Tag. Wir röntgen Sie jeden Tag, um zu sehen, was die Rippen machen.«

»Das sind wirklich gute Nachrichten«, sagte ich. »Krankenhäuser habe ich schon immer geliebt.«

Als der Arzt gegangen war, lag ich da und lauschte lange Zeit nur der Maschine. Jetzt, wo ich wußte, was da vor sich ging, konnte ich den Ballon plötzlich in mir *spüren*. Einen Augenblick lang war der Gedanke zu viel für mich, und ich mußte den Drang niederkämpfen, den Schlauch herauszureißen. Aber dann wäre der Ballon ja immer noch in mir gewesen. Und wenn ich den Schlauch herausrisse, würde ich dann nicht durchs Zimmer fliegen, während die Luft aus dem Ballon schießt, wie in einem Comic?

Eine Schwester kam und gab mir einige Tabletten. Als ich sie genommen hatte, ließ der Schmerz in meiner Seite wieder nach. Und wieder entschwebte ich in die Wolken. Als ich dieses Mal wach wurde, saß Leon an meinem Bett.

»Hey, Partner«, sagte er.

»Wie spät ist es?« fragte ich. »Wie lange habe ich geschlafen?«

»Es ist fünf Uhr nachmittags«, sagte er. »Sie sind jetzt etwa vierundzwanzig Stunden hier.«

»Was ist passiert? Wo sind Sie … Wie sind Sie … Als ich Sie zuletzt gesehen habe, waren wir beide im Haus von Mrs. Hudson. Sie machten sich auf den Heimweg.«

»Sie hatten gesagt, Sie würden verfolgt. Ich beschloß das zu überprüfen.«

»Sie sind mir nach Hause gefolgt?«

»Ich bin den Männern gefolgt, die Ihnen gefolgt sind.« Er zog sein Notizbuch heraus. »Jeep vom Typ Grand Cherokee, dunkelgrün …«

»Moment mal«, unterbrach ich ihn. »Die Jungs, die mir gefolgt sind, fuhren einen grünen Taurus.«

»Zwei Männer kaukasischer Abstammung«, fuhr er fort, »späte Vierziger, mit Jagdmützen …«

»Eine rot, eine blau«, sagte ich. »Das sind sie. Ich habe ihnen ihre Karre aus dem Schnee gezogen. Das war ihnen wohl eine Lehre, und jetzt fahren sie einen mit Vierradantrieb.«

Leon sah mich an. »Sie haben ihnen geholfen?«

»Ja.«

»Die Karre aus dem Schnee geholt?«

»Sie steckten fest«, sagte ich. »Was ich gemacht habe, war eine Art Nachbarschaftshilfe.«

»Und Sie haben sie richtig aus der Nähe gesehen«, sagte er. »Das gefällt mir, Partner.«

»Leon …«, sagte ich, hatte aber nicht die Kraft, den Satz zu vollenden. »Erzählen Sie mir, was sonst noch passiert ist. Was haben die zwei im Auto gemacht?«

»Ich bin ihnen den ganzen Weg bis Paradise gefolgt. Sie haben dann bei einem der kleinen Touristenmotels im Süden der Stadt haltgemacht, im Brass Anchor. Kennen Sie das?«

»Ja. Ich glaube, ich hab den Besitzer schon öfter in der Stadt gesehen«, sagte ich. »Wohnen die beiden Burschen da?«

»Ist doch sinnvoll, oder?« sagte er. »Nördlich von Ihnen endet die Straße irgendwo. Also müssen sie nur in ihrem Motel sitzen und warten, bis Sie auf der Straße vorbeikommen, und fahren Ihnen dann nach.«

»Und danach?«

»Und danach, nachdem ich gesehen hatte, wie sie ins Motel gegangen sind, bin ich zu Ihrem Haus gefahren. Dachte, Sie wollen es wissen. Ihr Wagen stand da, und die Tür war offen, aber Sie waren nicht zu Hause. Ich sah jede Menge von Fußspuren im Schnee und die von den Schneemobilen. Ich war mir nicht sicher, was passiert war, aber gut sah es nicht aus. Ich hab versucht, den Sheriff auf meinem Handy anzurufen, bin aber nicht durchgekommen. Wenn die regulären Telefonleitungen wegen Schnee zusammenbrechen, sind auch die Handykanäle überlastet. Jedenfalls bin ich Ihre Straße runtergefahren und hab gesehen, wie Mr. LeBlanc vor seinem Haus anhielt. Ich hab's noch mal mit dem Sheriff versucht und bin endlich durchgekommen, und dann sind wir beide zurück. Da haben wir dann die Schneemobile gehört. Sie schleiften Sie gerade auf der Piste zurück. Vinnie hat sich einen großen Knüppel geschnappt. Ich hab meinen Revolver gezogen. Ich hab den Waffenschein noch. Von damals, mein ich, als ich noch dachte, ich wäre ein richtiger Privatdetektiv.« Er sah hinunter auf seine Hände.

»Das sind Sie«, sagte ich. »Vermutlich haben Sie mir das Leben gerettet.«

»Ich hatte Panik, Alex. Vinnie hat den einen Typen vom Schneemobil gehauen, und ich hab nur zugesehen. Die andern Schneemobile sind zurückgekommen. Ich wußte nicht, was ich machen sollte. Ich hab mit der Pistole in die Luft geschossen.

Vinnie hat mir zugeschrien, ich soll ihn nicht erschießen. Ich hab noch mal in die Luft geschossen. Die Männer haben gewendet und sind weggefahren. Ich hab mit der Pistole auf sie gezielt. Ich hätte sie erschießen können. Einen zumindest. Den, der Sie hinter seinem Schneemobil hergeschleppt hat. Ich hätte ihn erschießen können. Aber ich hab's nicht getan.«

»Sie haben alles richtig gemacht«, sagte ich. »Was hätten Sie denn sonst machen sollen? Ihn in den Rücken schießen, als er wegfuhr?«

»Sie haben versucht, Sie umzubringen«, sagte er. »Sie haben versucht, meinen Partner umzubringen, und ich hab ihnen das durchgehen lassen.«

»Leon, ich erzähl das nicht vielen Leuten, aber als ich noch Polizist in Detroit war, sind mein Partner und ich mal … nun, in eine blöde Situation geraten. Wir wurden beide niedergeschossen. Ich habe überlebt, mein Partner nicht. Ich habe diesen Tag millionenmal im Kopf durchgespielt, und immer läuft es darauf hinaus, daß ich mich für seinen Tod verantwortlich fühle. Vielleicht hätte ich rechtzeitig die Pistole ziehen und ihn retten können, aber ich hab es nicht getan.«

»Kommt daher Ihre Kugel in der Brust?«

»Ja. Der Doktor und ich haben uns gerade noch lustig darüber gemacht. Jedenfalls ist das der Unterschied: Ich habe versagt, und mein Partner ist tot. Sie haben nicht versagt. Ich lebe. Vergessen wir deshalb den Scheiß, daß Sie sie haben entkommen lassen, klar?«

»Okay«, sagte er. »Vielen Dank, daß Sie mir das erzählt haben.«

»Das liegt vielleicht an den Pillen, die ich hier schlucke.«

Beide sagten wir eine ganze Weile nichts. Man hörte nur das Geräusch der Maschine, die Luft in mich pumpte.

»Sie waren hier«, sagte ich schließlich. »Zumindest einer von ihnen.«

»Wer? Die Jungs, die Ihnen gefolgt sind?«

»Ich glaube ja«, sagte ich. »Sicher bin ich mir nicht. Ich habe ziemlich phantasiert.«

»Wann?« fragte er. »Wo?«

»Er war draußen im Gang. Ich denke letzte Nacht.«

Leon sprang aus seinem Stuhl auf, als könne er ihn jetzt noch erreichen. »Diese Schweine. Wir müssen rausfinden, wer sie sind.«

»Sie wissen jetzt, wo sie wohnen«, sagte ich. »Fahren Sie hin und kriegen Sie's raus.«

Er sah mich an und lachte. »Wissen Sie, Alex, ich hab noch mal nachgedacht. Wissen Sie noch, wie ich Ihnen gesagt habe, wir könnten uns McKnight-Prudell nennen? Ich meine, Ihren Namen zuerst?«

»Was ist damit?«

»Nun, je mehr ich darüber nachdenke, desto mehr denke ich, Prudell-McKnight klingt besser. Was meinen Sie?«

»Ich meine, daß Sie hier ziemlich hoch pokern.«

Er hob die Hände. »Denken Sie drüber nach.« Er hob eine braune Papiertüte hoch und stellte sie auf den Tisch. »Hier, ich hab Ihnen was Stoff mitgebracht.«

»Was für 'nen Stoff?«

»Bücher und Magazine. Stoff für Privatdetektive. Sie könnten Ihre außerplanmäßige Freizeit damit gut nutzen.«

»Raus hier«, sagte ich. »An die Arbeit.«

»Ganz recht, Partner«, erwiderte er. »Leon Prudell übernimmt den Fall!«

Ich sah, wie er wegging, zweihundertvierzig Pfund Wirbelwind aus Flanell und Schneestiefeln.

Welt, sieh dich vor!

Ich verbrachte den Rest des Tages im Bett liegend, immer wieder in meinen Codein-Dämmer gleitend. Wegen der Maschine konnte ich nicht aufstehen. Ich konnte mich nicht mal anders hinlegen. Die Schwestern kamen, um nach mir zu sehen oder mir weitere Pillen zu verabreichen oder meine Bettpfanne zu leeren. Es war kein lustiger Tag.

Vom Fenster konnte ich gerade so viel erkennen, um zu wissen, daß es draußen wieder schneite, dann wurde es dunkel, und ich versuchte zu schlafen. Ich erwachte jede Stunde, immer, wenn ein neuer Schmerz sich meldete. Die Naht über meinem Auge fing an weh zu tun, dann meine rechte Hüfte, dann meine rechte Schulter. Die ganze Zeit über bildete der Schmerz in meinen Rippen den konstanten Hintergrund.

Am Morgen sah ich den Arzt wieder. Er nahm mich gerade so lange von der Maschine, daß er einen neuen Satz Röntgenaufnahmen machen konnte, dann ließ er mich in mein Zimmer zurückrollen. Bill Brandow war da und erwartete mich.

»Wie fühlen Sie sich?« fragte er, als ich wieder im Bett lag.

»Besser denn je. Haben Sie meine Notiz erhalten?«

»Ja«, sagte er, »das ist in Arbeit.«

»Was soll das heißen? Ich habe Ihnen die Beschreibung der beiden Kerle gegeben, die mich verfolgt haben. Ich habe Ihnen ihre Autonummer gegeben. Jetzt sieht es allerdings so aus, als ob sie ein anderes Fahrzeug hätten. ’nen Jeep Grand Cherokee. Ich kann Ihnen sogar sagen, wo sie sich im Moment aufhalten. Sie sind im Brass Anchor in Paradise. Leon ist ihnen gefolgt.«

Er setzte sich neben mich. »Leon Prudell? Der Tölpel, der ’ne Zeitlang für Uttley gearbeitet hat?«

»Wenn dieser Tölpel gestern nicht auf der Bildfläche erschienen wäre, würde Bruckman meinen Arsch immer noch hinter seinem Schneemobil herschleppen.«

»Gut, daß Sie’s sagen«, meinte er. »Was können Sie mir davon erzählen? Von Anfang an, bitte.«

»Den Anfang kennen Sie«, sagte ich. »Ich dachte, er hätte sich Dorothy geschnappt. Jetzt bin ich mir da nicht mehr so sicher. Er wollte von *mir* wissen, wo sie ist. Und er wollte wissen, wo der Beutel ist.«

»Welcher Beutel?«

»Ein weißer Matchbeutel, den sie bei sich trug.«

»Und Sie wissen nicht, wo er ist?«

»Natürlich nicht«, sagte ich. »Bill, erzählen Sie mir jetzt endlich, was los ist, oder nicht? Suchen Sie noch nach Bruckman? Was ist mit den andern beiden? Haben Sie die Autonummer überprüft?«

»Alex, ich hab Ihnen doch gesagt, daß ich dran arbeite. An beiden Sachen. Ich werde aber nicht hier sitzen und darüber quatschen, was ich weiß und was ich nicht weiß.«

Ich sah ihm in die Augen. »Langsam klingen Sie wie Maven.«

»Oh, vielen Dank.«

»Das ist mir ernst. Wie gehen Sie denn im Moment mit mir um?«

»Ich will, daß Sie mir eines versprechen, Alex. Ich will, daß Sie mir versprechen, daß ich mich darum kümmern darf, ja? Entspannen Sie sich und werden Sie gesund. Und lassen Sie mich meine Arbeit machen, klar?«

»Rufen Sie mich an, wenn Sie herausgefunden haben, wer sie sind?«

»Versprechen Sie mir das, Alex?«

»Schon gut, schon gut, ich verspreche es.«

Als er weg war, hatte ich nichts zu tun als dazuliegen und nachzudenken. Ich nahm weitere Tabletten. Ich benutzte die Bettpfanne. Lange halte ich das nicht mehr aus. Ich verliere hier noch meinen verdammten Verstand.

Vinnie kam zur Abendessenszeit. Sie hatten mir gerade ein Tablett hereingerollt mit irgendeiner Art Fleisch mit irgendeiner Art Sauce mit irgendeiner Art von Gemüse und grünem Gelee in einer Extraabteilung. »Das sieht ja zu schön aus, um es zu essen«, meinte er.

»Ich lade dich gerne dazu ein.«

»Nein danke«, sagte er. »Ich komme gerade von einem Steak im Glasgow. Weißt du, mit dieser Cognacsauce, die Jackie immer macht.«

»Du bist ein grausamer Mensch«, sagte ich.

»Ich halte die Straße frei«, sagte er. »Ich benutze deinen Wagen dafür. Und ich habe nach den Hütten gesehen, allerdings sind schon ein paar Jungs gegangen. Ich weiß nicht, ob sie dich im voraus bezahlt haben oder nicht.«

»Das tun sie nie«, sagte ich. »Aber mach dir deshalb keine Sorgen. Vielen Dank, daß du eingesprungen bist.«

»Kein Problem«, sagte er. Er stand lange da und sah nur auf den Fußboden. »Es tut mir leid, Alex.«

»Was tut dir leid?«

»Die Art, wie ich neulich mit dir gesprochen habe. Nachdem wir bei Dorothys Eltern waren.«

»Vergiß es«, sagte ich. »Ich hätte auch etwas mehr Verständnis zeigen können.«

Er sah die Maschine an. »Pumpt das Ding wirklich Luft in dich? Was passiert, wenn ich den Zeiger hier zum Ausschlagen bringe?« Er tat so, als betätige er einen Schalter. Ich zuckte zusammen.

»Ah! Verdammt, Vinnie! Was bin ich froh, daß du vorbeigekommen bist.«

»Ich hatte ihn, Alex«, sagte er. »Ich hatte ihn direkt hier.« Er hielt die Hände hoch und fixierte den Raum zwischen ihnen.

»Wen? Bruckman?«

»Ich wollte ihn nicht loslassen«, sagte er. »Aber dann fing Prudell an zu schießen. Ich hatte Angst, er würde mich treffen.«

»Er würde dich niemals töten«, sagte ich. »Vergiß nicht, er hat zehntausend Dollar Kaution für dich gestellt. Ich weiß nicht ganz genau, wie die Bestimmungen sind, aber ich bin ziemlich sicher, daß er die Kaution verliert, wenn er dich erschießt.«

»Die Kaution«, sagte er, als sei er traurig, daß ich dieses Thema angesprochen hatte.

»Wann ist der Prozeß?« fragte ich.

»Nächste Woche.«

»Jetzt wo sie mehr über Bruckman wissen, können sie nicht allzu hart mit dir umspringen.«

»Ich weiß nicht. Sie mögen es grundsätzlich nicht, wenn ein Indianer einen Polizisten attackiert. Egal aus welchem Grund.«

»Der Stamm sorgt für deine rechtliche Vertretung?«

»Ja«, sagte er und sah wieder auf den Boden. »Das wird er.«

»Dorothy ist doch immer noch eine von euch, oder?«

»Wie meinst du das?«

»Sie ist immer noch ein Mitglied eures Stammes, auch wenn sie schon lange weg ist?«

»Natürlich ist sie das.«

»Was unternehmen deine Leute denn ihretwegen? Versuchen sie, sie zu finden?«

»Ich denke schon. Eins kann ich dir sagen. Wenn ich ihn jemals wieder in die Finger kriege, bringe ich ihn um. Ich erwürge ihn, Alex. Er ist böse. Ich konnte das in seinen Augen sehen.«

»Ich weiß«, sagte ich. »Ich habe es auch gesehen.«

»Nun gut«, sagte er. Es klang, als käme er widerwillig aus weiten Fernen zurück. »Meine Schicht im Kasino beginnt. Ich bin froh, daß es dir gutgeht. Ich meine, den Umständen entsprechend.«

»Schön, daß du hier warst«, sagte ich. »Das war wichtig für mich.« Die Tabletten ließen mich wieder sentimental werden.

Als er weg war, versuchte ich eine Zeitlang zu lesen, aber das löste ein Dröhnen in meinem Schädel aus. Der Versuch fernzusehen machte alles noch schlimmer. Wohl die Tabletten oder die Gehirnerschütterung oder Gott weiß was. Also lag ich im Bett und dachte an Baseball, warum auch immer. Ich spielte einige Spiele in meinem Kopf nach. Wie lange lag mein letztes Spiel zurück? Es war ein Triple-A-Spiel in Columbus, September 1972. Ich erinnerte mich an meinen letzten Einsatz am Home Plate, ein gut getroffener Ball ins linke Feld. Er landete im Handschuh eines Outfielders, ganz knapp vor einem Home Run. Besser konnte man meine Spielerkarriere nicht auf den

Punkt bringen. Es schien Ewigkeiten zurückzuliegen, aber wenn ich auf meine Hände blickte, sah ich noch die Spuren von vier Jahren Spiel hinter dem Plate, all die Fastballs und all die Foul tips.

Und unter den alten Narben die frischen Schürfwunden an meinen Gelenken. Das Seil war so eng gewesen. Und schon lag ich im Geiste wieder da und rutschte durch den Schnee. Mein Herz schlug wie wild. Ich atmete angestrengt. Ich konnte den Ballon in meiner Brust spüren, das fremde *Ding* tief in mir drin.

Ruhig, Alex. Das ist jetzt exakt das, was du nicht brauchen kannst. Entspanne dich.

Ich legte den Kopf ins Kissen zurück und zwang mich zu entspannen, an nichts zu denken. Mir fiel ein, was ein alter Mannschaftskamerad mir einmal gesagt hatte: Das Geheimnis, an nichts zu denken, liegt nicht darin, die Gedanken aus deinem Kopf herauszuhalten. Du läßt sie vielmehr ruhig kommen und dann rasch *durch* den Kopf gleiten. In ein Ohr rein, quer über das spiegelglatte Terrain, und dann gleich zum andern Ohr wieder raus. Aber das kam von einem linkshändigen Pitcher, und jeder weiß, daß Linkshänder verrückt sind.

Die Krankenschwestern machten ihre Runden. Später wachste ein Mann den Boden im Flur. Die Maschine pumpte weiter brav Luft in mich. Von draußen hörte ich den Wind brausen.

Ich schlief. Endlich wieder eine ganze Nacht mit ruhigem Schlaf. Am Morgen kam der Arzt wieder vorbei. Wieder wurde geröntgt, und dann fragte er mich, ob er den Schlauch herausnehmen solle.

»Ist das eine Testfrage?« sagte ich. »Von mir aus könnten Sie das verdammte Ding schon längst rausgerissen haben.«

Er verabreichte mir eine örtliche Betäubung, bevor er den Schlauch entfernte. An seinem Ende hing ein schlaffer Ballon, über und über bedeckt von dem Zeug, das man innen in der Lunge hat. Er nähte den Einschnitt in meiner Seite und sagte mir, ich solle noch zwei Stunden ruhig liegenbleiben, bevor er zurückkäme und ich versuchen könnte aufzustehen. Als er gegangen war, wartete ich eine volle Minute, bis ich meine Beine aus dem Bett schwang. Ganz langsam stand ich auf. Es klappte hervorragend, vor allem in bezug auf den fast unüberwindlichen Brechreiz, den die Aktion in meinem Magen auslöste. In einer Stunde würde ich es sicher noch einmal versuchen können.

Leon kam um die Mittagszeit. »Wo ist Ihre Atemmaschine?« fragte er.

»Ich fliege solo«, erklärte ich ihm.

»Toll. Wo sind Ihre Sachen? Nichts wie weg hier!«

»Leon, ich brauche immer noch eine Viertelstunde, um aufzustehen und ins Bad zu gehen.«

»Nun, zumindest *ich* hab was getan. Ihre beiden Freunde wohnen tatsächlich im Brass Anchor Motel. Sie haben einen Raum am Ende, in dem das Fenster auf die Hauptstraße geht. Wo Sie jetzt im Krankenhaus sind, haben sie nicht viel zu tun, nehme ich an. Ich hab sie einmal wegfahren sehen, und da sind sie durchs Reservat gefahren.«

»Wie, Sie haben sie die ganze Zeit beobachtet?«

»Ab und an«, sagte er. Jetzt, wo ich darüber nachdachte, sah er abgespannt aus. »Mir ist kein Vorwand eingefallen, wie ich mich am Motelempfang nach ihnen erkundigen konnte. Wenn sie davon erführen, wüßten sie, daß jemand hinter ihnen her ist.«

»Ich wüßte nicht, was wir sonst machen könnten«, sagte ich. »Außer wieder Brandow anrufen und ihn fragen, wie weit er gekommen ist.«

»Bullen spielen nicht mit Privatdetektiven im selben Team«, meinte er. »Das ist ein ungeschriebenes Gesetz.«

»Leon, Sie sollten sich manchmal reden hören. ›Bullen spielen nicht mit Privatdetektiven im selben Team.‹ Du meine Güte! Wir sprechen von Bill Brandow. Das ist ein netter Kerl.«

»Nicht, wenn er seinen Stern trägt, Alex.«

»Okay, schon gut«, sagte ich. »Wenn Sie es sagen.«

»Was die Situation mit Bruckman angeht ...«

»Welche Situation mit Bruckman? Er hat Dorothy nicht entführt.«

»Sind Sie da sicher?«

»Je mehr ich darüber nachdenke«, sagte ich. »Wenn er es war, ergibt alles keinen Sinn.«

»Wer hat sie dann geholt?«

»Ich weiß es nicht. Vielleicht die beiden, die mich verfolgen?«

»Aber wenn sie sie haben, warum verfolgen sie dann Sie?«

»Ich weiß es nicht«, sagte ich. Vielleicht haben sie Dorothy, aber nicht den weißen Matchbeutel.« Ich informierte ihn in aller Kürze über den weißen Matchbeutel, den Bruckman so verzweifelt suchte.

»Ganz egal, wer die Burschen sind oder was sie wollen«, sagte er, »wir müssen auf jeden Fall Bruckman finden. Er ist unsere einzige Infomationsquelle, das ist Nummer eins. Und Nummer zwei – schulden wir ihm jetzt nicht was? So, wie er Sie behandelt hat?«

»Geben Sie mir zwei Tage Zeit, bevor ich darüber nachdenken muß, okay? Im Moment kann ich gerade mal aufstehen und pissen.«

»Wo meinen Sie denn, daß er sich aufhält? Jetzt in diesem Moment?«

»Wer weiß das schon, Leon? Er könnte überall sein.«

»Denken Sie nach, Alex. Was hat er gesagt?«

Ich ließ die Nacht noch mal in meinem Kopf Revue passieren und versuchte, mich zu erinnern, was er gesagt hatte. Oder was seine Mannschaftskameraden gesagt hatten.

»Einer von seinen Jungs hat ihn Captain Arschloch genannt«, sagte ich. »Das paßt doch gut.«

»Okay, also haben sie Streit untereinander«, sagte Leon. »Woran können Sie sich sonst noch erinnern?«

Ich dachte weiter nach. »Sehen wir doch mal. Sie haben mich windelweich geschlagen. Er wollte wissen, wo Dorothy sei. Er wollte wissen, wo der Beutel sei. Dann haben sie mich nach draußen geschafft und mich wieder windelweich geprügelt. Danach haben sie mich eine Zeitlang hinter ihren Schneemobilen hergeschleppt. Dann haben sie angehalten …«

»Ja?«

»Sie haben sich gestritten«, sagte ich. »Der Kerl, der ihn Captain Arschloch genannt hat, hat ihn gefragt, ob sie mich den ganzen Weg zurück über den Fluß schleppen würden.«

»Den Fluß«, sagte er. »Den St. Marys. Sie sind in Kanada.«

»Ja«, sagte ich. »Da müssen sie sein.«

»Sie verstecken sich da drüben. Es muß etwas passiert sein.«

»Und der einzige Grund, weshalb sie zurückgekommen sind«, sagte ich, »ist, daß sie den Beutel suchen.«

»Was meinen Sie, was da drin ist? Drogen?«

»Ich wüßte nicht, was es sonst sein könnte«, sagte ich. »Andererseits, wenn das stimmt …« Ich mochte diesen Gedanken nicht zu Ende denken.

Aber ich konnte ihm nicht entkommen. Auch als Leon gegangen war und ich meine letzte Nacht im Krankenhaus verbrachte, konnte ich mich nicht daran hindern, dieselbe Frage wieder und wieder zu stellen.

Ich wußte, daß Dorothy in Schwierigkeiten steckte. Sie hatte sich mit ziemlich unerfreulichen Leuten eingelassen, und sie war zu mir gekommen, weil sie nicht wußte, was sie als nächstes machen sollte. Offensichtlich hatte sie einige Fehler gemacht, aber ansonsten hatte ich sie für ein unschuldiges Opfer gehalten. Das war ihre Rolle, wie ich sie in jener Nacht gesehen hatte. Deshalb war ich mir so mies vorgekommen, als sie aus meiner Hütte entführt worden war. Das hatte mich gezwungen, nach ihr zu suchen. Aber wenn der Beutel, den sie da herumschleppte, voller Speed oder Koks oder Gott weiß was war, was sagte das dann über sie aus?

Und nach all dem, was ich in den letzten paar Tagen durchgemacht hatte, was sagte das über mich aus?

Kapitel 13

Ich verließ das Krankenhaus an einem Donnerstagmorgen, nach drei Nächten an der Maschine und einer weiteren Nacht, um sicherzugehen, daß meine Rippen auch zusammenblieben. Der Arzt machte noch einmal eine Röntgenaufnahme und gab mir die strikte Anweisung, nichts Anstrengenderes zu unternehmen als nach Hause zu fahren und mich noch ein paar Tage ins Bett zu legen; danach war ich wieder ein freier Mann.

Der Wind wartete auf mich, als ich aus dem Hauptportal des Krankenhauses trat. Er traf mich mit einem Schwall so kalter Luft ins Gesicht, daß mir die Augen tränten. Vinnie saß in meinem Wagen.

»Willkommen unter den Lebenden«, sagte er, als ich vorsichtig einstieg. »Wie fühlst du dich?«

»Kalt«, sagte ich. Sogar bei laufender Heizung fühlte sich der Autositz wie ein Eisblock an.

»Der Windfaktor beträgt heute minus vierzig Grad«, sagte er, als er den Gang einlegte. »Ich schlage vor, wir drehen diesen Wagen in südliche Richtung und fahren immer geradeaus, bis uns das Benzingeld ausgeht.«

»Ich fahre nirgendwo hin, bevor ich nicht gefrühstückt habe«, sagte ich. »Ich meine richtiges Essen.«

»Jackie wartet schon auf dich«, sagte er. »Sobald du mich am Kasino abgesetzt hast. Mein Wagen wollte heute morgen nicht anspringen.«

»Irgendwann laß ich auch das Fenster hier reparieren«, sagte ich. Es war ein seltsames Gefühl, auf der falschen Seite meines Wagens zu sitzen, zumal wenn die kalte Luft durch die Plastikfolie pfiff.

»Ich habe deinen Mann Leon heute morgen gesehen«, sagte er. »Er sah aus, als wäre er drei Tage lang nicht ins Bett gekommen. Er kam zu Jackie, um einen Kaffee zu trinken. Als er mich gesehen hat, hat er mich nach draußen gewinkt und mir erzählt, daß er zwei Männer in einem der Motels überprüft. Ich soll dir noch ausrichten, daß er auch in der anderen Sache, wie hat er sich ausgedrückt: in der Angelegenheit der nach Kanada entwichenen Individuen, tätig geworden ist.«

»Er ist schon ein Sonderfall.«

»Alex, meinst du nicht, daß er manchmal ein bißchen seltsam ist?«

»Fahr«, sagte ich. »Ich bin zu hungrig zum Sprechen.«

Der über die Straße wirbelnde Schnee bildete immer neue Figuren, die mich hypnotisierten, als ich darauf starrte. Ich wikkelte mich in meinen Mantel und lehnte mich im Sitz zurück. Irgendwie mußte ich eingedöst sein, trotz dem kalten Wind in meinem Ohr. Als ich die Augen wieder aufschlug, kamen wir gerade zur Bay Mills Reservation. Sogar an einem bitterkalten Donnerstagmorgen Mitte Januar war der Parkplatz fast voll.

»Danke, daß du mich abgeholt hast«, sagte ich, als er die Tür öffnete.

»Paß auf Schneemobile auf«, sagte er nur.

Ich rutschte hinüber und griff nach dem Steuer. Mein Kopf begann wieder zu schmerzen, als ich mich auf die Straße konzentrierte, aber ich dachte an Jackies Omeletts, und das hielt mich aufrecht. Auf der Hauptstraße von Paradise sah ich auf der linken Seite nach dem Brass Anchor Motel. Da war es, gleich hinter dem Willkommensschild. Es handelte sich um eine einfache Reihe von Türen, vielleicht insgesamt acht Einheiten. Ein dunkelgrüner Jeep parkte vor der letzten, die der Straße am nächsten lag.

Alex ist wieder da, Jungs!

Das Glasgow Inn war fast leer. Es war spät am Morgen, und die Schneemobilfahrer waren schon auf den Pisten. Wie sie allerdings bei dem Wetter den ganzen Tag herumfahren konnten, überschritt mein Vorstellungsvermögen. Schon der Gedanke daran tat weh.

»Gott der Allmächtige«, sagte Jackie, als er mich sah. »Wenn du nicht das häßlichste Geschöpf bist, das je hier hereinspaziert ist!«

»Ich freue mich auch, dich zu sehen«, sagte ich. »Ich brauche ein Omelett mit allem Drum und Dran.«

»Frühstückszeit ist vorbei«, sagte er. »Die Küche ist geschlossen.«

»Jackie, sogar mit zwei gebrochenen Rippen ermorde ich dich mit meinen bloßen Händen, wenn du nicht auf der Stelle deinen Arsch in die Küche bewegst!«

»Setz dich an den Kamin«, sagte er. »Ich nehme an, du willst die Zeitung und eine Bloody Mary.«

»Du bist ein guter Mensch, Jackie. Der Himmel wird es dir einmal lohnen.«

Auf seinem Weg durch die Küchentür sah er mich merkwürdig an. Ich schob mir einen Sessel nahe ans Feuer und legte ein Scheit nach. Als ich es mir gemütlich gemacht hatte, schwor ich mir, mich die nächste Woche nicht vom Fleck zu rühren.

Als Jackie mit dem Essen zurückkam, stand er lange vor mir und blickte auf mich herab.

»Was ist los?« fragte ich.

»Mal im Ernst, ist wirklich alles in Ordnung? Du siehst beschissen aus.«

»So fühle ich mich auch«, sagte ich. »Ja, es ist alles in Ordnung.«

»Da wartet 'ne Kiste Molson auf dich. Sag nur Bescheid.«

»Gott segne dich«, sagte ich.

Er sah mich wieder merkwürdig an und überließ mich dann meinem Schicksal. Ich saß im Sessel und sah ins Feuer. Draußen blies der Wind wie gehabt. Eine Stunde später lupfte ich meinen faulen Arsch endlich einmal, um auf die Toilette zu gehen. Wo ich schon mal auf war, ging ich zum Fenster und zog die Vorhänge zurück, sah mir die Schneemobile an, die vorbeibrummten, und weiter die Straße runter nach dem Brass Anchor

Motel. Durch die Bäume konnte ich gerade die Ecke seines Schilds sehen.

Das ist doch Wahnsinn, Alex. Da sitzen zwei Mann in dem Motel fest und warten, daß du etwas unternimmst. Und du sitzt hier fest in einer Kneipe und unternimmst gar nichts und wartest darauf, daß wer anders herauskriegt, wer sie sind und warum sie dich beobachten.

Ich ging zum Tresen und griff zum Telefon. Als ich das Büro vom Sheriff dran hatte, fragte ich nach Bill. Er war nicht da. Ich hinterließ ihm die Nachricht, er möge mich im Glasgow Inn anrufen. Für ganze zwei Minuten ging ich zu meinem Sessel am Kamin zurück, dann stand ich schon wieder auf und griff erneut zum Hörer.

Wie war noch mal die Nummer? Sie fiel mir nicht ein. Außerdem würde sie sich vielleicht sowieso geändert haben. Es ist mehr als vierzehn Jahre her. Ich rief die Auskunft in Detroit an und fragte nach der Nummer meiner alten Wache. Als ich die Zentrale dran hatte, ging ich alle Namen durch, auf die ich mich besinnen konnte – meinen alten Sergeant, zwei Detectives, jeden Beamten, der mir einfiel. Keiner war mehr auf der Wache tätig. Ich verlangte den diensthabenden Sergeant. Als sie mich verbunden hatte, versuchte ich ihm zu erklären, ich sei ein früherer Polizist und suchte nach dem Inhaber eines Nummernschildes. Er ließ sich nicht darauf ein. Ich konnte ihm daraus keinen Vorwurf machen.

Ich ging auf und ab, trat wieder ans Fenster und sah wieder die Straße hinunter. Dann fielen mir die Namen von weiteren ehemaligen Kollegen ein. Ich ging zum Telefon zurück und versuchte erneut mein Glück bei der Zentrale. Nichts. Mit wem auch immer ich zusammengearbeitet hatte – alle waren weg. Ich fragte mich, ob die meisten von ihnen überhaupt noch im Polizeidienst waren.

Über den Verbleib meines früheren Partners brauchte ich mir keine Gedanken zu machen.

Etwas später kam Leon rein und mit ihm ein Schwall kalter Luft, als er die Tür öffnete. Der Mann hatte noch nie wie ein Muster militärischer Korrektheit gewirkt, aber jetzt sah er einfach schrecklich aus. Sein nicht zu bändigendes rotes Haar war wirrer und zerzauster denn je, und die Ringe unter seinen Augen ließen mich fragen, ob er in den letzten Tagen jemals geschlafen habe. Er sah noch schlimmer aus als ich.

»Um Gottes willen, was ist denn mit Ihnen los?« fragte ich.

»Ich habe gearbeitet, Alex. Ich habe Bruckman gesucht. Ich wollte nur eben mal reinschauen, nach unsern Freunden im Motel sehen und hören, wie's Ihnen geht.« Er ging an die Theke und setzte sich auf einen Barhocker.

»Haben Sie denn überhaupt mal geschlafen?«

»Dann und wann«, sagte er. »Im Auto. Ich habe tagsüber die Läden und Restaurants kontrolliert und dann abends noch mal, zusammen mit den Kneipen.«

»Mensch, sind Sie denn verrückt? Wo waren Sie?«

»In Kanada. Entsinnen Sie sich? Wir wissen doch, daß er vielleicht irgendwo in Kanada ist.«

»Sie sind in jedem Laden, jedem Restaurant und jeder Kneipe in Kanada gewesen?«

»Nein, denken Sie doch mal nach, Alex. Sie sind auf den Schneemobilen hergekommen, stimmt's? Wie weit hinterm Fluß können sie da sein?«

»Überall im Soo Canada«, sagte ich, »und das ist ja bloß viermal so groß wie Soo Michigan.«

»So schwer ist das nicht«, sagte er. »Man geht an eine Stelle und dann an die nächste. Man kommt da in einen Rhythmus. Irgendwo da drüben muß er sein, Alex. Er muß essen. Sagten Sie nicht, daß er high war?«

»Ja, und?«

»Wie viele Kokser kennen Sie, die den ganzen Tag im Zimmer hocken?«

»Keine Ahnung, Leon.«

»Mit Pot ist das was anderes. Aber wer Koks nimmt, braucht *Action.* Der muß die ganze Nacht unterwegs sein, wo was los ist. Lichter, Musik, Sie wissen schon.«

Jackie stellte ein Kanadisches vor mich, sah Leon an und rollte mit den Augen. »Ich brauche 'nen Kaffee«, sagte Leon. »So stark, wie Sie ihn nur machen können.«

»Sagen Sie das bloß nicht«, meinte ich. »Sein Kaffee ist so schon schlimm genug.«

»Also habe ich besonders auf alle Nachtlokale geachtet, Alex. Ich *weiß* einfach, daß er irgendwo da draußen ist. Und so viele Stellen, wo man nachts hingehen kann, gibt es gar nicht, Ich meine, verglichen mit all den Orten, wo man tagsüber sein kann.«

»Ich denke, daß das Sinn macht«, sagte ich. »Wie ist es mit Eisstadien?«

»Eisstadien?« wiederholte er.

»Ja, Sie haben es doch selbst gesagt. Er braucht *Action.* Er ist Hockeyspieler.«

»Na klar«, sagte er. »Verdammt noch mal. Natürlich.«

»Wenn er ein bißchen so ist wie die Baseballspieler, die ich gekannt habe. Oder die Basketballspieler. Oder was auch immer.«

»Selbst wenn er sich da drüben versteckt, muß er einfach ab und zu aufs Eis. Machen Sie voran mit dem Kaffee. Ich muß wieder rüber.«

»Leon, können Sie sich nicht mal 'ne Minute gönnen? Sie bringen sich ja noch um. Essen Sie wenigstens was.«

»Okay«, sagte er. »Sie haben recht. Sie haben vollkommen recht. Ich muß mich bremsen.«

»Ich habe hier gesessen und darüber nachgedacht, was wir mit unsern Jungs im Motel machen sollen«, sagte ich. »Ich habe versucht, Brandow zu erreichen, aber er ist nicht da. Ich habe sogar versucht, alte Polizistenfreunde in Detroit aufzutreiben, die für mich das Nummernschild überprüfen könnten.«

»Das habe ich längst überprüft, Alex.«

»Wie haben Sie das denn gemacht?«

»Ich habe bei der staatlichen Behörde angerufen und ihnen die Nummer meiner Lizenz als Privatdetektiv durchgegeben. Wußten Sie nicht, daß man das kann?«

»Ääh, nein. Aber ich … Ist schon gut. Was haben Sie rausgekriegt?«

»Im Staate Michigan gibt es diese Autonummer nicht.«

»Das ist doch wohl nicht möglich!«

»Aber das hat mir die Frau erzählt.«

Ich nahm mir das Telefon vom Tresen und rief noch einmal im Büro des Sheriffs an. Bill war immer noch nicht da. »Verdammt«, sagte ich, als ich den Apparat wieder wegstellte. »Das macht mich noch wahnsinnig.«

»Worauf warten wir? Machen wir ihnen doch einen Besuch.«

»Ich habe Bill versprochen, ihn die Sache machen zu lassen.« Ich wandte mich auf dem Barhocker um und sah aus dem Fenster. »Ich gebe ihm noch bis morgen früh. Wenn er bis dahin nichts unternommen hat, geh ich da rüber.«

»Ich bin dabei, Partner.«

Ich blickte Leon an. Es war vielleicht das erste Mal, daß ich ihm wirklich ins Gesicht sah. »Gehen Sie nach Hause«, sagte ich schließlich. »Legen Sie sich hin.«

»Zwei Stunden«, sagte er. »Dann geh ich wieder rüber. Ich frag mich, wieviel Eisstadien es wohl im Soo Canada gibt?«

Um fünf Uhr wurde es an diesem Abend schon dunkel; das Tageslicht machte sich so schnell davon, daß man sich fragte, ob es jemals dagewesen sei. Bis neun hatte ich Bill noch dreimal angerufen. Meine letzte Nachricht für ihn war ganz einfach: Morgen früh läuft mein Versprechen aus. Entweder Sie rufen mich an, oder Sie kommen zum Brass Anchor Motel und gukken zu, wie ich an ihre Tür klopfe.

Mit dem Untergang der Sonne war es unvorstellbarerweise noch kälter geworden. Schlicht nach draußen zu gehen war ein Akt der Tapferkeit. Der Schnee klang wie zerklirrendes Glas, als ich darauf trat. Die Straße runter konnte ich einige Lichter sehen. Eine weitere Kneipe. Ein Restaurant, wo vorwiegend die Typen mit den Schneemobilen verkehrten. Der Rauch der Holzfeuer stieg aus den Kaminen. Dahinter lag das Motel. Ich konnte es im Dunkeln nicht sehen, aber ich wußte, es war da. Ich stellte mir die beiden Männer in ihrem Zimmer vor. In ihren Unterhemden, vielleicht. Einer saß am Fenster. Was machte der andere? Seine Pistole reinigen? Schlafen? Ich wünschte ihnen eine gute Nacht. Die letzte, bevor ich ihnen meinen Besuch abstatten würde.

Der Wagen zögerte in der Kälte. Ich hätte ihn nicht den ganzen Tag draußen stehen lassen dürfen, ohne ihn gelegentlich zu starten. Nicht bei dieser Kälte. Schließlich sprang er an. Ich stellte die Heizung auf volle Touren und spürte nichts als kalte Luft rauskommen. Verdammt, verdammt und noch mal verdammt, dachte ich, es ist einfach zu scheißkalt. Und das ist schon schlimm genug, auch ohne daß man müde und krank ist und sich ohnehin schon uralt fühlt.

Ich fuhr nach Hause. Als ich an meine Straße kam, senkte ich den Schneepflug und räumte einige der Verwehungen. Vinnies Wagen stand da. Aber hatte er nicht gesagt, er sei nicht angesprungen? Ich hatte ihn ja am Kasino abgesetzt. Entweder war er noch da, oder jemand hatte ihn nach Hause gebracht. Ich war zu müde, um darüber nachzudenken.

Du hast den ganzen Tag nichts anderes gemacht, als auf deinem Arsch zu sitzen, Alex, und jetzt bist du so müde, daß du kaum die Augen offenhalten kannst. Du bist schon ein merkwürdiges Exemplar. Okay, klar hast du gebrochene Rippen und eine Naht über dem Auge, und die tut verdammt weh, wenn es so kalt ist, und jetzt sprichst du schon mit dir selber, also geh nach Haus ins Bett.

Die Vordertür meiner Hütte war zur Abwechslung mal richtig zu. Trotzdem stand ich davor und sagte mir, daß drinnen keiner sei, der auf mich wartete. Keiner ist den ganzen Tag über hiergewesen. Keiner verfolgt dich. Die Burschen sind die ganze Straße runter im Motel. Und Bruckman und seine Typen sind das ganze Stück nach Kanada rüber, und Leon ist ihnen dicht auf den Fersen. Gott stehe ihnen bei! Dir ist nur so unheimlich wegen all dem, das dir in der letzten Zeit passiert ist, also vergiß es und geh in deine verdammte Hütte, bevor du hier noch erfrierst.

Als ich schließlich reinging, sah ich, daß Vinnie viel Zeit investiert hatte, um alles einigermaßen in Ordnung zu bringen. Im Kühlschrank waren Lebensmittel, und auf der Arbeitsplatte in der Küche stand ein Stapel neuer Teller. Er hatte sogar die alte Matratze, die sie völlig zerfetzt hatten, entfernt und eine neue aufs Bett gelegt. Vermutlich hatte er sie aus einer der anderen Hütten geholt.

Ich machte den Holzofen an. Wegen der Kälte zog er nicht richtig. Ich mußte mir ordentlich Mühe geben, um Zug zu kriegen, aber schließlich gewann ich den Kampf, die Flammen schlugen durch Papier und Kleinholz und begannen den Raum ein wenig zu erwärmen.

Ich ging ins Bad und betrachtete im Spiegel den häßlichsten, geschundensten und kaputtesten Mann, den ich jemals gesehen hatte. Über meinem linken Auge, wo man mich genäht hatte, war eine Schwellung, grün und violett stach sie vom weißen Verband ab. Die Schürfwunden an meinem Körper mochte ich mir gar nicht erst ansehen. Ich holte die Schmerztabletten aus der Tasche und las das Etikett. Alle vier bis sechs Stunden, nach Bedarf.

Nach Bedarf.

Das hast du alles schon mal mitgemacht, Alex. Wenn du sie heute abend nimmst, wirst du sie morgen früh wieder nehmen, und mittags wieder, und dann zum Abendessen, und morgen abend stehst du hier und zählst, wie viele noch da sind. Und du gehörst wieder den Pillen.

Ich stellte das Glas auf den Beckenrand und machte das Licht aus. Noch in meinen Kleidern kletterte ich aufs Bett, lag da und lauschte dem Wind, der durch die Ritzen zwischen den Stämmen pfiff. Eine Weile wälzte ich mich hin und her und versuchte eine Position zu finden, in der meine Seite nicht wehtat. Wieder dachte ich an die Pillen. Es würde eine lange Nacht werden.

Das Telefon weckte mich aus dem Halbschlummer. Ich sah auf die Uhr, als ich aufstand. Es war kurz nach Mitternacht.

»Alex, ich bin's«, sagte die Stimme.

»Leon? Was gibt's?«

»Ich habe ihn. Ich habe Bruckman gefunden.« Im Hintergrund hörte ich das leise Jaulen einer Musicbox.

»Wo sind Sie?« fragte ich.

»In einer kleinen Kneipe im Ostteil der Stadt. Ich hab sie hier drüben am Straithclair Eisstadion erwischt. Sie gingen gerade. Ich glaube, sie waren aus einem Spiel geflogen oder so was. Ich bin ihnen bis in das Lokal hier gefolgt. Sie haben gerade mit Poolbillard angefangen, deshalb schätze ich, daß sie noch 'ne Weile hier sind. Wie schnell können Sie es hierhin schaffen?«

»Leon, wir sollten die Polizei rufen.«

»Sie sind hier in Kanada«, sagte er. »Was sollen wir machen, die Mounties alarmieren? Meinen Sie, die nehmen sie für uns fest und schicken sie rüber?«

»Sie werden wegen schwerer Körperverletzung gesucht«, sagte ich. »Wir sollten den Sheriff anrufen und ihm die Sache überlassen.«

»So wie wir ihm die Jungs im Motel überlassen haben? Hören Sie zu, Alex. Wir rufen die Polizei, wenn Sie das wünschen, aber wollen Sie nicht mit den Jungs sprechen? Vielleicht haben sie Dorothy ja nicht entführt, aber *irgend etwas* müssen sie wissen. Wollen Sie Bruckman nicht mit dem Rücken zur Wand stellen und ihn erzählen lassen, was zum Teufel hier vor sich geht?«

Lange Zeit stand ich bibbernd da. Über das Telefon hörte ich nichts als das ferne Geräusch von Musik und Gelächter. Und dann das scharfe Klicken einer Billardkugel.

»Was denn nun, Alex?«

»Geben Sie mir die Adresse«, sagte ich.

Ich schrieb sie auf, zog mir Stiefel und Mantel wieder an und ging in die Nacht hinaus.

Kapitel 14

Ich jubelte den Wagen auf knapp siebzig hoch, als ich am Brass Anchor Motel vorbeifuhr. Mehr konnte ich mit etwa sechshundert Kilo Schneepflug vorn und einem zusätzlichen Gewicht von vierhundert Kilo auf der Ladefläche aus dem alten Kleinlaster auf einer schneebedeckten Straße nicht rauskitzeln. Ich stellte mir einen der beiden Männer am Fenster vor, im Halbschlaf, vielleicht mit einer Tasse Kaffee in der Hand. Ich konnte nur hoffen, daß er sich den Kaffee über die Figur geschüttet hatte, als ich vorbeirumpelte.

Ich hatte den ganzen Weg über die Hauptstraße bis zur M-28 und dann noch knapp zwanzig Kilometer nach Osten hinter mich gebracht, bevor ich die Scheinwerfer in der Ferne hinter mir auftauchen sah. Schön, euch zu sehn, Jungs. Nett, daß ihr mitkommt.

Den ganzen Weg zum Soo und die I-75 hoch zur Brücke blieben sie konstante knappe fünfhundert Meter hinter mir. Als ich die Maut bezahlte und über die Brücke nach Kanada fuhr, sah ich sie nicht hinter mir. Tief unter mir lag fest zugefroren der St. Marys River.

Als ich am kanadischen Zoll vorfuhr, fiel mir die Pistole in der Manteltasche ein. »Verflixt und zugenäht«, sagte ich laut. Natürlich habe ich einen Waffenschein, und irgendwo im Handschuhfach liegt wohl auch meine Lizenz als Private Investigator. Vermutlich gibt es sogar einen offiziellen Weg, auf dem ein P.I. eine Handfeuerwaffe ins Land einführen darf. Ich bin sicher, Leon weiß, wie man das macht. Ich könnte anhalten und ihn übers Handy anrufen. Falls er in seinem Auto ist. Und falls ich mir die verlorenen Minuten leisten kann. Vermutlich muß man irgendein Formular ausfüllen. Vergiß es, ich fahre so durch.

Der Zollbeamte kam mir irgendwie bekannt vor. Vielleicht hatte ich ihn früher schon mal beim Bierholen getroffen. Warum ich heute abend nach Kanada fahre? Das ist leicht zu beantworten. In Kanada gibt es Striptease-Lokale, in Michigan nicht. Lächle ihn vertraulich an. Ob ich Drogen oder Feuerwaffen im Fahrzeug habe? Ich sah ihm stracks in die Augen und sagte: »Nein, Sir, habe ich nicht.« Er ließ mich ohne weiteres durch.

Als ich im Soo Canada war, sah ich immer wieder in den Rückspiegel nach meinen beiden Freunden. Sie waren nicht da? Warum zum Teufel kamen sie nicht über die Grenze?

Weil sie nicht durch den Zoll wollten, Alex. Es sind Verbrecher, mit fünf oder sechs Schießeisen im Wagen. Und sie können den Zollbeamten nicht so anlügen wie ich.

Ich fuhr durch die Stadt Richtung Osten. Vergiß die Jungs für heute, sagte ich mir. Du hast ein anderes Problem. Ich war mir nicht ganz klar darüber, was ich machen sollte, wenn ich Bruckman wiedersah. Ich spürte eine Mischung aus Angst und Wut und von etwas Drittem, das ich nicht einordnen konnte. Mich fröstelte. Ich stellte die Heizung etwas höher, aber das schien nicht zu helfen.

Ruhig Blut, Alex. Ein- und ausatmen. Da mußt du durch. Du kannst dich nie mehr im Spiegel ansehen, wenn du ihm jetzt nicht gegenübertrittst.

Ich brauche einen Plan. Einen Weg, in die Kneipe zu gelangen und Bruckman rauszukriegen. Denken, Alex, denken.

Ich nahm die Trunk Road im Osten der Stadt und folgte ihr den ganzen Weg, vorbei an einem Gewerbegebiet auf das Rankin-Indianerreservat zu. Neben der Straße verliefen Schienen der Canadian Pacific Railroad. Zu dieser Zeit waren die Gleise leer. Als ich den östlichen Stadtrand erreichte, beherrschten wieder Kiefern das Bild. Wie in den meisten kanadischen Städten ist die Wildnis nie weit entfernt. Ich war diese Straße noch nie gefahren, aber aus der Karte wußte ich, daß sie zum nördlichen Ufer des St. Marys River zurückführte. Ich fuhr weiter, bis ich doch anfing, mich zu fragen, ob ich nicht zu weit gefahren war. Doch dann sah ich die Nebenstraße, nach der ich suchte.

Die Kneipe war ein kleines Lokal, etwa einen Block von der Hauptstraße entfernt, nah am Fluß gelegen. Es gab kein Schild an dem Gebäude, überhaupt nichts, woran man überhaupt sehen konnte, daß es eine Kneipe war, außer zwei Bierreklamen, Budweiser in einem Fenster, Molson im anderen. Die Leuchtröhren schienen in einer Weise zu glühen, die mir sagte, daß ich fern der Heimat und hier kaum willkommen sei.

Ich sah Leons kleines rotes Auto am hinteren Ende des Parkplatzes. Sobald ich meinen Wagen daneben eingeparkt hatte, öffnete Leon meine Beifahrertür und stieg ein. »Sie sind noch da«, sagte er. Er rieb sich die Hände und blies hinein.

»Haben Sie keine Handschuhe?« fragte ich.

»Ich habe sie ausgezogen«, sagte er. »Wir müssen auf alles gefaßt sein.« Er tätschelte die Brusttasche seines Mantels.

»Erinnern Sie mich dran, daß ich Sie frage, wie man Pistolen über die Grenze bringt«, sagte ich.

»Jetzt sagen Sie bloß nicht, Sie haben keine Pistole dabei, Alex.«

»Ich habe sie dabei, aber am Zoll habe ich gelogen. Ich wußte nicht, wie lange mich das aufhalten würde.«

»Ein guter Zug«, sagte er. »Andernfalls hätten die Sie in die Mangel genommen.«

»Wie viele von seinen Freuden hat Bruckman dabei?« fragte ich.

»Drei.«

»Hm, vier waren mit an der Hütte. Einen muß er verloren haben. Vielleicht der Typ, mit dem er sich gestritten hat.«

»Ich habe unseren Plan schon fertig, Alex.«

»Moment mal«, sagte ich. »Welchen Plan?«

»Sie sind zu viert und wir zu zweit. Da dürfen wir schon nichts falsch machen.«

»Ich weiß«, sagte ich. »Ich denke, ich muß Bruckman von seinen Freunden trennen und nach draußen schaffen.«

»Und was meinen Sie wohl, was seine Freunde machen,

wenn Sie das versuchen? Und wenn Sie ihn mal draußen haben, wie wollen Sie ihn da in Schach halten? Sie haben keine psychologische Handhabe gegen ihn, Alex. Er wird sich nicht bedroht fühlen.«

»Das wird er, wenn ich ihm die Pistole ins Gesicht halte.«

»Das funktioniert nie und nimmer«, sagte er. »Meinen Sie wirklich, Sie können da in die Kneipe reinmarschiert kommen und ihn mit der Pistole bedrohen? Die werden ihre Queues auf Ihrem Schädel zerschlagen. Schauen Sie sich den Schuppen doch mal an. Das passiert hier bestimmt nicht zum erstenmal. Ich sagte doch, ich hab alles fix und fertig.«

»*Was* haben Sie fix und fertig? Leon, wovon reden Sie?«

»Alex, wir können hier keine überwältigende Übermacht herbeizaubern. Deshalb müssen wir die *Illusion* einer überwältigenden Übermacht herbeizaubern. Das ist das einzige, was solche Kerle verstehen.«

»Die Illusion von was? Mein Gott, Leon, wo haben Sie solches Zeugs bloß her?«

»Es ist alles fix und fertig«, sagte er. »Ich brauche bloß reinzugehen und das Zeichen zu geben.«

»Leon«, sagte ich und umklammerte das Lenkrad. »Bitte. Lassen Sie mich reingehn und ihn rausholen.«

»Sie brauchen einen eng begrenzten Raum«, sagte er. »Wie die Toilette. Sie trennen ihn von den anderen und schaffen ihn in den begrenzten Raum.«

»Ich schaff ihn in die Toilette?«

»In den eng begrenzten Raum. Meinetwegen die Toilette. Könnte aber auch eine andere Räumlichkeit sein. Sie muß klein genug sein, daß sie in engem Kontakt mit ihm sind, aber nicht so klein, daß er näher als einen Meter an Sie rankommt.«

»Leon ...«

»Ich stehe an der Theke und bewerkstellige die Illusion einer überwältigenden Übermacht. Bleiben Sie einfach noch drei Minuten hier, bevor Sie reinkommen.«

»Warten Sie«, sagte ich. »Einen Moment.«

»Wenn der Plan danebengeht und wir uns den Weg freikämpfen müssen, attackieren Sie die Knie.«

»Moment mal, gehen wir noch mal zurück zu diesem Illusionsdings.«

»Keine Schwinger, Alex. Ich kenne Sie. Sie fangen glatt 'nen Boxkampf mit den Jungs an. Das einzige, was Sie damit erreichen, sind aufgeplatzte Knöchel. Senken Sie den Kopf und gehen Sie auf die Innenseite der Knie los. Dann auswärts treten, und Sie klappen zusammen wie ein billiger Anzug.«

»Leon ...«

»Ein billiger Regenschirm meine ich natürlich.«

»Leon ...«

»Und lassen Sie die Pistole stecken, es sei denn, die ziehen zuerst. Das letzte, was wir wollen, ist 'ne Schießerei. Okay, sind Sie startklar?«

»Nein, bin ich nicht. Jetzt warten Sie erst mal.«

»Nun aber los, Alex. Die sind da nicht die ganze Nacht. Bringen wir's hinter uns. Denken Sie dran, ich brauche drei Minuten, um alles in Gang zu setzen.« Er öffnete die Tür. »Drei Minuten!«

»Leon, so warten Sie doch.«

»Ich muß los«, sagte er. »Solange ich mental eingestellt bin.«

Ich versuchte ihn festzuhalten, aber er warf mir die Tür ins Gesicht und rannte durch den Schnee zur Kneipe.

Das ist ein Alptraum, sagte ich mir. Das Ganze. Ich werde jetzt aufwachen und rausgehen und die Straße räumen, und dann wecke ich Dorothy in ihrer Hütte und helfe ihr, einen guten und sicheren Platz zu finden, wo sie hingehen kann. Dann hat sie auch keiner entführt oder meine Hütte auseinandergenommen oder ist mir andauernd gefolgt, und niemand hat je meinen Arsch hinter einem Schneemobil hergeschleift. Und ich sitze auch nicht hier vor einer schäbigen Kneipe in Soo Canada und warte drei Minuten, damit Leon reingehen und die Illusion einer überwältigenden Übermacht bewerkstelligen kann. Was immer zum Teufel das sein mag.

Ich sah auf die Uhr im Armaturenbrett. 1.13 Uhr. Ich kann es nicht glauben. Ich mache das wirklich. Noch zwei Minuten. Ich schloß die Augen und holte ein paarmal tief Luft.

Als ich die Augen wieder öffnete, zeigte die Uhr 1.14. Noch eine Minute. Eine Windböe ließ den Lastwagen schwanken.

Ich wartete die letzte Minute ab und gab ihm anschließend noch eine. Dann stieg ich aus dem Auto. Die kalte Luft sprang mich an, aber bis zur Tür war es nur ein kurzer Weg, und so war ich erst zur Hälfte erfroren, als ich den Schuppen betrat. Wie alle kleinen Gebäude wirkte es größer, wenn man erst einmal drin war. Der Tresen lag auf der rechten Seite, darüber hing in einer Ecke ein Fernsehapparat, in dem ein Hockeyspiel lief. Entlang der Decke waren immer noch Lichterketten von Weihnachten installiert. Sie blinkten rhythmisch durch die Rauchschwaden. Links von mir standen ein Billardtisch und eine Musicbox. Bruckman lehnte dort mit einem Billardqueue in der Hand und sah zu, wie einer seiner Kumpels sich an einem Stoß versuchte. Seine beiden andern Mannschaftskameraden standen vor der Musicbox und sahen sich die Liste mit den Titeln an. Auch sie hatten Queues. Vier Hockeyspieler mit schweren Stöcken in den Händen, und mindestens einer davon war halb verrückt.

Ich zögerte. Vielleicht war das alles keine gute Idee.

Dann sah ich Leon an der Theke. Er nickte mir unauffällig zu. Er stellte sein Glas ab und wandte sich zum Billardtisch hin. Ich zählte sieben weitere Männer an der Theke, den Wirt eingeschlossen. Sobald Leon sich umdrehte, wurden alle still und drehten sich ebenfalls um. Irgendwer fand die Fernbedienung für den Apparat und schaltete ihn aus. Dann betätigte der Wirt seinen Zauberschalter hinter der Theke, um die Musicbox abzustellen. Jetzt waren die einzigen Geräusche im Raum das Klikken der Kugeln auf dem Billardtisch und Bruckmans rauhes Lachen über einen Fehlversuch. Als die Kugeln zur Ruhe kamen, verstummte Bruckmans Lachen.

»Was soll die Scheiße?« sagte er. Er sah auf und merkte, daß acht Männer ihn ansahen. Er sah sich von links nach rechts die Gesichter an. Das letzte Gesicht, das er sah, war meines.

»Ich bin am Spiel«, sagte ich. Ich ging zum Billardtisch. Es war so ruhig, daß man die Dielen unter mir quietschen hörte.

»Was willst du Scheißer denn hier?« sagte er.

»Ach, wissen Sie, Bruckman, ich will einmal einen Satz ohne das Wort ›Scheiße‹ von Ihnen hören.«

Bruckman sah mich an und dann seine Mannschaftskameraden.

»Hier sind acht Männer im Raum«, sagte ich. Es wäre kein Fehler gewesen, wenn Leon seinen Plan etwas ausführlicher erklärt hätte, dachte ich. Ich konnte nur hoffen, daß es das war, was ihm vorgeschwebt hatte ...»Jeder von ihnen hat eine Pistole. Da will ich doch mal sehen, ob Sie jetzt irgendwelchen Unsinn machen.«

Wieder sah er seine Mannschaftskameraden an und dann die Männer am Tresen. Man hörte in seinem Kopf förmlich die Rädchen rattern. »Was ... denn nun?« sagte er schließlich.

»Nun will ich Ihnen ein paar Fragen stellen«, sagte ich, »das ist alles. Wenn Sie schön lieb sind, verzichte ich darauf, Sie zu erschießen.«

»Was Sie natürlich auf der Stelle täten«, sagte er.

»Zur Toilette«, sagte ich. »Oder soll ich Sie gleich hier umbringen?«

»Was?« Seine Augen leuchteten vor Angst oder vor Chemie oder vor beidem.

»Sie haben mich gehört«, sagte ich. »Ab zur Toilette. Wenn wir beide da drin sind, werden Ihre Freunde schön still sein und blöd glotzen. Ist das klar?«

Er schluckte mühsam.

»Los«, sagte ich.

Er sah sich noch einmal im Raum um, als erwarte er, daß irgend jemand etwas unternähme. Als das nicht der Fall war, lehnte er sein Queue an den Tisch und ging Richtung Toilette. Als wir am größten seiner Mannschaftskameraden vorbeikamen, sah ich ihn gerade lang genug an, um ihm ein Lächeln zu schenken. »Schön, Sie wiederzusehen«, sagte ich.

Als wir auf der Toilette waren, schloß ich die Tür hinter mir. Es gab da eine Zelle, ein Urinal und ein Waschbecken. Wer auch immer den Raum sauberhalten mußte, hatte bestimmt keine Leistungsneurose. Ich öffnete die Tür zum Klo. »Setzen Sie sich da hin«, sagte ich. Ich zog den Revolver aus der Manteltasche.

»Die Hose laß ich aber an«, sagte er.

»Ich bitte darum«, sagte ich. »Jetzt setzen Sie sich erst mal!«

Er klappte den Deckel runter und setzte sich drauf. In dem miesen Licht sah er müde, eingefallen und kaputt aus.

»Sie sehen nicht gerade hinreißend aus«, sagte ich.

Er sagte nichts. Er saß nur da und starrte in eine Art naher Ferne, die nur er sehen konnte.

»Mal sehen«, sagte ich. »Wenn die Kugel hier einschlägt, müßte sie dort austreten.« Ich sah neben seinem Kopf auf die Wand. »Wenn sie nicht im Schädel steckenbleibt.«

»Wovon reden Sie?«

»Mein Gott, wird das hier drinnen laut sein«, sagte ich. Ich griff nach unten und gab der Rolle Toilettenpapier Schwung. Ich riß einige der abgespulten Blätter ab, rollte sie zur Kugel und steckte sie mir ins linke Ohr. Dann machte ich noch eine Kugel und steckte sie ins rechte Ohr.

»Was machen Sie da für 'nen Scheiß?«

»Ich bereite mich auf Ihre Erschießung vor«, erklärte ich. »Das wird alle ganz schön überraschen. Keiner da draußen glaubt, daß ich das wirklich tue. Aber genau das mache ich.« Ich sah auf das Waschbecken und das darüberliegenden Fenster. »Danach sollte ich besser durchs Fenster verschwinden. Was meinen Sie?«

»Was ...«

Ich überprüfte ostentativ meine Pistole und packte sie dann mit beiden Händen. »Haben Sie mal zugesehen, wie eine Kugel jemandem durch den Kopf geht?« fragte ich. Ich schloß das linke Auge. Mit dem rechten sah ich den Lauf entlang. »Das ist vielleicht ein Anblick! Mein Gott, gibt das hier 'ne Schweinerei!«

»Sie können mich nicht erschießen«, sagte er.

»Und ob ich das kann«, sagte ich.

»Was wollen Sie von mir?« Er begann auf dem Sitz hin und her zu schaukeln.

»Ich will, daß Sie stillsitzen. Sonst treffe ich Sie nicht richtig.«

»Sie sind verrückt. Sie sind scheißverrückt.«

»Allerdings bin ich das. Sie hätten mich besser umgebracht, als Sie die Gelegenheit dazu hatten.«

»Nein«, sagte er. »Das hatte ich doch nie ...«

»Seien Sie still. Man kann sich ja überhaupt nicht konzentrieren.«

»Was soll ich denn machen?« fragte er. »Sagen Sie es mir doch.«

Ich öffnete beide Augen und sah ihn über die Pistole an. »Vielleicht können Sie mich ja unterhalten. Dann haben Sie noch ein paar Minuten länger.«

»Womit?« fragte er. »Wie denn?«

»Schießen Sie los«, sage ich. »Was ist in dem Beutel?«

»In welchem Beutel?«

Ich hob die Pistole wieder. »Mann, sind Sie schlecht in so was. Der Beutel, den Sie gesucht haben, als Sie mir in meiner Hütte aufgelauert haben.«

»Drogen«, sagte er.

»Welche Sorte?«

»Da bin ich mir nicht sicher. Eine Art Speed. Unglaublich starkes Zeug. So daß man es mit was mixen muß. Vielleicht 'ne Art Crack. Vielleicht sonstwas.«

»Wo haben Sie das her?«

Er zögerte, bis ich wieder das linke Auge schloß. »Ein Typ in New Jersey«, sagte er. »Wir haben es ihm vor zwei Wochen gestohlen.«

»Und wie kommt Dorothy ins Spiel?«

»Sie war mit mir zusammen«, sagte er. »Ich meine, nicht als wir es gestohlen haben. Nur daß … sie mit mir zusammen war. Wir sind zusammen hierhingekommen.«

»Warum sind Sie hierhergekommen?«

»Um das Zeug zu verkaufen«, sagte er. »Wofür denn sonst?«

»Warum hier?«

»Wir mußten verschwinden. Uns irgendwo in die Pampa absetzen. Dorothy kannte das hier, weil sie hier aufgewachsen ist.«

»Und daß Kanada gleich um die Ecke ist, ist auch kein Fehler, oder? Sie brauchen ja nicht mal durch den Zoll, nur mit den Schneemobilen über den Fluß.«

»Ja, so ähnlich.«

»Und was noch, Bruckman?«

»Wie, was noch?«

»Warum ist es hier so toll, diese Drogen zu verticken?«

Er sagte nichts.

»Die Indianer. Stimmt's?«

»Die haben jetzt das große Geld«, sagte er. »Mit diesen Kasinos.«

»Sie wissen das mit der nördlichen Cheyenne-Reservation, nicht wahr? Die ganzen Probleme, die sie da mit den Drogen haben. Und da haben Sie sich gedacht, Sie könnten hier auch den großen Reibach machen.«

»Ist doch nicht mein Problem, daß die so willensschwach sind.«

»Klar, ganz anders als Sie. Sie rühren das Zeug ja nicht an.«

Er sah weg.

»Sie haben den Beutel doch angebrochen, oder?«

»Ein kleines bißchen«, gab er zu.

»Was hielt denn Dorothy von Ihrem Plan, das Zeug hier zu verkaufen?«

»Die wußte nichts davon«, sagte er.

»Ah, so langsam macht das alles Sinn«, sagte ich. »Lassen Sie mich mal raten. Als sie dahintergekommen ist, hat sie sich den Beutel geschnappt und ist abgehauen.«

»So war's wohl«, bestätigte er.

»Und wieso wußten Sie, daß sie zu mir gekommen ist?«

»Gobi, einer der Jungs aus dem Team, war noch mal in der Kneipe mit all den Hirschköpfen und dem Scheiß an der Wand. Da war diese Kellnerin, die er angebaggert hat. Er hat sie reinkommen sehen, wie sie nach Ihnen gefragt hat. Er meinte, sie hatte den Beutel dabei. Sicher war er sich nicht. Niemand sonst hat den je gesehen. Ich hatte ihn versteckt. Da hab ich keinem getraut. Und anstatt sie anzuhalten und sie zu fragen, was gebacken ist, ruft dieser Arsch mich an und hinterläßt 'ne Nachricht auf dem Anrufbeantworter, erzählt mir, daß sie nach Ihnen fragt und daß ich mich mal drum kümmern soll. Weil er sich nämlich nicht aus der Kneipe rausbequemen wollte, wissen Sie, weil er dachte, er landet gerade bei der Kellnerin. So 'n Typ ist Gobi. Und Hockey kann er auch nicht.«

»Und Sie haben sie nicht aus der Hütte geholt?«

»Nein. Ich wußte ja nicht mal, daß sie dagewesen war. Erst zwei Tage später. Als ich in der Nacht nach Hause gekommen bin, steht da ein Polizeiauto vor meiner Tür. Da hab ich die Beine in die Hand genommen und mich nach Kanada verpißt. Ich hab gedacht, mich hat wer verpfiffen. Daß sie bei den Bullen war oder so. Also warte ich hier und ruf schließlich Gobi an, und ich: ›Hey, was fürn Scheiß ist denn da drüben los? Suchen die mich?‹ Und er: ›Ja Mann, hast du denn meine Nachricht nicht gekriegt?‹ Und ich wieder: ›Welche Nachricht?‹ Und da hat er mir gesagt, was los ist. Stellt sich raus, jemand hat meine Wohnung auseinandergenommen, und Mrs. Hudson hat die Bullen geholt. Und deshalb war das Polizeiauto da.«

»Sie haben die Wohnung also nicht auseinandergenommen?«

»Ne, klar nicht«, sagte er. »Warum hätte ich das machen sollen?«

»Wer war es dann?«

Er grinste mich verstohlen an. Das reichte fast aus, um ihn doch noch zu erschießen. »Sie wissen das wirklich nicht, oder?«

»Nein, aber ich nehme an, Sie werden es mir erzählen.«

»Sicher bin ich mir da auch nicht«, sagte er. »Aber ich schätze, es waren zwei Jungs namens Pearl und Roman.«

»Wer sind sie?«

»Bloß zwei Typen, die für Molinov arbeiten.«

»Und wer ist Molinov?«

»Das ist der Typ, dem wir die Drogen gestohlen haben«, sagte er. »Glauben Sie mir, über den wollen Sie lieber nichts wissen.«

»Ist das ein Russe?«

»Ich habe mir nicht die Zeit genommen, ihn zu fragen.«

»Und was ist mit diesen beiden Typen, Pearl und Roman? Wie sehen sie aus? Tragen sie Jagdmützen?«

»Ich habe sie nie gesehen«, sagte er. »Nur von ihnen gehört.«

»Da sind zwei Typen, die mir ständig folgen. Meinen Sie, das sind die?«

»Nach dem, was ich gehört habe, würden die Sie eher umbringen, statt Ihnen zu folgen. Aber wer weiß das schon.«

»Wie könnten die denn überhaupt von mir gehört haben?« fragte ich.

Er rieb sich die Augen. Vermutlich schmerzte ihm der Kopf von all dem Denken, zu dem ich ihn zwang. »Die Nachricht«, sagte er. »Als sie meine Wohnung auseinandergenommen haben, haben sie eventuell den Anrufbeantworter abgespielt. Wenn sie das getan haben, haben Sie ein Riesenproblem.«

»Ihr Mitgefühl ist richtig rührend«, sagte ich. Ich steckte die Pistole wieder in die Manteltasche.

Bruckman saß da und sah mich an.

»Ich gebe Ihnen eine Chance«, sagte ich. »Keine Pistole.«

Er sagte nichts. Er bewegte sich nicht.

»Sie sind ganz schön hart, wenn Sie vier Leute dabei haben, um einen zu vermöbeln. Jetzt wollen wir mal sehen, was Sie alleine so bringen.«

Er sah auf den Boden.

»Sie sind bloß ein mieser kleiner Angeber«, sagte ich. »Als Hockeyspieler haben Sie es nicht gebracht, und das lassen Sie den Rest des Lebens an allen anderen aus. Es sei denn, sie wehren sich.«

»Wenn Sie es sagen, Alter.«

Längere Zeit stand ich vor ihm und wartete, daß er etwas unternähme.

Und dann kam von der anderen Seite der Toilettentür die eindeutige Information, daß dort die Hölle losbrach. Bruckman schoß auf mich los, aber er verlor eine gute halbe Sekunde beim Versuch, vom Toilettensitz hochzukommen. Ich konnte gerade noch rechtzeitig mein Knie hochreißen. Ein stechender Schmerz schoß mir durch die Rippen, aber ich war sicher, daß es Bruckman erheblich schlimmer erwischt hatte. Er ging zu Boden und packte mit beiden Händen an seine Nase.

Als ich die Tür aufmachte, sah ich, daß dort eine gute altmodische Wirtshauskeilerei im Gange war. »Alex, hierher!« Das war Leon drüben an der Tür. Zwei von Bruckmans Rüpeln prügelten sich mit zweien von der Theke. Den dritten Rüpel sah ich nicht. Der Rest der Männer drückte sich in den Ecken rum und versuchte, kampfbereit auszusehen, ohne wirklich eingreifen zu müssen. Ich kämpfte mich durch den Raum, wobei ich einem Queue und einem Barhocker auswich. Als ich Leon erreichte, öffnete er die Tür genau in dem Moment, in dem sich der dritte Rüpel zusammen mit einem Schwall kalter Luft von draußen auf mich stürzte. Er versuchte einen Schwinger, verpaßte mich aber, und so trat ich ihm das Bein am Knie weg, genau wie

Leon mir geraten hatte. Der Typ stieß einen schrillen Schrei aus, während er zu Boden ging.

»Nichts wie weg hier«, sagte Leon.

»Ich bin direkt hinter Ihnen«, sagte ich. Wir rannten raus durch den Schnee und sprangen in unsere Autos. Er schlitterte vom Parkplatz und ich folgte ihm, wobei ich äußerste Mühe hatte, durch den von seinen Reifen gegen meine Scheibe geschleuderten Schnee hindurch irgend etwas zu sehen.

Wir fuhren auf der Trunk Road nach Westen, zurück zur Stadtgrenze von Soo Canada. Immer wieder sah ich zurück, ob da keine Scheinwerfer auftauchten. Leon fuhr langsamer, als wir wieder in der Stadt waren. Ich zockelte still hinter ihm her und versuchte meinen Körper zu überreden, es genauso zu machen. Mein Herz raste noch immer, und das Adrenalin schoß durch meine Adern. Jetzt spürte ich auch den Schmerz in meiner Seite und in meinem Knie, wo ich Bruckman getroffen hatte. Morgen werde ich für all das bezahlen müssen, dachte ich. Ich kann von Glück sagen, wenn ich überhaupt aus dem Bett komme.

Leon fuhr auf den Parkplatz eines Restaurants an der Wellington Street. Ich stellte mich neben ihn, stieg aus dem Lastwagen, ging zu seiner Beifahrerseite und öffnete die Tür. »Alles in Ordnung bei Ihnen?« fragte ich.

»Ja«, sagte er. »Ich mußte nur eine Minute Luft schnappen.«

Ich stieg in sein Auto und schloß die Tür.

»Ich denke, wir sollten erst mal zur Ruhe kommen, bevor wir über die Grenze fahren«, meinte er.

»Gute Idee.« Ich schloß die Augen und holte mehrfach tief Luft. »Gott, müssen wir bekloppt sein.«

»Ich fand, daß es Spaß gemacht hat«, sagte er.

Ich sah ihn an. Er lächelte wirklich. »Wie haben Sie die Burschen nur dazu gebracht, Ihr Spielchen mitzumachen?«

»Die Burschen an der Theke? Das war leicht.«

»Mein Gott, sagen Sie nichts!«

»Es sind die Franklins, Alex. Die wirken Wunder.«

»Sie haben jedem der Burschen hundert Dollar gegeben, damit sie so tun, als hätten sie 'ne Pistole?«

»Benjamin J. Franklin«, sagte er. »Der beste Freund des Privatdetektivs.«

»Um Himmels willen. Das sind ja, Moment mal, siebenhundert Dollar? Und wieviel haben Sie neulich abends in dem Eisstadion ausgegeben? So was wie vierhundert? Fünfhundert?«

»Setze nie Ulysses Grant an eine Aufgabe, die nur Benjamin Franklin erledigen kann.«

»Okay, schon kapiert. Ich lerne es langsam. Ich schulde Ihnen zwölfhundert Dollar.«

»Wir teilen uns die Kosten, Alex. Wir sind doch Partner.«

»Morgen gebe ich Ihnen das Geld«, sagte ich. »Und Sie nehmen alles.«

Er schüttelte den Kopf. »Alex …«

»Was ist denn nun passiert? Ihre, wie sagten Sie noch mal? Die Illusion einer überwältigenden Überlegenheit? Die ist ja wohl zusammengebrochen.«

»So 'n Dorftölpel kam zur Tür rein und wollte wissen, was denn in drei Teufels Namen hier gespielt würde. Irgendwie muß das die Illusion gestört haben.«

»Wir könnten jetzt beide tot sein.«

»Was ist denn auf der Toilette passiert? Haben Sie die Informationen, die Sie brauchten?«

Ich erzählte ihm alles, was Bruckman mir erzählt hatte. Über Dorothy, die Drogen im Matchbeutel und die Männer namens Pearl und Roman und Molinov.

»Also die beiden Burschen, die Sie verfolgen«, sagte er. »Die müssen das ja wohl sein.«

»Das nehme ich auch an«, sagte ich. »Sie sind nicht mit über die Grenze gekommen. Vielleicht haben sie das Risiko gescheut, durch den Zoll zu müssen.«

»Klar, wenn das professionelle Killer sind …«

»Killer«, sagte ich. »Das wird ja mit jeder Minute schöner.«

»Und was machen wir jetzt mit ihnen?«

Eine Minute lang dachte ich nach. »Ich habe Bill versprochen, bis morgen zu warten. Dann wollte ich ihnen einen Besuch abstatten.«

»Vielleicht sollten wir jetzt direkt dahin gehen«, schlug er vor. »Den Besuch hinter uns bringen, solange uns noch die ganzen Arschtritt-Säfte durch die Adern jubeln.«

»Die Arschtritt-Säfte. Manchmal sind Sie mehr, als ich wegpacken kann, Leon.«

»Geben Sie's zu, Alex. Sie sind doch froh, daß ich auf Ihrer Seite bin.«

Ich lachte. Wie ich lachen konnte nach allem, was ich gerade durchgemacht hatte, war mir unklar. »Was für ein Auto ist das übrigens?« fragte ich.

»Ein Plymouth Horizon. 'ne Schrottkarre, ich weiß.«

»Und wie kommen Sie mit dem Ding bei dem Schnee zurecht?«

»Ich hab gute Reifen drauf, und ich weiß, wie man im Schnee fahren muß«, sagte er. »Machen wir nun den Besuch oder nicht?«

»Besser wir machen ihn jetzt«, sagte ich. »Morgen kann ich mich nicht bewegen.«

»Sind Sie sicher, daß Sie sich das schon zumuten können?«

»Beim Football spielen Quarterbacks ständig mit gebrochenen Rippen«, sagte ich. »Sie tun ein paar Polster drauf und hoffen, daß sie nicht zu hart attackiert werden.«

»Ja, Quarterbacks«, sagte er. »*Junge* Quarterbacks. Ich will Sie nicht beleidigen, Alex ...«

»Gehn wir«, sagte ich. »Wir treffen uns am Motel.«

Ich stieg wieder in meinen Wagen und fuhr hinter ihm her über die Brücke. Die Uhr in meinem Armaturenbrett zeigte 2.40. Zu dieser Nachtzeit war am Zoll nur eine Spur geöffnet. Ich sah zu, wie Leon am Schalter anhielt, um alle die üblichen Fragen zu beantworten. Dann war ich an der Reihe.

Als ich vorfuhr, sah der Mann mich an, dann meinen Laster, dann wieder mich. Ich kannte ihn nicht. »Guten Abend, Sir«, sagte er schließlich.

»Guten Abend«, sagte ich. Ich wartete auf die Fragen.

Sie kamen nie.

»Ich muß Sie bitten, drüben in die Haltezone zu fahren, Sir«, sagte er.

»Wie bitte?«

»Gleich da drüben, Sir. Stellen Sie sich bitte dorthin.«

Der Rest war wie aus einem schlechten Traum. Es vollzog sich in Zeitlupe, unter einer Reihe nackter fluoreszierender Lampen, die die ganze Szene in ein surreales Licht tauchten.

Die Zollbeamten durchsuchten meinen Wagen. Ein kleines Tütchen, unter meinem Sitz hervorgezogen. Weißes Puder in dem Tütchen, das hochgehalten wird, damit alle es sehen können. Meine Hände an der Wand, die Beine gespreizt. Die Pistole aus meiner Manteltasche.

Die Kälte des Stahls um mein linkes Handgelenk, dann um mein rechtes.

Dann hinter mir eine Stimme. »Sie haben das Recht zu schweigen …«

Kapitel 15

Es war dieselbe Zelle. Samstag nachmittag hatte ich Vinnie in dieser Zelle besucht. Jetzt war, was denn, Freitag morgen? Sechs Tage. Aber jetzt war ich es, der auf der falschen Seite des Gitters saß.

Dieses Mal waren nicht so viele Männer in den Zellen. Zwei in der ersten, einer in der zweiten, zwei in der dritten. Ich hatte die vierte ganz für mich allein. Dieselben fluoreszierenden Röhren summten und flackerten über uns.

Es war nach drei am Morgen. Was auch immer ich an Stärke tagsüber gehabt haben mochte, war jetzt lange weg. Ich hatte sie total verbraucht, als ich mich aus dem Bett geschleppt hatte und mich fertig gemacht hatte, in die Nacht hinauszugehen, bitterkalt und hoffnungslos dunkel. Auf einer Woge von Wut und Adrenalin war ich den ganzen Weg über den Fluß geritten, dorthin, wo Leon Bruckman aufgespürt hatte. Jetzt saß ich auf einer harten Holzbank in der vierten Arrestzelle im Erdgeschoß im Gefängnis des Chippewa County. Ich lehnte mich an die Betonwand und spürte den Schmerz in meinen Rippen und in meinem Kopf. Bequem konnte man hier einfach nicht sitzen. So saß ich nur da, lauschte den summenden Lampen und versuchte, mich nicht zu übergeben.

Gerade als ich dachte, es könne nicht mehr schlimmer werden, ging die Tür auf, und Chief Maven spazierte herein.

Er schritt die Reihe der Arrestzellen ab und warf in jede einen raschen Blick, bis er zu meiner kam. Er stand da und sah mich durch die Gitterstäbe an. »'n Abend, McKnight«, sagte er schließlich.

»Chief«, sagte ich.

»Ihre Rechte sind Ihnen vorgelesen worden?«

»Ja.«

»Das ist gut«, sagte er. »Das ist gut.« Er zog sich von der gegenüberliegenden Wand einen Stuhl heran. Es konnte derselbe Stuhl sein, auf dem ich selbst gesessen hatte, als ich Vinnie hier besucht hatte. Er zog ein Päckchen Zigaretten und ein silbernes Feuerzeug heraus. »Zigarette?«

»Nein danke.«

Er zündete die Zigarette an, schloß das Feuerzeug und blies einen dünnen Strahl Rauch durch das Gitter. »Es fängt wieder an zu schneien«, sagte er.

Ich sah auf den Boden.

»Ich dachte, Sie wollen das vielleicht wissen.«

Ich sah ihn nicht an. »Vielen Dank für den Wetterbericht.«

»Wenn ich Ihnen jetzt eine Frage stelle«, sagte er, »wissen Sie, daß Sie die nicht zu beantworten brauchen.«

Ich sagte nichts. Mavens Rauch hing in der Luft.

»Ich war schon im Bett, wissen Sie das? Als sie mich angerufen und gesagt haben, daß man Sie auf der Brücke geschnappt hat, bin ich aufgestanden, hab mich angezogen und bin den ganzen Weg hierher durch die Kälte gekommen, um Ihnen eine Frage zu stellen. Sind Sie bereit dazu?«

Ich sah immer noch auf den Boden.

»Hier ist meine Frage, McKnight. Glauben Sie an Reinkarnation?«

Endlich sah ich ihn an.

»Also, wenn man in einem früheren Leben etwas Böses getan hat«, sagte er, »muß man in diesem Leben dafür bezahlen? Oder andersrum, wenn man in einem früheren Leben was Gutes getan hat … Sie wissen, was ich meine?«

Ich sah ihn weiter an. Ich sagte kein Wort.

»Vielleicht haben Sie noch nicht allzu viel darüber nachgedacht«, sagte er. »Ich gebe zu, ich habe auch nicht oft daran gedacht.« Er tat einen tiefen Zug an seiner Zigarette. »Bis heute nacht.«

Er stieß den Rauch aus. Die Lampen summten noch immer.

»Sehen Sie, ich glaube, daß ich ein ziemlich gutes Leben geführt habe. Hab dann und wann ein paar Leuten helfen können. Ich bin ein guter Vater und ein guter Ehemann gewesen. Ich denke, ich habe ein paar Punkte gut. Aber, verdammt noch mal, McKnight, jetzt hier zu sitzen und Sie in 'ner Zelle zu sehen – das ist einfach zu viel, das schwöre ich.«

Wieder zog er an seiner Zigarette und sah mich durch den Rauch mit zugekniffenen Augen an.

»Was glauben Sie, McKnight? Ich glaube, daß ich vielleicht im letzten Leben verhindert hab, daß ein Schulbus voller Kinder über eine Klippe gestürzt ist. Irgendwas in der Art.«

Ich sah ihn weiter nur an.

»Oder im Krieg«, sagte er. »Vielleicht habe ich 'ne ganze Stadt vor den Deutschen gerettet. So was Großes in der Art muß es schon sein. Das jetzt ist einfach zu gut.«

Ich blinkte nicht einmal mit den Augen.

»Der Herr schenket mir voll ein, McKnight. Er erquicket meine Seele.«

»Sind Sie fertig?« fragte ich.

»Mal im Ernst«, sagte er. »Ich muß Ihnen eine echte Frage stellen. Ich hab nämlich gedacht, ich hätte Sie abgehakt. Sie waren als Baseballspieler ein Versager. Sie waren als Polizist ein Versager. Sie sind ein kaputter, einsamer, unglücklicher Mann. Und das kompensieren Sie, indem Sie sich wie Graf Rotz aufspielen und allen mit Ihren Sprüchen auf die Nerven gehen. So viel habe ich verstanden. Aber die Sache mit den Drogen, die schnalle ich nicht. Ich meine, ich habe gewußt, daß Sie nicht halb so schlau sind, wie Sie selbst meinen. Aber ich hätte mir nicht träumen lassen, daß Sie *so scheißdoof* sind.«

»Die Drogen stammen nicht von mir«, sagte ich.

»Natürlich nicht. Und die Pistole auch nicht.«

»Die Pistole gehört mir«, sagte ich.

»Das mit der Pistole gestehen Sie also. Na, da haben Sie ja auch keine große Wahl. Die hat schließlich 'ne Registrierungsnummer. Was nun die Drogen angeht ...«

»Die sind nicht von mir.«

»Richtig. Das hatten wir schon.«

»Wie wird die Anklage lauten?« fragte ich. »Und wann komme ich hier raus?«

Der Stuhl kratzte auf dem Boden, als er sich darin zurücklehnte. »Was glauben Sie denn, wie die Anklage lautet? Die Frage ist doch nur, ob es ein Verbrechen ist. Ich bin sicher, daß sie das Zeug gerade wiegen. Also, um die Wahrheit zu sagen, es sah nicht so aus, als ob da ein volles Gramm in dem Tütchen war. Vielleicht hab ich ja doch keine ganze Stadt gerettet, wie? Vielleicht nur drei Leute und 'nen Hund.«

»Ich will einen Anwalt«, sagte ich. »Und ich will hier raus.«

»Sie können einen Anwalt kriegen, wenn Sie das wollen«, sagte er. »Und wir lassen Sie hier raus, sobald der Richter auftaucht, um die Anklage zu erheben.«

»Wie hoch ist die Kaution?«

»Der Richter setzt die Kaution fest. Das wissen Sie doch. Ihr Freund Prudell ist in der Eingangshalle und wartet drauf, sie zu bezahlen, egal, wie hoch sie ist.«

»Sagen Sie ihm, er soll nach Hause gehen«, sagte ich. »Sagen Sie ihm, ich ruf ihn an.«

»Das ist sehr rücksichtsvoll von Ihnen«, sagte er. »Ich werde es ihm sagen. In der Zwischenzeit, wo wir sowieso auf den Richter warten, sind da zwei Männer, die Sie zu sprechen wünschen.«

»Wer?«

»Das werden Sie sehen«, sagte er. »Ich bin gleich zurück.«

»Was geht hier vor sich?« fragte ich.

»Nur Geduld«, sagte er. »Entspannen Sie sich.« Er stand vom Stuhl auf und stellte ihn an die Wand zurück. »Fühlen Sie sich ganz wie zu Hause.« Er ging zur Tür zurück, öffnete sie und ging hinaus. Die Tür schloß sich hinter ihm mit einem metallischen Laut, der mir durch Mark und Bein ging.

Ich versuchte, mich auf der hölzernen Bank hinzulegen, aber das Blut pochte mir im Schädel. Als ich mich wieder aufrichtete, begannen meine Rippen wieder zu schmerzen. Ich stand auf und ging eine Weile in der Zelle auf und ab, und dann war mir, als müßte ich mich wieder übergeben. Ich ging in die Ecke und beugte mich über die Toilette, eine Hand an der Zementwand, aber es kam nichts.

Ich versuchte mich wieder zu setzen. Ich verschränkte meine Arme, beugte mich nach vorne und hängte meinen Kopf über die Knie. Das könnte klappen, dachte ich. So ist es fast bequem. Ich begann zu dösen. Da öffnete sich die Tür wieder.

Maven kam den Korridor entlang. Zwei Männer folgten ihm.

Es waren die Männer, die mir gefolgt waren. Der eine hatte seine rote Jagdmütze noch auf dem Kopf. Der andere hielt seine blaue Jagdmütze in der Hand.

»Alex McKnight«, sagte Maven. »Ich möchte Sie mit den Agents Champagne und Urbanic bekanntmachen. Sie sind von der Drug Enforcement Administration.«

Die Männer sahen mich an. Ich sah sie meinerseits an. »Dann sind Sie also nicht Molinovs Leute«, sagte ich. »Sie sind nicht Pearl und Roman.«

»Was zum Teufel reden Sie da?« sagte Maven. »Sie sind auch nicht Laurel und Hardy. Agent Champagne –« Er wies auf den Mann, der die blaue Mütze hielt, als führe er mich in eine Gesellschaft ein. »Und Urbanic.« Der Mann, der die rote Mütze trug.

»Wir müssen uns ein wenig unterhalten, Mr. McKnight«, sagte Champagne. »Vielleicht können wir einen Ihrer Räume für Verhöre benutzen, Chief?«

»Wir haben nur ein Verhörzimmer«, sagte Maven. »Ich zeige Ihnen den Weg.«

Maven holte ein Schlüsselbund heraus und öffnete die Zellentür. »Was meinen Sie, McKnight? Können wir auf die Handschellen verzichten?«

»Was glauben Sie denn, was ich anstellen könnte?« fragte ich. »Versuchen wegzulaufen?«

»Normalerweise würde ich nein sagen«, sagte er. »Aber unter Drogen tut man bisweilen seltsame Dinge.«

»Um Himmels willen«, sagte ich. Aber bevor ich noch mehr sagen konnte, wurde ich aus der Zelle und den Korridor entlang geführt. Als wir durch die Tür waren, sah ich aus den Fenstern. Die Sonne ging gerade auf. Dünner Schnee fiel.

Maven führte uns zum Verhörraum. Ich war früher schon hier gewesen. Seit meinem letzten Besuch hatte jemand das Anglerposter abgehängt und die Wände neu in einem hellen Grün gestrichen. Ich saß auf einem Stuhl an einer Seite eines langen Tisches. Champagne und Urbanic saßen mir direkt gegenüber, und Maven saß am Ende. Urbanic hatte endlich seine Jagdmütze abgenommen.

»Wir möchten Ihnen einige Fragen stellen, Mr. McKnight«, sagte Champagne. Von unserm kleinen Treffen auf der Straße konnte ich mich an seine dunklen Augen erinnern.

»Schießen Sie los«, sagte ich.

»Zuallererst möchten wir von Ihnen den Aufenthaltsort von Dorothy Parrish erfahren.«

»Ich weiß nicht, wo sie ist«, sagte ich.

»Sie hat die Nacht von Freitag auf Samstag in Ihrer Hütte verbracht.«

»In der Hütte neben meiner«, sagte ich. »Am nächsten Morgen war sie weg.«

»Sie war einfach verschwunden?«

»Ja.«

»Und Sie haben keine Ahnung, was ihr zugestoßen sein könnte?«

»Nein«, sagte ich. »Ich hatte gedacht, Bruckman könnte sie geholt haben. Bruckman ist ihr … Freund, nehme ich an.«

»Jawohl, Lonnie Bruckman«, sagte Champagne. »Der Mann ist uns bekannt.«

»Ich habe ihn letzte Nacht aufgesucht«, sagte ich. »Um ihm Fragen zu stellen.«

»Ihm Fragen zu stellen.«

»Ja.«

»Sie sind kürzlich im Krankenhaus gewesen«, sagte er.

»Ja«, sagte ich. »Ich habe Sie da gesehen. Oder Ihren Partner. Ist ja egal.«

Champagne warf einen verstohlenen Seitenblick auf seinen Partner. Urbanic zuckte die Schultern. »Warum sind Sie im Krankenhaus gewesen?« fragte Champagne.

»Ich bin verprügelt und danach hinter einem Schneemobil hergeschleift worden.«

»Das klingt ja so, als ob jemand extrem was gegen Sie hätte.«

»Ihre Instinkte sind geradezu übersinnlich, Agent Champagne.«

Seine Augen verengten sich etwas. »Was hatten Sie getan, um eine solche Behandlung zu verdienen?« fragte er.

»Sie wollten wissen, wo Dorothy ist«, sagte ich. »Sie dachten, ich hätte sie.«

»Aber Sie hatten sie nicht.«

»Ich hatte sie nicht.«

»Und die Tatsache, daß sie dachten, Sie hätten sie, ließ Sie erkennen, daß sie sie ebenfalls nicht hatten.«

»Schon wieder richtig. Machen Sie weiter, solange Sie so heiß sind.«

Diesmal machte er sich nicht die Mühe einer Reaktion. »Wenn Sie also wußten, daß sie sie nicht hatten«, fuhr er fort, »wieso sind Sie dann letzte Nacht nach Kanada gefahren, um ›ihm Fragen zu stellen‹?«

Ich zögerte. »Weil mir sonst nichts einfiel, was ich machen konnte«, sagte ich. »Ich dachte, er habe irgendwelche Informationen, selbst wenn er nicht wußte, wo sie war.«

»Sie haben sich weit aus dem Fenster gehängt, um sie zu finden«, sagte er.

»Ich habe mir Sorgen um sie gemacht«, sagte ich. »Sie hatte schreckliche Angst in jener Nacht.«

»Das muß Sie sehr verstört haben«, meinte er. »Sagen Sie mir, Mr. McKnight, woher wußten Sie, wo Sie Mr. Bruckman letzte Nacht finden würden?«

»Wir hatten ihn gefunden«, sagte ich. »Mein ...« Ich dachte einen Moment darüber nach. »Mein Partner und ich.«

»Ihr Partner.«

»Leon Prudell«, sagte ich. »Er ist mein Partner. Als ich im Krankenhaus war, hat er einige Zeit in Kanada verbracht und ihn gesucht.«

»Woher wußte er, daß er in Kanada suchen mußte?«

»Bruckman hat etwas wie ›wieder über den Fluß gehen‹ gesagt. Wir nahmen an, das bedeute, er verstecke sich in Kanada.«

»Chief«, sagte Champagne, »kennen Sie diesen Prudell?«

Maven räusperte sich. »Ich glaube, im Moment ist er Schneemobil-Verkäufer.«

»Ein Schneemobil-Verkäufer«, sagte Champagne und nickte mit dem Kopf. »Ohne Zweifel eine wertvolle Verstärkung für *jedes* Team.«

»Er ist außerdem Kautionsagent«, sagte ich. »Und lizenzierter Privatdetektiv.«

»Ich verstehe«, sagte Champagne. »Er braucht diesen anderen Job gar nicht. Er übt ihn nur aus, weil Frauen Schneemobil-Verkäufern einfach nicht widerstehen können.«

»Gibt es eine Möglichkeit, daß ich hier an einen Kaffee komme?« fragte ich.

»Wenn Sie anfangen, uns Antworten zu geben«, sagte Champagne, »dann kriegen Sie auch Ihren Kaffee. Nein, wir fahren Ihnen ein ganzes Frühstücksbuffett auf. Aber bislang haben Sie uns überhaupt nichts geboten.«

»Gäbe es etwas, was ich Ihnen bieten könnte, glauben Sie mir, ich gäbe es Ihnen.«

»Wir haben uns ein paar von den County-Deputys ausgeborgt. Sie gehen jetzt im Moment alle Ihre Hütten durch. Sie haben sechs davon, richtig?«

»Was meinen Sie damit, sie gehen die Hütten durch?«

»Sie kehren das Oberste nach unten, wäre wohl der korrektere Ausdruck. Daß man Sie mit Drogen in Ihrem Wagen arretiert hat, war ein mehr als hinlänglicher Grund für einen Durchsuchungsbefehl. Was meinen Sie wohl, was wir in Ihren Hütten finden?«

»Jetzt zu dieser Zeit am Morgen? Vermutlich eine Menge unglücklicher Schneemobilfahrer.«

»Das tut uns leid. Ich nehme an, das ist für Ihr Geschäft als Vermieter nicht sehr förderlich.«

»In Ordnung«, sagte ich. »Jetzt hören Sie mal, Agents Champagne und Urbanic, so war's doch?«

Urbanic nickte.

»Champagne und Urbanic«, sagte ich. »Klingt irgendwie gut. Habt ihr zwei nicht mal 'ne Goldmedaille im Eistanz gewonnen?«

»Das ist sehr lustig«, sagte Champagne. »Ich persönlich würde allerdings keine Scherze machen, wenn ich eine Drogen- und Waffenanklage an der Backe hätte, aber das ist nur meine Sicht der Dinge.«

»Lassen Sie uns das klarstellen«, sagte ich. »Ihr Jungs seid mir die letzten – was war's – sechs Tage gefolgt. Erst fahren Sie in 'nem Taurus rum, der im Schnee steckenbleibt, so daß ich Sie rausziehen muß.« Ich sah zu Maven runter. »Haben Sie so was schon mal gehört, Chief? Ich habe sie aus dem Schnee gezogen, damit sie mich weiter verfolgen können.«

Maven sah sie an, ohne ein Wort zu sagen.

»Und als ich dem Sheriff erzähle, daß mir jemand folgt ...« Ich hielt inne. Zwei Gedanken schossen mir gleichzeitig durch den Kopf. Ich mochte beide nicht. »Er hält mich hin«, fuhr ich fort. »Weil Sie ihm das gesagt haben werden. Und das heißt, Sie sind mir weiter nachgefahren, obwohl Sie *wußten*, daß Sie längst aufgeflogen waren.«

Champagne rieb die Handflächen gegeneinander. Urbanic

saß bloß da. Maven sah sie weiterhin mit versteinertem Gesicht an.

»Sie sind nicht etwa zu mir gekommen und haben mir gesagt, wer Sie sind. Sie sind einfach weiter hinter mir hergefahren. In einem neuen Auto. Diesmal mit Vierradantrieb. Aber in derselben brillanten Verkleidung. Diese Elmer-Fudd-Hütchen kleiden Sie natürlich.«

»Mr. McKnight ...«

»Und das alles, weil Sie dachten, ich hätte etwas mit Dorothys Verschwinden zu tun. Und, lassen Sie mich raten, mit dem weißen Beutel, den sie bei sich hatte.«

Das möbelte sie wieder richtig auf. »Was wissen Sie über den weißen Beutel?« fragte der Mann namens Urbanic. Es war das erste Mal, daß er etwas sagte.

»Bruckman hat ihn gesucht«, sagte ich. »Mehr weiß ich nicht.«

»Wann haben Sie den weißen Beutel gesehen?« fragte Champagne.

»Das habe ich Ihnen schon gesagt. Dorothy hatte ihn Freitagnacht dabei. Am nächsten Morgen war sie weg und mit ihr der Matchbeutel.«

»Einfach so«, sagte Champagne. »Einfach ... *puff*! Weg ist sie.«

»Ja, sie war weg«, wiederholte ich. »Jemand hat sie geholt. Ich dachte, es sei Bruckman gewesen, aber der war es nicht.«

»So daß Sie jetzt nicht wissen, *wer* sie geholt hat.«

»Nein.«

»Oder den Matchbeutel?«

»Nein.«

»Irgendwie kommen wir hier nicht weiter, oder?« Er sah seinen Partner an und dann den Tisch hinunter zu Maven.

Maven saß völlig unbeweglich da und beobachtete uns.

»Wenn Sie vor der letzten Nacht zu mir gekommen wären«, sagte ich, »dann wäre ich nicht rübergefahren, um Bruckman auf eigene Faust zu sprechen. Sie hätten ihn jetzt hier und könnten ihm selbst alle diese Fragen stellen.«

»Ich denke, Sie haben gesagt, Sie hätten ihn in Kanada getroffen.«

»Ich habe ihn nicht getroffen«, sagte ich. »Ich habe ihn ausfindig gemacht. Ich meine: Leon hat ihn ausfindig gemacht. Aber Sie hätten die Canadian Mounties da haben können. Ich bin sicher, daß Sie schon früher mal zusammengearbeitet haben.«

»Wieso glauben Sie, daß wir jetzt nicht mit Ihnen zusammenarbeiten?«

Darüber mußte ich einen Moment nachdenken. »Warten Sie mal«, sagte ich. »Als Sie mir letzte Nacht zur Brücke gefolgt sind, haben Sie da die Mounties auf der anderen Seite die Verfolgung aufnehmen lassen?«

»Was denken Sie?«

»Ich denke, daß Sie das vermutlich gemacht haben. Das heißt, sie sind uns zu der Kneipe gefolgt. Das heißt …« Ich ließ noch einmal das Geschehen ablaufen. Bruckman und ich auf der Toilette. Seine Jungs am Billard. Der Kampf geht los. Ich komme raus, sehe, was los ist, kämpfe mich durch den Raum, wir gehen durch die Eingangstür und treffen einen von seinen Jungs, der gerade reinkommt. Von draußen! »Er hat die Drogen in mein Auto praktiziert«, sagte ich. »Als die Prügelei losging, ist er nach draußen gegangen und hat mir das Tütchen untergejubelt. Um mich reinzulegen. Und dann, lassen Sie mich mal raten, haben sie an der Brücke angerufen?«

Niemand sagte ein Wort.

»So ist es abgelaufen, stimmt's? Sie haben einen anonymen Hinweis bekommen? Das müssen sie. Sie haben ja auf mich gewartet.«

Champagne starrte mich die ganze Zeit an. Urbanic hatte die Stirn gerunzelt und sah weg. Und Maven …

Das Gesicht kannte ich. Maven sah die Agenten der Drogenbehörde mit demselben Gesichtsausdruck an, den er immer dann aufzusetzen pflegte, wenn er mit mir sprach. Er hatte die Augen zusammengekniffen, das linke etwas mehr als das rechte. Sein Mund war so scharf verkniffen, als beiße er gerade einem Nagel den Kopf ab. Es war das abstoßendste ›Harter Bulle‹-Gesicht, das ich je gesehen hatte, aber im Moment war es ein hochwillkommener Anblick. Es gab mir einen Schimmer von Hoffnung.

»Wenn Sie Mounties da hatten, die die Kneipe beobachtet haben«, sagte ich, »dann müssen sie diese Manipulation beobachtet haben. Stimmt's?«

Champagne stieß hörbar die Luft aus. »Mounties waren am Schauplatz, ja. Und ja, sie haben auch ein Individuum aus dem Lokal kommen und die Tür zu Ihrem Wagen öffnen sehen. Das muß aber nicht bedeuten, daß er dort Drogen deponiert hat.«

Maven schlug mit der Hand auf den Tisch. »Was zum Teufel denken Sie denn, was er da gemacht hat? Ein Pfefferminzplätzchen auf den Sitz gelegt?«

»Chief Maven«, sagte Champagne. Er hob die Hände, als wolle er ein Kind beschwichtigen. »Bitte, beruhigen Sie sich.«

»Den Teufel werde ich tun«, sagte Maven. »Wann gedachten Sie mir mitzuteilen, daß Sie die Mounties mit drin hatten?«

»Können wir das draußen diskutieren?« sagte Champagne.

»Wir werden das hier auf der Stelle diskutieren«, sagte Maven. »Sie kommen von Gott weiß woher und suchen diesen Bruckman und einen Beutel Drogen, den er bei sich hat. Sie stolzieren hier rum, als ob Ihnen die ganze Gegend gehörte, kommandieren meine Männer rum und reden am Telefon immer vom ›Football‹.« Er hielt ein imaginäres Telefon an sein Ohr. »Jawohl, Sir, wir kreisen den Football ein. Sir. Wir haben diesen Bruckman und den Football praktisch jede Minute.«

»Den Football?« fragte ich. »Sagt ihr Jungs das wirklich?«

»Schnauze, McKnight«, sagte Maven, »oder Sie fliegen wieder in diese Zelle.«

»Tut mir leid«, sagte ich. »Machen Sie bitte weiter.«

»Sie hätten ihn Gott weiß wie oft schnappen können«, sagte Maven. »Aber nein, Sie mußten warten, bis Sie absolut sicher waren, daß Sie den richtigen Burschen hatten und daß er auch die Drogen bei sich hatte. ›Wir können den Mann nicht angreifen, wenn er keinen Football in der Hand hat.‹ Stimmt's? Wie oft habt ihr das gesagt? Da nimmt natürlich inzwischen diese Parrish den Beutel an sich und besucht McKnight damit. Und ihr zwei lauft wie die Idioten rum, trennt euch und der eine versucht Bruckman nachzulaufen und der andere dem Mädchen. Und dann wollt ihr immer noch nichts unternehmen, weil euer Mann jetzt den Football nicht mehr hat. Und sie ist dann am nächsten Morgen über alle Berge, Gott weiß wohin, weggelaufen oder gekidnappt. Jetzt rennt McKnight rum wie ein Idiot und will rausfinden, wo sie ist. Und was tut ihr Typen? Ihr fangt an, *ihm* nachzufahren. Als wenn dieser Oberesel euch direkt zu eurem Football führt!«

Ich nickte dankbar, wagte aber nichts zu sagen.

»Wie viele Tage seid ihr ihm nachgefahren?« fragte Maven. »Sechs Tage? Der döfste Mann auf dem ganzen Planeten, und er braucht wie lange, nicht mal 'nen Tag, um rauszukriegen, daß er beschattet wird.« Maven pausierte um des Effektes willen und holte dann zum nächsten Schlag aus, wie ein Folterer, der seinen Beruf eine Spur zu gern hat. *»McKnight zieht euch sogar aus dem Schnee, als ihr beim Beschatten steckenbleibt.«*

»Jetzt gehen Sie aber zu weit, Chief Maven«, sagte Champagne.

»Aber von mir wird erwartet, daß ich immer noch euer Spiel mitspiele, auch wenn ihr mir nicht erzählt, daß die Mounties mitmischen, daß sie die Manipulation von Beweisen mitgekriegt haben und was für Scheiße sonst noch.«

Er hielt inne, um Luft zu holen. Champagne sah aus, als wolle er mich oder Maven oder uns beide umbringen. Urbanic sah aus, als sei ihm übel.

»Haben Sie Bruckman wenigstens eingebuchtet?« fragte

Maven. »Wo McKnight schon die Drecksarbeit für euch macht, haben sie Bruckman wenigstens in Kanada festgenommen?«

»Nein«, sagte Champagne.

»Nein?« sagte Maven.

»Nein«, sagte Champagne. »Zwei verdeckte Ermittler waren am Schauplatz. Die örtliche Polizei kam, um die Prügelei zu schlichten. Die verdeckten Vermittler versuchten, Bruckman zu ergreifen, aber er war, nun ... er war durch das Toilettenfenster entkommen.«

Ich hob die Hand. »Ich fürchte, daß ich ihn irgendwie auf die Idee gebracht habe«, sagte ich. »Tut mir leid.«

»Auf dem Boden war sehr viel Blut«, bemerkte Champagne.

»Seine Nase war gebrochen«, sagte ich. »Auch das war ich.«

»Wir haben zwei seiner Freunde festgenommen«, erklärte Champagne.

»Dann sprechen Sie doch mit denen«, sagte Maven. »Warum stehlt ihr dann uns allen hier die Zeit?«

»Chief Maven«, sagte Champagne. »Ich denke, ich habe hier sehr viel Geduld und Zurückhaltung an den Tag gelegt. Dieser Mann wurde an einer internationalen Grenze mit Drogen und einer geladenen Handfeuerwaffe in seinem Fahrzeug aufgegriffen. Wenn Sie nicht mit uns kooperieren wollen, werden wir eben ohne Sie fortfahren.«

Maven sah Champagne einen langen furchtbaren Moment an. Wäre ich nicht so müde, geschunden und verschreckt gewesen, hätte mir der arme Agent leid getan. Die Drogenbehörde hat eine Zweigstelle in Detroit, weshalb ich ein paar von den Jungs kennengelernt hatte, als ich dort Polizist war. Sie waren gut. Aber sie *wußten*, daß sie gut waren. Vielleicht wußten sie es etwas zu genau. So, daß sie vielleicht etwas arrogant daherkamen, wenn sie mit der örtlichen Polizei zu tun hatten. Und das war in einer größeren Stadt. Sie sahen Gott weiß wie auf die Polizei in einer Kleinstadt mitten in der Pampa herab, eine so kleine Truppe, daß sie sich das Gebäude mit den Beamten vom County teilte.

Maven haßte mich. Das wußte ich. Aber wie sehr mußte er erst zwei Top-Agenten der Drogenbehörde hassen, die ihn wie einen Hinterwäldler und Bauerntölpel behandelten?

»McKnight«, sagte er, »der Richter wird um neun Uhr hier sein. Wenn Sie ihm vorgeführt werden, werde ich den Staatsanwalt bitten, die Anklage zurückzuziehen.«

So sehr haßte er sie.

»Was machen Sie?« fragte Champagne.

»Wie sieht es wohl aus, was ich mache?« sagte Maven. »Ich laß ihn laufen.«

»Das können Sie nicht machen.«

»Und ob ich das kann. In der Tüte war weniger als ein Gramm, also ist es ein Vergehen. Für die Pistole hat er einen Waffenschein. Er hat sie nur bei der Ausreise nicht angegeben. Das ist ebenfalls ein Vergehen. Alle Vergehen auf der Brücke fallen in die Zuständigkeit der Stadt. Das wissen Sie.«

Champagne zeigte mit einem Finger direkt auf sein Gesicht. Noch eine tolle Idee. »Sie machen da einen schweren Fehler«, sagte er.

»Den nächsten Finger, mit dem Sie auf mich zeigen, werde ich von Ihrem Körper abtrennen«, sagte Maven.

»So arbeitet man also hier draußen? So führen Sie eine Polizeibehörde?«

»Entschuldigt mich, Jungs«, sagte ich. »Sie sagten, ich könnte gehen. Ist das korrekt, Chief?«

»Machen Sie, daß Sie wegkommen«, sagte er. »Und seien Sie um neun im Gericht.«

Champagne stand auf, wobei er seinen Stuhl umwarf. »Das ist noch nicht vorbei, McKnight«, sagte er. Er stand unmittelbar vor mir, sein Gesicht wenige Zentimeter von meinem entfernt. »Ich werde Sie beobachten.«

»Nur los«, sagte ich. »Ich hoffe, es macht Ihnen Spaß, einen Mann beim Schneeschaufeln, Holzhacken und Biertrinken zu beobachten. Das ist nämlich alles, was Sie zu sehen kriegen.«

Er stand da und arbeitete vermutlich an einer weiteren Sentenz, die ihn als harten Burschen ausweisen würde.

»Wenn Sie mich jetzt entschuldigen«, sagte ich. »Ich brauche dringend frische Luft.« Ich ging um ihn herum und durch die Tür und hielt nur gerade lang genug inne, um meinem neuen Kumpel Chief Maven einen kleinen Gruß zuzusenden.

Kapitel 16

Bis zu meinem Termin im Gerichtsgebäude hatte ich zwei Stunden totzuschlagen, und so spazierte ich die Water Street entlang, in einem Winterlicht, das alles grau und an den Ecken verschwommen aussehen ließ. Der Schnee war naß und schwer. Zehn Minuten Spaziergang, und schon trug ich den Schnee um meine Schultern wie das Umschlagtuch einer alten Frau.

Ich ging in ein kleines Restaurant drüben am Schleusenpark. Natürlich waren die Schleusen jetzt zu, aber es gab gerade soviel Gäste unter den Schneemobilfahrern und den Einheimischen, daß es sich lohnte, das Lokal offenzuhalten. Ich setzte mich in eine Nische mit einer Tasse Kaffee und der Tageszeitung und bestellte Spiegeleier mit Speck und Würstchen und allem, was sie sonst noch auf einen Frühstücksteller laden konnten.

Während ich aufs Essen wartete, rief ich bei Leon zu Hause an und hinterließ eine Nachricht. Zwei Minuten später kam er durch die Tür gestürmt. »Meine Frau hat mich angebeept«, erklärte er. Er atmete schwer, als er sich den Mantel auszog. »Mein Gott, Sie sehen schrecklich aus.«

»Kommen Sie von der Arbeit?« fragte ich.

»Ja, ich kann nicht lange bleiben. Ich wollte nur vorbeischauen und mich erkundigen, was zum Teufel passiert ist.«

Ich erzählte ihm alles, wobei ich mit der Brücke anfing.

»Das war ja ein nettes kleines Geschenk für Sie«, kommentierte er.

»Ein Andenken an unseren Kneipenbesuch. Eigentlich recht aufmerksam von ihnen.«

»Sie hätten Sie ganz schön in die Bredouille bringen können«, meinte er.

»Sie hätten ein volles Gramm in den Wagen legen müssen. *Dann* hätte ich schön in der Scheiße gesteckt. Aber ich nehme an, daß sie sich von soviel nicht trennen wollten.«

»Ha, da haben Sie vermutlich recht.«

»Wenn Sie sehen, daß zwei Typen mit Jagdkappen hier reinkommen, verstecken Sie sich besser.«

»Und Maven hat Sie wirklich laufenlassen?«

»Um neun Uhr wird die Anzeige zurückgenommen«, sagte ich. »Ich hoffe nur, daß er vorher nicht wieder normal wird.«

»Die Typen waren von der Bundespolizei. Da hätte ich selbst drauf kommen müssen.«

»Ich war mir sicher, daß das die Typen von Molinov waren. Die beiden, von denen Bruckman gesprochen hat.«

»Molinov«, sagte er. Er ließ den Namen eine Zeitlang auf sich wirken, während die Kellnerin mir mein Frühstück servierte.

»Muß ein Russe sein«, sagte ich.

»Muß wohl«, sagte er. »Ich könnte nach ihm suchen.«

»Wo?«

»Ich habe jetzt 'nen Computer«, sagte er. »Das Internet bietet allerhand Möglichkeiten.«

Ich schüttelte lächelnd den Kopf.

»Ohne Computer kann man in den Neunzigern kein Privatdetektiv mehr sein«, erklärte er. »Oder wenigstens der Partner muß einen haben.«

Ich hielt beim Essen inne und sah ihn an. »Ich habe den Agenten gesagt, Sie seien mein Partner. Und ich hab's auch so gemeint.«

»Schön zu hören, Alex.«

»Aber das hier ist der einzige Fall, den wir bearbeiten werden«, sagte ich. »Und ich denke, der ist so gut wie vorbei.«

»Wir bilden ein großartiges Team, Alex. Und das wissen Sie auch.«

»Wir sind hier in einer Kleinstadt. Wenn es hier überhaupt Aufträge gibt, dann reicht es völlig aus, wenn Sie die bearbeiten. Das habe ich Ihnen doch schon gesagt. Schauen Sie sich doch mal an, was Sie bisher geleistet haben, wie Sie Bruckman gefunden haben. Sie sind der richtige Privatdetektiv, Leon, nicht ich. Ich will es nicht einmal sein.«

»Ich meine, wir sollten ihn noch mal auftreiben«, sagte er. »Zweimal hat er Sie erwischt. Wollen Sie die Scharte nicht auswetzen? Und er könnte noch mehr über diesen Burschen Molinov wissen.«

»Ich glaube nicht, daß wir noch mehr aus ihm rauskriegen. Vielleicht schaffen wir es statt dessen, endlich umgebracht zu werden.«

»Alex, wenn ich zurück muß und den Rest meines Lebens jeden Winter Schneemobile und jeden Sommer Außenbordmotoren verkaufe, dann schwöre ich Ihnen, ich werde wahnsinnig. Halten Sie doch einfach alles einstweilen in der Schwebe, okay? Ein paar Tage abwarten und sehen, was sich tut.«

»In Ordnung, wir werden sehen, was sich tut«, sagte ich. Ich hatte keine Lust zu einer Auseinandersetzung.

»So gefallen Sie mir«, sagte er. »Ich muß zurück zur Arbeit. Wenn ich etwas über Molinov rausfinde, lasse ich es Sie wissen.« Er stand auf, zog den Reißverschluß an seinem Mantel zu und stapfte hinaus. Als er an meinem Fenster vorbeikam, hielt er beide Daumen hoch.

Eine ganze Zeit saß ich da und sah den Flocken zu. Dann zahlte ich und ging hinaus in den Schnee. Diesmal ging ich auf direktem Wege zurück und versuchte dabei, mein Gesicht vor dem Wind zu schützen. Ich sah, wie Bill Brandow unmittelbar vor mir durch die Tür ging, aber als ich in der Eingangshalle stand, war er schon in seinem Büro verschwunden.

Ich ging zur Dame am Empfang und fragte sie, ob der Sheriff Zeit habe. Sie griff zum Telefon, sprach einige Sekunden mit ihm und sah dann mich an. »Und Sie sind …«

»Ich bin der Drogenkönig, nach dem weltweit gefahndet wird.«

»Okay«, sagte sie, ohne mit der Wimper zu zucken. Sie übermittelte Brandow meinen Titel und betrachtete mich, während sie dem lauschte, was Brandow jetzt am anderen Ende von sich geben mochte. »Der Sheriff kann Sie jetzt empfangen«, sagte sie schließlich.

»Vielen Dank«, sagte ich. Ich ging durch seine Tür und fand ihn mit einer Zeitung an seinem Schreibtisch.

»Jedesmal, wenn Sie hier reinkommen,« sagte er, »schleppen Sie genug Schnee rein, um einen Schneemann zu bauen. Übrigens sehen Sie furchtbar aus.«

»Warum haben Sie mir nicht gesagt, daß die beiden von der Bundesdrogenbehörde waren?« fragte ich.

Er legte die Zeitung nieder. »Sie haben mich gebeten, Sie hinzuhalten«, sagte er. »Ich war darüber nicht glücklich, das können Sie mir glauben.«

»Die können doch überhaupt keinen Druck auf Sie ausüben«, sagte ich. »Sie sind zum Sheriff gewählt worden.«

»Sie haben mich um eine Woche gebeten, Alex. Klar hab ich ihnen gesagt, es sei reine Zeitverschwendung, Sie zu beschatten. Aber sehen Sie mal, immerhin sind es Agenten der Bundesregierung. Ich wollte doch nur alles richtig machen. Sie waren doch selbst mal Polizist. Sie wissen doch, wie so was geht. Ich hatte keine andere Wahl.«

»Natürlich nicht«, sagte ich. »Deshalb haben Sie ja auch heute morgen Ihre Deputies losgeschickt, um meine Hütten zu durchsuchen.«

»Andernfalls wären ihre eigenen Leute gekommen. Die hätten Ihre Hütten vielleicht auseinandergenommen! Ich habe mir gedacht, daß wir so etwas behutsamer sein konnten.«

»Ihre Rücksichtnahme hat mich wirklich gefreut«, sagte ich. »Erinnern Sie mich doch dran, daß ich den Deckel übernehme, wenn wir das nächste Mal einen trinken.«

»Das haben wir mal gemacht. Und nur ein einziges Mal. Es ist nicht so, als ob wir die dicksten Freunde seien.«

»Nein«, sagte ich. »Das sind wir nicht. Und werden es auch nie sein. Weil ich nicht von hier bin, stimmt's? Ich bin nicht hier geboren. Ich bin hier nicht aufgewachsen. Egal wie lange ich hier lebe, für Sie werde ich immer ›der von da unten‹ sein. Ich werde immer ›von hinter der Brücke‹ sein.« Diesen Ausdruck hatte ich immer wieder in den Kneipen im ganzen County gehört. Die Brücke ist in diesem Fall natürlich die Mackinac-Brücke über die Mackinac-Straße, die die Obere von der Unteren Halbinsel Michigans trennt. Damals, in den Sechzigern und Siebzigern, als ich da unten in Detroit, wo alles um mich brannte, Polizist war, hat eine ganze Reihe Typen hier oben ernsthaft darüber gesprochen, die Brücke in die Luft zu jagen. Sie hatten eine Todesangst, wir würden alle hier raufkommen und die Obere Halbinsel in den Untergang treiben.

»Nur einen Tag noch«, sagte er. »Dann hätte ich sie veranlaßt, direkt den Kontakt mit Ihnen aufzunehmen. Wenn Sie damit nicht zufrieden sind, weiß ich nicht mehr, was ich sonst noch sagen soll.«

»Was für ein Morgen«, sagte ich. »Da habe ich immer gedacht, Sie sind der Gute und Maven ist der Böse. Und jetzt sind Sie es, der vor diesen Clowns Männchen macht, und er ist derjenige, der ihnen die Meinung geigt.«

Er verschränkte die Hände und sah mich an. »Sind Sie langsam fertig?«

»Ich bin restlos fertig«, sagte ich. »Man sieht sich.«

Ich verließ sein Büro und ging einige Minuten in der Eingangshalle auf und ab und versuchte, einigen Sinn in die Geschehnisse des Morgens zu bringen. Es gelang mir nicht. Um neun ging ich zum Gerichtsgebäude hinüber und sah zu, wie die Anzeigen gegen mich zurückgenommen wurden. Noch schöner wäre es natürlich gewesen, wenn Champagne und Urbanic auch noch zugesehen hätten, aber zuviel darf man vom Leben schließlich nicht verlangen. Als ich als freier Mann weggehen konnte, suchte ich nach meinem Lastwagen und fand ihn auf dem Parkplatz hinter dem City-County-Gebäude. Ich ging rein und fragte nach meinen Schlüsseln. Nach einigen Minuten nervösen Rumsuchens fand ein Polizeibeamter sie schließlich und gab sie mir. Als ich die Tür von meinem Wagen öffnete, fiel die Innenverkleidung vor mir in den Schnee. Alles, was man abschrauben konnte, war abgeschraubt worden, nur für den Fall, daß ich noch mehr Drogen versteckt hätte. Natürlich hatte sich niemand die Mühe gemacht, anschließend wieder irgendwas anzuschrauben.

Ich warf die Türverkleidung auf den Beifahrersitz und ließ den Wagen an. Ich schraub das später irgendwann zusammen, dachte ich. Erst mal nichts wie weg.

Die Sonne versuchte tatsächlich ein wenig zu scheinen, als ich Sault Ste. Marie verließ, aber es war ein aussichtsloser Kampf. Als ich schließlich Paradise erreichte, waren die Schneewolken wieder da. Der Wagen der Agenten stand nicht auf dem Motelparkplatz, als ich vorbeifuhr. Zu schade. Ich fragte mich, was sie jetzt wohl zur Unterhaltung tun mochten, wo sie mich nicht mehr verfolgen konnten.

Oder konnten sie das doch? Es hätte mich nicht überrascht, obwohl ich mir sicher war, daß sie auf der Heimfahrt heute nicht hinter mir her gewesen waren. Vielleicht nehmen sie sich heute frei und fangen morgen wieder an, überlegte ich mir.

Ich ließ den Schneepflug herunter, als ich an meine Stichstraße kam, und räumte die Handbreit, die letzte Nacht gefallen war. Vinnies Wagen stand vor seiner Hütte. Auf der Windschutzscheibe lagen etwa drei Zentimeter Schnee, was bedeutete, daß er im Kasino Nachtschicht gehabt hatte und im Morgengrauen nach Hause gekommen war. Brillanter detektivischer Spürsinn meinerseits. Ich räumte den Schnee auf seiner ganzen Einfahrt beiseite, bis dahin, wo sein Wagen stand, und dann hupte ich einige Sekunden eindringlich, um sicherzugehen, daß er auch wach war. Wenn ich schon müde, zerschunden und elend war, wollte ich wenigstens nicht allein sein.

Als ich zu meiner Hütte kam und die Tür öffnete, stand ich eine volle Minute im Eingang, bevor ich mich überwinden konnte einzutreten. Das ist zu viel, dachte ich. Niemandem sollte man die Hütte zweimal in einer Woche auseinandernahmen. Jede Schublade stand offen, jeder Gegenstand war herausgenommen und da gelassen worden. Wenigstens hatten sie nichts mutwillig zerstört oder die Polstermöbel aufgeschlitzt, dachte ich, wie bei Bruckmans Besuch. Halt, nein, das war nicht Bruckman, oder? Es waren die Typen, wer auch immer die jetzt wieder waren, die für Molinov arbeiteten. Wer auch immer das jetzt wieder war. Das höre sich mal einer an! Ich habe nicht die geringste Idee, wovon ich rede.

Ich zündete im Ofen ein Feuer an und räumte dann die Hütte soweit auf, daß sie wieder bewohnbar war. Ich hatte nicht die geringste Lust, den Zustand der anderen Hütten zu überprüfen, aber ich wußte, daß ich mich vorher nicht entspannen würde. Also zog ich wieder den Mantel an, ging zum Wagen zurück und fuhr die vierhundert Meter zur zweiten Hütte.

Sie hatte dieselbe Behandlung erfahren. Alles geöffnet, umgedreht, rausgenommen, da gelassen. Es dauerte etwa dreißig Minuten, hier Ordnung zu schaffen. So viel gab es hier schließlich nicht einzuräumen. Hier lebte ja niemand richtig. Hier bringst du nur die Gäste unter, sagte ich mir, die gekidnappt werden sollen. Du läßt sie allein in der Hütte und gehst ins Bett. Am Morgen sind sie dann verschwunden.

Ich stand da und sah auf das Bett, in dem sie geschlafen hatte. Die Leitungen waren vermutlich immer noch gefroren, dachte ich. Und das Tischbein mußte auch angeleimt werden. Quatsch, darum kümmere ich mich später. Länger halte ich es hier nicht aus.

Die dritte Hütte lag wieder vierhundert Meter die Straße runter. Mein Vater hatte sie 1970 gebaut, auf einem kleinen Hügel, gerade so, daß sie höher lag als die anderen. Sie war größer als die ersten beiden, und sie hatte eine Veranda davor, von der aus man durch die Bäume den Lake Superior sehen konnte. Er hatte zwischenzeitlich mehr über Installation gelernt, so daß die Leitungen nicht einfroren, wenn die Temperatur über minus dreißig Grad blieb. Auch hier schaffte ich Ordnung und arbeitete mich dann der Reihe nach weiter vor. Mein Vater war es leidgeworden, für jede Hütte einen neuen Brunnen zu graben, weshalb die vierte und die fünfte Hütte nahe beieinander lagen und sich einen Brunnen teilten. In beiden Hütten zusammen konnte man zwanzig Leute unterbringen, vielleicht auch vierundzwanzig, wenn man es gern gemütlich hatte.

Als ich zur sechsten und letzten Hütte kam, stand ich vor demselben Durcheinander und derselben Leere. Alle Mieter waren verschwunden. Auch konnte ich mir nicht denken, daß nur einer von ihnen mir Geld schicken würde. Nicht daß ich ihnen deshalb Vorwürfe machte. Wenn ich morgens von der Bundespolizei wegen einer Hausdurchsuchung in der von mir gemieteten Hütte geweckt würde, würde ich dem Vermieter auch die kalte Schulter zeigen.

Der einzige Trost, dachte ich mir, war, daß ich mir eine Zeitlang nicht so viele Schneemobile anhören mußte.

Aber warte mal. Da war ein Umschlag auf dem Tisch. Ich öffnete ihn und fand drei Hundertdollarscheine. Benjamin Franklin, Leons bester Freund. Ich mußte lächeln.

Als ich Ordnung gemacht hatte, stand ich mitten im Raum und sah mich um. Es war die letzte Hütte, die er gebaut hatte. Die größte und die beste. Sie hatte eine eigene Küche, getrennt vom Rest der Hütte, mit einem eigenen Ofen. Es gab sogar ein eigenes Dachgeschoß in dieser Hütte, mit einer Galerie, von der aus man auf das Wohnzimmer hinuntersah. Den Kamin hatte mein Vater aus all den Steinen gemauert, die er beim Bau der andern Hütten fortgeschafft oder ausgegraben hatte. Wie ich so in dieser Hütte stand, begann ich mich langsam wieder wie ein Mensch zu fühlen; also beschloß ich, noch ein wenig zu bleiben. Ich holte etwas Holz nach drinnen und zündete ein Feuer an. In der Küche fand ich sogar eine Dose mit noch genießbarem Kaffee. Nachdem ich mir eine Tasse gemacht hatte, mich hingesetzt und in den Schnee gestarrt hatte, konnte ich mich nicht davon abhalten, mich wohlig auf der Couch zurückzulehnen. Die Wärme des Feuers war einfach zu angenehm. In weniger als einer Minute schlief ich ein. Im Halbtraum hing ich wieder hinter Bruckmans Schneemobil und rutschte über den Schnee.

Der Baum kam schnell heran. Ich kann ihm nicht ausweichen. Ich werde voll dagegenknallen.

Der Aufprall. Ein Knall wie ein Flintenschuß.

Ich setzte mich auf, sofort hellwach. Die Haustür ging auf, und Vinnie kam in die Hütte.

»Ah, du bist es«, sagte ich. »Du hast mich geweckt.«

»Und wer hat vor zwei Stunden auf meiner Einfahrt minutenlang gehupt?«

»Ich denke, du hast mal gesagt, der Indianer braucht jede Nacht nur drei Stunden Schlaf.«

»Das habe ich niemals gesagt.«

»Dann muß es jemand anders gewesen sein.«

»Du hast hinter den Deputies hergeräumt?« fragte er. Er sah sich im Zimmer um.

»Ja, hast du sie heute morgen gesehen?«

»Sie wurden gerade fertig, als ich nach Hause kam«, sagte er. »Sie hielten an meinem Haus und stellten mir einige Fragen.«

»Im Ernst?«

»Ich habe ihnen erzählt, daß du hier seit Jahren einen größeren Drogenring am Laufen hast. Wär höchste Zeit, daß sie dich hochnähmen.«

»Das war's dann«, sagte ich. »Dir werde ich nie wieder aus der Scheiße helfen.«

»Ich habe dir Bier mitgebracht«, sagte er. Die Flaschen klirrten in seiner Hand. »Tut mir leid, bloß Amerikanisches.« Er gab mir eine Flasche, öffnete eine für sich und zog sich einen Stuhl vom Küchentisch heran.

»Vielen Dank«, sagte ich.

»Ich hatte mir gedacht, daß du einen schlimmen Tag hast. Mein Gott, du siehst fürchterlich aus.«

»Nochmals vielen Dank«, sagte ich. »Moment mal, du trinkst Bier?«

»Es ist alkoholfreies«, sagte er und hielt die Flasche hoch. »Vor zwei Jahren habe ich mal eins probiert und dachte, es sei an der Zeit, es noch mal zu versuchen. Schauen, ob sie besser geworden sind.«

»Und wie ist es?«

»Ich denke, sie brauchen noch ein paar Jahre.« Er versuchte den Verschluß wieder zuzuschrauben, kriegte es aber nicht ganz hin. »Was denn nun?« fragte er. »Du suchst doch wohl nicht mehr nach ihr, oder?«

»Eher nicht«, sagte ich. »Es gibt keine Stelle mehr, wo ich suchen könnte. Warum fragst du?«

»Ich habe mich nur gewundert, warum du dir das alles angetan hast. Du hast sie doch nur diesen einen Abend gekannt.«

»Vinnie, sie wurde entführt, und es war meine Schuld.« Mein Kopf schmerzte schon wieder, bloß weil ich diese Worte sagen mußte. »Sie hat mich um Hilfe gebeten, und ich habe völlig versagt. Was soll ich da deiner Meinung nach tun, die Sache einfach vergessen?«

»Sie steckte schon lange in Schwierigkeiten, lange bevor sie dich getroffen hat.«

»Ja, ich weiß«, sagte ich. »Sie hat ihren Weg selbst gewählt. Schritt für Schritt. Den ganzen Scheiß noch mal.«

»In Ordnung«, sagte er. »Ist ja in Ordnung. Wir gehen das Ganze nicht noch mal durch.«

»Du hast damit angefangen«, sagte ich.

»Tut mir leid. Es ist ja nur, daß …«

»Was?«

»Daß du dich noch selbst umbringst. Dabei ist es nicht deine Schuld. Egal, was du denkst. Das ist schon alles.«

»Okay«, sagte ich.

»Okay«, sagte er.

Lange herrschte Schweigen. Wir starrten ins Feuer, das im Kamin langsam erlosch.

»Alex, das muß die verdammt noch mal beste Hütte sein, die ich in meinem ganzen Leben gesehen habe«, sagte er. »Dein Vater war ein Genie.«

»Er wurde immer besser.«

»Eines Tages verkaufst du sie mir, oder?«

»Wenn du eine Million Dollar zusammen hast, sprich mich noch mal an.«

»Nach all dem, was ich für dich getan habe?«

»Na gut, sagen wir zwei Millionen.«

Ich trank mein Bier aus, und dann half er mir, das Haus noch weiter aufzuräumen. Diese Hütte konnte ich nie verlassen, ohne daß sie einfach perfekt aussah. Noch ein Grund, niemals selbst darin zu wohnen. Als wir wieder draußen waren, startete die Sonne einen neuen Angriff und kämpfte sich durch die Schneewolken. Ein einzelner greller Strahl glitt langsam wie ein Scheinwerfer über die schneebedeckten Bäume.

»Und was wirst du jetzt machen?« fragte er.

Ich dachte darüber nach. So viele Möglichkeiten gab es gar nicht. »Schauen, was es bei Jackie zum Abendessen gibt. Die Zeitung lesen.«

»Wirst du den Schuppen nie leid? Mich nervt es allmählich, dahin zu gehen.«

»Entweder ich gehe da hin, oder ich hocke in meiner Hütte«, sagte ich. »Wenn ich hingehe, habe ich wenigstens jemand, dem ich auf die Nerven gehen kann.«

»Reservier mir 'nen Sessel vorm Kamin«, sagte er. »Ich schau später mal vorbei.«

Ich fuhr zum Glasgow rüber. Ein schönes Leben hast du, sagte ich zu mir. Eine Hütte, eine Kneipe und Schnee bis zum Arsch. Als ich das Lokal betrat, sah Jackie mich kurz an und verzog dann das Gesicht. »Du siehst scheußlich aus«, sagte er.

»Darüber scheint allgemeiner Konsens zu herrschen«, sagte ich.

Den Rest des Tages hockte ich in der Kneipe. Es gab nichts mehr, was ich wegen Dorothy tun konnte. Dank der Drogenagenten hatte ich nicht einmal mehr Mieter, um die ich mich kümmern mußte. So saß ich nur am Feuer und fühlte mich fast wieder normal, wenn man von der Tatsache absah, daß mir alles wehtat und daß ich fünf Minuten zum Aufstehen brauchte, wenn ich zur Toilette ging.

Als die Sonne untergegangen war, füllte sich das Lokal. Schneemobilfahrer kamen herein, direkt von der Piste, ihre Gesichter von der Kälte gerötet.

Die Männer sprachen alle über ihre Schneemobile und wo sie am nächsten Tag langfahren wollten. Es gab Gelächter. Neben mir steckte sich einer eine Zigarette an.

Ihr Geruch. Der Rauch.

Draußen Dunkelheit. Das Geräusch der Männer im Raum.

Plötzlich war alles wieder da. Der Abend, an dem sie hier im Raum gewesen war. Hier gesessen und mit mir gesprochen hatte. Die Art, wie sie ins Feuer geblickt hatte, während sie sprach.

Sie hatte so viel Angst gehabt.

Ich kenne das. Es ist nichts Neues für mich. Aber jetzt trifft es mich im Magen. Jetzt spüre ich es selbst.

Sie hatte so viel Angst gehabt.

Und ich dachte, es sei Bruckman, vor dem sie Angst hatte. Der Freund, dem sie davongelaufen war. Die übliche Geschichte.

Aber nein.

Es war etwas Größeres gewesen. Bruckman war ein Nichts.

Es war Molinov. An jenem Abend hatte ich nicht einmal seinen Namen gekannt, hatte nicht gewußt, daß es ihn gab. Aber jetzt sehe ich es. Alles überkommt mich plötzlich. Es läuft mir über den Rücken bis tief in mein Innerstes.

Was hatte sie über die Wölfe gesagt? Du erschießt den Wolf

vor deiner Tür. Aber hinter ihm sind andere Wölfe. Größere Wölfe. Mit größeren Zähnen.

Molinov war der größere Wolf. Vor ihm hatte sie die ganze Zeit Angst, von Anfang an.

Und jetzt hat er sie.

Kapitel 17

Eine Stimme, von weit her: »Alex.«

Ich kehrte zurück. Ich war wieder im Glasgow Inn, im Sessel vor dem Kamin.

»Willkommen daheim auf Planet Erde«, sagte Jackie. »Willst du nun essen oder nicht?«

»Ich brauch das Telefon«, sagte ich. »Kannst du es mir rüberbringen?«

»Deshalb habe ich ja ein schnurloses«, hörte ich ihn beim Weggehen sagen. »Damit du gar nicht erst aus deinem Sessel aufstehen mußt.«

Als er mir das Telefon brachte, legte er es auf den Tisch neben meinem Sessel und verneigte sich. »Euer Hoheit«, sagte er.

»Vielen Dank. Und verschwinde.«

Er schüttelte den Kopf und ging zurück zur Theke. »Ich kann selbst nicht glauben, was ich jetzt mache«, sagte ich laut, während ich die Nummern drückte. Ein Beamter meldete sich.

»Ist Chief Maven noch da?« fragte ich.

»Er ist im Begriff zu gehen«, sagte der Mann. »Kann ich ihm sagen, wer ihn zu sprechen wünscht?«

»Hier ist Alex McKnight«, sagte ich.

Ich hörte gedämpftes Stimmengewirr am anderen Ende und dann Maven: »McKnight, was wollen Sie?«

»Chief Maven«, sagte ich. »Ich habe nur angerufen, um Ihnen nochmals zu danken.«

»Von wegen«, sagte er. »Machen Sie's kurz. Ich bin auf dem Weg nach Hause zum Abendessen.«

»Ich möchte mit Agent Urbanic sprechen«, sagte ich. »Können Sie ihm sagen, er soll mich anrufen?«

»Was bin ich denn, Ihr Sekretär neuerdings?«

»Ich dachte, daß Sie wüßten, wo er zu erreichen ist. Hier in unserer Stadt scheinen sie nicht mehr zu sein.«

»In Ordnung, in Ordnung«, sagte er. »Ich sorge dafür, daß sie Sie anrufen. Lassen Sie mich raten: Sie sind im Glasgow Inn.«

»Nicht Champagne«, sagte ich. »Ich will mit Urbanic sprechen.«

Ich hörte, wie er etwas vor sich hin brummelte. »Kann ich sonst noch etwas für Sie tun, McKnight? Soll ich rauskommen und Ihnen die Einfahrt freischaufeln?«

»Nein, vielen Dank, ich habe einen Schneepflug. Aber, ach ja, wo Sie schon einmal dabei sind, den Staatsanwalt die Klagen zurückziehen zu lassen – können Sie dann nicht auch einfach Vinnies Anklage wegen Körperverletzung fallenlassen?«

»Der betreffende Beamte ist heute wieder zur Arbeit erschienen«, sagte er. »Er sah fast so scheußlich aus wie Sie. Gute Nacht.«

»Gute Nacht, Chief«, sagte ich, aber da hatte er schon aufgelegt.

Das Telefon lag noch keine zwei Minuten auf dem Tisch, als es klingelte. »McKnight«, meldete ich mich.

»Hier spricht Champagne.«

»Ich möchte mit Ihrem Partner sprechen«, sagte ich.

»Sie werden mit mir sprechen.«

»Das meinen Sie«, sagte ich und legte auf.

Eine Minute später klingelte das Telefon erneut.

»Hier ist Urbanic. Was zum Teufel geht hier vor sich?«

»Ich wollte Sie sprechen«, sagte ich. »Sie wirken so, als könnten Sie halbwegs menschlich sein.«

»Dann sprechen Sie.«

»Erzählen Sie mir etwas über Molinov.«

»Warum wollen Sie etwas über Molinov wissen?«

»Weil er Dorothy entführt hat. Wir müssen ihn finden.«

»Wer ist ›wir‹, Mr. McKnight?«

»Sie, ich. Das ist egal. Verdammt, Urbanic. Wenn Sie gesehen hätten, wie verängstigt sie an diesem Abend war …«

»Wir arbeiten daran«, sagte er.

»Nein, das tut ihr nicht«, sagte ich. »Ihr sucht nach dem blöden Beutel. Ich weiß doch, wie ihr arbeitet.«

»Der Beutel kam von Molinov«, sagte er. »Finden Sie den Beutel, haben Sie den Mann. Haben Sie den Mann, dann haben Sie auch Dorothy. Zumindest Ihrer Darstellung nach. Habe ich recht?«

»Ich weiß es nicht«, sagte ich. »Teilweise.« Ich zögerte. »Wie heißen Sie mit Vornamen? Ich möchte Sie nicht immer mit Agent Urbanic anreden.«

»Ich heiße John.«

»Okay, John. John Urbanic. Ist das deutsch?«

»Polnisch«, sagte er.

»John, Sie müssen mir sagen, was los ist. Wer ist dieser Typ Molinov?«

Am andern Ende des Drahtes war eine lange Pause. Ich saß da, lauschte dem Schweigen und sah ins Feuer. »So viel wissen wir auch nicht über ihn«, sagte er schließlich. »Der Name ist russisch, das liegt auf der Hand. Ob es sein wirklicher Name ist oder nicht, wissen wir nicht. Niemand hat ihn jemals gesehen, zumindest nicht in Amerika.«

»Bruckman sagt, er habe ihn gesehen. Er sagt, er habe ihm den Beutel in New Jersey gestohlen.«

»Das haben wir auch gehört«, sagte er. »Seit etwa zwei Monaten sind wir schon hinter Bruckman her. Letzte Woche wollten wir die Schlinge zuziehen, aber wir waren uns nicht sicher, wo der Beutel war.«

»Der Football«, sagte ich.

»So redet mein Partner«, sagte er. »Er liebt nun einmal Codewörter.«

»Was ist in dem Beutel?«

»Das ist Methcathinon«, sagte er. »Ein synthetisches Stimulans, ähnlich wie Methamphetamin.«

»Speed«, sagte ich

»Es ist *wie* Speed«, meinte er. »Vielleicht etwas schlimmer.

Man nennt es ›Cat‹, oder auch ›Wild Cat‹, wenn man noch was Crack reingemixt hat. Es bewirkt denselben Energieschub zu Anfang, aber die Rückreise ist oft furchtbar. Paranoia, Halluzinationen, schwere Anfälle.«

»Und das Puder, das sie mir in den Wagen gelegt haben, das war nicht aus diesem Beutel?«

»Nein«, sagte er. »Das war das gute altmodische Kokain. Nicht mal gutes Kokain. Ich glaube, sie wollten kein gutes Zeug verschwenden, nur um Sie reinzulegen.«

»Wenn sie den Sack genommen hat, dann muß bei denen doch ziemliche Knappheit herrschen an diesem Zeug, wie nannten Sie's doch gleich? ›Cat‹, wie die Katze im Sack?«

»Es klingt niedlich, ich weiß, aber glauben Sie mir, das Zeug ist ein Killer. In Rußland wütet das seit Jahren.«

»Es kommt aus Rußland«, sagte ich. »Also ist dieser Molinov …«

»Genau«, sagte er. »Wer auch immer er ist, es sieht so aus, als ob er hier den Markt testet und darüber nachdenkt, ob er hier ein kleines Importgeschäft aufziehen soll.«

»Und die beiden Typen, die für ihn arbeiten? Pearl und Roman? Wo kommen die Namen her?«

»Da fragen Sie zu viel. Klingt jedenfalls nicht so, als ob das nette Jungs seien.«

»Und was hat sie gemacht?« fragte ich. »Warum hat sie den Beutel gestohlen? Sie hätte doch bloß wegzulaufen brauchen.«

»Darüber würden wir uns gern mit ihr unterhalten«, sagte er. »Wir wissen, daß sie am Freitagabend zu Ihnen gekommen ist. Und am Samstag hatten wir keinen Bruckman, keine Dorothy. Nur Alex McKnight. Sie sehen wohl ein, daß wir uns da für Sie interessieren mußten.«

»Ich denke schon«, sagte ich. »Ich war Ihre einzige Spur.«

»Tut mit leid, daß … nun, daß es sich nicht als rundum erfreuliche Erfahrung für Sie erwiesen hat.«

»John, Sie mutieren von halbwegs menschlich zu fast menschlich. Wieso erzählen Sie mir das alles?«

»Weil Sie nichts damit zu tun hatten«, sagte er. »Das war mir klar, sobald wir Sie befragt haben.«

»Wegen Ihres Partners sollten Sie was unternehmen. Lassen Sie ihn doch einfach den Mund halten, während Sie reden.«

»Bei Schuldigen ist er besser«, meinte er. »Und glauben Sie mir, sie sind fast immer schuldig.«

»John, Sie haben keine Idee, wo dieser Molinov jetzt ist? Oder die Typen, die für ihn arbeiten?«

»Keinen Schimmer«, sagte er. »Aber wenn sie den Beutel wiederhaben, können Sie sich wohl denken, daß sie dann nicht mehr hier rumhängen.«

»Und wenn er Dorothy hat?«

Erneute Pause. Ein schreckliches Schweigen, bevor er sagte, was ich schon wußte. »Wenn er an sie rangekommen ist, gefallen mir ihre Chancen überhaupt nicht.«

Ich umklammerte den Hörer. Es gab kein Wort, das ich jetzt hätte sagen können.

»Alex, sind Sie noch dran?«

»Ich bin da.«

»Wir lassen die Mounties nach Bruckman suchen. Wenn wir ihn finden, versuchen wir, Molinov nach New Jersey, oder wo zum Teufel er sonst jetzt sein mag, zurückzuverfolgen. Mit dem Anfang von alldem hatten Sie doch nichts zu tun, oder?«

Ich sagte nichts.

»Alex?«

»Nein, hatte ich nicht«, sagte ich.

»Okay, dann ist jetzt der Moment gekommen, wo Sie uns tun lassen, was wir können. Lassen Sie's sein, Alex.«

»Es sein lassen?«

»Bleiben Sie daheim im Warmen«, sagte er. »Wenn wir etwas rauskriegen, lasse ich es Sie wissen. Wenn mein Partner Ihnen zwischenzeitlich begegnen sollte, bringt er vermutlich uns beide um. Ich kann mir nicht vorstellen, was er sagt, wenn er jemals rauskriegt, daß ich Ihnen alles erzählt habe.«

»Das heißt, er sitzt nicht neben Ihnen und hört alles mit?«

»Nein. Ich habe ihn nebenan warten lassen. Ich glaube, ich höre gerade, wie er die Vorhänge runterreißt.«

»Schicken Sie mir die Rechnung«, sagte ich.

»Passen Sie gut auf sich auf, Alex.«

Ich dankte ihm und legte auf.

Lassen Sie's sein, hatte er gesagt.

Wieder griff ich zum Telefon und wählte Leons Nummer.

»Es ist ein Russe«, sagte ich.

»Das hatten wir uns doch gedacht«, meinte er. »Rein vom Namen her.«

»Jetzt wissen wir es sicher. Er kommt aus Rußland.« Ich erzählte ihm alles, was Urbanic mir erzählt hatte. Und dann kam die Pointe: »Irgendeine Idee, wie wir ihn finden können?«

»Nicht daß ich wüßte, Alex. Nichts, was die Drogenbehörde nicht hundertmal besser könnte.«

»Das habe ich mir gedacht«, sagte ich. »Tut mir leid, ich hätte Sie nicht damit behelligen sollen. Sie haben mich so weit, daß ich glaube, Sie können Wunder vollbringen. So wie Sie Bruckmans Wohnung und dann ihn selbst gefunden haben.«

»Das war gesunder Menschenverstand und harte Arbeit«, sagte er. »Bei Molinov wissen wir ja nicht mal, wo wir anfangen können. Ich dachte, Sie hätten gesagt, das hier sei sowieso vorbei?«

»Ist es auch«, sagte ich. »Ich hätte Sie nicht anrufen sollen. Tut mir leid.«

»Machen Sie sich deshalb keine Gedanken«, sagte er. »Wenn mir etwas einfällt, rufe ich Sie an.«

»Vielen Dank, Leon.«

»Gute Nacht, Partner.«

»Gute Nacht, Leon.«

Ich schaltete das Telefon ab und legte es wieder hin. Jetzt

gab es niemanden mehr, den ich anrufen konnte, nichts mehr, was ich tun konnte.

Ich erhob mich. Über den ganzen Raum hinweg brachte Jakkie seine Bewunderung für diese Leistung zum Ausdruck. Dann fragte er, ob er irgendwann im Laufe des Abends sein Telefon zurückbekäme.

Als ich nach draußen trat, bereute ich es augenblicklich. Ich zog meinen Mantel enger um mich und ging zum Wagen. Ich ertrug die Vorstellung einfach nicht, wieder den ganzen Abend in dem Lokal rumzuhängen. Aber in meine Hütte zurück mochte ich auch nicht. Die Mieter waren sowieso alle weg. Ich wußte nichts mit mir anzufangen.

Du machst dich noch verrückt, sagte ich mir. Du wirst über alles wieder und wieder nachdenken, bis du soweit bist, dich umzubringen.

Ich stieg in den Wagen und fuhr los. Ich wußte nicht einmal, wohin ich fuhr. Ich wollte nur in Bewegung bleiben.

Lassen Sie's sein, hat er gesagt. Er hat das wirklich gesagt.

Aus reiner Gewohnheit fuhr ich ostwärts zum Soo. Vielleicht gehe ich ins Kasino, dachte ich. Mal sehen, wieviel Geld ich mit Siebzehnundvier verlieren kann. Ich sitze jetzt schon in der Hochsaison mit fünf leeren Hütten da. Wollen mal sehen, wie tief ich noch sinken kann.

»Du kannst nichts machen«, sagte ich laut. Meine Stimme klang dünn gegen das Gebläse der Heizung und die kalte Luft, die die Plastikplane peitschte. »Sie sind verschwunden. Und du kannst sie nicht finden.«

Als ich Bruckman verdächtigte, hatte ich wenigstens einen Anhaltspunkt. Vieles sprach dafür, daß er noch in der Gegend war. Ich wußte einen Weg, um ihn zu finden. Oder Leon wußte ihn, egal. Aber Molinov, Pearl und Roman. Sogar die Namen waren absurd, wie aus einem James-Bond-Film. Was sollte ich mit solchen Namen anfangen? Diese Männer waren für mich Gespenster. Sie waren unsichtbare Monster im Dunkel.

»Du kannst sie nicht finden«, sagte ich mir abermals. Ich war jetzt im Soo und fuhr auf der I-75 nach Norden, Richtung Internationale Brücke.

Ich scheine nach Kanada zu fahren, dachte ich. Warum tue ich das? Was werde ich in Kanada machen? Versuchen, Bruckman zu finden? Was sollte mir das bringen?

Ich will es ihm heimzahlen.

Nein, das lohnt sich nicht.

Doch, ich will ihn wieder verprügeln, diesmal mit meinen Händen. Ich will seine Kinnspitze an meiner rechten Faust spüren. Nichts von alledem wäre je passiert, wenn er sie nicht hierhergebracht hätte.

Es ist egal. Ich werde ihn sowieso nicht finden können. In der Kneipe würde er bestimmt nicht sein. Und außerdem denke ich nicht, daß ich in der allernächsten Zeit über diese Brücke fahren sollte. Nicht nach dem, was beim letzten Mal passiert ist.

Unmittelbar vor der Brücke verließ ich die Autobahn. Ich fuhr über die Easterday Avenue am College vorbei in die Stadtmitte. In der Arena fand ein Hockeyspiel statt. Das Team Alaska-Fairbanks war im Soo, um gegen die hiesigen Lakers zu spielen. Welch weiten Weg die machen, nur um irgendwo Hokkey zu spielen, wo es genauso kalt ist wie dort, wo sie herkommen.

Hockey. Bruckmans Mannschaftskamerad. Wie hieß er doch gleich?

Ich fuhr weiter. Rechts in die Spruce Road, noch mal rechts in die Shunk Road. Ich fuhr jetzt nach Süden, auf das andere Stadion zu. Das Big Bear, wo unser Spiel gewesen war. Das erste Mal, daß ich Bruckman gesehen hatte.

Wie war der Name seines Mannschaftskameraden?

Als wir in der Kneipe waren, auf der Toilette. Bruckman redete endlich; eine Pistole war auf seinen Kopf gerichtet. Ein Mannschaftskamerad, der in der Stadt lebte, der, der in der Kneipe gewesen war, als Dorothy nach mir gefragt hatte. Er hatte Bruckman angerufen und ihm eine Nachricht hinterlassen. Bruckman kam nach Hause, sah die Polizeiautos, verschwand nach Kanada. Die Nachricht hat er nicht bekommen. Zwei Tage später hat er dann seinen Mitspieler angerufen und gefragt, was zum Teufel es denn da gegeben hätte. Was hatte der Typ gesagt? Er hatte Bruckman von Dorothy erzählt, zwei Tage, nachdem man sie entführt hatte. Also konnte Bruckman es nicht gewesen sein. Aber was sonst noch? »Er war am Durchdrehn.« Ich hörte in meinem Kopf wieder, wie Bruckman das sagte. »Meinte, er würde noch scheißparanoid, als ob sie hinter ihm her wären.«

Sie. Er sagte, daß sie hinter ihm her wären. Als Bruckman mir das sagte, hatte ich lediglich gedacht, der Typ hat das so gesagt, weil er von 'nem Trip zurückkommt und nichts zum Nachschmeißen hat. Aber vielleicht steckte da doch mehr hinter. Vielleicht wußte der Typ ja, wo der Stoff herkam und wer danach suchte.

Gobi. Er heißt Gobi. Wie die Wüste.

Teufel auch, dachte ich. Ich fuhr auf den Parkplatz. Der sah so aus, als ob im Big Bear jede Menge Turnierspiele liefen. Ich ging in das Stadion, trat ans Fenster und sah eine Weile dem Spiel zu. Es war auch eins von einer ›Softpuck‹-Liga, aber sie schienen einen richtigen Schiedsrichter zu haben. Dann ging ich in den Umkleideraum. Ein Dutzend Spieler machte sich fürs nächste Spiel fertig. Sie machten einen ungeheuren Lärm dabei, deshalb mußte ich brüllen. »Hey! Kennt hier jemand einen Gobi?« Das Schreien tat mir an den Rippen weh.

Die Spieler hielten inne und sahen mich an. Ein Mann saß auf der Bank und schnürte seine Schlittschuhe zu. »Sag bloß, das war Gobi«, sagte er.

»Was war Gobi?«

»Der dein Gesicht kaputtgemacht hat. Gobi ist doch der kleine Scheißer, der bei Bruckman mitspielt, oder?«

»Gobi war das nicht«, sagte ich. Schürfwunden im Gesicht und ein Verband über dem Auge haben wenigstens den Vorteil, daß man ohne Schwierigkeiten als Hockeyspieler durchgeht. »Ich suche ihn nur.«

»Ich habe ihn seit letzter Woche nicht mehr gesehen«, sagte er. »Ich glaube, Bruckmans Team spielt nicht mehr in der Liga.«

»Wie schade«, sagte irgend jemand.

»Wissen Sie nicht, wo er wohnt?« fragte ich.

»Nä, keinen Schimmer.«

»Sonst jemand?« fragte ich. Keiner wußte es.

Ich ging wieder zur Spielfläche, setzte mich auf die Tribüne und wartete auf das Spielende. Als das erreicht war, kam der Zamboni zum Saubermachen auf die Spielfläche, und dann liefen die Mannschaften, mit denen ich gerade gesprochen hatte, auf. Ungefähr zehn Minuten später dachte ich mir, daß jetzt wieder mehr Spieler im Umkleideraum seien und sich für das nächste Spiel umzögen. Ich hatte recht. Ein Dutzend neuer Gesichter war im Raum, als ich eintrat.

»Kennt einer hier 'nen Spieler, der Gobi heißt?« rief ich wieder. Ich begann das Spielchen schon leid zu werden. Ich konnte mir nicht vorstellen, wie Leon das stundenlang ausgehalten hatte.

»Wer will das wissen?« fragte ein Spieler.

»Ich. Was meinen Sie, warum ich sonst danach frage.«

»Vielleicht kenne ich ihn.«

»Entweder Sie kennen ihn, oder Sie kennen ihn nicht«, sagte ich. »Wenn Sie sich entschieden haben, lassen Sie es mich wissen. Kennt ihn sonst jemand?«

Er trat dicht an mich heran. Er war jung, nicht älter als zwanzig. In seinen Augen lag ein Schimmern, als ob er sich vielleicht nicht immer auf demselben Planeten wie wir aufhielte. »Ich könnte ihn kennen, wenn der Preis stimmt.«

»Ich muß schlicht diesen Gobi finden«, sagte ich. »Es ist wichtig. Können Sie mir helfen oder nicht?«

»Für hundert Dollar kann ich das.«

»Wie bitte? Sind Sie wahnsinnig?«

»Hier war so ’n Knabe vor ein paar Abenden, der wen suchte. Der hat mir hundert Dollar für die Information gegeben.«

»Ich gebe Ihnen zwanzig«, erklärte ich.

»Kommt nicht in die Tüte. So wie ich das sehe, hat der Typ den Marktwert mit hundert festgesetzt, verstehen Sie mich?«

»Fünfzig«, sagte ich.

»Mann, der hatte Hundertdollarscheine. Er wedelte damit rum, als sei das gar nichts. Es war ein Vergnügen für mich, dem Mann zu helfen.«

»Vielen Dank auch, Leon«, sagte ich, während ich in meine Manteltasche griff. Ich nahm eine Hundertdollarnote aus dem Umschlag, den mir meine Mieter hingelegt hatten, und gab sie ihm. »Wo wohnt er?« fragte ich.

»Das weiß ich nicht«, sagte er. »Aber Eddie weiß es. Hey, Eddie!«

Ein Teamkamerad kam herangehüpft, an einem Fuß einen Schlittschuh.

»Eddie braucht klar auch ’nen Hunni, Mann. Er ist es ja schließlich, der weiß, wo Gobi wohnt.«

»Und wieso habe ich dann Sie bezahlt?«

»Finderlohn«, sagte er.

»Finderlohn«, sagte ich. »Das ist toll. Und wie wär’s damit, daß ihr zwei euch den Hunderter einfach teilt?«

»Ich glaube, Sie wollen diesen Gobi nicht wirklich finden.«

Ich zog einen weiteren Hunderter aus der Tasche und gab ihn Eddie. »Das wär’s dann. Also, wo wohnt er?«

»Boah, wer ist denn der alte Knacker?« sagte Eddie und stierte auf den Geldschein.

»Das ist Benjamin Franklin«, erklärte der erste Spieler. »Kennst du deine Präsidenten nicht?«

»Wo wohnt er?« fragte ich.

»Er wohnt in einer kleinen Hütte«, erklärte Eddie. »Direkt südlich von der Stadt. Er hat mal ’ne Fete gemacht, hat fast fünfzig Leute eingeladen. Mehr als zwanzig kriegte man aber beim besten Willen nicht in die Wohnung. Wir waren alle draußen und haben in der Kälte rumgestanden.«

»Wo war ich denn?« fragte der erste Spieler. »Mich hat er wohl nicht eingeladen.«

»Natürlich warst du da, Mann«, sagte Eddie. »Du warst nur viel zu stoned, um dich dran zu erinnern. Das war der Abend, wo Mike dich vollgepinkelt hat.«

»Geben Sie mir jetzt die Adresse«, sagte ich.

»*Mike* hat mich vollgepinkelt? Den mach ich alle. Den Scheißkerl mach ich mit bloßen Händen alle!«

»Die Adresse«, sagte ich.

»Scheiße, ich hatte versprochen, dir das nicht zu erzählen.«

»Eddie«, sagte ich und tat alles, um nicht die Beherrschung zu verlieren. »Würden Sie mir jetzt bitte die Adresse geben?«

Er nannte eine Adresse an der Mackinac County Road.

»Vielen Dank«, sagte ich. »Ich wünsche euch ein schönes Spiel, Jungs.«

»Wissen Sie, wie das ist, wenn man wach wird und ist überall voller Menschenpisse?«

Ich wartete gar nicht erst ab, wie er es mir erklären würde. Ich ging nach draußen zu meinem Laster, startete ihn, schaltete die Heizung hoch und fuhr über den Loop am Gewerbegebiet zum Südende der Stadt. Die Leuchtanzeige an der Bank blinkte die Zeit, 9.28 Uhr, und danach die Temperatur, minus zwanzig Grad. Als ich die Anzeige nochmals im Rückspiegel sah, war sie auf minus einundzwanzig Grad gefallen.

Ich verließ den Loop bei der Kaserne der Staatspolizei und fuhr über den Mackinac Trail nach Süden. Ich fuhr noch an einer Gruppe verstreuter Häuser vorbei, und danach gab es nur noch Kiefern und gelegentlich eine Einfahrt, die ins Dunkel führte. Ich sah nach den Hausnummern auf den Briefkästen, verfolgte, wie sie immer niedriger wurden, bis ich schließlich die fand, nach der ich suchte. Als ich in die Zufahrt einbog, steckte ich im Schnee. Es mußten mindestens sechzig Zentimeter sein. Ich konnte sehen, wie sich die Einfahrt durch die Bäume schlängelte, viel tiefer, als meine Scheinwerfer reichten. Es gab keine Spuren und keine Fußstapfen. Keine Spur von Leben.

Ich saß da und dachte nach. Wind kam auf, rüttelte an den Bäumen und schüttelte feinen Schnee wie einen leichten Nebel von den Zweigen. Vielleicht benutzte er im Winter ein Schneemobil, überlegte ich mir, statt die Zufahrt freizuschaufeln. Ich wußte, daß einige Leute in Paradise es so hielten.

Ich fuhr auf die Straße zurück, um Anlauf zu nehmen, und ließ den Schneepflug hinunter. Was soll's, dachte ich, tue ich ihm halt einen Gefallen. Ich fuhr mit Schwung in die Einfahrt und begann den Schnee zu räumen. Auf dem schmalen Pfad war das nicht einfach. Ich mußte sehr darauf achten, daß der Lastwagen nicht mit Bäumen kollidierte. Mehr als einmal mußte ich den ganzen Weg bis zur Straße zurücksetzen, um erneut Anlauf zu nehmen. Nach einer guten Viertelstunde stand ich auf einer Lichtung und sah sein Haus. Es war dunkel.

Bis zum Heck seines Autos schob ich den Schnee weg. Ich stieg aus, ließ aber den Motor und die Scheinwerfer an. Als ich an seinem Wagen vorbeiging, sah ich, daß er so tief im Schnee begraben war, daß man kaum seine Farbe ausmachen konnte. Ich kämpfte mich durch den Schnee bis zu seiner Hütte und klopfte an die Eingangstür. Während ich dastand und auf eine Reaktion wartete, sah ich mir die Hütte näher an. Selbst bei der schlechten Beleuchtung konnte ich die miese Arbeit erkennen. Meinem alten Herrn wäre es schlecht geworden, wenn er all das Zeug gesehen hätte, das man in die zwischen den Balken klaffenden Ritzen gestopft hatte, um den Wind abzuhalten.

Ich klopfte wieder. Keine Antwort.

Ich trat zurück und nahm die Hütte als Ganzes in Augenschein. Links und rechts von der Tür gab es zwei Fenster, aber sie waren schmal und lagen hoch über dem Boden. Ich ging einmal um die ganze Hütte herum, wobei ich mich regelrecht durch den Schnee kämpfen mußte. Der Grundriß war ein simples Rechteck, mit zwei weiteren hohen Fenstern auf der Rückseite und einem großen Dachfenster.

»Was nun?« fragte ich mich. »Wie wichtig ist es dir, zu wissen, was in der Hütte ist?« Ich kannte die Antwort natürlich. Es war mir wichtig genug, um einzubrechen, aber nicht so wichtig, daß ich durch eins der Fenster kriechen würde.

Ich ging zurück zur Eingangstür und lehnte mich dagegen. Sie wirkte solide. So schwer es ist, eine gute Hütte zu bauen, so leicht ist es, eine stabile Tür zu kaufen. Ich besaß ein Picking-Set, aber das war zu Hause in meiner Hütte. Außerdem hatte ich keine Ahnung, wie man es benutzte.

Leon. Der konnte das.

Ich ging zurück zum Wagen, zog die Handschuhe aus, griff zum Handy und rief ihn an. »Leon«, sagte ich. »Ich stehe hier vor einer fremden Hütte. Sie gehört einem Teamkameraden von Bruckman. Ich denke, daß es vielleicht Verbindungen zwischen ihm und Molinov und seinen Leuten gibt. Nach dem, was Bruckman mir erzählt hat, müßte er zumindest irgendwas von ihnen wissen.«

»Klingt verheißungsvoll«, meinte Leon. »Und wie ist Ihr Plan?«

»Mein Plan ist, daß Sie hier rauskommen und das Schloß knacken«, sagte ich. »Wir könnten drinnen etwas Brauchbares finden. Telefonnummern, Adressen, was weiß ich.«

»Das wäre dann Einbruch und illegales Betreten eines fremden Grundstücks«, meinte er.

»Kommen Sie nun oder kommen Sie nicht?«

»Bin schon auf dem Weg. Sie müssen mir nur die Adresse verraten.«

Ich nannte ihm die Adresse. »Sie brauchen bloß auf eine frisch geräumte Einfahrt zu achten.«

Ich zog mir die Handschuhe wieder an und hielt die Hände vor die Heizung, bis der Schmerz nachließ. Dann lehnte ich mich zurück und wartete. Ich kalkulierte, daß die Fahrt von Leons Haus in Rosedale hierher zwanzig Minuten dauern würde. Nach achtzehn Minuten war er da.

Er stellte seinen kleinen roten Wagen ab und sprang heraus. »Sie hatten angerufen, Partner?«

»Gleich hier lang«, sagte ich und führte ihn zur Eingangstür.

»Hier sieht uns niemand«, sagte er, als er sich umblickte. Hier gab es nichts als Bäume. »Das ist gut.«

»Kommen Sie da rein?«

»Mal sehen«, sagte er. Er kniete nieder und rüttelte am Türknopf. »Halten Sie mal die Taschenlampe.«

Ich nahm ihm die Lampe ab und richtete den Strahl auf das Schloß.

»Der Trick beim Öffnen jeden Schlosses ist der richtige Schwingungsgrad bei der Vibration«, sagte er. »Um den zu erzielen, bedarf es des richtigen Vibrators, wie wir das nennen.«

»Leon, halten Sie Ihren Vortrag bitte an einem wärmeren Tag, okay? Machen Sie doch einfach die Tür auf.«

»Ach, diese Dankbarkeit!« sagte er nur. Er führte das Gerät ins Schloß und begann dann mit einer Art Dietrich die Zuhaltungen zu bearbeiten. »Ganz schön schwierig. In dieser Kälte verläßt einen das Gefühl.« Er blies sich in die Hände und versuchte es noch einmal. »Verdammt, ich verliere das Gefühl.«

»Werden Sie es denn schaffen?«

»Keine Angst«, sagte er. »Ich muß mir nur die Hände wärmen. Wir setzen uns eine Minute in Ihren Wagen.«

Wir gingen zum Laster. Er hielt die Hände vor die Heizung und rieb sie aneinander. »Das tut gut«, sagte er. »Sehr gut. Los, wir versuchen es noch mal.«

Wir gingen zurück in die Kälte, zurück zur Tür. Er kniete wieder nieder und setzte wieder das Gerät an, wobei er diesmal schneller arbeitete. »Ich schaffe die letzte Zuhaltung nicht«, erklärte er. »Sie bleibt nicht offen, wenn ich wieder nach vorne gehe.« Er bemühte sich eine Zeitlang intensiv weiter. Im schwachen Licht konnte ich sehen, wie er die Zähne zusammenbiß. »Verdammt noch mal«, sagte er schließlich. »Die Hände versagen wieder. Dabei hatte ich's fast gepackt! Gehen wir zurück in den Wagen.«

Wieder gingen wir zum Laster. Wieder wärmte er seine Hände auf. Dann stiegen wir aus und gingen zur Tür.

»Alles klar«, sagte er. »Diesmal schaffe ich es.« Er machte sich am Schloß zu schaffen. Ich hörte das leise Klicken von Metall gegen Metall, bis das Geräusch durch einen Windstoß überdeckt wurde. »Fast geschafft«, sagte er. »Ich hab's fast geschafft.«

»Leon«, sagte ich. »So klappt das nie. Kommen Sie zurück in den Wagen.«

»Warten Sie«, sagte er. »Warten Sie ...« Er arbeitete weiter. »Warten Sie ...« Das Gerät entglitt seiner Hand. »Verdammt! Einverstanden. Lassen Sie mich noch mal meine Hände wärmen.«

Wir gingen zurück zum Wagen. »Wir gehen durchs Fenster«, sagte ich.

»Ich schaff das, Alex. Geben Sie mir noch einen Versuch.«

Ich legte einen Gang ein. »Ich hab da 'ne bessere Idee.«

»Was haben Sie vor?«

»Ich fahr den Wagen direkt vors Haus«, erklärte ich. »Wir steigen dann auf den Schneepflug und spazieren von da ins Haus.« Ich begann von der Lichtung aus einen Weg zu einem der Fenster freizupflügen. Als ich noch knapp zwei Meter von der Hütte entfernt war, drehten meine Räder durch. Ich legte den Rückwärtsgang ein und setzte zur Lichtung zurück. »Alex«, sagte er. »Passen Sie bloß auf.«

»Keine Sorge«, sagte ich. Ich schaltete und fuhr wieder auf das Fenster zu. Diesmal gab ich ein wenig mehr Gas, gerade soviel, um auch noch die letzten Meter Schnee zu schaffen.

Es war dann doch etwas mehr. Als ich auf die Bremse treten wollte, rutschte mein Stiefel mit dem vielen Schnee daran vom

Pedal. Ich versuchte es noch einmal, trat aber statt dessen aufs Gas.

»Alex, Vorsicht!«

Ich knallte die ganzen zwölf Zentner des Schneepflugs gegen die Hüttenwand. Die Wand gab nach. Eine Sekunde lang hing der Fensterrahmen noch an einer Angel und fiel dann auf den Schneepflug. Dann faltete sich das Dach ein und schüttete eine volle Ladung Schnee auf meine Windschutzscheibe. Wir konnten nichts mehr sehen.

Lange Zeit sagte keiner von uns etwas.

»Nun, das war auch eine Methode, ins Haus zu kommen«, sagte ich.

»Alex«, sagte Leon schließlich. »Haben Sie den Verstand verloren?«

»Ich wußte gleich, daß das eine miese Hütte war.«

Er würgte einige Wörter heraus, war aber offensichtlich außerstande, einen ganzen Satz zu bilden.

»Kommen Sie schon«, sagte ich. »Wo wir nun schon mal drinnen sind.« Ich öffnete meine Tür.

»Wo wir schon einmal ...«, wiederholte er. »Ich kann das nicht glauben.«

Ich ging um den Schneepflug herum in die Hütte.

Und hielt inne.

Leon erschien hinter mir. »Haben Sie eigentlich irgendeine Vorstellung davon, was mit uns passiert, wenn ...«

Und hielt inne.

Mitten im Zimmer lag eine Leiche. Auf dem Boden.

Eine weitere Leiche in einem Sessel.

Blut.

Überall Blut.

Altes Blut. Schwarz und hart getrocknet. Die Leiche auf dem Boden hingestreckt, das Gesicht nach oben. Ein Mann. Was vom Gesicht noch da war. Ein Mann.

Die Leiche im Sessel hingesunken. Lange Haare. Eine Frau.

Überall Blut.

Leon neben mir schluckte krampfhaft. »Großer Gott«, sagte er. »Nichts wie weg, Alex.«

Ich konnte mich nicht bewegen.

»Kommen Sie, Alex. Weg hier.« Ich spürte seine Hand auf meinem Arm. »Ich sagte weg hier.«

Ich wandte mich um und ging zum Wagen. Ich öffnete die Tür und stieg ein. Leon war noch draußen und wischte den Schnee von der Scheibe. Als er fertig war und wieder im Wagen saß, drehte ich den Schlüssel in der Zündung. Es gab ein plötzliches knirschendes Geräusch, das mir durch Mark und Bein ging.

»Der Motor läuft doch schon, Alex. Sie müssen den Rückwärtsgang einlegen.«

Ich legte den Rückwärtsgang ein. Als ich zurücksetzte, folgte mir ein Teil der Wand. Im Licht der Scheinwerfer konnten wir ins Zimmer sehen. Das Licht traf auf das Blut und machte es irgendwie wieder lebendig, ein leuchtendes schimmerndes Rot.

»Nun mal ganz ruhig«, sagte er. Er klang gelassen. »Achten Sie drauf, wohin Sie fahren. Gerade zurück auf die Zufahrt.«

»Verstanden.«

»Fahren Sie weiter«, sagte er. »Direkt zurücksetzen.«

»Okay, verstanden.«

Ich fuhr langsam rückwärts, so lange, bis wir an seinem Auto waren. »Oh Gott«, sagte er, als ich anhielt. Er begann sich auf seinem Sitz vor und zurück zu bewegen. »Großer Gott im Himmel.«

»Beruhigen Sie sich«, sagte ich. »Fangen Sie sich wieder?«

»Mein Gott, haben Sie all das Blut gesehen?«

»Ja«, sagte ich. Ich mußte bei der Vorstellung kämpfen. Das Blut durfte mich nicht überwältigen.

»Sieht so aus, als ob sie schon zwei Tage tot wären«, sagte er. »Mindestens zwei Tage.«

»Ich frage mich, wieso keiner nach ihnen gesehen hat.«

»Wir müssen die Polizei anrufen«, sagte er.

»Moment mal. Denken Sie da mal ’ne Minute lang drüber nach.«

»Nachdenken worüber?« sagte er. »Was gibt es da nachzudenken?«

»Leon, überlegen Sie mal. Was soll es bringen, wenn wir sie hierhin holen, und die Polizei sieht sich an, was wir hier angestellt haben? *Denen* bringt’s bestimmt nichts. Gobi und seiner … es war doch eine Frau, oder?«

»Ja«, sagte er. »Vielleicht seine Frau?«

»Wir fahren jetzt beide nach Hause«, sagte ich. »Und ich melde dann den Fall, anonym.«

»Ich weiß nicht, Alex.«

»Denken Sie drüber nach. Spielen Sie die Möglichkeiten mal durch. Und dann überlegen Sie, was am Ende rauskommt.«

Er holte tief Luft und schniefte. »Lassen Sie mich anrufen«, sagte er. »Sie könnten Ihre Stimme kennen.«

Ich sah ihn an. »Sind Sie da sicher?«

»Doch«, sagte er. »Ich werde anrufen. Ich werde circa eine Stunde abwarten, wenn ich nach Hause komme.«

»Okay«, sagte ich. »Okay.«

»Ich ruf Sie morgen an«, sagte er.

»Tut mir leid, Leon. Tut mir leid, daß ich Sie da mit reingezogen habe.«

»Machen Sie sich deshalb keine Sorgen, Partner.« Er holte nochmals tief Luft und atmete hörbar aus. »Okay«, sagte er. »Es geht mir besser.« Er stieg aus und ging zu seinem Wagen. Ich fuhr auf der Einfahrt hinter ihm her, wobei wir beide unseren Weg rückwärts durch die Bäume nahmen. Als wir die Straße erreichten, fuhr er nach Süden, ich nach Norden.

Als ich wieder auf der M-28 Richtung Paradise war, versuchte ich über das Gesehene nicht nachzudenken. Es gelang mir nicht, das Bild aus meinem Kopf zu verdrängen.

Die Kellnerin. Bruckman hatte erwähnt, daß Gobi die Kellnerin aus dem Horns Inn anbaggerte. Das war die Frau.

Ich fuhr rechts ran, riß meine Tür auf und übergab mich voll auf die Straße, erbrach alles, was ich in mir drin hatte, bis ich nur noch Luft hochpumpte. Ich versuchte zu atmen. Es war so kalt, daß es schmerzte. Ich schloß die Tür und fuhr weiter.

Als ich durch Strongs fuhr, kamen mir Bedenken wegen unseres Plans. Ich muß die Polizei schon selbst anrufen, dachte ich. Ich kann nicht einfach nach Hause fahren, Leon die Sache überlassen und so tun, als wären wir nicht da gewesen.

Ich nahm mir das Telefon, legte es wieder hin und nahm es mir dann wieder. Ich wählte 911.

Dann schoß etwas links an mir vorbei. Ein Fahrzeug. Es wechselte auf meine Fahrspur, schnitt mich. Ich trat auf die Bremse und kam auf der eisigen Straße ins Schleudern. Ich sah, wie der Wagen vor mir ebenfalls zur Seite rutschte, sich dann aber wieder fing. Es war ein Jeep. Champagne und Urbanic.

Der Jeep hatte angehalten. Ich bremste in Intervallen. Ich würde nicht mehr rechtzeitig anhalten können. Ich rutschte nach rechts in den Schneewall. Der Aufprall schleuderte mich gegen das Lenkrad und dann zurück in meinen Sitz.

Als schließlich alles zum Stillstand gekommen war, sah ich zum Jeep vor mir. Sie mußten wissen, was geschehen war, dachte ich mir. Da ist einiges an Erklärungen fällig – wieso ich einfach nach Hause fahre, warum ich den Mord nicht gemeldet hatte.

Vielleicht wenn ich Champagne aus dem Ganzen raushalte, nicht mal mit ihm spreche. Bei Urbanic habe ich vielleicht mehr Glück.

Ich zuckte zusammen, als ich aus dem Wagen stieg. Die Vollbremsung war für meine Rippen nicht günstig gewesen.

Geh direkt zu Urbanic und bitte ihn um Gnade, dachte ich. Tu so, als sei Champagne nicht mal da.

Die Türen des Jeeps öffneten sich. Zwei Männer stiegen aus.

Sie waren es nicht.

Ich griff nach meiner Pistole. Sie war nicht da. Meine rechte Tasche war leer. Ich hatte die Pistole nie von der Polizei zurückbekommen.

Die Straße war völlig leer. Wohin man sah, gab es nur Bäume und Schnee. Zu hören war nur der Wind.

»Guten Abend, Mr. McKnight«, sagte der Fahrer. »So trifft man sich doch noch. Es ist schwer, Sie zu finden.«

Kapitel 18

Ich saß auf dem Rücksitz, direkt hinter dem Fahrer. Ich konnte seinen Hinterkopf sehen und den Pelz an seinem Kragen, sonst nichts. Der andere Mann saß neben mir und trug dieselbe Art Mantel. Pelz am Kragen, vielleicht Zobel. Er hatte ein starkes Kinn und eine Nase, die vielleicht ein- oder zweimal gebrochen war. Er sah stur geradeaus. Er wandte sich nie zur Seite, um mich anzusehen. Er sagte nichts.

Es ist schwer, Sie zu finden, hatten sie gesagt. Die Worte hallten in meinem Kopf wider. Es ist schwer, Sie zu finden.

Der Fahrer hatte die Tür für mich offengehalten. Er hatte dagestanden und auf mich gewartet. Es wäre die perfekte Imitation eines Chauffeurs gewesen, hätte man von der Pistole in seiner Hand abgesehen. Der zweite Mann hatte auf der anderen Seite des Wagens geduldig darauf gewartet, daß ich die Einladung annähme. Auch er hatte eine Pistole.

Ich war eingestiegen. Was hätte ich sonst tun sollen?

Es ist schwer, Sie zu finden. Das ergab doch keinen Sinn.

Der Fahrer fuhr auf der M-28 weiter nach Westen. Dann bog er nach Norden in die Straße ab, die nach Paradise führte. Ich räusperte mich. »Sie sind Pearl und Roman«, sagte ich.

Sie sagten nichts. Der Mann neben mir sah mich nicht einmal an.

»Sie haben meine Hütte auseinandergenommen«, sagte ich. »Samstag.«

»Wir möchten jetzt nicht reden«, sagte der Mann. Er sah stur geradeaus.

Schweigend fuhren wir weiter. Als wir durch Paradise kamen, sah ich, daß die Straße entlang alle Lichter brannten, ich sah all die Lokalitäten, die meine Stadt ausmachten. Die Tankstelle. Das Postamt. Ich versuchte die Angst kleinzuhalten, irgendwo tief in mir drin, in einem kleinen Kasten, in dem die

Angst sein kann, ohne dich zu kontrollieren. Ich wußte, wenn ich sie aus diesem Kasten ließe, hatte ich keine Chance mehr, klar zu denken.

Es ist schwer, Sie zu finden. Hieß das, daß sie mich gesucht hatten, aber erst heute abend gefunden hatten? Samstag waren sie bei mir eingebrochen. Wie viele Tage waren seitdem vergangen? Welchen Tag haben wir heute? Denk nach, Alex.

Wir erreichten die Stadtmitte. Vor uns sah ich das Glasgow Inn. Jackie ist jetzt da drin. Auf mich wartet ein kühles Kanadisches. Aber nein, wir biegen ab.

Der Fahrer bog an der blinkenden Ampel links ab auf die 123, die aus der Stadt heraus nach Westen führte. »Wohin fahren wir?« fragte ich.

»Wir möchten jetzt nicht reden«, sagte der Mann.

Wir fuhren weiter nach Westen. Der Fahrer trug schwarze Handschuhe. Er war ein guter Fahrer. Im Schnee fuhr er sehr selbstsicher, aber niemals zu schnell.

Es ist schwer, Sie zu finden. Jetzt fing es an, Sinn zu machen. Samstag hatten Sie meine Hütte auseinandergenommen. In der Nacht hatte ich nicht in dieser Hütte geschlafen, sondern in einer anderen. Am nächsten Tag hatte Bruckman dafür gesorgt, daß ich ins Krankenhaus kam. Vier Nächte hatte ich dort verbracht, gestern fast den ganzen Tag im Glasgow, dann bin ich letzte Nacht nach Kanada gefahren, war den Rest der Nacht im Gefängnis. Seit Dorothy verschwunden war, war ich nicht länger als zehn Minuten am Stück in meiner Hütte gewesen. Deshalb war ich schwer zu finden gewesen.

Aber jetzt hatten sie mich gefunden.

Diese Männer haben Dorothy entführt, überlegte ich. Vielleicht haben sie sie getötet. Sie haben Gobi und diese Frau getötet. Den Albtraum, den ich in dieser Hütte gesehen habe, haben sie angerichtet. Und jetzt bringen sie mich um. Sie fahren mit mir tief in die Wälder und töten mich dann.

Ich schloß die Augen. Einatmen, ausatmen. Denken.

Ich konnte die Tür öffnen und versuchen, mich in den Wald zu retten.

Sie würden mich niederschießen wie ein Tier. Ich würde keine Chance haben.

Wenn sie mich töten wollten, hätten sie das auch tun können, als sie mich auf der Straße anhielten. Niemand hätte sie gesehen. Vielleicht wollten sie etwas anderes.

Ja, vielleicht wollten sie *erst* etwas anderes. Und *dann* würden sie mich töten.

Okay denn. Wenn sie mich umbringen, bringen sie mich um. Solange ich noch am Leben bin, habe ich eine Chance. Sag dir das immer wieder.

Wir fuhren immer tiefer in die Wälder, am Abzweig zu den Tahquamenon-Fällen vorbei. Die Straße wurde schmaler, der Schnee tiefer. Der Fahrer hielt die Hände ruhig am Lenkrad, während sich der Jeep durch den Schnee kämpfte.

Ich sprach weiter mit mir und versuchte mir einzureden, daß ich den nächsten Tag noch erleben würde.

Ein kleines Schild verriet uns, daß wir das Chippewa County verließen und auf das Luce County zusteuerten. Ich kannte die Straße. Sie führte nur durch Waldgebiete, bis sie Newberry erreichte, gute fünfzig Kilometer südwestlich von hier. Als ich mich gerade fragte, wie weit wir wohl noch fahren würden, bremste der Fahrer ab. Eine Stichstraße zweigte in nördlicher Richtung ab. Sie war frisch geräumt worden, von wem konnte ich mir allerdings nicht vorstellen. Soviel ich wußte, gab es in diesem Teil der Wälder keine Hütten, nur kleine Seen und Schneemobilpisten. Fünf oder sechs Kilometer fuhren wir auf dieser Straße. Der Fahrer mußte sich jetzt stärker konzentrieren, um weiterzukommen. Die Räder drehten häufiger durch.

Dann hielten wir an.

Der Mann neben mir sagte etwas. »Hier steigen wir aus.«

Der Fahrer öffnete seine Tür, stieg aus und öffnete dann meine. Der andere blieb auf seinem Platz, bis ich ausgestiegen war.

Es war dunkel. Als die Scheinwerfer ausgeschaltet waren, brauchten meine Augen eine ganze Zeit, um sich an das Dunkel zu gewöhnen. Der Fahrer holte eine Taschenlampe heraus und knipste sie an.

»Hier lang«, sagte er. Einen Augenblick lang konnte ich sein Gesicht sehen. Er hatte feinere Züge als sein Partner.

»Wohin bringen Sie mich?« fragte ich.

»Hier lang«, sagte er wieder.

Er wandte sich um und ging die Straße weiter. Der andere Mann war hinter mir. Keiner von beiden hatte seine Pistole gezogen. Sie stießen mir nicht die Läufe in den Rücken und befahlen mir nicht, voran zu gehen und keine Dummheiten zu versuchen. Das brauchten sie nicht. Es herrschte zwischen uns das unausgesprochene Einverständnis, daß sie, solange ich mit ihnen kam, ihre Pistolen nicht zücken und mich nicht erschießen würden.

Wir gingen die Straße entlang und folgten dem dünnen Strahl aus der Taschenlampe des Fahrers. Die Straße hörte auf. Der Schnee wurde tiefer. Er reichte mir fast bis zur Hüfte. Ich bahnte mir meinen Weg, riß erst ein Bein hoch und dann das andere. Es dauerte nicht lange, bis ich schnaufte. Die andern beiden bewegten sich im selben Schnee, aber es wirkte bei weitem nicht so angestrengt wie bei mir.

»Ich bin zu alt für so was«, sagte ich. Aber meine Worte verloren sich in der kalten Nacht.

Wir kamen auf eine Lichtung. Schließlich sah ich vor uns ein Gebäude. Es war klein, nicht größer als ein Schuppen. Es ist eine Eishütte, dachte ich. Wir gehen jetzt über einen See. Ich versuchte mir im Kopf eine Landkarte vorzustellen. Es konnte der Little Two Hearted Lake sein oder irgendein anderer der hundert Seen, deren Namen ich mir nicht merken konnte. Wo auch immer wir waren, waren wir allein, das war mir klar. Sollte es im Umkreis von zehn Kilometern ein anderes Gebäude außer weiteren leeren Eishütten geben, war es mir auf jeden Fall unbekannt.

Wir gingen die letzten hundert Meter bis zur Eishütte. Ein leichter Schimmer fiel durch ihre Ritzen. Der Fahrer öffnete die Tür und hielt sie für mich auf. Noch eine höfliche Geste. Bitte hier entlang, Sir.

Ich trat ein. Der Bau glich den meisten Eishütten, die ich gesehen hatte. Rohe Wände und Decke, überall unbehandelte Bretter, ein kleines Fenster. Ein primitiver Holzboden mit einem viereckigen Loch in der Mitte, wo jemand das Eis aufgehackt hatte und nun dunkles Wasser schwappte. Als erstes sah ich die Angelleine, folgte ihr bis zur Angel und dann bis zu dem Mann, der sie hielt. Ich sah einen langen Pelzmantel. Derselbe Pelz wie an den Kragen der beiden Männer. Schwarze Lederstiefel, ebensolche Handschuhe. Das Gesicht des Mannes wirkte wie aus Stein gemeißelt. Er sah mich mit Augen an, die so dunkel waren wie das Wasserviereck zu seinen Füßen. Eine Gaslaterne stand auf der Bank neben ihm und verbreitete ihr weißliches Licht. »Mr. McKnight«, sagte er. »Willkommen.«

»Sind Sie Molinov?« fragte ich.

»Ja«, sagte er. »Kommen Sie doch rein und leisten Sie mir Gesellschaft. Ich glaube, Mr. Bruckman haben Sie schon kennengelernt.«

Ich stand vor ihm und fragte mich, wovon zum Teufel er wohl sprach.

Und dann sah ich Bruckman.

Er war hinter Molinov, zusammengekauert an der Rückwand, neben einem Kerosinofen. Er war vollkommen nackt; seine Haut sah aus wie blauer Stahl. Ich wußte nicht, ob er tot oder lebendig war, bis ich sah, daß er sich bewegte. Er zitterte.

»Setzen Sie sich«, sagte Molinov. Er wies auf eine rohe Holzbank zu seiner Linken. Ich setzte mich hin, mit langsamer Bewegung, wie in einem Traum. Ich blickte wieder zu Bruckman. Er hatte sein Gesicht von mir abgewandt.

Die anderen Männer setzten sich auf eine Bank mir gegenüber. Molinov griff nach einer Zigarre, tat einen tiefen Zug und legte sie wieder auf die Bank. Der Duft der Zigarre vermischte sich mit dem Geruch des brennenden Kerosins. »Vielleicht werden Sie mir ein paar Fragen beantworten«, sagte er. »Wo Sie schon einmal hier sind.« Ich konnte keinen ausgeprägten Akzent in seiner Stimme erkennen, aber er sprach jedes Wort so sorgfältig aus, wie ein Mann einer Geige Töne entlockt.

Er zog einen tragbaren Kassettenrecorder aus seiner Manteltasche und drückte auf einen Knopf. Das Band wurde abgespielt und füllte den Raum mit Bruckmans Stimme. »Hier spricht Lonnie. Hinterlassen Sie eine Nachricht.« Mehr sagte er nicht. Es folgte ein langes Schweigen und dann eine Nachricht nach der anderen.

»He, Lonnie, hier ist Miles. Kommst du nun, oder was? Ruf mich mal an, Mann.«

»Ja, Bruckman, hier ist Charles. Patty hat mir Ihre Nummer gegeben und gesagt, ich soll bei Ihnen mitmachen. Ich bin morgen gegen zehn im Stadion. Vielleicht seh ich Sie da.«

»Hey, Lonnie, hier ist Gobi ...« Molinov sah mich an. Er hielt das Gerät etwas höher. »Es wird dir nicht gefallen, aber ich glaub, du hast da ein Problem. Ich bin hier im Horns Inn und hab grad deine Freundin gesehen. Sie war an der Theke und hat sich nach diesem Typen McKnight erkundigt, der gestern nacht gegen uns im Tor stand. Sieht so aus, als ob er so 'ne Art Privatdetektiv oder so was ist. Ich glaub nicht, daß sie mich da gesehen hat, aber ich hab nicht gewußt, was ich machen soll, weißt du? Sie hatte 'nen weißen Beutel dabei. Wenn das das ist, was ich glaube, kommst du besser rüber und holst sie, Mann. Ich hab was mit der Kellnerin hier am Laufen, und im Gegensatz zu draußen ist es schön heiß hier drin, verstehste? Wenn du McKnight suchst, er wohnt oben in Paradise. Mehr hab ich nicht gehört. Wir sprechen uns dann später noch mal, Mann.«

Er drückte auf den Knopf und nahm das Band heraus. »Wissen Sie, woher dieses Band stammt?«

»Ich denke schon«, sagte ich.

Er legte das Band wieder ein und steckte dann das Gerät wieder in die Tasche. »Dieses Mädchen, Dorothy Parrish, ist doch in dieser Nacht zu Ihnen gekommen, oder?«

»Ja.«

»Und soweit ich weiß, war sie am nächsten Morgen verschwunden.«

Ich blickte zu den beiden Männern hinüber. Ich wußte noch immer nicht, welcher Pearl war und welcher Roman. Sie sahen mich ebenfalls an, und beide zusammen brachten kein Gramm Gefühl auf die Waage.

»Ja«, sagte ich. »Sie war verschwunden.«

»Dann können Sie mir ja vielleicht sagen, wohin sie gegangen ist.«

Die Worte trafen mich wie eine Ohrfeige. »Ich verstehe Sie nicht.«

»Das Mädchen«, sagte er. »Wo ist es?«

»Das fragen Sie *mich*? Sie haben sie doch gekidnappt.« Ich zeigte auf die Männer. *»Sie* haben sie gekidnappt.«

»Das ist nicht wahr«, sagte er. »Als diese Männer Ihre Hütte inspiziert haben, war sie bereits verschwunden.«

»Meine Hütte inspiziert? So nennen Sie das?«

»Es war notwendig«, sagte er.

»Ich weiß nicht, wo sie ist«, sagte ich. »Das schwöre ich.«

Bruckman machte hinter mir ein Geräusch. Es war ein tiefes, gurgelndes Stöhnen, das mich auf die Lippe beißen ließ, um nicht zu zittern. Pearl und Roman sahen so beiläufig zu ihm hin, wie man auf einen Hund sieht, wenn er im Schlaf in der Wohnzimmerecke winselt.

»Dort hinten scheint es ein wenig zu ziehen«, sagte Molinov. »Vielleicht wären Sie so liebenswürdig, Mr. Bruckman Ihren Mantel zu leihen.«

Ich sah ihn an. War ihm das ernst?

»Bitte«, sagte er. »Ihren Mantel.«

Ich stand auf und zog den Mantel aus. Niemand regte sich,

und so nahm ich an, daß ich wohl handeln sollte. Ich trat hinter Molinov, wo Bruckman an die Wand gekauert lag. Sein Gesicht befand sich am Kerosinofen, so dicht, daß ich die versengten Haare riechen konnte. »Bruckman«, sagte ich. Er reagierte nicht. Ich berührte seinen Rücken. Seine Haut war so kalt, daß ich nicht begreifen konnte, wieso er überhaupt noch lebte. Ich breitete den Mantel über seinen Körper.

»Vielen Dank, Mr. McKnight«, sagte Molinov. »Ich bin sicher, Mr. Bruckman wird diese Geste zu schätzen wissen.«

»Warum haben Sie das mit ihm gemacht?«

»Kommen Sie zurück in unsere gemütliche Runde, Mr. McKnight. Ich werde Ihnen alles erklären.«

Ich setzte mich wieder auf die Bank. Die Wärme des Kerosinofens war kaum zu spüren. Die kalte Luft pfiff durch die Spalten des Schuppens und ließ mich frösteln.

»Mr. Bruckman hat sich etwas genommen, was mir gehört«, sagte Molinov. »Das ist das Ergebnis.«

»Er wird sterben«, sagte ich.

»Ich angle jetzt schon eine ganze Weile«, sagte er und zog die Angelschnur aus dem Wasser. Ein metallener Köder von der Art, wie man ihn im Hochsommer über dem Wasser benutzen würde, schimmerte im Licht der Laterne. »Vielleicht mache ich etwas falsch. Wollen Sie es mal versuchen?«

»Nein, vielen Dank.«

»Vielleicht mag Mr. Bruckman es mal versuchen«, sagte er. »Finden wir's doch heraus!«

Pearl und Roman standen gleichzeitig auf. Sie griffen sich Bruckman an der Wand, jeder an einem Arm, und hoben ihn auf die Bank, auf der sie bis jetzt gesessen hatten. Zum ersten Mal sah ich sein Gesicht. Seine Augen waren zugeschwollen. Ich konnte ihn kaum wiedererkennen. Mein Mantel glitt von seinem nackten blauen Körper.

»Bitte, seinen Mantel«, sagte Molinov. »Wir wollen doch nicht, daß Mr. Bruckman sich erkältet.«

Die Männer spreizten ihm die Arme vom Körper ab und schafften es irgendwie, ihm meinen Mantel anzuziehen.

»So ist es doch viel besser«, sagte Molinov. »Nun, Mr. Bruckman, vielleicht wollen Sie mal Ihr Glück beim Eisfischen versuchen?«

Bruckman begann, seitwärts niederzusinken. Einer der Männer fing ihn auf.

»Ich denke, Mr. Bruckman braucht ein wenig mehr Hilfe«, sagte Molinov.

Mit einer geschmeidigen Bewegung hoben die beiden Männer Bruckman hoch und warfen ihn kopfüber in das Eisloch. Spritzer trafen mein Hemd und mein Gesicht, so kalt, grausam und schmerzhaft wie tausend Eisnadeln. Bruckmans Körper hing an der Kante des Eislochs fest. Es war kaum so groß, daß er durchpaßte. Aber langsam sog sich sein Mantel mit Wasser voll und zog Bruckman in die Tiefe, bis nur noch ein Fuß aus dem Wasser ragte. Dann war auch der verschwunden.

Ich starrte ins Wasser. Bewegungslos.

Pearl und Roman setzten sich wieder. Molinov betrachtete einen Moment seine nasse Zigarre und warf sie dann hinter sich. »Mr. McKnight, ich begreife durchaus Ihr Zögern, mir ihren Aufenthaltsort zu enthüllen.«

Die Wasseroberfläche schwappte noch. Ich erwartete jeden Moment, daß Bruckmans Kopf plötzlich durch das Loch nach oben schösse.

»Aber ich denke doch, daß Sie an diesem Punkt einsehen, wie wichtig es mir ist, sie zu finden und ebenso einen gewissen weißen Beutel aus ihrem Besitz.«

»Ich weiß nicht, wo sie ist«, sagte ich. »Und ich weiß auch nicht, wo der Beutel ist.«

Er nickte bedächtig. »Als ich herausgefunden hatte, daß Miss Parrish zu Ihnen gekommen war, war ich natürlich neugierig, wer dieser Alex McKnight ist. Der Mann auf dem Band macht die klare Aussage, daß Sie ein Privatdetektiv sind. Ich stellte einige Nachforschungen an und fand heraus, ja, Sie besitzen in der Tat eine Lizenz. Ich war jedoch überrascht, als ich feststellte, daß Sie kein Büro haben, keinen Eintrag im Telefonbuch, ja daß sie keinerlei Bemühungen unternehmen, Ihre Dienste bekannt zu machen. Ich fand das sehr eigentümlich, bis ich mehr über Ihre jüngste Vergangenheit erfuhr. Stimmt es, daß Ihr letzter Klient die Familie Fulton war?«

Ich sah ihn an.

»Das ist eine sehr wohlhabende Familie, nicht wahr? Meines Wissens besitzt sie ein Ferienhaus am See, nördlich von Ihrer Hütte. In der Tat habe ich dem Haus heute sogar einen Besuch abgestattet, wußten Sie das? Ein eindrucksvoller Bau. Natürlich steht er jetzt leer. Ich könnte mir auch nicht vorstellen, im Winter dort zu leben, wenn man die Wahl hat. Dort wo ich herkomme, gibt es auch solche Gegenden wie diese hier, wie Sie sich vielleicht denken können. Aber, das kann ich Ihnen versichern, niemand würde dort jemals ein Ferienhaus bauen.«

Wo das Wasser meine Kleidung bespritzt hatte, war sie jetzt durchnäßt. Ich versuchte nicht zu zittern.

»Ich habe einige Nachforschungen angestellt, Mr. McKnight. Der Familie Fulton ist in jüngster Zeit ein schweres Unglück zugestoßen. Der Erbe der Fultons, Edward der Dritte, kam tragisch ums Leben. Das ist natürlich alles nicht neu für Sie. Soweit ich weiß, arbeiteten Sie damals für einen Anwalt namens Lane Uttley, und Mr. Uttley wiederum vertrat die Familie Fulton. Ist das so richtig?«

»Ja«, sagte ich.

»Mr. Edmund Fulton«, sagte er, »der Mann, der so plötzlich verstorben ist, hat ein recht schillerndes Leben geführt, nicht wahr? Ich habe da manches Gerücht gehört. Stimmen im Wind, wenn Sie so wollen. Das brachte mich auf folgenden Gedanken – da gibt es einen Mann, Alex McKnight, der eine Lizenz als Privater Ermittler besitzt, aber offensichtlich nichts ermittelt. Aber wenn ein reicher Mann mit vielen Problemen verschwindet, ist Mr. McKnight in der Nähe. Dann kommt eine junge Frau mit vielen Problemen, gänzlich anderen natürlich, aber ebenfalls sehr ernsthaften. Und als diese Frau verschwindet, steht auch ihr ausgerechnet Mr. McKnight zur Seite. Und da frage ich mich doch: Ist das nicht vielleicht seine … wie soll ich sagen … seine Spezialität?«

Es wurde kälter. Der Kerosinofen zischte, als ginge ihm der Brennstoff aus.

»Dieser Ort«, sagte er. »Er scheint fürs Verschwinden optimal geeignet zu sein, ist das nicht so?«

»Ich weiß nicht, wovon Sie sprechen«, sagte ich.

»Die nächste Frage ist dann natürlich: *Hilft* Mr. McKnight den Leuten beim Verschwinden oder *läßt* er sie verschwinden?«

»Ich weiß nicht, was mit Dorothy passiert ist«, sagte ich. »Aber ich weiß, was mit Edmund Fulton passiert ist. Er ist tot.« Ich spürte eine gewisse Benommenheit. Meine eigene Stimme klang, als sei sie weit von meinem Körper entfernt.

»Ich frage mich nur, was Edmund Fultons Witwe sagen würde, wenn ich die Angelegenheit mit ihr erörterte? Wie war doch gleich ihr Name? Sylvia?«

»Nein«, sagte ich. »Nicht sie.«

Er zog eine Pistole aus seiner Brusttasche. Er richtete sie nicht auf mich. Er hielt sie nicht vom Körper weg oder fuchtelte mit ihr in der Luft herum, wie es die meisten Männer tun würden. Er hielt die Pistole dicht an seinem Körper, so natürlich, als sei sie ein Telefon oder ein Füllfederhalter. »Ich bin gekränkt«, sagte er. »Glauben Sie, ich würde dieser Frau ein Leid antun?«

Ich blickte auf seine Pistole. Ich sagte nichts.

»Einer Frau etwas antun«, sagte er. »Einer unschuldigen Frau. Daß Sie so etwas auch nur denken können. Ich würde Ihnen gerne zeigen, wie sehr mir auch nur die Vorstellung widerstrebt.«

Ich sah ihm ins Gesicht.

Der Ofen war erloschen. Stille herrschte im Raum.

»Meine Herren«, sagte er, ohne den Blick von mir zu wenden. »Legen Sie bitte diese Mäntel ab. Sie sind sehr teuer. Ich möchte nicht, daß sie während unserer kleinen Darbietung Schaden nehmen.«

Die beiden Männer standen auf und zogen die Mäntel aus. Sie legten sie auf die Bank hinter sich. Der Größere, der mit dem harten Gesicht und der gebrochenen Nase, sah mich mit den kalten Augen des geborenen Killers an. Er bewegte die Hände in den schwarzen Lederhandschuhen.

Ich wartete ab, was nun passieren mochte. Mein ganzer Körper war angespannt. Ich werde nicht zittern, sagte ich mir. Ich will nicht, daß sie sehen, wie ich zittere.

Der andere Mann. Ich sah ihn zucken. Er warf einen verstohlenen Blick auf seinen Partner und dann auf Molinov.

Molinov hob den Arm ein wenig zur Seite und erschoß alle beide.

Sie fielen nach hinten, erst der eine, dann der andere. Die Bank stürzte mit ihnen um. Die Schüsse dröhnten in meinen Ohren. Molinovs erhobener Arm bewegte sich nicht.

»Mir ist bewußt«, sagte er schließlich und senkte den Arm, »daß meine Mitarbeiter, als sie Mr. Gobi und seine Begleiterin nach Bruckmans Aufenthaltsort gefragt haben, einen Akt extremer Brutalität begangen haben. Die Frau war unschuldig. Es gab keinerlei Grund, sie zu töten.«

»Sie sind wahnsinnig«, sagte ich.

»Keineswegs«, sagte er. »Würden Sie denn jetzt so liebenswürdig sein, ihre Mäntel aufzuheben? Ich glaube, Sie finden die Wagenschlüssel in Mr. Pearls Tasche.«

»Welcher ist Pearl?«

»Oh, sie haben sich Ihnen nicht vorgestellt? Wie unhöflich! Mr. Pearl ist der linke.«

Als ich aufstand, begann sich der Raum um mich zu drehen. Ich griff nach der Bank, um nicht vornüber zu fallen.

»Vorsicht, Mr. McKnight«, sagte er. »Sie wollen doch nicht in das Loch fallen und Mr. Bruckman Gesellschaft leisten.«

Ich schüttelte mich, um den Kopf klar zu kriegen, und ging zu den beiden Männern. Sie starrten zur Decke, mit Löchern exakt in der Mitte der Brust. Ich zog den Mantel unter Pearl hervor und nahm den Schlüssel aus der Tasche.

»Bringen Sie sie mir«, sagte er.

Ich drehte mich um und ging zwei Schritte auf Molinov zu. Ich sah ihm in die Augen.

Und dann warf ich die Schlüssel ins Wasser. Sie verschwanden augenblicklich.

Molinov sah aufs Wasser und dann wieder in mein Gesicht. Er lächelte.

»Sie sind dem Tod schon einmal begegnet«, sagte er.

»Ja«, sagte ich.

»Im Moment haben Sie keine Angst vor mir, nicht wahr? Jedenfalls nicht so viel, daß Sie um Ihr Leben betteln.«

»Das brauche ich nicht«, sagte ich. »Im Moment hängen wir hier beide fest.«

»Ist Ihnen kalt?«

»Ja«, sagte ich.

»Sie wissen nicht, was Kälte ist«, sagte er. Er zog die Handschuhe aus. Alle seine Finger waren bis zum ersten Gelenk amputiert, alle, bis auf den rechten Zeigefinger. Den für den Pistolenabzug.

»Ich glaube, im Ofen ist kein Kerosin mehr«, sagte er. »Hier drin ist es nicht länger gemütlich. Und der Geruch des Todes hier ist ebenfalls unerfreulich.« Er stand auf, sein Pelzmantel reichte bis auf den Boden. Wir waren genau gleich groß; seine dunklen Augen waren mit meinen exakt auf derselben Höhe. Er nahm die Laterne und ging zur Tür. Auf seinem Weg zog er auch den anderen Mantel unter dem zweiten Toten hervor. Er betrachtete ihn genau und klopfte etwas Sägemehl ab.

»Wohin gehen Sie?« fragte ich.

»Zum Wagen.«

»Aber Sie haben keine Schlüssel.«

»Ich habe eigene Schlüssel«, sagte er. »Ich habe Sie um Mr. Pearls Schlüssel gebeten, weil ich wissen wollte, was Sie damit machen würden. Hätten Sie sie mir gegeben, wäre ich sehr enttäuscht gewesen. Aber das haben Sie nicht gemacht. Wenn Sie sagen, Sie wissen nicht, wo Miss Parrish ist, glaube ich Ihnen das. Was die Sache mit Mr. Fulton angeht, muß ich die Einzelheiten noch besser untersuchen. Ich glaube, ich sehe da einzigartige … Möglichkeiten. Wenn Sie wirklich Privatdetektiv sind, nehme ich an, daß man Ihre Dienste gegen Honorar in Anspruch nehmen kann. Irgendwann in der Zukunft werde ich möglicherweise auf Sie zukommen.«

»Sie wollen mich hierlassen«, sagte ich. »Ich werde erfrieren.«

»Vielleicht werden Sie das«, sagte er. »Vielleicht auch nicht. Wenn Sie überleben, sagt das etwas sehr Wichtiges über Sie aus. Es sagt mir, daß Sie ein Mann sind, der von großem Nutzen für mich sein kann.«

Ich stand da und sah ihn an. Worte gab es nicht mehr.

»Wenn Sie überleben«, sagte er, »werden wir etwas gemeinsam haben. Etwas sehr Seltenes. Sehen Sie, ich war einmal selbst in einer ähnlichen Lage. Ich bin nicht erfroren. Aber ich warne Sie. Die Kälte kann Ihnen einen Teil Ihrer selbst nehmen. Ich meine nicht ein Körperteil. Ich meine etwas tief in Ihrem Innern.«

Er öffnete die Tür und hielt dann inne. Die mörderische Luft strömte hinein. Ich konnte spüren, wie mein Hemd an meiner Brust festfror. »Wenn Sie einmal durch und durch gefroren sind, bis zu Ihrer Seele, wird Ihnen nie mehr warm. Sie werden sehen.«

Er schloß die Tür und ließ mich in der kalten Dunkelheit zurück.

Kapitel 19

Ich war allein in der Eishütte, abgesehen von zwei Toten auf dem Boden und Bruckman irgendwo unter uns. Mit meinem Mantel bekleidet, war er entweder auf dem Weg zum Seegrund oder stieß von unten gegen das Eis. Der Ofen war aus. Molinov hatte die Laterne mitgenommen. Es war vollständig dunkel und wurde mit jeder Minute kälter.

Okay, denk nach! Du lebst. Du willst weiterleben. Was tust du jetzt?

Ich begann mich zu erinnern. Ich sitze beim Friseur und warte, daß ich drankomme. Eine alte Ausgabe von *Natur erleben in Michigan*, ich greife danach, ein Artikel über Unterkühlung und Erfrierungen. Was zum Teufel stand da drin? Hätte ich doch besser aufgepaßt …

Ich spürte mein Hemd, steif gefroren, wo ich naß geworden war, als habe man mir einen Eisblock auf die Brust gebunden. Das war das dringendste Problem.

Nein, Moment mal, meine Hände. Sie sind so kalt. Wo sind meine Handschuhe? Ich kniete nieder und tastete den Boden nach ihnen ab. Ich konnte mich nicht einmal erinnern, sie ausgezogen zu haben. Vielleicht, als ich in den Taschen des Toten nach den Autoschlüsseln gesucht hatte.

Ich tastete auf dem rohen Bretterboden herum. Da! Da ist einer von ihnen. Ich streifte ihn über meine linke Hand. Wo ist jetzt der andere? Ich suchte mit der nackten Rechten weiter. Irgendwo hier ist er.

Was ist das? *Oh Scheiße*! Ich verlagerte mein Gewicht, bevor mir noch klar wurde, was ich tat, und spürte den eisigen Biß des Wassers bis zum Ellenbogen.

Das ist genau das, was ich jetzt brauche. Durch das verdammte Loch im Eis fallen. Auf dem Weg nach unten Bruckman Guten Tag sagen.

Ich lehnte mich zurück und schüttelte die Hand. Als ich sie wieder auf den Boden legte, spürte ich Leder.

Toll, er war direkt unter mir. Ich zog ihn an. Okay, was mache ich jetzt mit dem nassen Hemd? Was stand in dem Artikel? Irgendwas, daß Schnee Wasser aufsaugt. Wenn man naß ist, soll man sich im Schnee rollen.

Nein, ich glaube nicht. Ich gehe nicht nach draußen und wälze mich im Schnee herum, egal, was das Magazin schreibt.

Die Toten. Was ist mit ihren Kleidern? Molinov hat ihre Mäntel mitgenommen. Reizende Geste. Aber was ist mit dem Rest ihrer Sachen? Zwei Hemden, zwei Hosen.

Großartig, ich muß die toten Typen in diesem pechschwarzen Dunkel finden und sie ausziehen.

Ruhig, Alex. Hör mal, wie du atmest. Du verbrauchst alle deine Energie. Setz dich eine Minute hin. Entspanne dich und denke nach.

Ich fand die Bank, die, auf die ich mich anfangs gesetzt hatte. Meine Hände waren eiskalt, sogar in den Handschuhen, besonders die rechte nach dem Eisbad. Ich schob sie unter die Achselhöhlen. Der Wind draußen frischte auf und brachte den Schuppen zum Rappeln. Ich senkte den Kopf und spürte, wie ich am ganzen Körper unkontrollierbar zitterte.

Das ist nicht gut, Alex. Das ist überhaupt nicht gut.

Ich versuchte mich zu erinnern, wie es in der Hütte aussah. Wieder ließ ich mich auf Hände und Knie nieder und tastete nach dem Ofen. Als ich ihn fand, hob ich ihn hoch. Er war zu leicht. Ich schüttelte ihn. Nichts. Vielleicht gab es noch irgendwo Kerosin. Ich tastete die Rückwand ab. Ich stieß auf die schwere Eisenhacke, mit der sie das Loch ins Eis gebrochen hatten. Ich taste weiter die Wand entlang.

Da. Eine Blechdose! Ich hob sie hoch. Sie war leer.

Streichhölzer. Konnten irgendwo Streichhölzer sein? Ich könnte ein Feuer machen, Holz oder sonst was verbrennen. Ich stieß auf eine Holzdose, zog die Handschuhe aus und öffnete sie. Ein Angelhaken bohrte sich in meinen Finger. Nur eine Dose mit Angelgerät.

Angeln ist ja sowieso ein total schlapper Sport! Mitten auf einem zugefrorenen See in einem kleinen Schuppen hocken und eine Angel in der Hand halten.

Als meine Augen sich an die Dunkelheit gewöhnt hatten, sah ich, daß etwas Licht durch das rückwärtige Fenster fiel. Es war das schwächste Licht, das man sich vorstellen konnte, gerade um eine Schattierung heller als Schwarz, aber es genügte, um mir eine Vorstellung von der generellen Form des Raumes zu ermöglichen. Ich richtete mich auf und sah aus dem Fenster. Es gab genügend diffuses Licht vom Mond, wo auch immer der sich versteckt halten mochte, um eine endlose Weite aus Schnee und sonst nichts zu sehen.

Schon klar, du wirst es tun müssen. Dir bleibt keine Wahl.

Die beiden Toten waren bloße Schatten auf dem Boden. Wieder ließ ich mich auf Hände und Knie nieder und kroch zu ihnen hinüber. Ich berührte eine Hand und wich entsetzt zurück.

Du mußt es tun, Alex. Denk nicht nach. Tu es einfach.

Wieder langte ich hin, berührte den Arm und tastete mich bis zur Brust vor. Ich begann das Hemd aufzuknöpfen. Ich fühlte das Blut. Es war noch warm.

Blut. Das hat mir gerade noch gefehlt.

Ich zwang mich, einige Male ein- und auszuatmen. Dann fuhr ich fort, das Hemd der Leiche aufzuknöpfen. Als das geschehen war, kämpfte ich damit, den toten Körper anzuheben. Ich mußte irgendwie das Hemd von ihm runter bekommen. Seine Arme ließen sich nicht beugen. Es ist eine Gliederpuppe, dachte ich. Eine große schwere Gliederpuppe, mit ein wenig Blut dran.

Als ich ihm endlich das Hemd ausgezogen hatte, dachte ich nach, was jetzt zu tun sei. Mein nasses Hemd aus- und dies hier anziehen? Das neue war keinen Deut besser, sobald das Blut gefrieren würde. Ich versuchte, das Hemd über meines zu ziehen. Es roch nach Zigaretten.

Die Basistemperatur. Das hatte im Artikel gestanden. Der gebührt allererste Priorität. Die Basistemperatur hoch halten. Wenn sie zu sinken beginnt, kriegt man große Probleme. Sie hatten sogar eine Tabelle mit den verschiedenen Temperaturen gehabt, welche Symptome man zeigt, wenn die Temperatur niedriger und niedriger wird. Wenn du zitterst, wenn die Hände fühllos werden, das ist leichte Unterkühlung, stimmt's? So ging es mir jetzt. Den Anfang hatte ich schon mal hinter mir.

Ich begab mich zur zweiten Leiche. Diesmal war es schwerer, das Hemd aufzuknöpfen. Meine Hände wurden immer unbeholfener. Kein gutes Zeichen. Er war der Schwerere von den beiden, und so mußte ich mich anstrengen, als ich ihm das Hemd vom Körper streifte. Ich zog es über die anderen.

Okay, Alex, jetzt bist du ausgerüstet. Du hast jetzt drei Hemden an, eines naß vom Wasser, die beiden anderen naß vor Blut. Jetzt bist du bereit zu erfrieren.

Soll ich auch ihre Hosen nehmen? Ich könnte sie unter die Hemden stopfen.

Ja, Alex, das mußt du.

»Ich hoffe, die Herren nehmen mir nicht übel, was ich jetzt tun werde«, sagte ich. Ich zog beiden die Schuhe aus, öffnete die Reißverschlüsse und zog ihnen die Hosen aus. Eine Hose stopfte ich mir unters Hemd, zwischen das gefrorene Gewebe und meine Haut. Die andere Hose wickelte ich mir um den Hals.

Das ist schon viel besser. Jetzt könnte ich glatt noch eine Stunde leben.

Wieder dieser Geruch. Zigaretten. Die Hemden, die Hosen. Alles riecht nach Zigaretten. Und wenn du Zigaretten rauchst, hast du auch Streichhölzer. Oder ein Feuerzeug.

Ich tastete die Hose um meinen Nacken ab, suchte die Taschen. Ich nahm eine Brieftasche heraus, warf sie zur Seite und suchte weiter. Nichts.

Ich zog die Hose wieder unter meinem Hemd hervor und tastete die Taschen ab. Noch eine Brieftasche. Und noch etwas. Mit klammen Fingern griff ich hinein.

Ein Feuerzeug. Eins von diesen kleinen Gasfeuerzeugen, die man überall sieht. Gott segne dich.

Ich kann die Bank zertrümmern, vielleicht ein paar Bretter von den Wänden reißen, wenn das nötig sein sollte. Nur ein paar Minuten ein Feuer, mehr brauche ich nicht.

Erst mal sehen, ob es funktioniert. Ich legte den Daumen an das kleine Rad und versuchte es zu drehen. Nichts. Verdammt noch mal, ich spüre ja kaum, was ich da mache.

Ich blies warmen Atem auf meine rechte Hand. Na los, Daumen, laß mich jetzt nicht im Stich.

Ich versuchte es noch einmal. Nichts.

Noch ein Versuch. Nichts.

Ich hauchte noch mal in meine Hand. Komm schon, Baby. Von wem war die Geschichte, von Jack London? Der Typ, der Feuer machen muß, um sein Leben zu retten. Ich glaube aber, der hatte Streichhölzer. Kein verdammtes Exemplar von Scheißfeuerzeug, das es nicht tut.

Mir gelang eine volle Drehung. Nichts.

Ich schüttelte es. Ich hörte nichts. Heißt das, es ist leer? Warum, verdammt noch mal, trägt er ein verdammtes leeres Feuerzeug in der Tasche?

Ich drehte wieder. Und wieder. Und wieder.

Ich kann den Funken sehen, verdammt. Ich weiß, ich mache alles richtig. Ich geb dir den zündenden Funken, warum *brennst* du dann nicht?

Ratsch. Funke. Nichts.

Ratsch. Funke. Nichts.

Ich packte es, als wollte ich es wegwerfen, hielt dann aber inne. Warte. Versuch es in ein paar Minuten noch mal. Vielleicht funktioniert es dann.

Ich zog die Handschuhe wieder an, suchte die nächste Ecke, hockte mich hin und preßte die Knie gegen meine Brust. Langsam wiegte ich mich hin und her, im Rhythmus der Schauer, die mich überliefen.

Ich hauchte das Feuerzeug mit meinem warmen Atem an. Teufel auch, vielleicht hilft das. Ich zog den Handschuh aus und versuchte es wieder. Und noch mal. Und noch mal.

Dann ließ ich es fallen.

Okay, dann mache ich eben kein Feuer. Mir ist so warm, wie einem hier nur werden kann. Was nicht gerade viel ist. Verdammt, ist das kalt hier. Muß ich bis zum Morgen hier sitzen? Das halte ich niemals durch. Ich sitze hier einfach die ganze Nacht mit zwei Leichen auf dem Boden. Bald werde ich Bruckman hören, wie er von unten gegen das Eis schlägt und versucht, herauszukriechen.

Wenn ich mich bewege, wird's mir wärmer, stimmt's? Ich erzeuge Körperwärme? Oder verbrauche ich die restliche Energie nur schneller? Aber wenn ich es bis zur Hauptstraße schaffe, sieht mich vielleicht jemand. Vielleicht. Wenn ich es so weit schaffe.

Ich zwang mich zum Aufstehen. »Okay«, sagte ich, »okay, okay. Gehen wir los.« Ich ging zur Tür. »Bleibt so, Jungs«, sagte ich. »Man sieht sich.«

Ich öffnete die Tür und trat in den Schnee. Die Kälte sprang mich an, griff nach jedem Teil meines Körpers. »Mann, war das eine tolle Idee«, sagte ich. »Mann, bin ich ein verfluchtes Genie.« Ich suchte meinen Weg über den See, hin zu der Stelle, wo der Jeep gestanden hatte. Ich sah in alle Richtungen, während ich mich durch den Schnee kämpfte. Wo ich auch hinsah, verlor sich die Fläche des Sees in völliger Dunkelheit. Nirgends ein Licht, nirgendwo ein Lebenszeichen. Da mir sonst nichts einfiel, würde ich wohl über die Zufahrtsstraße zurückgehen müssen. Eine andere Wahl hatte ich nicht.

Ich hielt die Hände unter die Achseln gesteckt, während ich durch den Schnee stapfte. Sogar in den dicken Handschuhen spürte ich, wie meine Finger taub wurden. Ich versuchte den Spuren zu folgen, die wir beim Gang zur Eishütte gemacht hatten. Molinov mußte hier ebenfalls entlanggegangen sein, aber der Wind verwehte die Fußstapfen.

Geh weiter. Irgendwo muß die Straße sein. Dort findest du etwas mehr Schutz vor dem Wind.

Ich sah zurück zur Eishütte. Sie war nur noch ein Schatten. Ich versuchte mich zu erinnern, wie lang wir auf dem Hinweg gebraucht hatten. Zehn Minuten? Vielleicht fünfzehn? Jetzt kam es mir viel länger vor. Der See müßte längst zu Ende sein. Ich spürte, wie die Panik in mir aufstieg, vom Magen her. Ich verlaufe mich und gehe auf dem See im Kreis. Vor dem Frühjahr findet mich niemand.

Ich habe einen Fehler gemacht. Ich hätte in der Hütte bleiben und mein Glück versuchen sollen. Du machst aber auch nie etwas richtig, McKnight. Und jetzt wirst du hier draußen sterben, weil du so ein verdammter Idiot bist.

Nein, warte. Vor mir war ein dunkles Band zu erkennen. Es mußte das Seeufer sein. Ich ging weiter, kämpfte mich durch den Schnee, senkte den Kopf, als der Wind wieder auffrischte und mich mit einer Million kleiner Kugeln traf. Sein wahnsinniges Heulen hallte in meinen Ohren.

Als ich näher ans Ufer gekommen war, suchte ich nach der Schneise, durch die wir gekommen waren. Ich sah nur Bäume.

Verdammt noch mal, so kann ich meine Energie nicht vergeuden. Ich muß zur Hauptstraße. Wo sind wir bloß durchgekommen?

Ich ging den Waldsaum entlang und suchte nach der Schneise. Schnee lag auf den Ästen, machte die Bäume zu einem dichten Vorhang. Ich versuchte dicht an ihnen vorbeizugehen, in der Hoffnung, daß sie mich vor dem Wind schützten.

Hier entlang, noch ein paar Meter, dann mußt du umkehren. Du darfst dich nicht verlaufen. Du darfst dich verdammt noch mal nicht verlaufen, sonst ist alles vorbei. Ist es hier? Nein. Doch, da ist es.

Ich fand die Vertiefung im Schnee, wo der Jeep gestanden hatte. Im Sommer war hier wohl eine Bootslände, dachte ich mir. Nun, wie lange hatten wir bis hier gebraucht, nachdem wir von der Hauptstraße abgebogen waren?

Ich ging geradewegs die Stichstraße hinunter. Im schwachen Licht war sie nicht mehr als eine enge Schneise zwischen den Bäumen. Meine Füße waren taub. Meine Hände schmerzten. Ich wußte nicht, was schlimmer war.

Ich verlor den Halt und fiel in den Schnee. Als ich wieder aufgestanden war, zog ich die Hose enger um meinen Hals und ging weiter. Was hatte im Artikel zur nächsten Phase der Unterkühlung gestanden? Das war das mit dem ›irren‹. Man verirrt sich, wird verwirrt, nein, man ist verwirrt und schon verirrt. Bin ich das schon? Ich ging weiter, und in meinem Kopf reimte es. Wer verwirrt, ist schon verirrt, wer sich verirrt, ist bald verwirrt, verwirrt in irren Wirren. Wenigstens ist der Schnee hier nicht so tief. Und der Wind nicht ganz so eisig. Eigentlich ganz angenehm, oder? Ich glaube, mir wird hier richtig warm. Eigentlich ein hübscher Ferienort.

Wieder fiel ich in den Schnee. Ich setzte mich auf und hielt dann inne. Steh auf, verdammt noch mal. Auf die Füße! Wenn du anhältst, bist du tot.

Ich stand auf. Ich ging weiter.

Bloß weitergehen. Immer geradeaus. Hier lang geht's zur Straße. Und du mußt zur Straße.

Irre, klirre, kirre. Was ist Irrland? Das ist der Name eines Landes. Aber es schreibt sich Irland. Wie Schottland, wo Jackie her ist.

Geh weiter. Du mußt zur Straße.

Dinge, die ich tun werde, wenn ich nach Hause komme. Ein heißes Bad nehmen. Am Kamin sitzen. Heißen Kaffee trinken.

Wieder fiel ich hin.

Steh auf. Steh auf oder stirb.

Ich stand auf, das Gesicht voll Schnee.

Nach Florida ziehen. Am Strand liegen. Braun werden.

Ich ging weiter. Einen Fuß und dann den andern, durch den Schnee, geradeaus zwischen den Bäumen.

Wie lang sind wir auf der Stichstraße gefahren? Ich kann mich nicht erinnern. Wie lange gehe ich jetzt schon? Ich kann mich nicht erinnern, losgegangen zu sein. Mein ganzes Leben stapfe ich schon durch den Schnee.

Mein Gott, wie mir die Hände weh tun. Mein Gott, wie mir das Gesicht weh tut. Meine Füße sind nicht länger taub. Meine Füße schmerzen jetzt auch. So muß sich Bruckman gefühlt haben. Zusammengekauert in dem Schuppen. Beim Warten auf den Tod. Ob er wohl das Wasser gespürt hat, als man ihn hineinwarf?

Verirrt, verkirrt. Ist das ein Wort? Verwirrt.

Endlich erreichte ich die Hauptstraße. Auf ihr lagen nur einige Zentimeter Schnee. Sie war noch kürzlich gepflügt worden.

Das wäre es dann, Alex. Das wäre die Hauptstraße. Aber wo ist das Rettungsteam? Wo ist das Empfangskomitee? Wo ist der Mann mit dem großen Siegespokal, und wo ist die Schönheitskönigin, die mich auf den Mund küssen will? Tut mir leid, Madam, aber meine Lippen sind gefroren.

Wohin? Links oder rechts? Aus welcher Richtung sind wir gekommen? Wohin sind wir abgebogen, als wir gekommen sind? Wenn wir nach rechts abgebogen sind, muß ich jetzt nach links. Wenn wir nach links abgebogen sind, muß ich nach rechts. Oder ist es genau umgekehrt?

Scheiße, als ob das noch was bedeutet. Als ob das noch einen Unterschied macht. Geh weiter. Oder laß es bleiben. Leg dich einfach hierhin und warte, bis sie kommen und dich holen. Sie müssen jede Minute hier sein.

Ich gehe. Wenn schon, denn schon. Es ist eine so liebliche Nacht. Ich geh da lang. In der Richtung scheint es etwas heller zu sein.

Was ist das denn, Scheinwerfer? Da kommen sie. Ich sehe Scheinwerfer.

Nein, falscher Alarm. Deine Augen fangen an, dir Streiche zu spielen. Augen sind was Lustiges. Spielen immer Streiche.

Du weißt es. Vielleicht bin ich verrückt. Ich spüre nicht einmal mehr die Kälte. Meine Hände sind nicht mehr kalt. Wo auch immer sie sein mögen. Meine Hände. Ich bin sicher, daß sie hier irgendwo sind. Ich habe sie doch nirgendwo liegen lassen.

Scheinwerfer. Sie kommen. Diesmal wirklich.

Von wegen. Keine Scheinwerfer. Aber ich sehe Lichter. Die Straße runter. Aber keine Scheinwerfer. Vielleicht ist es ein Ufo. Das könnte es sein.

Die Bäume. Am Straßenrand. Der ganze Schnee auf ihnen. Sie sehen aus wie Mönche in weißen Kutten.

Was ist das für Musik? Klingt wie ein Saxophon.

Ich sollte mich hier hinlegen. Ein Schläfchen halten. Ich bin schläfrig. Wie spät ist es? Bestimmt schon spät.

Nein. Geh weiter. Alex. Alex.

Die Musik wird lauter. Zum Tanzen ist sie zu langsam. Auch gut. Ich bin zu schläfrig, um zu tanzen. Ich sollte mich hinlegen.

Nein. Alex.

Es ist sowieso egal. Mir ist alles egal.

Der Schnee ist weich. Ich werde mich jetzt hinlegen.

Was ist das für Musik? Ich kenne das Lied. Ich höre es jeden Abend.

Was ist das für ein Licht? Es ist ein Ufo. Ich hatte doch recht. Die Außerirdischen sind hier. Ich werde mich jetzt hinlegen.

Ich liege im Schnee. Er ist so weich.

Die Außerirdischen sind jetzt da. Ihre Maschinen landen neben mir. Auf jeder Seite eine. Die Außerirdischen sehen auf mich herab. Ein großes Auge mitten in ihren Köpfen.

Willkommen auf Planet Erde. Ich hoffe, es gefällt Ihnen hier. Das weiße Zeug nennen wir Schnee. Es ist sehr weich. Perfekt, um drauf zu liegen. Wenn Sie mich jetzt entschuldigen würden. Ich werde ein wenig schlafen.

Kapitel 20

Ich verbrachte noch einmal zwei Tage im Krankenhaus, in demselben Krankenhaus, in das man mich eingeliefert hatte, nachdem Bruckman – korrekter: der verstorbene Lonnie Bruckman – und seine Leute mich durch die Mangel gedreht hatten. Derselbe Arzt leuchtete mir mit einer Lampe in die Augen und fragte mich, was denn zum Teufel mit mir los sei. Ich hätte doch das letzte Mal brav nach Hause gehen und ein paar Tage ausspannen sollen.

»Mir hat das Essen hier gefehlt.«

»Sie haben Glück, daß Sie noch leben«, sagte er. »Und verdammtes Glück, daß Ihre Finger und Ihre Zehen noch dran sind.«

Zwei Schneemobilfahrer hatten mich gefunden, ein Mann mit seinem Sohn. Der Mann war Pfadfinderführer und bei der Freiwilligen Feuerwehr, einer von den Typen, die allzeit bereit zu allem sind. Er hatte die erforderlichen Wärmekompressen für den Notfall dabei. Er hatte die Handwärmer dabei, die an die Schneemobilbatterie angeschlossen werden konnten. Er hatte sogar die Matte auf seinem Sitz, die einem beim Fahren den Arsch wärmt.

»Diese Schneemobile sind schon erstaunliche Dinger«, sagte der Arzt. »Besitzen Sie eins?«

»Nein«, sagte ich. »Momentan nicht.«

»Sie sollten sich eins anschaffen«, sagte er. »Man kann viel Spaß damit haben.«

Als die Schneemobilfahrer Paradise erreicht hatten, riefen sie den Sheriff an. Ein Krankenwagen wurde geschickt, um mich ins Krankenhaus zu bringen. Meine Körpertemperatur betrug einunddreißig Grad, etwa zwei Grad weniger als bei schwerer Unterkühlung. Sie hatten Hals, Achseln und Hüften schon auf dem Weg ins Krankenhaus mit Wärme behandelt.

Dort erhielt ich dann eine komplette Wärmepackung. Meine Temperatur stieg wieder, etwa um ein Grad in der Stunde.

»Sechsunddreißig Grad«, sagte der Arzt, während er auf das Thermometer sah. »Wie fühlen Sie sich?«

»Mir ist immer noch kalt«, sagte ich.

»Bald wird es Ihnen besser gehen. Die Vasokonstriktion hat sie dehydriert.«

»Die Vasokonstriktion«, sagte ich. »Na klar.«

»Das viele Blut hat uns natürlich Sorge gemacht.«

»Das Blut ...«, sagte ich.

»Sie waren vielleicht zugerichtet. Dabei hatten Sie gar keine blutenden Wunden. Das war gar nicht Ihr Blut, oder?«

»Nein, das war es nicht«, sagte ich. »Aber das ist eine lange Geschichte.«

»Das Blut von einem anderen«, sagte er und schüttelte den Kopf. »Tun Sie mir einen Gefallen. Wenn Sie so weit sind, daß Sie die Geschichte jemandem erzählen, möchte ich gern dabeisein. Das muß ich einfach hören.«

Ich habe die Geschichte dann Sheriff Brandow erzählt, und ich habe dafür gesorgt, daß der Doktor dabei war. Brandow hörte sich alles an, schrieb wortlos mit und schickte dann seine Männer auf die Suche nach der Eishütte.

»Sie werden da zwei tote Männer in Unterwäsche finden«, sagte ich. »Was Bruckman angeht, habe ich keine Ahnung, was ihr da machen könnt.«

»Was mich angeht«, sagte er, »können wir gern bis zum Frühjahr warten. Wenn Champagne und Urbanic ihn jetzt schon wollen, können sie ihn auch selber suchen.«

Genau das richtete ich auch den beiden Agenten aus, als sie mich besuchten. Sie waren gar nicht erfreut.

»Um das mal klarzustellen«, sagte Champagne. »Wir haben zwei von Molinovs Leuten. Tot. Wir haben Bruckman. Tot, irgendwo unterm Eis. Wir haben keinen lebendig. Wir haben keinen Beutel.«

»Ihr habt immer noch euch beide«, sagte ich.

»Wie gut, daß Sie im Krankenhaus sind«, sagte er. »Gleich brauchen Sie nämlich 'ne Bluttransfusion.«

Ich fing Urbanics Blick auf. Er unterdrückte ein Lächeln. Nachdem Champagne aus dem Raum gestürmt war, fragte ich ihn, wie er so einen Typen als Partner ertragen könne.

»Sie waren doch selber mal bei der Polizei«, sagte er. »Hatten Sie da nie einen Partner, den Sie nicht ausstehen konnten?«

»Doch«, sagte ich. »Er wurde erschossen.«

»Vermissen Sie ihn?«

»Jeden Tag«, sagte ich.

»So geht es mir auch«, sagte er. »Und Sie sollten mal sehen, wie er einen Golfball schlägt. Wir haben sieben Jahre in Folge den Pokal unserer Behörde für das beste Duo gewonnen.«

Ich dachte noch darüber nach, als Leon aufkreuzte. Er hatte weitere Magazine für den Privatdetektiv dabei und eine kleine Schachtel.

»Hier habe ich ein Geschenk für Sie«, sagte er.

Ich öffnete die Schachtel. Darin befanden sich mindestens zweihundert Visitenkarten. »Was ist das denn?«

»Lesen Sie schon.«

Ich nahm eine der Karten heraus. »Prudell-McKnight. Ermittlungen« las ich. Unter unseren Namen befanden sich zwei Pistolen.

»Sehen Sie, das sind Ihr Dienstrevolver und meine Luger.«

»Sieht aus, als ob sie aufeinander schössen.«

»Nein, nein«, sagte er. »Das ist wie bei den zwei Musketieren. Alle für einen und einer für alle. Oder beides. Oder wie auch immer.«

»Sie haben wirklich Visitenkarten drucken lassen«, sagte ich.

»Ich dachte, das muntert Sie auf. Ich schau noch mal vorbei, nach der Arbeit.«

»Das müssen Sie nicht«, sagte ich. »Mir geht es gut.«

»Ich mag es nicht, wenn mein Partner im Krankenhaus liegt«, sagte er. »Mir geht es erst wieder gut, wenn Sie wieder am Fall arbeiten können.«

»Der Fall«, sagte ich. »Wie lange haben wir uns insgesamt darüber den Kopf zerbrochen? Wieviel Ärger hat er uns gebracht? Mir zumindest. Von zwei Krankenhausaufenthalten ganz zu schweigen. Und was haben wir vorzuweisen?«

»Nun ja«, sagte er. Er dachte lange nach. »Wir konnten einige Verdächtige eliminieren.«

Ich konnte nicht umhin zu lachen. »Sie haben recht. Das konnten wir in der Tat.«

»Werden Sie erst mal gesund«, sagte er. »Dann machen wir uns wieder an die Arbeit.«

»Leon«, sagte ich, »im Ernst, ich weiß nicht, was zum Teufel wir überhaupt gemacht haben, aber ich bin froh, daß Sie mir geholfen haben.«

»Bis bald, Partner«, sagte er.

»Bis bald«, sagte ich. »Partner.«

Als er gegangen war, blätterte ich in den Magazinen, die er mir mitgebracht hatte, dann schlief ich ein wenig. Als ich wach wurde, kamen gerade die beiden Schneemobilfahrer vorbei, ein Mann aus Traverse City mit seinem dreizehnjährigen Sohn. Beide hatten einen militärischen Haarschnitt und einen kräftigen Händedruck. Ich bedankte mich bei ihnen, gab ihnen meine Telefonnummer und lud sie für eine Woche in eine meiner Hütten ein, wann immer sie wollten.

Bill Brandow kam an diesem Abend noch einmal. Diesmal hatte er eine braune Papiertüte mit einem kalten kanadischen Bier dabei. »Ich dachte, Sie könnten das gebrauchen«, sagte er.

»Der Arzt erschlägt Sie«, sagte ich.

»Ich werde Ihnen ab heute viele Drinks spendieren«, sagte er. »Da dachte ich, ich fang schon mal damit an.«

»Und es ist auch genau das, was ich jetzt brauche«, sagte ich und betastete die Flasche. »Etwas richtig Kaltes.«

Er sah zu Boden. »Da habe ich wohl nicht nachgedacht.«

»Das macht nichts, Bill.«

»Ich hätte mich nicht mit diesen Agenten einlassen sollen«, sagte er. »Sie hatten recht. Ich bin gewählter Sheriff. Sie können mir nicht an den Karren fahren.«

»Klar, aber dieser Typ von Champagne kann einen so um den Finger wickeln, da konnten Sie einfach nicht widerstehen.«

»Ich merke schon, daß ich dafür noch lange bezahlen muß.«

Als er gegangen war, kam Jackie vorbei, der Mann, der eher seine Ex-Frau küssen würde, als seine Kneipe im Stich zu lassen, um im Schnee Auto zu fahren.

»Was hast du denn gemacht?« fragte ich. »Etwa das Lokal geschlossen?«

»Mein Sohn kümmert sich drum«, sagt er. »Ich mußte einfach vorbeischauen und sehen, wie es dir geht.«

»Als ich das letzte Mal im Krankenhaus war, bist du nicht gekommen.«

»Ja, da hatte man dich ja auch bloß vermöbelt. Als ich überhaupt davon gehört hatte, warst du ja schon wieder draußen. Wenn du dich aber jetzt zu Tode frieren willst, solltest du vorher noch deinen Deckel bezahlen.«

»Es ist wirklich schön, dich wiederzusehen.«

Der Arzt kam, und nach der Arbeit kam Leon noch einmal, und dann, etwa zur Zeit des Abendessens, sah ich auf und glaubte an eine Halluzination. Chief Maven stand in der Tür.

»Wie, keine Blumen?« sagte ich.

»Ich mußte nur vorbeikommen und das mit eigenen Augen sehen«, sagte er. »Man hat Sie mitten im Luce County im Schnee liegend gefunden, ohne Mantel, und Sie haben sich nichts abgefroren?«

»Alle Teile sind noch dran«, sagte ich. »In der Originalausstattung.«

»Wie geht noch mal die Redensart? Narren und Idioten haben einen besonderen Schutzengel?«

»Ich glaube, es sind Betrunkene und Narren.«

»Wie dem auch sei – wenn Sie nicht der lebende Beweis sind!«

Als er so nah herangekommen war, daß er mich von oben betrachten konnte, steckte er die Handschuhe in die Taschen und verschränkte die Arme. Er sah erschöpft aus.

»Weshalb sind Sie hier?« fragte ich. »Jetzt mal im Ernst.«

»Ich bin hierhergekommen, um Ihnen ein paar Fragen zu stellen«, sagte er.

»Stellen Sie.«

»Diese Hütte am Mackinac Trail. Ich habe die Aussage gelesen, die Sie Brandow gegenüber gemacht haben. Aber ich muß Sie das selbst fragen. Sind Sie wirklich mit Ihrem Schneepflug in das Ding hineingebrettert?«

»Ja«, sagte ich. »Ohne jede Absicht.«

»Sie wollten an sich die Einfahrt freischaufeln, und das ist schiefgelaufen?«

»Nächste Frage«, sagte ich.

»Sie haben gesehen, was man mit diesen Leuten gemacht hatte«, fuhr er fort. »Nachdem Sie zufällig die ganze Wand des Hauses mit Ihrem Schneepflug eingerissen hatten.«

»Ja«, sagte ich.

»Und diese Männer in der Eishütte«, sagte er. »Die Toten, die man da in ihrer Unterwäsche gefunden hat. Pearl und Roman? Hießen sie so? Das sind die, die die Leute in der Hütte umgebracht hatten?«

»Ja.«

»Sind Sie da sicher?«

»Ja.«

»Und der andere Mann?« fragte er. »Molinov? Sie haben gesehen, wie er Pearl und Roman umgebracht hat?«

»Ja«, sagte ich.

Er nickte mit dem Kopf. »Okay, letzte Frage. Ging es schnell, oder ging es langsam?«

»Was fragen Sie mich das?«

»Sie haben gesehen, was die beiden gemacht haben«, sagte er. »Als sie starben, ging das schnell oder langsam?«

Ich sah ihn lange an. »Es ging schnell«, sagte ich schließlich. »Sie haben es nicht mal mitgekriegt.«

Er nickte wieder mit dem Kopf. »Okay«, sagte er. »Okay.« Er nahm die Handschuhe aus den Taschen und zog sie an.

»Das ist alles«, sagte er. Und dann ging er.

Ich saß da und starrte auf die gegenüberliegende Wand. Der Doktor kam einige Minuten später und vertrieb die eigentümliche Stimmung.

»Ich würde Sie gerne noch ein paar Tage hierbehalten«, sagte er. »Sichergehen, daß Ihr Magen wieder Nahrung verträgt. Zum Teufel, am liebsten würde ich Sie diesmal noch einen Monat dalassen, damit ich weiß, daß Sie nicht wieder irgendeinen Quatsch machen, sobald Sie draußen sind.«

»Mir geht es gut«, sagte ich.

»Und kalt ist Ihnen auch nicht mehr?«

»Nein«, sagte ich. Was eine Lüge war. Aber ich konnte das Krankenhaus nicht länger ertragen und die endlose Parade der Besucher. Jeder, den ich kannte, hatte mich besucht.

Mit einer Ausnahme.

Ich verließ das Hospital am nächsten Morgen um acht Uhr. Ich trug den neuen Mantel, den Leon mir gebracht hatte. Mein alter Mantel war ja unter dem Eis und hüllte dort vermutlich immer noch Bruckmans Leiche ein. Aber das war in meinen Augen schon in Ordnung. Er hatte mir schließlich schon zwölf gute Jahre treue Dienste geleistet.

Mein Lastwagen stand auf dem Parkplatz, wie Leon es mir versprochen hatte. Ich hatte ihm gesagt, daß er mich nicht abholen solle. Ich wollte an diesem Morgen einfach niemanden sehen. Ich wollte nur einige Stunden für mich allein haben, um etwas Wichtiges zu erledigen. Er hatte das ohne jede Erklärung akzeptiert. Das Merkmal eines guten Partners.

Ich fuhr an diesem Morgen nach Westen. Es war kalt, wie fast an allen Tagen. Aber ich dachte nicht ans Wetter. Als ich den Abzweig nach Brimley erreichte, fuhr ich nach Norden ins Reservat. Ich stellte den Lastwagen auf dem Parkplatz des Kasinos ab und ging nach drinnen.

Ich hatte ihn schnell gefunden. Er arbeitete am Siebzehnund-vier-Tisch zu fünf Dollar. Dort waren drei Spieler, zwei Frauen und ein Mann. Ich setzte mich dazu.

»Alex«, begrüßte er mich, ohne aufzusehen. Als er mit Mischen fertig war, gab er den Stapel an eine der Frauen und ließ sie abheben.

»Vinnie«, begrüßte ich ihn. Er begann auszuteilen. »Spielen Sie mit?« fragte er. Er sah nur auf die Karten, während er gab. Er hatte sich selbst einen Buben gegeben, deshalb überprüfte er vor der nächsten Runde, ob er einundzwanzig hätte. Das war nicht der Fall, also teilte er weiter aus.

»Ich spiele«, sagte ich. Ich holte den Briefumschlag aus der Tasche, den, den die Mieter mir hinterlassen hatten. Nach meinem Abenteuer im Eisstadion hatte ich noch hundert Dollar.

Als die Runde beendet war und die Gewinne ausbezahlt, nahm er die Banknote. »Hundert zum Wechseln«, kündigte er an. Der Aufseher nickte ihm zu.

Ich wartete, bis die Karten neu ausgeteilt wurden.

»Du hast mich nicht im Krankenhaus besucht«, sagte ich.

»Ich habe gearbeitet«, sagte er. »Die Bank hat neun.«

Das letzte Mal hast du mich aber besucht. Und jetzt bist du auf einmal zu beschäftigt? Haben sich deine Arbeitszeiten geändert?

»Zweiundzwanzig«, sagte er, als die erste Frau eine Zehn zu ihren zwölf bekam. »Alex, ich kann jetzt nicht sprechen.«

»Ich habe mir Gedanken gemacht«, sagte ich. »Ich glaube, ich weiß, warum du nicht vorbeigekommen bist.«

»Fünfundzwanzig«, sagte er, als der Mann eine Neun zu seinen sechzehn zog. »Alex, bitte.«

»Sie hätten die Achten splitten sollen«, sagte ich zu dem Mann. Nach seinem Gesichtsausdruck zu urteilen, war mein Rat nicht willkommen. »Ich denke, du bist deshalb nicht gekommen«, sage ich zu Vinnie, »weil du ein rabenschwarzes schlechtes Gewissen hattest.«

Er zeigte keine Reaktion. Er gab weiter. Der dritte Spieler hielt bei siebzehn.

»Sie sind dran«, sagte er. »Bekommen Sie noch eine Karte?«

Ich sah ihn nur an. Die andern Spieler sahen mich an.

»Eine Karte für Sie, mein Herr?«

Ich ließ meine Hände unter den Tisch gleiten und gab ihm versuchsweise einen kleinen Stoß. »Das Ding ist nicht sonderlich schwer«, sagte ich. »Was passiert wohl, wenn ich ihn umwerfe?«

»Man würde Sie aus den Räumlichkeiten entfernen.«

»Aber das erregte doch ganz schönes Aufsehen, oder?«

»Wollen Sie nun eine Karte?«

»Was ich will, ist, daß du mit mir nach draußen kommst.«

»Alex, ich habe gerade erst an diesem Tisch angefangen. Ich kann hier nicht weg.«

Ich gab dem Tisch einen weiteren Stoß. Dieses Mal stürzten alle Stapel mit Chips um. Die anderen Spieler sahen sich um, als erwarteten sie, daß ihnen jemand zu Hilfe käme.

Vinnie schloß die Augen. »Beenden Sie bitte die Runde«, sagte er. »Dann werden wir gehen.«

»Gib mir eine Karte«, sagte ich.

Er legte eine Sechs auf meine vierzehn. »Sie haben gewonnen«, sagte er. Er räumte den Tisch ab und winkte dann dem Aufseher. »Es handelt sich um einen Notfall«, erklärte er dem Mann.

Der Boss sah mich an und machte eine Handbewegung. Sofort war ein anderer Bankhalter da, um Vinnies Platz einzunehmen.

Ich wartete, bis wir auf dem Parkplatz waren. Dann begann ich darüber nachzudenken, wohin ich ihn zuerst schlagen sollte. Das Problem war, daß ich mir nicht sicher war, ob ich den Arm überhaupt so hoch heben konnte, um ihm einen Schwinger zu verpassen. Und ich fühlte mich nicht wütend genug, um nach ihm zu treten. Jedenfalls zur Zeit nicht.

»Sag mir eins«, begann ich. »Was ist aus deinem langen Vortrag geworden, daß sich Indianer nicht in ein fremdes Leben einmischen? Diese ganze Geschichte da, daß deine Mutter dich nicht mal zum Zahnarzt geschickt hat. Ihr geht euren eigenen Weg, ihr wählt eure Pfade selber, und diese ganze Riesenscheiße.«

»Wovon redest du?« fragte er.

»Vielleicht davon, daß Dorothy aus meiner Hütte gekidnappt wurde. Hat man sich da nicht in ihr Leben eingemischt? Nur ein kleines bißchen?«

Er sah zur Straße hinüber. Ein kalter Wind kam auf. Ich spürte ihn kaum.

»Wann wirst du mir das gefälligst erklären? Bevor oder nachdem ich dich zu Brei geschlagen habe?«

»Alex, nicht so.«

»Warum sagst du das jetzt? Weil du mir nicht weh tun willst? Weil du mich nicht in einen kleinen geheimen indianischen Schwitzkasten nehmen willst?«

Er sah mich an. »Hör doch auf damit.«

»Wie viele von euch Typen haben sie weggeschleppt?« fragte ich. »Sie wird sich ganz schön gewehrt haben.«

»Falls du es vergessen haben solltest«, sagte er. »Ich war in der Nacht, in der sie weggeholt worden ist, im Gefängnis.«

»Ja, das warst du. Aber du hast doch, warte mal, irgendwie siebenhundert Vettern? Wie viele davon sind in der Nacht ausgerückt?«

»Wie hast du das rausgekriegt?« fragte er. »Wer hat dir das erzählt?«

»Nun stell dir mal vor, Vinnie, niemand mußte mir das erzählen. Einige von uns Bleichgesichtern können so was alleine rausfinden. Ich wußte, daß es nicht Bruckman war und daß es nicht Molinov war. Keiner von den beiden hat überhaupt gewußt, daß sie bei mir war, erst am Tag drauf. Und selbst wenn sie es gewußt hätten, wären sie nicht direkt zu der zweiten Hütte gegangen. Es mußte jemand gewesen sein, der zugesehen hat, wie ich sie da untergebracht habe. Jemand, der im Wald war und uns beobachtet hat.«

Er sah wieder weg.

»Das erklärt auch, wieso sie in der Nacht die Tür geöffnet hat. Sie müssen sie überlistet haben. Was haben sie gemacht, ihren Indianernamen benutzt?«

»Ich habe von alldem nichts gewußt«, sagte er. »Das schwöre ich. Ich habe nichts gewußt. Ich habe dir erzählt, daß Jimmy und Buck bei mir waren, als ich auf Bruckman losgegangen bin. Nach meiner Verhaftung sind sie ihnen dann wohl weiter gefolgt. Beiden, Bruckman und Dorothy. Als Dorothy ihm dann am Abend weggelaufen ist, haben sie sich geteilt. Buck ist Dorothy erst zu der Kneipe gefolgt, dann zum Glasgow Inn und dann zu dir.«

»Na klar kann er gut Leute verfolgen«, sagte ich. »Er ist schließlich ein Ojibwa.«

»Kannst du langsam damit aufhören?« sagte er. »Er besucht das College. Und eines Tages ist er Rechtsanwalt. Er und meine andern Vettern, ich weiß nicht, wie ich dir das klarmachen soll. Sie haben zuviel mitgekriegt. Dieser Bruckman hat eine von uns abgeschleppt. Dann hat er sie zurückgebracht, als wollte er uns mit der Nase drauf stoßen. Und er hat versucht, unsern Leuten Drogen zu verkaufen, Alex. An einige von uns, an die, die es nicht besser wissen. Er war ein weiterer Weißer, der versuchte, uns kaputtzumachen. Und da haben sie beschlossen, etwas dagegen zu unternehmen.«

»Ich bin am nächsten Tag zu dir in den Knast gekommen und habe dich gegen Kaution rausgeholt«, sagte ich. »Und du erzählst mir, daß du keine Ahnung gehabt hast, was da abging?

»Nein«, sagte er. »Ich schwöre es dir.«

»Und wann hast du es dann erfahren?«

Er zögerte.

»Shit, wann hast du es gewußt, Vinnie?«

»Seit der Nacht, in der sie dich verhaftet haben. Da habe ich sie gesehen.«

»Moment mal, in der Nacht, als ich verhaftet wurde? Auf der Brücke? Da bist du am nächsten Morgen gekommen und hast mir geholfen, die letzte Kabine in Ordnung zu bringen, und hast mich gefragt, warum ich immer noch versuchen würde, sie zu finden.«

»Ich wollte, daß du aufhörst«, sagte er. »Du hattest schon genug durchgemacht.«

»Mein Gott, Vinnie. Warum hast du es mir nicht einfach *gesagt*?«

»Ich habe nicht gedacht, daß ich das müßte«, sagte er. »Es klang so, als ob du damit fertig wärst.«

»Ich kann das einfach nicht glauben. Die ganze Zeit, bis zu dieser Nacht, hattest du nicht die *leiseste* Idee, daß deine eigenen Vettern sie geholt hatten?«

»Ich lebe nicht im Reservat«, sagte er.

»Das ist keine besonders überzeugende Antwort.«

Er sah mich an, ohne ein Wort zu sagen.

»Als wir zu ihren Eltern gegangen sind«, sagte ich. »Als ich meinte, sie verhielten sich seltsam, und du mir dann die tolle Rede gehalten hast über die Eigenart der Ojibwas, war das alles nur Getue? Wußten *sie* es da schon?«

»Ich glaube, ihre Eltern wußten, daß sie in Sicherheit war«, sagte er. »Das ist alles. Mehr haben sie nicht gewußt.«

»Und jeder ließ mich einfach rumlaufen und sie suchen?« sagte ich. »Ist dir eigentlich klar, was ich mitgemacht habe?«

»Du hast nach Bruckman gesucht«, sagte er. »Meine Vettern wollten dich vielleicht nicht davon abhalten, ihn zu finden.«

»Du meinst, wenn ich ihn gefunden hätte …«

»Hätten sie sich um ihn gekümmert«, sagte er.

»Wenn man dich reden hört«, sagte ich, »klingt das wie die Mafia oder so.«

»Nein«, sagte er. »Es ist nur eine andere Generation, Alex. Wir haben zu viel durchgemacht. Wir unternehmen alles, was erforderlich ist, um unsere Leute zu retten.«

»Großartig«, sagte ich. »Ich bin gerührt.«

Er sagte nichts.

»Und wo ist sie jetzt?« fragte ich. »Wo hast du sie gesehen?«

»In Kanada. Sie wollte dich anrufen.«

»Und warum hat sie das nicht getan?«

»Sie wollten das nicht«, sagte er. »Sie wollten nicht … Ich denke, sie wollten noch warten.«

»Wer ist ›sie‹?«

»Die Leute, die sich um sie kümmern.«

»Die Leute, die sie entführt haben«, sagte ich.

»Nein.«

»Sie sind in die Hütte gekommen«, sagte ich, »und haben sie dann weggeschleppt.«

»So war das nicht«, sagte er. »So haben sie es mir jedenfalls nicht erzählt.«

»Es waren jedenfalls Leute in der Hütte«, sagte ich. »Und was meine Möbel angeht, haben sie ganze Arbeit geleistet.«

»Nein«, sagte er. »Sie helfen ihr. Sie bringen Ordnung in ihr Leben …«

»Hat sie dir das erzählt?«

»Ja«, sagte er. »Und sie hat mich auch gebeten, dir etwas auszurichten. Sie sagt, daß es ihr leid tut, daß sie dich da reingezogen hat, und noch was mit deinen Leitungen.«

»Meinen Leitungen?«

»Irgendwas mit Leitungen, die einfrieren.«

»Ja klar. Das hat mich einige schlaflose Nächte gekostet. Das war in dieser Woche mein größtes Problem.«

»Ich sag dir nur, was sie mir gesagt hat.«

»Okay«, sagte ich. »Was du hiermit getan hast.«

»Alex, ich weiß nicht, was ich sonst noch sagen soll. Ich schwöre dir, ich habe wirklich nichts gewußt, bis …«

»Spar dir das«, sagte ich. »Ich will wirklich nichts mehr davon hören. Du hast nichts davon gewußt, weil du es nicht wissen *wolltest*. Hättest du es gewußt, hättest du es mir auch sagen müssen. Und das hast du nicht gewollt. Wir wissen beide, warum.«

Ich sah ihm in die Augen. Zum ersten Mal, seit ich ihn kennengelernt hatte, spürte ich deutlich den Abstand zwischen uns, als er mich ansah. Ich wußte, auch wenn wir einen Weg fänden, über all das wegzukommen, der Abstand würde für immer bleiben.

»Sag mir noch eins«, sagte ich. »Was ist aus dem Beutel geworden? Ich habe gehört, daß das eine ziemliche Ladung von, wie heißt es noch mal, ›Wild Cat‹ ist.«

»Ich weiß davon nichts«, sagte er. »Soweit ich weiß, hatte sie ihn nicht dabei, als sie sie geholt haben.«

»Und ob sie das hatte!« sagte ich. »Deine Vettern hocken auf soviel Drogen, daß sie den Rest ihres Lebens high sind. Oder wer auch immer diese Leute in Kanada sind. Und die geben dir nicht mal was ab?«

Er sah mich nur an, mit zurückgezogenen Schultern, als wolle er sich auf mich stürzen. »Ich hatte ein verdammt schlechtes Gewissen wegen all dem, was dir passiert ist. Jetzt machst du mir die Sache erheblich einfacher.«

»Warum fragst du sie nicht?« sagte ich. »Frag sie, wo der Beutel ist. Wenn sie dir dann sagen, sie wüßten nicht mal, wovon du sprichst, dann sollte dir klar sein, daß du ein Problem hast. Das Zeug ist Gift, Vinnie. Für jeden. Indianer, Weiße, Schwarze, alle. Wenn man das Zeug nicht selbst nimmt, kann man es für, mein Gott, ich weiß nicht, mindestens zweihunderttausend Dollar verkaufen. Glaubst du, daß jeder einzelne von deinen Vettern dieser Versuchung widerstehen kann? Tön ruhig rum, wie die Weißen euch kaputtmachen. Im Moment sieht es so aus, als ob ihr Jungs das auch ohne fremde Hilfe hinkriegt.«

»Es ist Zeit, daß du gehst«, sagt er. »Geh weg, bevor ich etwas tue, was ich hinterher bereue.«

»Stimmt«, sagte ich. »Du hast weiß Gott schon genug angerichtet.«

Als ich wegfuhr, stand er immer noch auf dem Parkplatz und starrte in die Ferne.

Den Großteil des Tages verbrachte ich in meiner Hütte und hockte am Ofen. Ich hatte nicht das Verlangen, ins Glasgow zu gehen, nicht einmal, als die Sonne sich anschickte unterzugehen, wenn mir normalerweise nach ein wenig Gesellschaft ist. Ich saß am Ofen, legte Scheit um Scheit nach und versuchte, eine gleichmäßige Wärme zu erzielen, die die Kälte aus meinem Körper vertriebe. Ich fühlte mich kalt bis ins Mark.

Ich versuchte, nicht an Molinov zu denken oder an das, was er mir zum Abschied gesagt hatte. Die Kälte kann Ihnen einen Teil Ihrer selbst nehmen. Damals hatte das keinerlei Sinn für mich ergeben. Allmählich spürte ich die Wahrheit seiner Worte.

Ich war müde, aber ich fürchtete den Gedanken ans Einschlafen. Ich wußte, daß ich wieder in der Eishütte wäre, sobald ich die Augen schloß. Vierzehn Jahre hatte es gedauert, um über den Tag in Detroit wegzukommen, dachte ich. Vierzehn Jahre, bis ich nicht mehr jede Nacht das Apartment sah und meinen Partner auf dem Boden neben mir. Jetzt habe ich ein paar neue Leichen, von denen ich träumen kann. Vielleicht dauert es diesmal nur dreizehn Jahre.

Ich stand auf, ging im Zimmer auf und ab und sah aus dem Fenster auf den im Dunkel verschwindenden Tag. Im Glas sah ich mein Spiegelbild.

»Tu was«, sagte ich. »Irgendwas. Sitz hier nicht einfach rum!«

Ich zog den Mantel an und ging zum Wagen. Ich startete ihn und fuhr die vierhundert Meter bis zur nächsten Hütte. Es war ein seltsames Gefühl, die Tür zu öffnen und hineinzugehen, jetzt wo ich wußte, was wirklich geschehen war. Ich nahm das Bein, das vom Tisch abgebrochen worden war. Es war aus massiver Eiche. Mein Vater hatte den Tisch in seiner Werkstatt im Basement in Dearborn gemacht, hatte die Beine von Hand an seiner Drehbank gedrechselt und das ganze Möbel gefertigt, ohne einen Nagel zu verwenden. Irgendwo mußte ich noch zwei seiner alten Schraubzwingen haben, fiel mir ein. Wenn ich sie finden könnte, würde ich das Bein wieder anleimen.

Ich spürte das Gewicht des Tischbeins in meinen Händen, als ich es unwillkürlich wie einen Baseballschläger gepackt hatte. Ich versuchte es entsprechend zu schwingen. Es schmerzte höllisch. Du bist schon ein merkwürdiges Exemplar, Alex. Früher hast du jeden Ball getroffen, den du erreichen konntest. Heute tut es dir schon weh, wenn du ein beschissenes Tischbein durch die Luft schwingst.

Moment.

Ich starrte auf das Tischbein in meiner Hand. In Gedanken war ich wieder in genau dieser Hütte an dem Morgen, an dem alles angefangen hatte, dem Morgen, an dem ich Dorothy abholen wollte und niemanden vorfand.

Niemanden, nur Stühle, die überall verstreut auf dem Boden lagen. Ein umgeworfener Tisch. Ein Bein war abgebrochen. Und die schwachen Spuren von Schnee, der auf dem Boden geschmolzen war.

In der Nacht waren sie zu ihr gekommen. Sie hatten an die Türe geklopft. Sie hatte Angst. Sie hatte gedacht, es sei Bruckman. Oder Molinovs Leute. Oder Molinov persönlich.

Sie geriet in Panik. Sie suchte nach etwas, womit sie sich verteidigen konnte. Sie öffnete alle Schubladen und fand nichts außer Plastikbesteck. Sie warf einen Stuhl um.

Und dann stürzte sie den Tisch um und brach ein Bein ab. Sie war stark genug dafür, wenn sie sich der Hebelkraft bediente. Schließlich hielt den ganzen Tisch nur Tischlerleim zusammen, der in vielen Jahren kalter Luft mürbe geworden war.

Sie hielt das Bein hoch und wartete darauf, daß die Tür eingetreten wurde. Ich konnte förmlich sehen, wie sie da stand, stoßweise atmend, bereit, ihr Leben so teuer wie möglich zu verkaufen.

Und dann riefen sie sie. Stimmen aus ihrer Vergangenheit, die sie bei ihrem Ojibwa-Namen riefen.

Sie ließ das Tischbein fallen und öffnete die Tür. Komm mit uns, sagten sie. Wir bringen dich hier weg.

Sie muß darauf bestanden haben, mich zu benachrichtigen, daß sie ginge. Das mußte ich einfach annehmen.

Nein, sagten sie. Wir haben keine Zeit. Wir müssen hier weg.

Vielleicht hatten sie ihr gesagt, sie könne mich später anrufen. Vielleicht hatten sie versucht, sie davon zu überzeugen, daß man mir nichts sagen *dürfe*, weil man mir nicht vertrauen könne.

Vielleicht hatte man sie aber auch auf der Stelle einfach gepackt und fortgeschafft.

Wie auch immer die Sache vor sich gegangen war, sie hatte den Beutel nicht bei sich gehabt, als sie gegangen war.

Der geschmolzene Schnee auf dem Boden. Der stammte von ihr. Nachdem ich sie verlassen hatte, war sie noch einmal nach draußen gegangen und war dann wieder hereingekommen.

Was ihre Botschaft erklärte. Die eingefrorenen Rohre.

Ich legte das Tischbein hin, ging nach draußen zum Wagen, holte die Taschenlampe aus dem Führerhaus und eine Schaufel von der Ladefläche.

Ich ging auf die Rückseite der Hütte und grub mich durch den Schnee. Ich hatte das in der Nacht, in der ich Dorothy hierher gebracht hatte, schon einmal gemacht. Ich war unter die Hütte gekrochen, hatte das Wasser angestellt und sie gebeten, den Hahn die Nacht über tropfen zu lassen, damit die Leitung nicht einfröre.

Als die Deputies das Haus durchsucht hatten, überlegte ich mir, hatten sie sich nicht wirklich Mühe gegeben. An das, was *unter* dem Haus sein konnte, hatten sie nicht gedacht.

Ich schaufelte die kleine Tür völlig frei. Als die Deputies ihre Suche begonnen hatten, war genügend Neuschnee gefallen, um alles wieder zuzudecken.

Ich kroch unter die Hütte und knipste die Taschenlampe an. Da in der Ecke war er. Ich kroch rückwärts und zog den Beutel mit mir. Als ich wieder im Freien war, blieb ich auf den Knien und öffnete den Reißverschluß.

Weißes Pulver, in durchsichtigen Tütchen, und das Pulver glitzerte im Strahl der Taschenlampe.

»Das also ist ›Wild Cat‹«, sagte ich. »Den ganzen weiten Weg von Rußland hierhergeschleppt.«

Ich verschloß den Beutel wieder und brachte ihn zu meinem Wagen. Ich mußte wieder nach drinnen, direkt neben den warmen Ofen. Ein steifer Drink wäre auch kein Fehler.

Und dann mußte ich mir überlegen, was zum Teufel jetzt zu tun war.

Kapitel 21

Zwei Wochen vergingen. Es schneite. Ich pflügte meine Straße frei. Neue Mieter zogen in die Hütten. Sie fuhren mit ihren Schneemobilen über die Pisten und füllten die kalte Luft mit ihrem Lärm.

In diesen zwei Wochen verbrachte ich nicht viel Zeit im Glasgow Inn. Ich hackte etwas Holz. Ich räumte hinter den Schneemobilern her. Ich ließ sogar endlich das Fenster am Beifahrersitz reparieren. Die meiste Zeit verbrachte ich in meiner Hütte neben dem Ofen und versuchte wieder warm zu werden.

Vinnies Auto sah ich vor seiner Hütte. Ihn selbst sah ich nie. Kein einziges Mal.

Bis er an meine Tür klopfte. Als ich die Tür geöffnet hatte, stand er auf dem Weg, den ich gerade freigeschaufelt hatte.

»Zieh dir den Mantel an«, sagte er. »Du kommst jetzt mit mir.«

»Den Teufel werde ich«, sagte ich.

»In Garden River gibt es eine Zeremonie«, sagte er. »Sie will, daß du dabei bist.«

»Wer?«

»Dorothy«, sagte er. »Wer denn sonst?«

»Ich dachte, ihr habt sie irgendwo eingesperrt.«

»Sie war niemals eingesperrt« sagte er. »Sie mußte lediglich den Überblick zurückgewinnen. Jetzt kann sie weitermachen.«

»Und wo will sie weitermachen?« fragte ich. »Das letzte, was ich hörte, war, daß die Agenten von der Drogenfahndung immer noch mit ihr sprechen wollen.«

»Das werden sie kaum können«, sagte er. »Sie kehrt nicht in die Vereinigten Staaten zurück.«

»Sie ist in Kanada?«

»Nein, Alex, sie ist in Ecuador. Kommst du jetzt, oder kommst du nicht?«

»Immer mit der Ruhe«, sagte ich. Ich wandte mich um und holte meinen Mantel.

»Warum ist es bei dir so warm?« fragte er.

»Mir ist in letzter Zeit immer kalt«, sagte ich. »Seit ich letztlich fast an Unterkühlung gestorben wäre.«

»Alles klar, alles klar. Ich hab schon verstanden.«

»Sagtest du Ecuador? Wo hast du denn das her?«

»Komm schon, gehen wir«, sagte er. »Ich fahre.«

Ich folgte ihm zu seinem Wagen. Als wir eingestiegen waren, drehte ich die Heizung auf.

»Es ist warm genug«, sagte er. »Du erstickst mich noch.«

»Das täte mir leid.«

Er atmete hörbar aus und setzte auf die Zufahrtstraße zurück. »Sie hat mich gebeten, dich mitzubringen«, sagte er. »Also bringe ich dich mit.«

»Also fahr«, sagte ich.

»Das tue ich.«

Er fuhr durch Paradise, zwischen Schneewänden hindurch, die gut zwei Meter hoch waren. Einige Minuten lang schwiegen wir.

Als wir auf der M-28 in Richtung Osten fuhren, räusperte er sich endlich.

»Ich weiß, was du gemacht hast«, sagte er.

»Erzahl mal.«

»Mit diesen Drogen«, sagte er. »An dem Tag, als ich wegen der Körperverletzung vor Gericht muß, prangt Maven auf der Vorderseite der Zeitung, ein Berg Tütchen auf dem Tisch und die beiden Agenten links und rechts von ihm. Was hast du gemacht, das Zeug direkt an Maven gegeben?«

»Ich weiß nicht, wovon du sprichst«, sagte ich.

»Kaum bin ich im Gerichtsgebäude, erzählt mir der Pflichtverteidiger, daß man die Anklage fallengelassen hat. Es gehe nur noch um eine Ordnungswidrigkeit. Also kriege ich eine kleine Geldstrafe und eine Standpauke vom Richter. Das war alles.«

»Du Glückskind.«

»Hör schon auf, Alex. Ich weiß, was du gemacht hast.«

»Das mußt du so sehen«, erklärte ich. »Ich fühle mich immer noch beschissen. Aber wenn ich wieder bei Kräften bin, komm ich rüber und trete dich in den Arsch. Wie soll ich das machen, wenn du im Knast sitzt?«

Er lachte. »Und meine Einfahrt hast du auch freigepflügt.«

»Wenn ich rüberkomme, um dich in den Arsch zu treten«, sagte ich, »habe ich keine Lust, mich durch meterhohen Schnee zu kämpfen. Wenn ich durch deine Tür trete, will ich frisch und kampfbereit sein.«

»Klingt fair«, meinte er.

»Das nur als kleine Warnung«, sagte ich, »ich denke, ich bin langsam wieder bei hundert Prozent.«

»Du weißt, wo du mich findest.«

Er fuhr weiter, durch den Soo zur Internationalen Brücke. Es war das erste Mal, daß ich sie seit meiner Verhaftung wieder überquerte. Der Zollbeamte stellte Vinnie die üblichen Fragen, warf einen Blick auf mich und winkte uns dann durch.

»Wohin fahren wir eigentlich?« fragte ich.

»Zum Garden River Healing Center«, sagte er. »Nur eine kurze Zeremonie. Eine Art Geheimnis.«

»Und wieso darf ich dabeisein?«

»Hab ich doch erzählt«, sagte er. »Sie hat darum gebeten.«

»Aber ich bin doch der Feind.«

»Red keinen Quatsch, Alex. Du hast ihr geholfen. Sie will sich bei dir bedanken.«

»Und was ist mit all deinen Vettern, ich meine denen, die dir erzählt haben, daß man mir nicht trauen kann? Sind die auch da?«

»Einige von ihnen.«

»Großartig«, sagte ich. »Das wird ja spaßig.«

»Ihnen tut leid, was passiert ist«, sagte er. »Aber dafür kannst du dir kaum was kaufen.«

»Nichts«, sagte ich. »Exakt nichts.«

»Apropos«, sagte er. »Ich glaube, letztlich hat dich die Geschichte einiges an Geld gekostet.«

Ich sagte nichts.

»Du bist allein zweimal im Krankenhaus gewesen«, sagte er. »Das war doch schweineteuer.«

»Ich bin versichert.«

»Nicht gegen alles«, sagte er. »Irgendwas hast du bestimmt selbst bezahlen müssen ...«

»Vinnie«, sagte ich. »Wenn du davon redest, daß mir irgendwer wegen dem, was passiert ist, irgendwelches Geld ...«

»Ich will doch nur sagen, Alex, daß du dir wegen ...«

»So wahr mir Gott helfe«, sagte ich, »wenn du nur noch ein einziges Wort über Geld ...«

»In Ordnung«, sagte er. »In Ordnung. Ich sage es nur.«

»Vinnie ...«

»Kein Wort mehr. Ich bin fertig.«

Als wir Soo Canada komplett durchquert hatten, fuhr er ostwärts durch einen Wald. Einige Kilometer hinter der Stadt erreichten wir die Garden River Reservation. Auch sie gehörte den Stämmen der Ojibwa, genau wie die der Bay-Mills- und der Soo-Stämme in Michigan und einigen anderen in Wisconsin und in Minnesota. Garden River hatte keine Kasinos und würde auch nie welche bekommen. Die Regierung in Ontario wurde bald ihr eigenes Kasino in Soo Canada eröffnen, ohne die kanadischen Stämme in irgendeiner Form zu beteiligen.

»Alle Gebäude hier sind aus weißer Kiefer«, sagte er, als wir in den Ort hineinfuhren. »Häuptling Shingwaukonce zu Ehren. Sein Name bedeutet ›Kiefer‹.«

»Was du nicht sagst.«

»Das Healing Center, zu dem wir wollen, hat dreizehn Seiten, eine für jeden Monat im alten Kalender der Ojibwas. Der weiße Mann hat uns einen Monat gestohlen, hast du das gewußt?«

»Ich entschuldige mich für ihn.«

»Ich glaube, ich sage besser nichts mehr.«

»Vielen Dank.«

Wir parkten vor dem Healing Center. Es stand etwa ein Dutzend Autos auf dem Parkplatz. Ich sah auf die Uhr. Es war fast Mitternacht.

Als wir aus dem Wagen stiegen, knirschte der Schnee unter unseren Schritten, als gingen wir über feinstes Kristall. Es war unsäglich, unmenschlich kalt, keine Wolke am Himmel. Wir konnten jeden Stern sehen, und im Osten flammte der Vollmond in vollem Glanz und tauchte alles in ein blaues Licht.

»Sieh dir den Mond an«, sagte Vinnie.

»Wie der Mond halt so ist.«

Er schüttelte den Kopf und führte mich nach drinnen.

Im Mittelpunkt des Healing Center lag ein runder Versammlungsraum mit einem langen Kaminrohr, das durch die Decke führte. Unter dem Rohr war ein großer Kreis, in dem sich der Fußboden bis zum Erdreich öffnete. Dort lag ein Haufen Sand, und als sich meine Augen an das dämmrige Licht gewöhnt hatten, konnte ich erkennen, daß der Sand die Form einer Schildkröte hatte. Auf dem Rücken der Schildkröte befand sich eine Feuerstelle, auch aus Sand geformt. Süßer Rauch stieg auf und hing in der Luft, bevor er durch das Kaminrohr abzog. Ein Mann stand neben der Sandschildkröte, sein Hemd war mit Bändern verziert, rot, gelb, schwarz und weiß.

Stühle waren im Kreis um die Schildkröte aufgestellt, wenigstens dreißig Mitglieder des Stammes hatten schon Platz genommen. Alle sahen auf, als wir eintraten. Ich erkannte Dorothys Eltern am anderen Ende des Raumes.

»Ich geh mal davon aus, daß sie hier nicht oft einen Weißen sehen«, flüsterte ich.

»Ich hoffe, dir ist klar, was das für eine Ehre ist.«

»Hmm.«

»Dies hier ist ein heiliger Ort«, sagte er, als er sich setzte.

»Weißt du, so was wie eine Kirche. Könntest du dich vielleicht mal eine Zeitlang benehmen?«

Ich hielt den Mund und setzte mich neben ihn.

Als Dorothy den Raum betrat, erkannte ich sie kaum wieder. Ihr Gesicht war völlig ungeschminkt, ihr Haar straff zurückgekämmt, als sei es noch naß. Sie war nicht nur ohne jedes Make-up, sie trug auch keinen der Ohrringe, die sie bei unserm Treffen getragen hatte. Als sie den Kreis durchschritt und sich neben den Mann stellte, fing sie meinen Blick auf und lächelte mir flüchtig zu.

Der Mann wickelte eine Tonschüssel aus einer Decke, die zu seinen Füßen lag. Vom Rand des Feuers nahm er ein Stück Glut und entzündete das, was sich in der Schüssel befand. Dorothy flüsterte ihm etwas ins Ohr, und er sah mich daraufhin an. Langsam kam er auf mich zu, wobei er die rauchende Schüssel vor sich her trug.

»Was passiert jetzt?« fragte ich Vinnie im Flüsterton. Aber der Medizinmann antwortete mir.

»Wir nennen das Räuchern«, sagte er. Als er mir die Schüssel vor das Herz hielt, umhüllte der Rauch meinen Kopf und füllte mir dann die Lunge, als ich ihn einatmete. »Es ist Shkodawabuk oder Salbei«, sagte er. »Es ist eine unserer vier Medizinen. Tabak kommt aus dem Osten, Zeder aus dem Süden, Mannagras aus dem Norden und Salbei aus dem Westen.«

Ich schloß die Augen und lauschte seinen Worten. Zum erstenmal seit vielen Tagen wurde mir warm. Ein wenig jedenfalls.

»Heute brauchen wir Salbei, denn Salbei ist die Medizin der Reinigung und der Wiedergeburt. So wie die Sonne im Westen untergeht, der Tag stirbt und nach der Nacht wiedergeboren wird.«

Als ich die Augen wieder öffnete, sah ich um mich alle die Männer und Frauen, jung und alt. Sie beobachteten mich mit ruhigen Gesichtern. Dann trug der Medizinmann seine Schüssel zu Vinnie, dann zu dessen Nachbarn, dann weiter, bis er die ganze Runde gemacht hatte.

Dann kehrte er zu Dorothy zurück und vollzog bei ihr dasselbe Ritual, hüllte sie ein in den Rauch aus der Schüssel. Als er schließlich zu uns allen sprach, war seine Botschaft kurz.

Wir sind viele Stämme, getrennt durch Grenzen aller Art, aber ein Volk.

Dorothy Parrish ist zu unserem Volk zurückgekehrt, aber im Grunde hat sie uns nie verlassen, denn wir gehören alle zusammen, und wir alle gehören der Erde.

Wir heißen sie bei uns willkommen und wünschen ihr Glück auf ihrer Reise.

Als die Zeremonie vorüber war, traten die Stammesmitglieder eines nach dem anderen zu ihr, reichten ihr die Hand und wünschten ihr Glück. Ich stand als Außenseiter daneben und beobachtete sie.

Als sie schließlich zu mir herüberblickte, sah ich, wie der Medizinmann auf seine Uhr schaute und ihr etwas zuraunte. Sie nickte, erwiderte etwas und kam dann zu mir.

»Alex«, sagte sie. »Vielen Dank, daß Sie gekommen sind.«

»Sie sehen gut aus«, sagte ich.

»Ich weiß gar nicht, was ich sagen soll. Sie haben mir so sehr geholfen.«

»Ich bin froh, daß Sie in Sicherheit sind«, sagte ich.

»Alles, was Ihnen passiert ist, tut mir leid. Ich habe Sie da nicht reinziehen wollen.«

»Ich bin sicher, daß Sie das so nicht geplant hatten«, sagte ich.

»Wissen Sie, sobald ich Sie damals gesehen habe, wußte ich, daß ich Ihnen vertrauen konnte. Ich war so lange gelaufen und wollte einfach anhalten. Ich wußte, daß Sie das Richtige tun würden, egal wie. Verstehen Sie, was ich damit sagen will?«

»Ich glaube schon«, sagte ich. Ich sah mich im Raum um und senkte meine Stimme ein wenig. »Als Sie den Beutel genommen haben …«

»Ich habe mich noch in der Nacht entscheiden wollen, was ich damit machen würde. Ihn einfach der Polizei geben. Oder ihn Molinov zurückgeben und ihn bitten, wegzugehen und mich in Ruhe zu lassen. Uns *alle* in Ruhe zu lassen.«

»Schneid haben Sie, das muß man Ihnen lassen«, sagte ich.

Sie lächelte. »Haben Sie heute den Mond gesehen?«

»Ja, das habe ich.«

»In der Nacht, in der wir uns begegnet sind, war auch Vollmond. Erinnern Sie sich?«

»Ja«, sagte ich. »Sie haben ihn den Wolfsmond genannt.«

»Ja«, sagte sie, »der Wolfsmond, unter dem man die beschützen muß, die einem nahe sind.«

»Wie heißt dieser jetzt?«

»Das ist der Eismond«, sagte sie. »Da ruht man aus und wartet, daß es wieder warm wird.«

»Klingt nach meiner Sorte Mond.«

»Ich sollte jetzt gehen«, sagte sie. »Ich hoffe, ich sehe Sie eines Tages wieder.«

»Wo gehen Sie hin?«

»Ich weiß es noch nicht«, sagte sie. »In ein Reservat irgendwo. Hier in Kanada. Ich möchte irgendwo sein, wo ich für eine Weile Frieden finden kann.«

»Ich wünsche Ihnen, daß Sie ihn finden.«

»Das werde ich. Jetzt, wo ich meine Familie wiederhabe.«

»Übrigens, Sie haben mir nie Ihren Ojibwa-Namen verraten.«

»Der ist Waubun-anung«, sagte sie. »Das heißt Morgenstern.«

»Das ist ein guter Name«, sagte ich.

»Vielen Dank.«

»Paß auf dich auf, Morgenstern.«

Sie gab mir einen Kuß auf die Wange und ging dann mit dem Medizinmann weg.

Vinnie und ich traten in die Nacht hinaus. Ohne ein Wort zu sagen, stiegen wir in den Wagen. Wieder fuhren wir durch Soo Canada, über die Brücke, durch Soo Michigan und dann nach Westen Richtung Paradise. Das einzige Geräusch im Wagen war das stetige Summen der Heizung. »Ich habe daran gedacht, wieder eine Hockeymannschaft zusammenzukriegen«, sagte er schließlich. »Hast du Lust mitzuspielen?«

»Machst du Witze?«

»Du warst gut im Tor«, sagte er. »Wir könnten dich brauchen.«

»Du machst Witze«, sagte ich. »Bitte sag mir, daß das ein Scherz ist.«

»Du solltest mitspielen«, sagte er. »Das ist nicht gut, daß du immer so allein rumhängst. Du denkst zu viel.«

Als wir in Paradise waren, fragte er mich, ob er mir im Glasgow ein Bier spendieren dürfe.

»Es ist schon spät«, sagte ich.

»Jackie wird noch da sein«, sagte er. »Er läßt uns rein.«

»Nein, vielen Dank. Heute nicht.«

»Ganz wie du willst«, sagte er. An meiner Hütte ließ er mich raus.

»Es hat gut getan, sie noch einmal zu sehen«, sagte ich.

»Ich bin froh, daß das möglich war«, sagte er. Dann fuhr er fort.

Ich stand eine Weile vor meiner Hütte, atmete die kalte Luft ein und sah zum Eismond hoch.

Was jetzt? Bevor all das passiert war, hatte ich mir geschworen, was ich alles tun würde, wenn wieder Frühling wäre. Die Schulden, die ich begleichen würde.

Ich schlug den Mantelkragen hoch.

Wo ist mein ganzer Zorn? Wo ist die Glut? Ich fühlte mich nur müde und wund und kalt.

Alles schmerzt. Das Atmen schmerzt. Bewegen schmerzt.

Leben schmerzt.

Zum Teufel damit. Vinnie hat recht. Ich denke zu viel.

Was immer geschieht, geschieht. Eines Tages bringe ich alles in Ordnung, egal, was ich dafür anstellen muß, egal, wohin ich gehen muß. Und dieser Molinov – es scheint, er jagt dasselbe Wild. Ich habe so ein Gefühl, daß ich ihm wieder begegnen werde.

Aber nicht heute nacht. Heute nacht will ich die Augen schließen und spüren, wie der Rauch wieder mein Gesicht berührt, der Rauch von brennendem Salbei mit seinem Versprechen eines neuen Tages.

Ich bedarf der Ruhe. Ich bedarf der Heilung.

Im Moment gibt es nur eins – schlafen unter dem Eismond.

Nachwort

1999, im letzten Jahr des letzten Jahrhunderts, debütierte ein junger Angestellter mit einem Detektivroman in der spezifisch amerikanischen Tradition mit einem ›Private Investigator‹, kurz P.I. – woraus dann wieder im Scherz ›Private Eye‹ wurde –, als Helden. Steve Hamilton, der in der Nähe von Detroit aufgewachsen ist und heute im Norden des Staates New York lebt, bekam gleich drei Preise für sein Debüt und erregte bei Kritik und Publikum ein Aufsehen, wie es seit den Erstauftritten von Sara Paretskys Detektivin V.I. Warschawski und Sue Graftons Kinsey Milhone im selben gesegneten Jahr 1982 nie mehr der Fall war. Und das auf einem mehr als gut bestellten Felde: Spätestens seit den siebziger Jahren boomt dieses Subgenre so, daß inzwischen alle größeren amerikanischen Städte ihren eigenen – oder auch ihre eigene – ›Private Eye‹ haben und deren Autoren einen eigenen Verband – von ihm kam einer der drei Preise Steve Hamiltons.

Begründet wurde die Tradition vor ziemlich genau achtzig Jahren mit den zahlreichen Kurzgeschichten und zwei Romanen Dashiell Hammetts, die einen konsequent namenlos bleibenden Agenten – amerikanisch: ›operator‹ – der Continental Agency als Ich-Erzähler und Helden haben. Der Name der Gesellschaft ist Programm: Solche privaten Detektivagenturen entstanden im 19. Jahrhundert, um eine empfindliche Lücke zu schließen. Die Polizeihoheit lag bei den Einzelstaaten, eine grenzüberschreitende, eben kontinentale oder nationale Strafverfolgung war nur auf privater Ebene möglich, die bekannteste Agentur war die Pinkertons. Als Hammetts erste Geschichten erschienen, gab es das FBI noch nicht.

Der so gar nicht strahlende Held, seine emotionslose Sprache, seine Ich-Erzählung aus der kompromißlos durchgehaltenen Erlebnisperspektive und eine äußerst brutale Handlung im

Amerika der Prohibition und der Depression – alle Merkmale einer neuen Gattung waren in Hammetts Werk versammelt. Zu seinem literarischen Rang und zu seiner Anerkennung durch führende Kritiker, vor allem in Europa, trug jedoch entscheidend ein polemischer Essay des Hammett-Schülers Raymond Chandler bei, »Die simple Kunst des Mordens« von 1945. Obwohl er später einmal geäußert hat, er hätte auch das Gegenteil schreiben können, gelang es ihm darin, den klassischen Detektivroman von Christie und Sayers bis zu seinen Landsleuten Van Dine, Carr und Queen als künstlich und gekünstelt, Hammett hingegen als realistisch hinzustellen, und dazu noch das Künstliche zum Schlechten und das Realistische zum ästhetisch Wertvollen zu erklären.

Seitdem gelten vor allem bei deutschen Kritikern orthodoxe Detektivromane der britischen Schule als eo ipso schlecht, weil kunstvoll, alle Geschichten hingegen, in denen ein Jugendlicher mit einer abgesägten Schrotflinte ziemlich motivlos jeden, der ihm lästig wird, in unappetitliche Stücke pustet, als realistisch, ja ›schonungslos realistisch‹ und damit als literarisch wertvoll – obwohl sie ihre Leser nach den Worten Richard Alewyns »in ein Milieu versetzen, dessen Sitten und Gebräuche ihm kaum weniger fremd sind als die von Tausendundeiner Nacht.« Und das wiederum werde »für ›Realismus‹ ausgegeben, wo es doch schiere Romantik ist«.

Die berühmteste Passage aus Chandlers Essay gilt Hammetts – und seinen – Helden: »Und durch diese schmutzigen und gemeinen Straßen muß ein Mann gehen, der selbst weder schmutzig noch gemein ist, der von der allgemeinen Fäulnis nicht angesteckt ist noch Angst vor ihr hat … Er ist der Held, er ist alles … Er ist der beste Mann in seiner Welt und gut genug für jede Welt.«

Bei der Gestaltung seines eigenen Helden – im Doppelsinn – soll Chandler deshalb Cary Grant vorgeschwebt haben. So erklärt es sich, daß Lauren Bacall in der Eingangsszene des Films

»The Big Sleep« (1946) zum zwei Köpfe kleineren Humphrey Bogart sagen muß, sie möge große Männer. In der entsprechenden Szene des Buches versinnbildlicht Chandler seinen Anspruch an seinen Helden: »Ein großes Fenster aus farbigem Glas zeigte einen Ritter in dunkler Rüstung, der dabei war, eine Dame zu retten, die an einen Baum gebunden war und die überhaupt nichts anhatte, aber praktischerweise über sehr lange Haare verfügte. Der Ritter hatte das Visier hochgeschoben, um nicht abweisend zu wirken, und fummelte an den Knoten herum, ohne so recht weiterzukommen. Ich stand da und dachte, daß ich, wenn ich in diesem Hause lebte, über kurz oder lang hochklettern würde, um ihm zu helfen.« Später heißt es dann in deutlichem Rückbezug auf diese Stelle: »Ritter hatten keine Bedeutung in diesem Spiel. Es war kein Spiel für Ritter.«

Aber gerade deshalb wurde Bogart, der sich soeben vom kleinen Gangster in Nebenrollen zum großen Gangster emporgespielt hatte, für die Welt zu *der* Verkörperung des typischen Hammett-Chandler-Helden, nahm er doch das Chandlersche Edelmenschen-Pathos in seinem Spiel zurück, ja, er konterkarierte es in seinem Äußeren geradezu. So war er der unansehnliche Held für eine Welt ohne Helden, der glanzlose Ritter in einem Spiel, das für Ritter keine Verwendung mehr zu haben schien.

Damit sind wir bei Hamiltons 1999 debütierendem Helden Alexander McKnight angelangt. Als »Alexander, Sohn des Ritters«, wie sein Name übersetzt lauten würde, bekennt er sich zu seinen Ahnen und ihrer Entwicklung, die sie unter den Federn von Hammett und Chandler und dem dritten Großen des Subgenres, Ross Macdonald, genommen haben. Er ist ein gebrochener Ritter, ein Ritter mit Furcht und Tadel: Vor vierzehn Jahren wurde er niedergeschossen und sein Partner getötet, und er hatte nicht einmal als Versuch einer Gegenwehr seine Pistole gezogen. Ein Steckschuß am Herzen, nagende Selbstzweifel und eine bisweilen kaum bezwingbare Panik bei der Konfrontation mit Schußwaffen oder mit Blut sind ihm davon geblieben, eine emotionale Verletzlichkeit und Zurückhaltung hatten ihn von jeher ausgezeichnet, wohl ein Erbteil von Macdonalds Helden Lew Archer.

Seine Dienstunfähigkeitsrente und eine von seinem Vater angelegte Reihe von Ferienhäusern im nördlichsten Michigan, an der kanadischen Grenze, ermöglichen ihm ein sorgenfreies Leben in bescheidenem Rahmen. Privatdetektiv – seine Polizeivergangenheit bietet die besten Voraussetzungen – wird er, wie im ersten Buch geschildert, nur, weil ihn das Reinigen der Hütten und das Holzhacken für die Gäste nicht ausfüllen und der lokale Anwalt Uttley ihn förmlich dazu drängt (»Ein kalter Tag im Paradies«, DuMonts Kriminal-Bibliothek Bd. 1103).

Das Labyrinth, in das ihn seine Detektion dann hineinführt, verleidet ihm die Tätigkeit schon bald, so daß er sich wenige Monate nach dem ersten Fall gar nicht mehr als Privatdetektiv sieht, obwohl er noch die Lizenz besitzt.

Der erste Fall begann an Halloween, in der Nacht zum ersten November. Mittlerweile ist Januar, und die Gegend um das 15 000 Einwohner zählende Städtchen Sault Ste. Marie zwischen Oberem und Huronsee ist wortwörtlich im täglich fallenden Schnee versunken. In sein zweites Abenteuer gerät McKnight wider Willen, obwohl – oder gerade weil – es ihm auf den Leib, besser auf den Namen geschrieben ist. Ein junges Mädchen will seine Dienste in Anspruch nehmen, weil sie ihn noch für einen Detektiv hält. Der ›damsel in distress‹ zu helfen, die ›persecuted maiden‹ zu schützen, die verfolgte Unschuld zu retten gehört aber zu den archetypischen Pflichten des Ritters schlechthin. Das Mädchen bezeichnet sich als verfolgt wie ein Stück Wild von den Wölfen, und Alex McKnight soll sie vor den Verfolgern retten. Wären da nicht die dichten Schneewolken, sähe man den ersten Vollmond des neuen Jahres, den Wolfsmond, in dem man seine Nächsten vor den Wölfen vor der Tür schützen soll.

So hilft ihr der Ritter Alexander, wo der gleichnamige Privatdetektiv sich verweigert. Er bringt das verfolgte Mädchen in einer seiner Hütten unter, die zufällig leer steht, beileibe nicht in der von ihm bewohnten, denn das wäre nicht ritterlich.

Am nächsten Morgen ist sie verschwunden. Die Tür ist nicht beschädigt worden, dennoch deuten größere Mengen geschmolzenen Schnees auf dem Boden und umgeworfene Möbel auf ungebetene Besucher hin. Es waren Wölfe vor ihrer Tür, und er hat sie nicht geschützt.

Aber wer waren die Wölfe? Ihr Freund, dem sie soeben entlaufen war, mit seinen dubiosen Hockeykumpanen? Die Männer, die ihn im Auto verfolgen? Die Unbekannten, die immer wieder seine Hütte durchsuchen? Wie viele sind es, die hinter dem Mädchen her waren und jetzt hinter ihm her sind, und aus welchen Gründen? Natürlich erfordert es seine Ehre, nach der gleichsam unter seinen Augen Verschwundenen zu suchen – noch temporeicher und aktionistischer als bei seinem ersten Fall, aber genau in derselben Mischung aus klassischen Clues und spannender Handlung, die die jungen Neo-Klassiker der amerikanischen Krimiszene auszeichnet – Conor Daly (»Mord an Loch acht«, »Tod eines Caddie«, »Schwarzes Loch siebzehn«, DuMonts Kriminal-Bibliothek Bd. 1087, 1096, 1107), William L. DeAndrea (»Schneeblind«, »Im Netz der Quoten«, »Mord live«, DuMonts Kriminal-Bibliothek Bd. 1083, 1091, 1098) und eben auch Steve Hamilton.

Sein zweites Buch verrät jetzt etwas, was beim ersten noch nicht abzusehen war – die Wiederaufnahme und Weiterentwicklung Leon Prudells. Im ersten Buch hatte Anwalt Uttley ihn gefeuert und durch McKnight ersetzt, weil er keinen lesbaren englischen Satz zu Papier bringen konnte. Dabei ist der unförmige, eigentlich nur komische Mann Privatdetektiv mit Leib und Seele, der in seiner Freizeit einschlägige Handbücher, Magazine und Zeitschriften durchackert. So kann er auch ein Zylinderschloß knacken, eine Aufgabe, an der der große

McKnight mehrfach kläglich scheitert. Mit Hartnäckigkeit und Chuzpe drängt er sich in McKnights Leben, um sein Partner zu werden, und am Ende sieht er sich als unermüdlicher Routinerechercheur und Lebensretter endlich akzeptiert. Auch im dritten Buch, das in den USA im Juli 2001 erschienen ist und von uns im Laufe des nächsten Jahres vorgelegt wird, spielt diese Konstellation wieder eine wichtige Rolle. Alexander McKnight und Leon Prudell versprechen, eine der interessantesten Varianten des so oft kopierten und imitierten unsterblichen Duos Holmes-Watson zu werden.

Fünf Dinge machen – dies ist das Credo von DuMonts Kriminal-Bibliothek – einen guten Detektivroman aus: ein interessanter und origineller Detektiv, ein guter Plot, dialektisch verschränkt mit einer glaubwürdigen Auflösung, ein fleißig recherchiertes, überzeugendes Milieu, und das Ganze leicht und mit Humor geschrieben. Hamiltons Riesenerfolg bei seinem Debüt beruhte auf dem von ihm auf den Tisch gelegten Full house aus einem Detektiv mit der Kugel neben dem Herzen, einem neuartigen Plot mit doppelbödiger Lösung, einer in ihrer epischen Zuständlichkeit großartig gezeichneten Provinz am Oberen See und einem unangestrengten und trotzdem dichten Stil. Dasselbe gilt auch für seine weiteren Werke – von Hamilton, der auf Fotos recht jugendlich dreinschaut, ist noch viel zu erwarten.

Volker Neuhaus

Band 1082	Lee Martin	**Keine Milch für Cameron**
Band 1083	William L. DeAndrea	**Schneeblind**
Band 1084	Charlotte MacLeod	**Rolls Royce und Bienenstich**
Band 1085	Ellery Queen	**... und raus bist du!**
Band 1086	Phoebe Atwood Taylor	**Kalt erwischt**
Band 1087	Conor Daly	**Mord an Loch acht**
Band 1088	Lee Martin	**Saubere Sachen**
Band 1089	S. S. van Dine	**Der Mordfall Benson**
Band 1090	Charlotte MacLeod	**Aus für den Milchmann**
Band 1091	William L. DeAndrea	**Im Netz der Quoten**
Band 1092	Charlotte MacLeod	**Jodeln und Juwelen**
Band 1093	John Dickson Carr	**Die Tür im Schott**
Band 1094	Ellery Queen	**Am zehnten Tage**
Band 1095	Michael Innes	**Appleby's End**
Band 1096	Conor Daly	**Tod eines Caddie**
Band 1097	Charlotte MacLeod	**Arbalests Atelier**
Band 1098	William L. DeAndrea	**Mord live**
Band 1099	Lee Martin	**Hacker**
Band 1100	**Jubiläumsband**	**Mord als schöne Kunst betrachtet – Noch mehr Morde**
Band 1101	Phoebe Atwood Taylor	**Zu den Akten**
Band 1102	Leslie Thomas	**Dangerous Davies und die einsamen Herzen**
Band 1103	Steve Hamilton	**Ein kalter Tag im Paradies**
Band 1104	Charlotte MacLeod	**Mona Lisas Hutnadeln**
Band 1105	Edmund Crispin	**Heiliger Bimbam**
Band 1106	Steve Hamilton	**Unter dem Wolfsmond**
Band 1107	Conor Daly	**Schwarzes Loch siebzehn** (Januar 2002)
Band 1108	S. S. van Dine	**Der Mordfall Skarabäus** (Januar 2002)
Band 2001	Lee Martin	**Neun mörderische Monate** (3 Romane)
Band 2002	Charlotte MacLeod	**Mord in stiller Nacht** (Sonder-Doppelband)

Band 1103

Steve Hamilton:

Alex-McKnight-Serie

Ein kalter Tag im Paradies

Alex McKnight ist nicht entzückt, als ihm der Mörder seines Polizeikollegen eine Rose schickt. Und zwei Morde in seiner Nachbarschaft tragen unverkennbar die Handschrift dieses Psychopathen. Dabei ist der nie aus dem Gefängnis entlassen worden.

Ausgezeichnet mit dem Edgar Award für das beste Krimidebüt.

Band 1096
Conor Daly:
Kieran-Lenahan-Serie
Tod eines Caddie

Kurz bevor sich Kieran Lenahans Traum von der Profi-Golftour verwirklicht, brennt sein Klubhaus nieder. Ein Feuerwehrmann kommt ums Leben. Die Ermittler nennen es Brandstiftung. Doch als auch noch ein Caddie überfahren wird, nennt Kieran Lenahan es Mord. Bei seinen Ermittlungen muss er achtgeben, selbst am Leben zu bleiben.

Band 1097
Charlotte MacLeod:
Boston-Serie
Arbalests Atelier

Bartolo Arbalest ist Spezialist für die Restauration alter Kunstwerke. Ist es Zufall, dass frisch restaurierte Stücke aus Villen der Bostoner High Society verschwinden? Und dass Arbalests Kunde George Protheroe mit einem altertümlichen Speer in der Brust aufgefunden wird? Sarah und Max Bittersohn stoßen bei ihrer Jagd auf einen verschwundenen Schatz, einen Fluch und einen perfekten Racheplan.

Band 1098
William L. DeAndrea:
Matt-Cobb-Serie
Mord live

Einen Menschen verschwinden zu lassen, ist ein alter Zaubertrick. Wenn alles gut geht, erscheint das Opfer am Ende zurück auf der Bühne. Bei der Gala zum Geburtstag des Network ist das anders. Vor laufender Kamera geschieht ein Mord. Millionen Zuschauer sind Zeugen. Es bleibt nicht der einzige Todesfall, den Matt Cobb aufzuklären hat.

Band 1099
Lee Martin:
Deb-Ralston-Serie
Hacker

Clara Huffman traut ihren Augen nicht, als sie die Tür zum Computerzimmer öffnet. Der Computer ihres Gatten ist von einer Axt zerhackt. Und ihr Mann auch. Detective Deb Ralston muß feststellen, dass der zertrümmerte Rechner von dem gleichen Computervirus befallen war, mit dem sich auch ihr Mann Harry zu Hause herumschlägt.

Band 1101

Phoebe Atwood Taylor:
Leonidas-Witherall-Serie

Zu den Akten

1942 ist jeder wehrfähige Mann Neuenglands eingezogen. Leonidas Witherall springt ein und macht Karriere. Nach einer Vorstandssitzung von Haymakers Warenhaus wird er niedergeschlagen. Geht man so mit Vorstandsmitgliedern um? Doch Haymaker, bei dem er sich beschweren will, ist tot. Wieder einmal schart Witherall als Detektiv und Hauptverdächtigter die kuriosesten Komplizen um sich.

Band 1102
Leslie Thomas:
Dangerous-Davies-Serie

Dangerous Davies und die einsamen Herzen

Wenn Dangerous Davies sich als Privatdetektiv selbständig macht, lassen die Aufträge nicht lange auf sich warten. Ein Partnervermittlungsinstitut sorgt sich um seinen guten Ruf – Frauen, die auf Kontaktanzeigen antworteten, sind ermordet worden. Mit seinem verwegenen Team begibt sich Davies auf die ebenso gefährliche wie amüsante Spur.

Band 1104
Charlotte MacLeod:
Boston-Serie

Mona Lisas Hutnadeln

Während ihr Mann Max in Argentinien nach Kunstschätzen jagt, verabredet sich Sarah Kelling Bittersohn mit den exzentrischen Mitarbeitern des Wilkins-Museums zum Lunch. Doch dann wird die umtriebige Museumsleiterin ermordet aufgefunden: Tatwaffe ist eine antike Hutnadel. Zu allem Überfluss ist Sarah als Vollstreckerin eines recht kuriosen Testaments eingesetzt ...

Band 2001

Lee Martin:

Drei Romane in einem Band

Neun mörderische Monate

Deb Ralston ist schwanger. Ihrem Einsatz als Detective tut das keinen Abbruch. In drei spektakulären Fällen bringt sie Job und Familie unter einen Hut. In »Ein zu normaler Mord« glaubt sie an die Unschuld eines Amokläufers. Sie enttarnt das »Komplott der Unbekannten« und kommt dem »Tod einer Diva« auf der Spur.

Band 2002

Charlotte MacLeod:

Zwei Romane in einem Band

Mord in stiller Nacht

Zwei von Charlotte MacLeods Krimis spielen in der Weihnachtszeit. »Schlaf in himmlischer Ruh'« führt Peter Shandy in seine Rolle als unfreiwilliger Detektiv, als er eine Leiche unter dem Weihnachtsbaum findet. Und mit »Kabeljau und Kaviar« werden die manchmal nicht ganz feinen Weihnachtssitten der Bostoner Gesellschaft vorgeführt.

Band 1100

Mord als schöne Kunst betrachtet – Noch mehr Morde

DuMonts Kriminal-Bibliothek wird 100! Nicht nach Jahren, aber nach der Titelzahl. Als hundertster Band erscheint die Fortsetzung der überaus erfolgreichen Anthologie »Mord als schöne Kunst« betrachtet: Erstmals auf Deutsch vorgelegte Kriminalerzählungen der Kriminal-Bibliotheks-Klassiker von Ellery Queen und Mary Roberts Rinehart bis Michael Innes und John Dickson Carr ebenso wie neue Geschichten von James Yaffe.